魅丽文化 花火工作室

桑琅 著
SangLang Works

此情灼灼 2

Ci Qing Zhuo Zhuo

江苏凤凰文艺出版社
JIANGSU PHOENIX LITERATURE AND ART PUBLISHING

图书在版编目（CIP）数据

此情灼灼．2 / 桑琅著．-- 南京：江苏凤凰文艺出版社，2021.1
ISBN 978-7-5594-5129-3

Ⅰ．①此… Ⅱ．①桑… Ⅲ．①长篇小说－中国－当代
Ⅳ．① I247.5

中国版本图书馆 CIP 数据核字 (2020) 第 164826 号

此情灼灼．2

桑琅 著

责任编辑 张 倩
选题策划 夏 沅 滕思思
装帧设计 苏 茶
封面绘制 高梦雪
出版发行 江苏凤凰文艺出版社
南京市中央路 165 号，邮编：210009
网 址 http://www.jswenyi.com
印 刷 湖南凌宇纸品有限公司
开 本 880mm × 1230mm 1/32
印 张 10
字 数 312 千字
版 次 2021 年 1 月第 1 版
印 次 2021 年 1 月第 1 次印刷
书 号 ISBN 978-7-5594-5129-3
定 价 39.80 元

目录

CO NTENTS

目录
CO NTENTS

第一章

请她看演唱会

暑假在蝉鸣中一晃而过，开学如期而至。

傅明灼成为一名高二的学生，是学姐了，她的个头成功突破一米六大关，已经有 161.51 厘米了，在个头普遍娇小的南方，已经很达标了，不过放眼整个学校，她的娃娃脸还是让她看起来是最年幼的那个。

不过至少，不像高一开学那会看起来跟个小学生似的了。

现在可以看成是初中生了。

两个多月不穿的校服，有点小了，肩膀那里紧巴巴的，抬手有点费劲，裤腿也不够长，长裤变成了九分裤。

傅明灼到了学校的第一件事就是去办公室找徐忠亮要求买新校服："徐老师，我会长到一米七二的，我要买很大的校服。"

"好，好。"徐忠亮满口答应，两个多月不见，徐忠亮看着她也很亲切，尽挑她喜欢的话说，"明决，你长得可真快。"

高二分科了，嘉蓝重理，十四个班中只有四个班是文科班，前十个班都维持基本班级人员和老师不变，只有少数几个文科生分出去，然后换后面四个班的理科生进来。

徐忠亮还是七班的班主任。

傅明灼和倪名决还是前后桌。

傅明灼唯一惆怅的是，安可乐选了文科，分去了（十三）班，她换了个新同桌，是原先高一（十四）班的一个女生，学习狂，性格也很内向，远没有安可乐有趣，每每傅明灼找新同桌说话，新同桌的回应都很冷淡，似乎嫌她打扰到自己的学习了。

同桌不能骚扰，傅明灼只好加倍骚扰前桌。

开学一个多月以后，傅明灼的生活继换了同桌以后，再度迎来重大转变。

陆沅出国了。

这意味着蹦擦擦暂时解体了。

还意味着王中王、盖中盖……还有倪名决都要离开锦都壹号院了。

倪名决搬回了家里住，纵然家境优越，他毕竟只是个高中生，经济来源完全仰仗家里，又养尊处优惯了，没法负担自己在外面租房子住的开销。

陆沅家人去楼空的第一天，傅明灼坐在书桌前，作业一字未动，她看着窗外渐渐四合的夜色发起了呆。

锦都壹号院，从来没有这么寂寞过。

傅明灼就连吃晚饭的时候也不怎么来劲道，她已经有相当长一段时间没有在吃饭问题上让家里人担心了。傅行此和宴随都不在家，阿姨和管家叔叔都拗不过她，也只能随她去。

傅明灼回到房间，看到手机显示有三条未读消息。

莫名地，她有了预知的能力，知道这是来自倪名决的消息。

一打开微信，果然如此，蹦擦擦嘉蓝支队七班小分队前后桌小组的群聊图标右上角是一个小“3”。

她的心里一下子雀跃起来。

不过倪名决的消息并不是好消息。

“盖中盖到了新环境好像不太适应。”

“不肯出门遛弯，也不吃饭，躲在狗窝里不出来。”

说完，还附带了一张图片。

盖中盖自从被捡回来开始，一直都住在陆沅家，也许是傅明灼将它从冰冷冬夜的纸箱里救出来的缘故，它好像知道自己真正的主人是谁，虽然它见陆沅和倪名决更多，但它就是认准了傅明灼。

它之前去过倪名决家，可都有傅明灼陪着，它知道自己是去人家家里做客的，这回没有了傅明灼陪伴，而且看样子还得过夜了，它整条狗就忍不住胡思乱想，生怕自己被傅明灼抛弃了。

傅明灼压根没当回事，发了条语音过去，语气笃定：“你饿它两顿，它就吃了。”

反正她不能带盖中盖回家，哥哥要骂她的。

接下来，倪名决很久都没有再回复。

傅明灼有点后悔，她好像把天给聊死了。

她现在特别想跟倪名决聊天。

她马上给倪名决回复：“那我有空就来你家看它好了。”

字打一半，倪名决的视频通话请求就发过来了。

傅明灼点了接听，倪名决的脸出现在她手机的屏幕上，伴随着旁边只闻其声不见其狗的王中王的叫声。

倪名决将镜头反转，傅明灼看到了蜷在狗窝里原地自闭的盖中盖，麦克风里有倪名决不耐烦的声音传出来，他对王中王说：“别吵，再吵你今天也别出去玩了。”

“盖中盖。”傅明灼板起脸，拿出家长的威严连名带姓叫盖中盖的名字。

这招是从哥哥那里学的，哥哥每次严肃的时候就会叫她全名，导致她一听就发怵。

盖中盖听到她的声音，耳朵动了动，马上探出头来四处张望寻找她的身影，找了半天才在小小的手机屏幕上找到她，热情地上来就要舔手机。

倪名决眼明手快把手机举高了。

"你只是在倪名决家里暂住几天，又不是让你一直住着，等我跟我哥哥打好招呼，我就接你回家了。"

傅明灼把话说得跟真的似的，但倪名决怀疑她压根就没跟家里说过她捡了条狗的事情，要不然盖中盖怎么都不至于在陆沅家待了十个月还没有一点要被她带回傅家的迹象。傅明灼这个人精得很，大概是发现养狗其实很烦了，她只想偶尔玩玩，外加拥有一个"狗主人"这个他穷其一生都不知道荣耀在哪里，但她就是格外引以为傲的称号。

把狗丢给他养，一箭三雕。

盖中盖呜咽几声，它实在是太委屈了，毫无征兆地被带到一个陌生的场地，而且这里还是那只王中王的地盘，王中王在这里格外威风凛凛，山大王似的，走路都带着风。

盖中盖没有它高，也没有它胖，还只有一只眼睛，视野不够开阔，根本打不过它，在这个人生地不熟的地方，简直是任狗宰割。

盖中盖最终还是被倪名决带出去遛弯了，在倪名决全程开着和傅明灼视频聊天的情况下，盖中盖听着傅明灼的声音，才有了出门的勇气。

遛完狗回来，倪名决把两条狗扔在楼下房间里，自己上了楼，视频通话还是没挂，上楼的时候，他把镜头切换成前置了。傅明灼正趴在桌子上写作业，半边嘟嘟的脸被手臂挤得变形，嘴也合不上，嘟嘟囔囔地念着题和解题过程。

他笑了一下，没有打扰，回了自己房间轻声关门。

傅明灼做到纸张靠下的题目，距离太近，眼睛聚焦困难，还有一部分题被她的鼻子给遮住了。她懒病发作，不愿意起身，非要跟作业本较劲，各种转脑袋眯眼睛耸鼻子，绞尽脑汁试图用原姿势多看几个字。

"傅明灼。"倪名决打断她。

傅明灼抬眸，这才发现他不知道什么时候就在看她了，她马上收起狰狞的面部表情，换成下巴尖搁到手背上，眨了眨大眼睛。

"眼睛要近视了。"倪名决点了点下巴，"起来看。"

傅明灼挺配合，确实把头抬起来了，她打量了一下他背后的环境，判断出他在房间里："你遛完狗啦？"

“嗯。”

“中盖没有我不行。”傅明灼得意扬扬，“它只喜欢我，因为是我救的它。”

“那你明天来我家管它。”倪名决说。

明天是周六。

傅明灼犹豫了：“可是我明天跟晨阳约好了。”

倪名决听傅明灼说起过傅晨阳，是她小两岁的堂侄女。他随口问：“你们去干吗？”

“她要去看打球。”傅明灼说，“他们班跟别的班打比赛。”

倪名决眉头就皱起来了，初中生的篮球比赛？那不就都是男的吗，有什么好看的？

“可是今天吃晚饭的时候我妈说很久没看到你了。”

傅明灼五天前才跟林幼华一起在外面吃过饭，而且今天晚上林幼华压根就没在家里吃晚饭。

“可是我已经答应晨阳了。”傅明灼为难了，她想了想，“那我明天傍晚来找你，顺便可以遛中盖。”

“随你。”倪名决勉为其难地答应了。

“那我问问一概和林朝有没有空。”傅明灼说着就要去蹦擦擦群里发言。

“不用叫他们，你一个人来。”倪名决说。

傅明灼停下了动作，冲着镜头迷惑地眨了两下眼睛：“为什么？”

倪名决毫不犹豫，直接把亲妈给卖了：“我妈不是很喜欢热闹。”

第二天周六，傅晨阳起了个大早，来到傅明灼房间轻轻推醒了傅明灼：“小姑姑，小姑姑，快点起来了。”

傅明灼昨天睡得还算早，所以稍微迷糊了一会也清醒过来了，她打量着面前穿着超短裙的傅晨阳，还发现傅晨阳的嘴唇色泽鲜艳：“晨阳，你化妆啦？”

“你要化吗？”傅晨阳热情洋溢地从小包里拿出一支口红来，“我帮你化。”

傅明灼拿过口红看了一会，说：“我好像也有一支一模一样的。”

傅晨阳很吃惊：“小姑姑，你也有口红？”

“我有好多呢，而且我不止有口红。”傅明灼的炫耀欲上来了，掀开被子赤脚跳下床，跑到了书桌前，打开柜子，取了一个大大的盒子出来，“我什么都有。”

自从上次文艺会演过后，她又把所有东西原封不动塞回了装满泡沫球的盒子里，后来再也没用过。

傅晨阳伸手掏了几把，发出阵阵惊叹，眼睛都直了："小姑姑，你怎么会有这么多化妆品？"

"倪名决送我的礼物。"傅明灼也跟着一起掏。

"他送你这么多吗？"傅晨阳咋舌，"他为什么送你这么多东西？"

"因为倪名决把我当……"傅明灼不想告诉傅晨阳大家都说倪名决把她当女儿，她换了个说辞，"他只是把我当妹妹。"

姑侄俩忍不住摆弄起了化妆品，偏偏两人都是零基础的化妆新手，把自己化了个四不像，一时之间忘记了时间，等姑侄俩到达篮球场的时候有点晚了，两队男生已经上场了，比赛在即。

令傅明灼意外的是，前来观赛的女生还不少。

傅晨阳拉着傅明灼挑了个位置坐下来，在傅明灼耳朵边说悄悄话："小姑姑，你看那个穿黄鞋子的，他就是我们班班草李毅然，打篮球很厉害。他在学校很受欢迎的。"

傅明灼撇了撇嘴，倪名决才叫受欢迎，运动会他跑接力赛的时候，观众席上的女生都跟疯了一样，呐喊声惊天动地。

随着哨声，篮球比赛正式开始了，傅晨阳凑到前头助威呐喊去了，傅明灼不感兴趣地待在原地玩起了手机，偶尔才抬头看两眼，场上都是一群初中生小屁孩，没看头。

傅明灼端坐，自以为拿出了长辈的成熟。

不知道过了多久，有一双脚停在她身旁："我可以坐这里吗？"

傅明灼抬头，看到一个满头大汗的男孩子，人很清秀，个头也高，是李毅然对手班里的，傅明灼之所以记得这么清楚，是因为这么多人里面属他打得最好。

"可以。"傅明灼说。

"我叫谢嘉言。"男生自我介绍。

"我叫傅明灼。"

听到她也姓傅，谢嘉言下意识地问："你是傅晨阳的妹妹吗？"

什么妹妹，一听这话傅明灼就不太高兴了："我是傅晨阳的姑姑。"

"不好意思，"谢嘉言连忙道歉，"你在哪个学校读书？我没有在希文见过你。"

“嘉蓝。”傅明灼回答，用自豪的口吻。

希文初中是傅明灼就读过的初中，跟嘉蓝仅有一河之隔，被称为小嘉蓝，希文学子的目标高中基本上是嘉蓝。

谢嘉言愣了一下：“可是嘉蓝不是高中吗？”

“对啊。”傅明灼知道谢嘉言的意思，意思就是她不像个高中生，她又不太高兴了，着重强调，“我在嘉蓝高中读高二。”

“啊……”谢嘉言不可置信地将她上下打量一番，又问，“你几岁？”

“十六。”

“你十六了？！”谢嘉言满脸震惊，接下去他没再跟傅明灼多说什么了，中场休息还没结束，他寻了个借口走了，回到了打球的男生中间。

几个男生不知道说了点什么，然后除了谢嘉言，所有人都疯狂笑了起来，谢嘉言则是一副怀疑人生的样子。

傅明灼气得要命，他们一定是在笑她看着这么小却已经在读高中了。

中午结束了比赛，大家约着一起吃午饭，下午还要去唱歌。傅明灼本来已经气消了，结果谢嘉言的几个哥们又总是看她，一群男生不知道在笑说些什么，她有种自己明明是王者却被一群黄金鄙视成青铜的落差感，就不想奉陪了，直接去了倪名决家里。

倪名决来给她开门，很意外：“你怎么这么早就来了。”

傅明灼就把篮球场上的事情跟倪名决说了，她愤愤不平地吐槽：“我现在已经不矮了，他们凭什么笑我？而且他们还不一定考得上嘉蓝呢。”说着说着她开始严重跑题了，“要不是我体育不行，我就是跟你并排的状元。”

“嗯，”倪名决语气很淡，眼神却复杂，“以后不要跟着傅晨阳出去找他们了。你又不是初中生，跟他们有代沟。”

他一听就知道是怎么回事，无非就是小男生把傅明灼当成了同龄人甚至小一两届的漂亮学妹，结果没想到她已经高二了，对初中生来说，她是一个高二的“老女人”了。

就傅明灼这个傻乎乎的什么都不懂，还在那一通瞎生气。

傅明灼的愤怒随着她看到王中王，烟消云散。

“中王！”她扯开嗓子叫一声，眉开眼笑地跑过去了，娴熟地趴到狗背上。

一人一狗，人很兴奋，趴在狗背上揉搓着王中王的脸：“中王，听说你欺负中盖，那是我的狗，你不能欺负，听到了吗？不然我就欺负你。”

狗很颓废，生无可恋地驮着傅明灼，任凭她在它耳边聒噪，它目光绝望地看着倪名决，第无数次听他对傅明灼说："最后一次了啊。"

最后一次，永远是最后一次，最后一次是什么意思？难道是它理解错了吗？

傅明灼满口答应："好。"

倪名决就仿佛完成了使命，任由王中王被欺负，站在一旁看起了热闹。

傅明灼的脸上有好几处没抹匀的粉底，眼周有点泛黑，睫毛黏在一块，两颊也有点不正常的红，红得过分，不像是热的。倪名决一见到她就想说了，但她一通机关枪似的抱怨，没给他机会说。

"傅明小灼灼，"倪名决伸手在她眼睛上揩了一把，果然看到自己的手指被染黑了，"你化妆了？"

"是啊，好看吗？"傅明灼很兴奋，"我用你给我买的化妆品化的！"

倪名决毫不留情，就她这副鬼样子还有小男生找她聊天，简直是见鬼了，这么想着就忍不住迁怒她了："丑死了，你没事化什么妆？"

"晨阳也化了，我为什么不能化？她比我还小呢。"傅明灼马上反驳了。

"晨阳化妆是因为要看篮球赛。"倪名决用一句话将住了傅明灼，"你呢？"他继续问，"你要看什么？"

王中王正好甩了甩身子，差点把傅明灼给甩下去，她情急之下抱紧了王中王的脖子："你买化妆品给我，本来就是给我用的。我想怎么用就怎么用，你管不着！"

大概每个人小的时候都有一个王牌小伙伴，但凡出门，只要说是跟这个人一起，家长们总是格外放心。

傅明灼对傅晨阳而言便是这么一个存在。谁让她学习好呢？在家长眼里，成绩就是王道。

傅晨阳学习不好，班里吊车尾，从小就在父母家人"你要向小姑姑学习"的训诫中长大，每当她说找小姑姑玩，家人就特别高兴，好像只要两个人待在一起，傅明灼的学习基因就能感染给傅晨阳似的。

傅晨阳最近出门频繁了些，惹得家里人不高兴了，所以朋友聚会她把主意打到了傅明灼头上："小姑姑，你陪我一起去吧，求求你了。"

傅明灼只比傅晨阳大两岁，个子比人家矮，心智没人家成熟，但她可是一直都以长辈的身份自居的，面对晚辈的苦苦哀求，傅明灼觉得自己要担起长辈的责任，所以她非常仗义地答应了。

又是个周六，傅晨阳一大早就来找傅明灼了，这回她是素颜来的："小姑姑，你的化妆品借我一下。”

“你小心点用哦。”傅明灼睡得迷迷糊糊仍不忘记叮嘱，“不要给我弄坏了。”

这些可都是倪名决送给她的。

傅晨阳又把自己弄了个四不像出门，傅明灼本来也手痒想往自己脸上捯饬捯饬来着，想起倪名决的话，作罢了。

傅晨阳的朋友聚会上，傅明灼又见到了那个谢嘉言，他的两个朋友也在，她马上就记起了一个月前自己是怎么被他们羞辱的，所以没等谢嘉言跟她打招呼，她已经负气地把头撇开了，拒绝搭理。

她拿出长辈的架势请大家喝了奶茶，唯独没请他们三个。

“谢谢小姑姑。”傅晨阳道谢。

李毅然也道谢：“谢谢小姑姑。”

所有被请到奶茶的人统统跟着叫：“谢谢小姑姑！”

被这么多小孩子冠以长辈的称呼，小姑姑长、小姑姑短的，傅明灼越听越飘，原本只打算待一会就走的，但最后她愣是在那玩了一个下午。反正她心思幼稚，跟初中生根本没有代沟，事实上大部分时候还要人家初中生谦让着她来。

唯独谢嘉言想跟她说话，她打定主意不理他。

天开始黑了，一群人才作鸟兽散。

回家路上，傅晨阳神神秘秘地给傅明灼看了一样东西：“小姑姑，你看。”

傅明灼一看，明天晚上周杰伦演唱会的门票。

“李毅然请我看演唱会。”傅晨阳满面笑容，“临时买票很贵，他说两张票花光了他的所有积蓄。”

傅明灼翻来覆去地看着票，虽然只是看台票，但也足够她羡慕了。傅行此和宴随也想抢票带她一起去看来着，但完全抢不到，实在抢不到他们也没勉强，因为之前已经去看过几次现场。

次日下午，傅明灼的微信接到了一个名叫“xjy”的人的微信好友请求。

她看着名字首字母猜了半天没猜出是谁，先通过了：“你是谁？”

对方不搞神秘，一上来就自报家门，叫得非常客气：

“小姑姑，我是谢嘉言。”

怕她不记得似的，加了一句：“就是今天穿红色毛衣的男生。”

这声“小姑姑”令傅明灼神清气爽，她假装冷淡：“哦，你有什么事吗？”

xjy：“我是不是惹你生气了？如果是真的话，我想跟你道个歉。”

傅明灼更神清气爽了，眼见聊天框顶部一直显示“对方输入中……”，她就静待下文。

xjy：“听傅晨阳说你很想看周杰伦的演唱会没买到票，我这里刚好有两张票，就当给你赔个罪，行吗？”

谢嘉言又“对方正在输入中……”了好一会，发来一条：“其实别看你上高二，我上初三，事实上你只比我大一岁零几天，你八月七号生日，我次年九月九号生的，刚好错过六岁上一年级。”

谢嘉言为了两张看台票，也花光了所有的积蓄，他比李毅然更惨，还背负了一身债务。

傅明灼冷哼，就算只大一岁也是她大，不是他们嘲笑她小的理由，不过看在门票的面子上，她勉为其难选择与谢嘉言和解了。

xjy：“那我们明天七点不见不散。”

傅明灼在入场后拍了张演唱会的票到蹦擦擦的群里炫耀。

倪名决在打游戏，看了一眼，没理。之前她说过他哥姐想带她去看，他想当然地以为傅明灼就是跟家人一起去的。

到底是女生眼尖，林朝发现不对劲了：“小鬼，你怎么买的看台票？”

傅明灼：“嘻嘻，我跟晨阳的同学一起看。”

林朝：“你也就跟初中生、小学生没代沟了。”

傅明灼：“谁说的？晨阳的同学都叫我小姑姑的。”

……

倪名决在游戏里等待复活的间隙，去群里爬了会楼，爬着爬着眉头就皱起来了，不好的预感越来越强烈，他来不及看完就去私聊了傅明灼：“傅明灼，你跟谁一起看的演唱会？”

傅明灼大概已经开始看演唱会了，半天都没有回复。

这天的演唱会，又一个男孩子为此倾家荡产，陆沅和袁一概收到倪名决要求借钱的消息的时候，都怀疑他是不是被盗号了。

八点半，体育馆外，全场大合唱清晰飘荡着。

一个十七八岁模样的男孩子被挡在入口检票处，脸色铁青，布满阴云的前奏。

演唱会已经开始近一个小时，才来的人已经很少。

又一对情侣下了的士匆匆跑来，他迎上去，上前攀谈。

他给的条件很诱人，甚至直接说出“价钱随你们开”，但女友在旁，男人要面子，犹豫一下，还是摆了摆手：“不好意思，我们自己也想看。”

这已经是他第三次被人拒绝了。

倪名决第无数次低头看了看手机，傅明灼没有回复。

倪名决：“傅明灼，你跟谁一起看的演唱会？”

傅明灼过了快五分钟才回复：“你不认识。”

倪名决：“你别说是上次笑话你的那个小孩。”

又是三分钟后，傅明灼才回复：“你怎么知道！”

倪名决：“你给我出来。”

两分钟后，傅明灼：“不要。你别吵我了！我要看演唱会了！”

倪名决：“让你出来你听到没有？”

这是十几分钟前的聊天，在那之后傅明灼再也没有回复。

黄牛又一次晃荡到他旁边，循循善诱：“小伙子，我不骗你，我的票绝对货真价实。不信我陪着你检票，过不了我马上退钱行伐？”

倪名决沉默两秒，表情有所松动。

黄牛一看有戏，乘胜追击：“你想要什么票？我这都有。”

“最贵最近的，两张。”

倪名决在人山人海的看台区找到傅明灼的时候，舞台上正唱到“我顶着大太阳，只想为你撑伞，你靠在我肩膀，深呼吸怕遗忘”。

那天高速前行的列车上，也是这首歌，那天的田野风景在窗外倒退，双道彩虹高挂天际。她温热的身体近在咫尺，呼吸在他颈畔轻扫，奶香味若有若无，而他裤袋里搁着一张硬硬的卡片，是她不翼而飞的临时身份证。

他现在知道了，那首歌叫《园游会》。

倪名决阴沉的目光飞快地掠过谢嘉言，然后盯住目瞪口呆的傅明灼，一把把她拽了过来。

“倪名决，你怎么来了，哎，你干什么嘛！”傅明灼还想挣扎，不过当他把前排票甩到她面前，她一看，立马安静了，眉开眼笑，背信弃义地就要收拾东西抛下谢嘉言跟他走。

谢嘉言破产才换来的一起看演唱会的机会眼看就要泡汤，他当然不干了，急了：“小姑姑，他是谁啊？”

傅明灼还没说话，倪名决已经面无表情开口了，语气里的冷意能把人冻得结冰：“希文初中是作业太少了所以你们这么闲吗？我表姑正好在希文任教，我是不是应该跟她提议给你们增负？”

倪名决脸色很冷，拽着傅明灼后颈的衣领带着她走开了，把欲言又止、欲哭无泪的谢嘉言留在了原地。

去前排的路上，傅明灼心急难耐，扒拉住倪名决的脖子要他低下头来：“倪名决，我问你，倪名决、倪名决。”

倪名决不理她，也不低头，直视前方，半拎着把她带到第二排的座位坐下。

傅明灼哪里还有心情看演唱会，一坐下她就迫不及待地凑过去了，现场又开始大合唱，震耳欲聋，她不得不把嘴凑在倪名决耳边，才能保证自己的声音不被淹没：“你怎么来了嘛！”

倪名决现在一肚子火，他皱着眉头满脸不耐烦，拽着她的头发把她拖远些。

傅明灼还要凑过来。

不怕死的丫头片子。“听演唱会。”他咬牙。

傅明灼哪里肯。

他拽着她的辫子不肯让她再凑过来：“回去再说，太吵了。”

傅明灼想想现在这个环境，确实也不适合说事，不然喉咙都得喊破。但演唱会还有很久才结束，她忍不了，马上去找林朝了，把事情跟林朝那么添油加醋地一说，然后问林朝：“林朝，你说倪名决为什么也来看演唱会了？”

林朝：“你自己问他啊。”按照傅明灼的性格，肯定是要不管不顾地问个清楚的。

傅明灼：“我问了啊，但是他说现在太吵了一会再跟我说。”

林朝：“那你觉得呢？”

傅明灼：“倪名决从来没说过喜欢周杰伦，他不会是为了陪我看才来的吧？”

倪名决居高临下把两人的聊天记录看下来，头也大了，他伸手抢过傅明灼的手机。

傅明灼毫无防备，手里一空，手机成功让他抢走。

这种闺密之间的聊天怎么可以被别人看见？而且还是当事人。她以为他是要看她聊天记录，急得上蹿下跳，但倪名决目不斜视，一手挡住她，一手返回在首页翻了翻，找到自己的聊天框，快速在输入框单手打了一串字以后就还给了她。

“天价问黄牛买的票，我现在一分钱也没有了，你给我睁大眼睛竖起耳朵看好听好了，不许浪费。”

傅明灼看完，也快速打了一行字给他看。

倪名决拿过手机，心不在焉地一看。

傅明灼打的字是："你也没钱了？谢嘉言也把钱花完了才买到的票，我这么走了，会不会很对不起他？"

倪名决怒极反笑。

三八妇女节的时候他给傅明灼买的那一堆化妆品就花了他多年来的大部分积蓄，刚才买票的时候黄牛看出他的急迫，坐地起价，开了个非常无耻的价钱。

倪名决没空讨价还价，彻底用完了自己的积蓄，还搭上了陆沅和袁一概借他的一部分钱才凑够。

丫头片子本事是真的大，还没长开呢，看场演唱会就能让两个人为了她倾家荡产。再长大些，是不是要烽火戏诸侯才能满足了？

倪名决退出和自己的聊天框，随便那么一找就找到了那个谢嘉言，他又一手拦住了嚷着"倪名决你想干什么"想要来夺手机的傅明灼，一目十行地扫完了页面上的聊天记录。

傅明灼这个缺心眼的。

他发了条"演唱会的票花了你多少钱？"过去。

谢嘉言答非所问："小姑姑，你现在在哪里？刚才那个人是谁啊？"

倪名决："少废话，多少钱？"

谢嘉言："一张票两千二百元，太临时了，票很贵。"

也就是说原价八百多块钱的票花了近三倍价钱才买到。倪名决拿出自己的手机，给傅明灼转了五千块钱，然后通过傅明灼把五千块钱给谢嘉言转了过去，接着干脆利落地把人给拉黑删除了。

傅明灼目瞪口呆，过了很久，她开口了："你……"

她要是敢说什么不该说的话，倪名决也拿不准自己指不定能干出什么事来。

傅明灼凑近他，大声说："二乘两千二等于四千四，不是五千。你算错了！"

半晌，倪名决后仰靠到椅子上，忍不住笑了出来，扶住额头低语："傅明灼，我真是服了你了……"

演唱会在傅明灼的翘首以盼中结束，从座位上一起来，她就开始缠着倪名决喋喋不休："现在你可以说了吧？你是什么意思？"

倪名决一直等走到体育馆外头才搭腔："傅明灼。"

连名带姓叫她，是很严肃的前奏，傅明灼洗耳恭听。

“你知不知道那个谢嘉言为什么请你看演唱会？”

傅明灼理所当然地回答：“他说他要给我赔礼道歉，之前他不是嘲笑我小吗。”

“赔他个头。”倪名决单手叉腰，有点无奈地看着傅明灼，半晌，他恨铁不成钢地说，“算了，反正以后他没时间找你了，我一会就告诉我表姑，这群小孩有多闲。”

倪名决把她头上摇摇欲坠的演唱会头箍戴正：“走了，回去了。”

既然倪名决说回家，傅明灼理所当然地等着倪名决叫车，结果倪名决说：“都跟你说了，我没钱了。”

傅明灼想想他才买了两张前排票，又给谢嘉言转了五千块钱，说没钱应该不是假的：“好吧，我叫就我叫。”

倪名决直视前方，继续说：“而且接下来至少两个月我都没有钱，这两个月你就是我的财务了，你负责请我吃饭、请我喝饮料、请我出去玩。”

现在没钱是真的，而且还欠了外债，但是没有两个月那么夸张，就算他不问家里要钱，父亲也会定期给他钱，出手大方，但他就是讹上她了。

第二章

给你门匙

十二月中旬，初雪来临，锦城变成一座银装素裹的冰雪世界。

这是个周日，傅明灼一天没出门，晚上，傅行此和宴随来她房间帮她写作业，写着写着，宴随看着窗外不断飘落的雪花，犯起了懒，跟傅行此撒娇："哥哥，我明天不想去公司了。你也别去了，我们明天堆雪人打雪仗好不好？"

傅行此如临大敌，给宴随使了个眼色。

宴随后知后觉反应过来自己说错话了，她不应该在傅明灼面前说这个，按照傅明灼的脾性，听到哥哥姐姐都说不去上班，她肯定也不想上学了。

果然，傅明灼马上停笔，把头扭过来看他们两个了。

傅行此和宴随大气都不敢喘，宴随自知坏事，马上改口："上，上，哥哥和姐姐明天都上班去，赚钱要紧，要给灼宝宝攒嫁妆。"

傅明灼啃着水性笔尾巴，看着哥嫂两人，老半天没说话，似乎在权衡着什么。

"少来这套，你明天必须上学。"傅行此的教育方式要强硬许多。

正常情况下，即便有傅行此的威严震慑，傅明灼也不可能善罢甘休，想要她不搞幺蛾子，必定要经历一番哭哭啼啼、鸡飞狗跳。

但这次她居然只是"哦"了一声，就乖乖把头转了回去，继续做作业。

傅行此和宴随彼此对视一眼，都从对方的眼睛里读出了震撼。

但他们没质疑，生怕多说一句就改变了傅明灼千年一遇的懂事，这来之不易的和平，没人敢破坏。

傅明灼确实从小就不太喜欢去学校来着，上幼儿园的时候，她是全园最让人头疼的小孩，没有之一。正常说来，小孩子过个那么一两个礼拜也该适应上学的生活了，但是傅明灼不，她的世界没有"妥协"这个词语，开学三个月了，她还是每天早上寻死觅活地抱着送她上学的阿姨不肯松手，哭得惊天动地，然后每天回家了都是气呼呼的，把全家人当仇人，非要好好哄一顿，或者傅行此耐心耗尽了揍她一顿，她才消停。

第二天，周而复始。

到后来傅行此不得不怀疑她是不是在幼儿园受到了什么虐待才会如此排斥上学，某天偷偷在她书包里放了个录音笔，才确认这丫头片子在幼儿园里安全得很，她就是纯粹事儿精不想上学而已。

小孩子的情绪是很容易互相影响的，她的不配合导致他们整个班每天早上都哭成一团。

他们班老师都快疯了，园长也快疯了，最后园长实在没辙了，来找傅行此，建议他考虑一下让傅明灼推迟一年入学，其实就是委婉地希望傅明灼不要继续去他们幼儿园上学了而已，她已经严重影响了幼儿园的正常秩序。

而傅行此，总是凶傅明灼是一回事，但宠起傅明灼来也真的是没底线。傅明灼就这么只上了三个月的幼儿园，后来再也没去过，一直到上一年级了，才实在没办法开始了上学历程。

当然，她适应上一年级的过程又是一场浩劫，更大的浩劫，惨烈到傅行此悔断了肠子想自己为什么当初一心软就没让她上幼儿园。

总之，傅明灼的上学历史，是一部血书。

而现在，令傅明灼难以置信的是，自己居然好像有那么点期待上学了。

自从演唱会那天开始，她和倪名决这连续大半个月来每天都会碰面。周一到周五学校上学自是不必多说，放学以后和周末的时间，有时候她去倪名决家里看林幼华看狗，有时候蹦擦擦嘉蓝分队有聚会，还有的时候倪名决要她出来给他付钱——演唱会以后倪名决一直在她这里蹭吃蹭喝，就连买瓶两块钱的矿泉水都要她付钱。

总之他们每天都有正当理由见面，但燃烧近二十天的小火苗在今天灭了。

一天不见倪名决，她好像有点说不上来的感觉在心里作祟，以至于她想到明天就是星期一，就觉得有了曙光，就连夜晚都是漫长的。

锦城被连夜大雪盖得严严实实。

第二天，傅明灼一大早就自觉起床了，到嘉蓝校门口的时候，才六点四十分，距离早自习开始还有二十分钟，刷新她最早上学的纪录。

她透过车窗玻璃看到倪名决从倪震车上下来，下了车没立刻关门，站在门口，不知道和倪震说着什么。

倪名决居然也这么早就来了学校。

傅明灼打开车门，冷冽的空气带着雪清淡的味道把她包围，她的脸上，还有呼吸道，都像结了一层薄薄的冰，很冷，但是很舒服。

“倪名决！”等司机叔叔一开远，她就雀跃地叫了倪名决一声，背着书包冲他飞奔而去。

倪名决闻声朝她望来，他把手搁到车门上，视线越过车身，脸上先是笑意，很快他的眉头就担忧地锁了起来，“傅明灼，你别跑。”

傅明灼不听他的，很快绕过车来到倪名决身后，一头撞了上去。她拽着他的衣服下摆，兴奋地原地跳了两下，脑袋从他手臂和身侧间钻出去，她一边把脸前乱了的发丝拨开，一边跟倪震打招呼：“叔叔好！”

“灼灼，你好。”倪震忍俊不禁，嘱咐道，“下雪天路滑，要慢点走，小心摔跤。”

“好。”傅明灼应下。

倪震又重新看向儿子，继续被傅明灼打断的话题：“那爸爸一会打你支……”

倪名决却当机立断直接把门给关上了，拽着傅明灼就走，留下倪震满脸问号。

傅明灼回头看看倪震，对倪名决说：“你爸爸话还没说完呢，他说要给你打什么，支付宝吗？他要给你打钱了？”

“想多了。”倪名决把她脑袋扳回来，“跟你说了我至少两个月没钱，这才过了不到二十天，你就想赖账？”

傅明灼心思不在倪震身上，既然倪名决这么说，她也没有深究，把注意力放回倪名决身上，因为高兴，她连走带跳的：“倪名决，那你今天怎么这么早就来学校了嘛！”

“下雪天路况不好就早点出门了。”倪名决随口扯了个借口，他没说昨天一整天耳边没有傅明灼的聒噪，不适应。

说着话，他下意识地回头，看到教导主任就在他们身后不远处。

倪名决在第一时间松开了傅明灼，并横向走远了一步，与傅明灼中间隔出两步的距离。

嘉蓝管早恋管得还是挺严的，尤其是教导主任，是坚定走反早恋道路的领导者，要是让他看到学校里男女同学距离过近，一定会惹出不必要的麻烦。

傅明灼光顾着兴奋了，根本没注意到教导主任，倪名决走远一步，她马上又凑过去了，扒拉住他的手臂：“那你居然刚好跟我同一时间到校。”

“明灼。”教导主任在后面叫她。

傅明灼回头，热情打招呼：“主任好。”

教导主任慈爱地摸摸她的头：“你这么早就来学校了啊？学校都给你们家长发消息了，让你们路上慢一点，安全第一。”

傅明灼心虚地笑了笑，睁眼说瞎话：“起早了，反正也没事，还不如来学校学习呢。”

对话的同时，傅明灼的两只手还搭在倪名决手臂上。

教导主任对此视而不见，欣慰地点头：“明灼不愧是第一名！名决，”他板起脸，凶神恶煞，“你学着点。”

倪名决真情实感地迷惑了。

当天傍晚，林幼华在客厅发呆，直到门口传来动静，她才从呆愣中醒过神来，一下午的时光又在想念女儿中度过了。

看时间，应该是倪名决放学回来了。

她料得没错，门锁转动，倪名决拎着书包进来了。

母子俩对视一眼，林幼华站起来，小心翼翼地跟他打招呼："回来了？"

倪名决微不可察地一颔首，抬腿朝楼梯方向走。

林幼华也习惯了，林昭走后，儿子一直都不待见她，现在已经比最开始好很多，至少现在她跟倪名决说话的时候，他还是会有点反应的。

傅明灼小丫头在其中起了很大的催化作用。

她重新在沙发坐下。

"妈。"

听到这声久违的称呼，林幼华一愣，一瞬间甚至以为自己幻听了，她一颗心又是酸涩又是激动，紧张地抬眸朝楼梯望去。

太久没有叫过"妈妈"，倪名决脸上也有些许不自然，他踌躇两秒，开了口："我想跟你商量个事。"

十二月中旬的时候，陆沅放假回来了。

陆沅回来当天，倪名决拎了一个包，装了点换洗衣物，带上两条狗，深更半夜去机场接了陆沅，然后就又住到了陆沅家里。

锦都壹号院恢复了从前的生机，蹦擦擦三天两头聚会，周末在琴房里待上一整天。

晚饭过后，傅明灼照常接到倪名决的微信，要她下去一起遛狗。

天下了点小雨，锦城的冬天本来就湿冷，下了雨，一降温，寒气更是一丝丝地往骨头缝里钻，换了从前，傅明灼才懒得出门。

但是这样的日子来之不易，陆沅这次总共就只会在国内待那么半个月，半个月后，倪名决也会重新回到自己家里住。

不能浪费。

傅明灼作了一会心理斗争，最终还是唉声叹气地戴上厚厚的帽子、围巾和手套出门了。

毛毛细雨里，王中王和盖中盖各穿了一件雨衣，憨憨傻傻的，一看到她来，上蹿下跳。

倪名决跟她一样也偷懒没撑伞，只把羽绒服的帽子戴起来了。他薄薄的短款羽绒服没拉拉链，敞开着，里头是一件白色的圆领羊绒衫，领口以上，形状好看的锁骨和修长的脖颈露在风里，他一手揣在兜里一手拉着狗绳，连手套都没有戴。

好像根本不冷似的。

傅明灼还是第一次下雨遛狗。因为以前下雨的时候，陆沅懒得遛狗，倪名决也懒得遛狗，一下雨他们就罢工，所以盖中盖和王中王最讨厌的莫过于下雨天，梅雨季节阴雨天连绵不绝的时候，两条狗在家待得简直怀疑狗生。

她先是被两狗的雨衣吸引了注意力，咯咯直笑："它们好滑稽啊！"

"喜欢给你也买一件。"倪名决说。

"我才不要。"傅明灼圆溜溜的眼睛一瞪，"这是给狗穿的，你自己穿去吧。"

她这时才注意到他穿得很少，关心道："倪名决，你不冷吗？"

"嗯。"倪名决应道，也不是完全不冷，出门的时候发现自己穿得太少了点，但他懒得再进去换衣服了。

傅明灼快冻死了，她不相信这个世界上真的有这么不怕冷的人，因为戴着手套，她没法探探他露在外头的手的温度，干脆弯下腰把脸贴上去了。

倪名决的手冷得跟块铁似的。

"骗人，你明明快冻死了。"他左手牵狗绳，傅明灼把左手手套拽下来递给他。

倪名决换了右手拿狗绳，左手伸出去："你给我戴。"

她的手套小小的，弹性撑开了戴在他手上还是有点紧，带着她热乎乎的体温，紧紧包裹住他冻得僵冷的手掌。

傅明灼给他戴上手套，就把手揣进了口袋里。

倪名决低头看一眼，右手去她口袋里把她的手拿出来了，在她"倪名决你干什么"的质疑声里，拽着她的手塞进自己衣服口袋里，怕她跑了似的，他的手在外面摁住了口袋。

傅明灼抬眸，看到他英俊的侧脸以及被夜风吹乱的头发。

跨年夜蹦擦擦是一起过的。

还是陆沅家里顶楼阳台，自助火锅，不过比前一年多了个傅明灼。

十二点的钟声敲响，是新的一年了，众人都吃撑了，瘫在椅子上随意地喝着饮料聊着天。

傅明灼凑到陆沅旁边："陆沅哥哥。"

倪名决看他俩一眼，收回视线，默不作声地仰脖喝了一口饮料。

"你什么时候走？"傅明灼问。

这问题早就说过无数遍了，不过陆沅还是耐心作答："一月六号。"

他还能在国内待五天。

傅明灼扯着他的衣袖，撒娇："你可不可以多待几天嘛！"

陆沅想到一旁的倪名决，恶作剧心理上来了："怎么了，你舍不得我走啊？"

"嗯！"傅明灼用力点头，"我很希望你多待几天。"

陆沅余光瞥见倪名决的五指攥紧了易拉罐，铝罐受力发出咔咔的轻微声响。

这玩笑可不能继续开下去了，再开下去有人就要发飙了。陆沅正了脸色："不能再晚了，已经推迟两天了，我要开学了。"

陆沅原本的计划是待到一月四号就走的，应了倪名决的请求，才改到一月六号，他回校的行程因此变得特别紧。

傅明灼一张小脸苦兮兮地皱起来了，接下来，她郁郁寡欢，打不起精神。

倪名决一忍再忍，终于在傅明灼第无数次问陆沅"陆沅哥哥，你真的不能再多待几天吗"的时候，忍无可忍，起身先回房间了。

一个易拉罐被他踢飞，哐哐当当滚了老远，金属与地面的摩擦声在寂静的夜里刺耳异常。

傅明灼看他背影一眼，费解地嘟囔："倪名决干什么嘛，新年第一天就这么大脾气。"

陆沅扶额。

怪谁？

一月六号下午，陆沅回澳洲的航班准时起飞，起飞前，他在蹦擦擦群里发了消息："我马上飞了，大家保重。"

傅明灼在课上偷偷拿出手机看了一眼，无精打采地趴到了桌子上，她抬眼看着倪名决的背影，心里的失落一阵接着一阵作祟。

今天开始，倪名决又要回家里住了。快乐的时光为什么总是这么短暂？

下了课傅明灼也没精神，依然趴在桌子上放空。

教室外头出现一张漂亮的脸孔，果冻般的嘴唇开合，说话的声音又娇又脆："匿名。"

大半个教室的人的注视里，倪名决站起来，走出了教室。

傅明灼从发呆的状态中恢复过来。

是顾愿找他。

高一刚开学那会，顾愿总是找倪名决，但倪名决比较冷淡，顾愿一个姑娘家到底脸皮薄，渐渐也就就放弃了。

她现在怎么又开始找倪名决了嘛！

傅明灼听不清他们在说什么，但两人好像聊得很投机，顾愿一直在笑，倪名决面色也很轻松，一直到上课铃响了，两人才结束话题。

接下去的一节课，傅明灼看着前方的人，频频走神，不能继续和倪名决住在同一个小区，舍不得的人，好像只有她一个。

她好像不认识她自己了，她居然变得这般患得患失，忍不住一直在猜想他们两个说了什么这么愉快。

一定是她的好奇心在作祟，从小到大她的好奇心都很强。

一直到放学，傅明灼都没找倪名决，倪名决自从坐到讲台旁边的座位，开天辟地头一回感到自己的耳根子这么清净，清净得他浑身不自在，他主动找傅明灼说了几次话，她都爱理不理。

等到放学，傅明灼背上书包就走，没有和倪名决打招呼。

锦都壹号院，又恢复了寂寞。

饭后，傅明灼回到书桌前，打开的作业本页面干干净净，刚才饭前她在书桌前坐了半天，却一个字都看不进去。

马上就要月考了，期末考试也近在眼前，傅明灼强迫自己把心思放到学习上，她提笔投身题海，要把占据自己脑海的身影赶出去。

但写完一样作业，换本子的时刻，她又不自觉走神了。

想着想着，手机一震。

傅明灼回过神来，恼恨自己又开始分神，她抿紧嘴唇，将手机拿过来，看是谁找自己。

“傅明小灼灼，下来陪我遛狗。”

傅明灼撇嘴，不理。想要她？

没门。陆沅哥哥都走了。

她提笔写了几个字，到底还是没法完全无视，站起来朝窗外看了一眼，打定了主意，他要是耍她的话，她就跟他没完。

但是，目光尽头，栅门外，真的是那三道熟悉的身影，一人两狗。

倪名决朝她招了招手。他还是穿得很少，校服外面套了件风衣，不过今天戴手套了。

一整天的不开心都消失无影踪了，傅明灼套上外套，戴上围巾和帽子，本来还想找手套的，但一时半会没找到，她无暇再顾及，飞快地跑下了楼。来到栅门前，她抓住栅门铁条，脸挤在两根铁条中间好奇地朝倪名决身后张望了一番："倪名决，你怎么来了嘛！"

"找你一起遛狗。"倪名决说着，稍稍推开她被挤得变形的脸，"不冷吗？"

"冷，冷死我啦！"傅明灼马上移开了，打开栅门跳出去，绕到倪名决身后，把两只手伸到他卫衣的帽子底下，冻得冰凉的手感受到了热意，舒服极了，"嘻嘻。"

倪名决反手把她两只手拉下来，将其中一只塞进自己大衣口袋里。

"我还有一只手。"傅明灼把另一只手也伸过去，风衣口袋不是很装得下她两只手，她艰难地挤了半天才挤进去。

这导致她走路的姿势非常怪异，得半侧着身面朝他。看到他，傅明灼很开心，脚步欢快："你怎么来了嘛！你专门从紫荆山庄过来找我遛狗的吗？"

"不是。"倪名决给予了否定的答案。

傅明灼疑惑了，皱起眉头，一边被倪名决和两条狗带着往前走，一边费解地打量着他，思考着他到底为什么会出现在锦都壹号院。

她的目光过分灼热，灼热到倪名决都怀疑自己脸上要被她烧出两个洞来，他捏捏她的手："白天在学校怎么不理我？"

说到这个，傅明灼就不太高兴，她直言不讳："你白天跟顾愿一直聊天。"

倪名决蹙眉，也回以费解的目光盯着她的脸："那你就不理我？"

"你们聊了那么久的天。"傅明灼"哼"了一声，又补充，"我跟她可是仇人。"

倪名决的眉宇锁得更紧了，他和顾愿统共也没说一个课间的话，他言简意赅地解释："她找我去参加初中同学会。"

"你很开心。"傅明灼言之凿凿。

倪名决是不知道自己怎么就很开心了，顾愿叫他一起去参加同学会，他不想去，就拒绝了。

"噢。"傅明灼勉强信了，又回到她最疑惑的问题，"那你究竟为什么出现在这里？你还是住在陆沅哥哥家吗？"说到这里，傅明灼的声音陡然拔高一个度，充满着浓浓的兴奋之情，“难道陆沅哥哥没走？！”

“陆沅走了。”倪名决的声音冷下来。

“那你为什么在这里？”

傅明灼问了一通，但倪名决始终没给出解开她疑惑的答案，问到后来她烦了，“噌”地把两只手从他衣服口袋里抽了出来：“不说算了，我要回家了，我作业还没写呢。”

动作太迅猛，倪名决的口袋不堪重负，“刺啦”一声，发出一声裂帛声。

傅明灼眨眨眼，倪名决最近吃她的、喝她的，估计也没钱买新衣服，他不会还要她赔吧？她的零花钱够吃吃喝喝，但要买什么大件的话，悬。因为傅行此怕小姑娘身上钱太多容易被居心叵测的人惦记，所以他给傅明灼的零花钱向来不算多，一般他宁可选择自己把东西给她买来而不是给她钱让她自己买。

反正风衣，她是赔不起的。

“我要回家写作业去了。”傅明灼见状要溜。

“傅明灼。”倪名决抬起眉眼颇为无奈地摇摇头，拉住她。

傅明灼眼见逃不掉，干笑两声，说：“我想起我家阿姨好像会缝衣服，要不我让她给你缝起来，看不出来的。”

其实她从来没见过阿姨缝衣服。

好半晌，倪名决眉一挑，把她手腕扣得更紧：“我不要你家阿姨给我缝，要你来缝，走，你去我家把我衣服缝好了再回家。”

“我不会缝，你放开我，我要回家写作业。倪名决你干什么嘛！我连头发都不会梳，怎么可能会补衣服，你放开我，我要回家了！！！”

倪名决不顾傅明灼的挣扎，拉拽着她来到锦都壹号院的一栋屋子前，他从口袋里拿出钥匙，插进锁孔，推门而入。

这里既不是陆沅家，也不是傅明灼家，是从前从来没来过的陌生房子。

傅明灼噤声了，站在门口惊愕地瞪大了眼睛，还没搞清楚状况。

“傅明小灼灼。”倪名决拉过她的手腕，“进来参观一下我的新家。”

倪名决想住到锦都壹号院来，原本只是想租个房子暂时住下的，没想到林幼华直接为他在锦都壹号院买了一栋房子。

锦都壹号院是锦城比较老牌的富人小区了，早二十多年前就没有一手房可以买了，连二手房房源都还是托了关系才打听到的，经过看房、选房再到最终定下来也费了不少心思。还好这间屋子虽然从没住过人但已经装修完毕，给他们省了不少心，买下房子以后，经过彻底的大扫除，又购置了一些家具，请了钟点工定时打扫、煮三餐，倪名决就住进来了。

林幼华舍不得这个充满女儿存在痕迹的地方，所以她还和丈夫住在原来的家里。

当然，让儿子单独住在外面，她当然有她的担忧，要跟倪名决约法三章。

她看着儿子：“你还小，该做什么，不该做什么，心里清楚吗？”

“你放心。”

就这三个字，林幼华点点头，放下心来。林昭死后，倪名决性格大变，但是林幼华知道，她的儿子骨子里的东西是不会变的，睿智，理智，有主见，有自制力，令她为之骄傲。

傅明灼愣愣的，不敢相信自己听到了什么：“你说这是你的新家？”

“嗯。”

“那你以后都住这里了吗？”

“是。”

“还有中王和中盖？”

“对。”

“啊！！”傅明灼抱住他的胳膊，高兴得直跳，“那还有阿姨和叔叔呢？”

“他们不来。”

“那他们让你一个人住？”在傅明灼看来，这是匪夷所思的事情，至少哥哥姐姐绝对不可能放心让她住到外面去。

“给你准备了个房间。”倪名决拽拽她的辫子，“怕我寂寞的话，你可以过来陪我住。”

这句当然是玩笑话了，当然傅明灼要是想住下完全没问题，楼上有收拾好的客房。不过傅明灼现在不可能在外过夜，陆沅还在国内的时候，袁一概和林朝都好几次留宿他家，唯独傅明灼从来没有，她家里不放心她在外头住。

想等傅明灼住进来，倪名决估摸着，至少也得成年吧，长期住的话更是遥遥无期。

他没想到的是，这一天来得这么快。

自从他搬到锦都壹号院，他家就变成了蹦擦擦新的根据地，热闹得很，到了寒假更是不用说，这几个人就跟扎根在他家了似的，三天两头往他这里跑。

跑得最勤快的就是傅明灼，她距离最近，几乎每天都要来报到，几种交通方式换着来。

大年二十九这天，她在他家里咋咋呼呼玩了一天，把王中王折磨得够呛，天色暗下来了才依依不舍地走，走前还不忘林幼华交给她的使命："倪名决，明天就要过年了，你别忘记回家吃年夜饭。"

"知道了。"倪名决不耐烦地打发她赶紧走，这话从早上开始到现在都说了几百遍，她也说不腻，他听得耳朵都快起茧了。

傅明灼冲他吐了吐舌头，这才走："拜拜！"

晚饭过后，天下起了小雪，倪名决乐得轻松，偷懒没遛狗。

不管两条狗可怜巴巴的哀求，他去房间练了会贝斯，其间手机一直在震动，都是蹦擦擦的群消息，难得的是，傅明灼没有发言，只有陆沅、林朝和袁一概他们三个在聊天。

倪名决留意了一下，发现自从她回家，他就没有收到过她的消息了。

傅明灼这么安静的情况，很少见。

倪名决给她发了条微信，十五分钟过去，依然没有收到只言片语。

给她打电话也没接，倪名决蹙眉。

他家到她家的距离，步行五分钟，总不至于在这么五分钟之内她还能出什么意外吧？

只是他实在没法放心下来，穿了外套下楼，打算去她家一趟。

打开屋子大门，冷风呼啦啦灌进来，他缩缩脖子，又给傅明灼发了条消息："傅明灼，人呢？看到给我回消息，不然我去你家找你了。"

寒风里，他似乎听到一声微弱的微信提示音。

来自栅门外。

傅明灼就蹲在栅门外头的围墙边，躲在一棵铁树的阴影处，不注意看的话，根本发现不了这里还藏了个人。

她低着头，捡了根树枝胡乱地在地上涂画。

听到栅门打开的声音，她手里动作停了一下，但又继续若无其事地画起来。

倪名决慢慢走近，在她面前停下来。

傅明灼手上的动作停下了，倪名决希望这只是她在恶作剧，等了她两秒，没等到她扬起天真无邪的脸，也没等到她雀跃地叫他"倪名决"的声音。

她依然垂着头，一言不发。

她的个头已经超越了南方女生的平均身高，但从这个角度看下去，还是瘦小得不可思议，像一只受了伤的小猫，在无人的角落舔舐伤口。

倪名决倾身，拿走她手里的树枝扔到一边，沉声问道："能走吗？"

黑暗里，傅明灼沉默良久，小幅度地摇摇头。蹲太久，又吹了那么久的冷风，她的腿脚早就麻得失去了知觉。

她头顶落下一只温热的手来，大拇指轻轻摩挲了几下。

随后，倪名决双手抄到她腋下带着她站了起来。

傅明灼像个没有知觉的布偶，任人摆布。

倪名决从来没有见过这样的傅明灼，毫无生气，一张脸上不见从前的半分生动，充斥着悲观和厌世。他把人打横抱起来，她脸贴到他脖子上，冷冰冰的，还有一些微不可察的颤抖。

他的心都被她揉皱了。

屋里开了暖气，热烘烘的，大大的水晶灯亮堂堂的，照得屋子亮如白昼，还有倪名决的怀抱，带着清冽的洗发水味道和衣服上不知名的洗衣液的味道，干干净净，给人安心的力量。

这个地方，与屋外头那个冰冷黑暗又孤单的角落形成了天壤之别。

一进到屋里，倪名决听到傅明灼发出一声很低很低的呜咽，她双臂攀上他的肩膀，紧接着，有热流沿着他的脖子往下流。

这是他第三次见识傅明灼的眼泪。

第一次，她在徐忠亮的办公室里哭得上气不接下气，目的仅仅是死皮赖脸非要跟他和袁一概一起吃饭。时隔太久，当时他是什么心情来着，他已经记不清，总之肯定离不开哭笑不得，不耐烦，外加一点不明白这家伙的脸皮究竟是怎么练到这么厚的疑惑。

第二次，他偷偷拿走了她的身份证，为了想跟她单独坐动车回锦城，她想不通自己为什么那么不靠谱，又气又委屈，跟自己较真较到最后忍不住哭了起来。那个时候，她的眼泪已经对他很有效果。

而这一次，他的心何止是被揉皱了，此时此刻，已经被她的眼泪烫伤、搅碎，整颗心破败不堪。

不过还好，至少她终于哭出来了，发泄出来，总比闷在心里好。

傅明灼哭声压抑，偶尔才有几声压抑不住的抽泣溢出来，其余时候，她只是安静地流泪，肩膀在颤动，眼泪源源不断沾湿他的皮肤，热流一股接着一股。

倪名决胸口的衣服已经被打湿了，又冷又湿，很不舒服，他却只是把人紧紧摁在怀里，右掌按着她的后脑勺，是保护的姿势。

不知道过了多久，傅明灼的手机在她口袋里震动起来，她松开倪名决，低头把手机拿出来。

电话是傅行此打来的。

看到来电的瞬间，傅明灼眼眶中又滚落两颗豆大的泪珠，她匆匆忙忙把脸上的眼泪擦掉，接下去的时间，开始不断尝试开口用各种各样的语气和音量说话：“哥哥，哥哥，哥哥。”

声音有浓重哭腔，抽噎不断。

她不能这个样子接哥哥的电话。

“哥哥，哥哥，哥哥……”没用，她哭了这么久，声音一时半会根本恢复不了，任谁听都能听出她刚哭过。

手机还在震，傅明灼急得不行，一急又忍不住要哭，何况电话那头是她从小到大最依赖的哥哥，她委屈更甚，情绪失控，哭得越发厉害，手足无措地揩眼泪，急得直跺脚。

“傅明灼，傅明灼。”倪名决双手捧住她的脸，要她看他，“你冷静一点，你不想你哥哥担心的话，我帮你接电话。”

傅明灼泪如泉涌，说不出话来，只一味点头。

“你要我怎么说？”倪名决问。

傅明灼喘了几口大气，勉强压下哭泣，抽抽噎噎地说：“你就说……就说我们在林朝家，说我在上厕所，一会给他回电话。”

倪名决照办。

傅行此听完，在电话那头沉默一会：“那麻烦你让她尽快给我回电话。”

挂断电话，倪名决把她的手机塞进她的口袋。

傅明灼还在努力和哭意作斗争，但不是很忍得住，她撇着嘴，可怜得要命，整个脸都哭花了，跟只脏猫似的。

倪名决拉下她不停揉眼睛的手，没松开，拉着走到卫生间，拿了块毛巾给她洗脸擦手。

傅明灼看着镜子里有点搞笑的自己，终于有点缓过来了，想笑又觉得怎么连自己都要嘲笑自己，实在是太可怜了。她咽一下唾沫，清清喉咙，又开始练习跟傅行此说话的语调：“哥哥，哥哥……”

给她收拾完仪容仪表，倪名决带她回了客厅沙发坐下，自己去厨房泡了杯蜜糖水。

“好了，被你吵得我耳朵都痛了。”倪名决把蜜糖水递给她，制止她没完没了的“哥哥”，“你消停一会，没准还好得快些。”

傅明灼暂且相信，乖乖闭嘴了。哭太久她脑子有点缺氧，这会累得很，眼睛都懒得眨，愣愣地噘着嘴看着前方发呆。

她等不及，每隔一会就又忍不住说话了，问倪名决："倪名决，我的声音好了吗？"

"没有。"

"倪名决，现在呢？"

"没好。"

"都这么久了怎么还不好？"

"哪里这么久了，这才多久？"

"倪名决……"

"没好，没好，怎么会有你这么烦人的小孩？"倪名决打断，说着拽她辫子一下。

其实他没嫌烦，话痨小孩才是傅明灼的本性。

傅明灼这回没想问自己的声音好了没，她只是奇怪倪名决怎么都不问她为什么哭。换了是她看到别人这么哭，她肯定好奇心爆棚了。

傅明灼缓了好一会，还是傅行此等不及先把电话给她打过来了，傅明灼再三清喉咙，才把电话接起来了："哥哥。"

"灼灼，在哪？回来吃晚饭了。"傅行此说。

傅明灼这声"哥哥"毫无破绽，雀跃、紧张、小心翼翼怕被拒绝的语气，与她接下来要说的话完美匹配："我想在林朝家过夜，可不可以嘛？她爸爸和阿姨都不在家，她一个人很无聊。"

傅行此沉默。

"可不可以嘛，哥哥。"傅明灼的嗓音娇娇软软的，拿出平时说话的逻辑和用词，"我别的同学都可以在别人家住的，我已经长大了，我也想。"

换了从前，傅行此绝不可能答应。除了最亲近的外祖家，他从不允许傅明灼单独在外面过夜，这是他母亲用性命换来的小生命，他承受不起妹妹有任何一丝的闪失，所以他总有太多的担心。

但这回，他叮嘱了几句要她注意安全，破天荒地同意了。

"谢谢哥哥。"傅明灼笑嘻嘻地应"好"。

就连倪名决也看不出破绽，如果他不是亲眼见过十五分钟之前她是如何失魂落魄、痛哭流涕，他一定也会被她骗过去。

殿堂级别的飙演技耗费了傅明灼大量的心力，挂掉电话的瞬间她的面部表情就塌下来了，低着头绞了很久的手，才茫然地侧过头看倪名决，有气无力地问道："倪名决，你这里有多余的房间吗？"

"没有。"倪名决随口逗她。

傅明灼根本没留意他说的什么，只机械地把想说的话说下去："那你可以收留我一晚上吗？我没有地方可以去了，要么我去林朝家。"

她这个灵魂出窍的样子，倪名决也没心思逗她了，站起来摸摸她的脑袋："那我去便利店给你买点东西，你乖乖待在这里。"

"好。"傅明灼点头，继续绞手。

倪名决在便利店给傅明灼买了一袋五条装的小号一次性内裤，又给她拿了瓶儿童面霜，他想了想似乎没别的东西要买，洗漱用品家里都有，睡衣也能直接穿他的衣服。

扫完码正要付钱的时候，他灵光一现，又折到另一端的冰柜处拿了两个冰激凌，一个草莓味，一个巧克力味。

差点忘了哄某小孩开心的不二法宝。

虽是冬天，但情况特殊，可以破例一回。

他回到家里的时候，家里场景很温馨。

王中王甩着尾巴趴在沙发上，傅明灼则闭着眼睛趴在王中王背上，盖中盖背不动她，趴在她脚边，用身体把她的脚围起来，两条狗都感受到了她的低气压，所以特别体贴，默默陪伴她。

倪名决走过去，把便利店袋子递给她。

傅明灼远远就透过透明塑料袋发现他给她买了冰激凌，她眼睛亮了一下，打开袋子去看他都给她买了些什么。

两个冰激凌，一袋一次性内裤，一瓶面霜，除此之外，还有一把铜黄色的钥匙。

傅明灼以为这把钥匙是便利店出的什么新鲜玩意，拿出来把玩几下，好奇道："倪名决，这是什么？"

倪名决说："我家的钥匙。"

傅明灼抬眼，一时半会有点没搞清楚状况。过一会她想明白了，倪名决大概是开了门就顺手把钥匙放进袋子里了，她把钥匙递还给他。

"给你了。"倪名决没接，语气轻描淡写，"以后你想来就来。"

这话让傅明灼很受用。

她有点想笑了，但又硬生生憋住，不放心地多问几句："什么时候都能来吗，半夜呢？还有你不在的时候，我也能来吗？”

“随你。”倪名决说。

傅明灼高兴地收下了钥匙，放进自己羽绒服口袋里，宝贝地隔着羽绒服口袋拍了两下：“这可是你自己说的。”

说话间，她从塑料袋里掏了个冰激凌出来，麻利地剥壳打算吃。

倪名决把她剥了一半的冰激凌夺过去了，还把另一个也拿走了，在她的抗议声里，他朝着厨房的方向走，不容置喙：“先吃晚饭。”

傅明灼跟过去，眼睁睁看着冰激凌被倪名决关进冰箱的冷冻室里，然后他又打开了冷藏室的门，侧头询问她的意见：“我只会做蛋炒饭，给你炒个蛋炒饭吧？”

傅明灼把下巴搁到他臂弯上，若有所思地自下而上打量他。过了一会，傅明灼开口了：“倪名决，你有钱啦？”

她指他在便利店花的钱。

倪名决马上反应过来，大脑死机的时间短到可以忽略：“没有，问一概借的。”

傅明灼信了，拿出手机要帮倪名决还袁一概钱：“你问他借了多少钱？”

倪名决用支付宝扫的，根本没注意花了多少钱，随便说了个数字：“一百？”

傅明灼就给袁一概转了一百块。

袁一概先收了，然后才问：“明灼，你干吗给我钱？”

傅明灼：“帮倪名决还的。”

幸亏袁一概和倪名决之间的默契满分，袁一概虽然满腹疑惑，但没拖倪名决后腿，直接回复说：“哦，好。”

得以继续坑蒙拐骗的倪名决给傅明灼炒了个蛋炒饭，还煮了一碗番茄蛋汤，厨艺一般般。不过傅明灼肚子饿扁了，扒着饭碗吃了个底朝天，就连番茄蛋汤里的番茄都吃完了。

吃完饭她还有多余的胃口吃冰激凌，风卷残云吃下第一个，自然而然要打第二个的主意。

倪名决不肯让她吃：“吃一个够了，另一个明天吃。”

傅明灼肯答应才怪：“两个我都要今天吃。”

“不可以。”倪名决摁着冰箱门坚决不松手，“你小心以后肚子痛。”

他见识过林昭每个月例假的时候痛成什么样。

"我不怕。"傅明灼开始瞎编了，"我妈妈从来不痛经，我外婆也是，所以我也不会痛。"

倪名决懒得跟她废话，把人半拖半提地拎进了客房。

洗漱完，傅明灼躺进了被窝。

陌生的环境里，她虽然疲惫，但毫无睡意，两手垫在脑后，看着天花板发呆。

半夜，枕边手机震动一声。

傅明灼第一次单独在外头过夜，傅行此很不放心，已经找过她好几次，傅明灼以为这次又是哥哥，结果是倪名决的消息。

倪名决："傅明小灼灼，睡了吗？"

傅明灼："还没呢。"

倪名决打电话过来了："你认床？"

"嗯……"傅明灼想了想，"我没有。"

"没有就对了，你在哪里都能睡得很香。"倪名决说，"我看你干脆改名叫傅明猪算了，以后我就叫你傅明小猪猪。"

"你才是匿名猪。"傅明灼不乐意了，认真纠正，"我没有在哪里都睡得很香，比如在课桌上我就睡不着。"

这一个夜晚，傅明灼没有像往常一般，牢牢遵守"睡饱才能长高"的原则，倪名决陪着她待到夜很深很深，她还是没有睡意。

傅明灼比往常更话痨，一通天南地北地扯，却只字未提自己几个小时前的那场崩溃是因为什么。

既然她不说，倪名决就不问。

他们两个人，倪名决深沉寡言，傅明灼幼稚欢脱，他比她成熟了至少一千个袁一概。但奇怪的是，在心里设下禁区拒绝任何人踏足的人不是他，而是傅明灼。

而他，早已在不知不觉间带她进入自己的生活。朋友、家人、宠物、过去……甚至是心底久久无法愈合的伤痛，更别提身外之物，所有的所有，全然向她敞开，毫无保留。

天开始蒙蒙亮，傅明灼终于有了困意，这通电话的最后，傅明灼问倪名决："倪名决，你有没有想过长大后想干什么？"

倪名决说："没有。"

有关未来，不需要他想。毕业后他会进入家中公司工作，这是他从出生就被定好的轨道，不会轻易改变，是他的责任。

“你呢？”他问傅明灼。

“我想当个医生。”傅明灼说。

倪名决提醒她：“当医生很辛苦，学习和工作都很辛苦。”

医生固然是一份体面的工作，但以傅明灼的家境，有无数更轻松自在的选择，实在没必要蹚这趟浑水。

“我想当一名妇产科医生。”傅明灼已经很困了，半梦半醒间模糊地呢喃，“我想救人。”

说完，她终于陷入沉睡。

傅明灼活到这么大，不喜欢她的人真的很少，大部分人不但喜欢她，还特别偏爱她。她在亲朋好友的宠爱中长大，被保护得滴水不漏，因为接收了这个世界太多的善意，所以她自来熟、外向活泼，过分单纯，还分外热烈。

除了傅唯。

傅唯不喜欢她。

一点也不喜欢，甚至恨她。

傅明灼叫这个男人“爸爸”。

傅明灼的出生夺去了母亲的生命，摧毁的除了傅家的幸福，傅行此的无忧无虑和自由自在，还有父亲的精神世界。

失去爱妻以后，傅唯不顾自己还是一个儿子、一个父亲、一个企业的继承人，抛弃了他的责任和义务，离开锦城这片伤心之地，远走高飞，去到遥远的贫穷战乱之地，救助难民，投身慈善，多年来鲜少回家。

傅唯不想见傅明灼，十六年半以来，他没有给过她一丝一毫的温情。他不曾抱过她，不曾关心过她，不曾回应过一声她的“爸爸”。

虽然其实傅明灼什么都没有做错。只是我不杀伯仁，伯仁却因我而死的重轭却死死辖制住了她，母亲的鲜血染红她的生命，生日是母亲忌日是永远去除不了的、来自命运的诅咒。

每当傅明灼与傅唯见面，一个小心翼翼地讨好，一个如临大敌般闪避，而傅行此夹在中间，左右为难。

年幼的傅明灼不明白为什么爸爸不喜欢自己，所以她努力想让自己更优秀，以为这样爸爸就会多看自己一眼。十二岁那年，她从傅晨阳口中得知自己身世的真相，从此每一次与父亲的相见都是噩梦，是一场撕扯伤疤的过程。

傅明灼上一次见到父亲是在兄嫂的婚礼上，距今已经过去三年有余。

而现在，噩梦又要重演了，昨天傍晚她从倪名决家里回家，远远看到一辆车停在家门口，那道陌生又熟悉的身影下车来，带着为数不多的行李进屋。

傅唯朝她的方向看了一眼，目光并没有过多的停留。

她长高了那么多，他根本就没有认出她来。

而傅明灼一眼就认出来这是谁，尽管他又老了许多，头发花白，背脊似乎有了一点佝偻的迹象，长期生活在物资匮乏、条件恶劣的地方，他比同龄人老许多。

傅明灼没有犹豫，选择了走开。

这么多年来，为了考虑她的感受，哥哥从来没有好好跟爸爸相处过，她知道其实哥哥很想很想爸爸。她害得哥哥够惨了，哥哥小小年纪没有了爸爸妈妈，十五岁就开始养孩子，上不了喜欢的大学，放弃梦想，被困在锦城，甚至和姐姐结婚多年却迟迟没要孩子，面对催生大军，哥哥笑称是自己带孩子带腻了，想等傅明灼上大学了，他自由几年再考虑。但傅明灼一直知道，哥哥只是怕极了，他怕难产也会落到他的妻子身上，尽管在医学高度发达的现在，产妇难产死亡的概率已经降到很低，可他的生命实在承受不住第二次这样的意外。

她欠哥哥的太多了，多到数不完，也多到还不完，但是至少这回，她不在的话他们父子俩可以好好聚聚了。

大过年的，傅明灼唯一的去处只剩倪名决这里，可她害怕被他盘问，所以她蹲在他家门前，面对越来越沉重的夜幕，不知所措。

这一觉，傅明灼没睡多久，就让傅行此的电话吵了起来。

今天是大年三十，举家团圆的日子，傅行此说什么也不让她继续待在外面："林朝家在哪里，你发定位，哥哥来接你。"

傅明灼根本不在林朝家，怎么肯让傅行此来接，遂拒绝："不用了，哥哥，我自己回来。"

傅行此踟蹰片刻，开了口："灼灼，爸爸在家。"

傅明灼知道哥哥是让自己做好心理准备，她点点头，然后又想起哥哥看不到自己点头，就乖乖应下："好的呀，爸爸好久没有回来了。"

"有哥哥在。"傅行此安慰她，也徒劳无功地安慰无法修补父亲与妹妹的关系的自己，"有哥哥在。"

倪名决再次见到傅明灼，是在大年初三。

这天一大早，她就按响了他家的门铃，而且是连续不停地按，吵得他不得安宁。

倪名决很快被她吵醒，下床眯着眼睛拉开窗帘朝楼下看了一眼，看到一个红彤彤的喜庆身影。

看到他，傅明灼在栅门外跳跃着朝他挥舞双手，欢脱得像只兔子，白白嫩嫩的脸上是大大的灿烂笑容。

倪名决看着她，困顿一扫而空，他手臂撑着落地窗玻璃，浅浅笑了一下。

满血复活的傅明小灼灼。

真好。

第三章

长大

倪名决披了件羽绒服下楼。

他一开屋子门，傅明灼就小跳着催促："倪名决，你快点嘛！我都要冷死了。"

她看起来，是真的彻底恢复了生机。

像一株生命力旺盛的绿色植物，暴风雨曾把她凌虐得奄奄一息，但是一等到天晴，她就会在骄阳下放肆成长，一身伤痕也掩不住她的青翠欲滴。

倪名决不疾不徐地走到栅门前，没帮她开门，他站定："我给你的钥匙呢？丢了？"

"没丢。"傅明灼拍拍自己的口袋，自从坐动车两次弄丢身份证之后她特别害怕被人误会自己又丢东西了，所以她把钥匙掏出来亮了亮，证明给倪名决看，"我带着呢。"

"那你怎么不自己开门？"倪名决抄起手臂，一副置身事外的模样，"自己开。"

傅明灼惊了："你就在这里，你为什么不给我开？"

倪名决站着不动。

又一阵寒风吹过，傅明灼被冻得够呛，马上妥协了："我自己开就我自己开。"

她哆哆嗦嗦地把钥匙插进锁孔，这屋子闲置多年，锁孔有些生锈，傅明灼费了半天劲才成功打开。进门以后，她语重心长地提意见："倪名决，现在用钥匙开门已经过时了，你应该换一个自动感应的。"

"没钱。"倪名决随口回了一句。

买下房子以后，他用最快的速度搬了进来，哪有空去弄什么门不门的，再说用钥匙开门也不是多麻烦的事。

就她娇气。

傅明灼欲言又止了一小会，等到进屋，她忍不住了："我知道你有钱。"

傅明灼很笃定："你有钱，你一直在骗我，你故意的。"

这个场景，好像有点瞒不住了。倪名决还在那头脑风暴呢，傅明灼趴到盖中盖身上，叹了一口气，说："你就是想把演唱会的门票钱还有给谢嘉言的钱捞回来。"

傅明灼的脑回路从来不让倪名决失望。

她以为自己说准了："但我哥哥给我的零花钱不多，而且他会没收我的压岁钱，所以我请你吃饭喝饮料的话，还到毕业也不够还你。"

倪名决静候下文。

“但是，如果……”傅明灼舔了舔嘴唇，尽量把自己语气里的紧张降到最小，用最云淡风轻的口吻说道，“如果我们大学还是同学的话，我就可以继续还你了。”

为了增加可信度，她增加筹码：“而且等到了大学，我的零花钱肯定会比现在多很多。”

倪名决脸上的笑意淡下去，他低下头，脚尖踱了踱地面，再抬头，又是那副气定神闲的模样了：“我考不上你考的大学。”

傅明灼急了，从狗背上站起来，声音拔高八度：“你考得上的，你以前是全锦城的第一名，只要你愿意……”

“可是我不愿意。”

倪名决打断她的话。

林昭死后，倪名决无数次想，如果自己可以放慢脚步等等她，不把双胞胎兄妹之间的差距拉得如此悬殊，林昭一定会快乐许多，母亲就不会落差感太大，对林昭的要求就不至于那般严苛。

如果不是他，他的妹妹现在还安然在世，而不是十年如一日辛辛苦苦追赶他的进度，最后死在那个孤单又绝望的夜里。

她还不满十六岁啊，都还没有盛放。

折断自己的傲骨，把自己从天上拉下来摁进泥地里，惩罚的何止是母亲，还有他自己。他痛恨自己的优秀。

他声音清淡，却暗含戾气，震得傅明灼霎时噤声。

看到她的反应，倪名决心里一下子后悔起来，还有心疼和内疚。半晌，他摸摸她的脑袋，放柔语调，试图缓解气氛：“我们会在同一个城市，我会在离你很近的地方陪你。”

傅明灼嘴唇紧紧闭着，动了好几次，最终什么也没讲，她负气地把头转向了另一侧，然后重重地重新坐下。

王中王防不胜防，直接给她砸趴下了。

她自己也摔了个七荤八素。

倪名决啼笑皆非地把她扶起来：“你真的不能再骑王中王了。它背不动你了。”

二月中旬，高二的第二个学期开始了。

傅明灼的个子一天天猛蹿，接连超越同班女生的身高，早从去年九月上高二一开始，宴随就给她书包里备了“姨妈巾”以防不时之需，这么备了大半年，迟迟没有用上。

林朝每次被“大姨妈”折磨得死去活来的时候，都会用过来人的口吻告诉吃冰激凌吃得欢快的傅明灼：“小鬼，我看你还能得意多久，好好珍惜你最后的儿童时光。”

傅明灼舔着冰激凌，不以为然，甚至还想再吃一个。当然，倪名决是不会允许的，他甚至想克扣她每天仅有一个的量。

“休想！”傅明灼爹毛了，“我买冰激凌用的是我自己的钱，又不是你的，你凭什么管我？”

不知道从什么时候开始，高二（七）班流行起了一个经久不衰的话题：今天小明灼来“大姨妈”了吗？

没有。

怎么还没有？大家等着普天同庆已经很久了。

每当傅明灼趴在桌子上，就会有人神神秘秘地凑过来，关心道：“明灼，怎么了，身体不舒服吗？”

某天课间，傅明灼趴在座位上捂了会肚子。

高二（七）班敲锣打鼓，差点疯了。

体委老泪纵横：“明灼，我给你放整整一个月的跑操假怎么样？”

傅明灼疑惑了。

体委：“就当是我给你的贺礼。”

傅明灼：只是中饭过后贪吃在小卖部买了包牛肉干，结果这牛肉干辣得她脑袋冒烟，她从小不吃辣，胃一下子不是能受得了。

但是整整一个月的跑操假不要白不要，傅明灼也不澄清，马上欣然接受：“好的，体委，谢谢体委。”

反正是人家主动要给她的，她又没有说什么，是人家自己误会了，怪不得她。

近距离看着傅明灼，皮肤白里透红，头发乌黑发亮，眼睛又大又亮，小嘴丰润鲜红，洋娃娃成精似的。体委心跳有点加速，他咽咽口水，佯装镇定：“不用客气，只要你开心就好。”

前方倪名决本来趴在桌子上睡觉，闻言，他转过身来，指关节叩响傅明灼的桌子，吸引了两人的注意力。他的眼睛看着体委，语气结了冰：“用不着，傅明灼不请假。”

面对倪名决，体委顿时就怕了：“啊？……哦，好。”

一个月的跑操假啊！就这么泡汤了。傅明灼简直要被倪名决气死了，她要跟他势不两立：“倪名决，关你什么事！你凭什么管我请不请假？”

“你请一个月的假，老徐不管你？校领导不管你？你当大家瞎吗，他一个体育委员有什么本事给你弄一个月的假？”倪名决全然不顾体委还在场，一点没留情面，“人家随口给你空头支票你也信，除了你就就也骗得了三岁小孩了。”

吹牛被揭穿，体委讪讪地走开了。

在全班四十多双眼睛的集中关注下，傅明灼也被搞得草木皆兵，每天都要做好迎接“大姨妈”的思想准备。

然后每天徒劳无功。

一晃，又是一年高考时。

高三学生走上备战十二年的考场，高一、高二则欢天喜地放了三天假。

放假前，徐忠亮站上讲台，又开始了演讲：“你们以为这是放假？不，这是你们沉入黑暗前最后的光明。等你们再回到学校，你们就是真正的高三生了，是这个学校最大的一批学生，你们的高考已经进入三百六十五天倒计时了，这三天假期都自己好好掂量掂量，还想玩、还想混日子的，都给我清醒一点！高考的号角已经吹响了！……”

不得不说，徐忠亮的即兴口才是真的很好，是个天生的演讲奇才。他能站在讲台上讲上半个小时不带停的，而且神态痛心疾首，语气激昂亢奋，很擅长鼓舞人心。全班大部分学生被他唬得一愣一愣的，包括傅明灼，切实感受到了自己肩上高考预备役的重量，都没心思去抱怨这三天的作业多到根本没把他们当人看待。

大部分人中不包括倪名决，他坐在前方，弯着背脊趴在课桌上，也不知道是睡着了还是纯粹只是趴一会。

傅明灼的热血没能持续多久，第二天，她就恢复了理智——不行，这作业太多了，不是人做的。

必须找人分担。

不做作业的倪名决就很合适帮她分担。

说干就干，她马上拿着作业去了倪名决家里。

倪名决还在睡，傅明灼直接开了他家的门去了他房间，隔着被子推他：“倪名决，快点起床给我写作业了。”

倪名决昨晚打游戏打到快天亮，现在正是困得六亲不认的时候，他迷迷糊糊看她一眼，翻了个身，拒绝搭理。

傅明灼在他床边坐下，把作业放在他枕边，开启碎碎念模式：“倪名决，你只需要帮我做作业本的作业，试卷我自己会写，作业本我都有答案，我哥哥特意给我买的，你只要帮我抄上去就可以了，怎么样，是不是很简单？等写完了作业本，你还可以帮我写英语试卷，我知道你的英语水平没退步，前几天你看英语电影没有中文字幕你能看……”

倪名决不是她，做不到在嘈杂的环境中睡得昏天暗地、旁若无人，她这么一刻不停地念起来，他哪里还睡得着，太阳穴都开始跳了。

“傅明灼，”他忍无可忍地坐起来，睡眼惺忪，一身的起床气，“钥匙还我，你烦死了。”

傅明灼警惕地捂紧了背带裤肚子处的口袋，生怕他抢。

僵持半晌，倪名决叹了一口气，又烦躁地薅了一把凌乱的头发，妥协：“东西放这，我睡醒再说。”

“你多久睡醒？你不会睡到天黑吧？”傅明灼不接受模棱两可的敷衍，要得到一个具体的保证才肯罢休。

这个世界上怎么会有这么难缠的小孩？倪名决咬牙：“一小时。”

一个小时很短，傅明灼考虑一会，勉强答应了，摁了几下手机：“好吧，那我给你定个闹钟。一个小时以后我叫你。”

“那你现在走开，别再吵我。”

“行。”傅明灼爽快地答应了，把书本搁在他床头柜上，起身走了。

倪名决正想重新躺回去，视线却被灰色被子上一块大拇指指甲盖大小的深红色污渍给吸引了。

傅明灼的裤子是深色的，房间里又光线昏暗，倪名决看不出来异常。

“傅明小灼灼。”倪名决把她叫住。

“干什么？”傅明灼回头，“你现在就要开始帮我写吗？也可以。”

倪名决朝厕所的方向扬了扬下巴：“你去下卫生间。”

傅明灼真情实感地迷惑了：“哈？”

倪名决没明说，指了指自己的被子：“你去下厕所。”

傅明灼看一眼被子，一时半会没反应过来，没当回事。她又看向他，眨了两下眼睛：“可我不想去厕所啊。”

非得他一个大老爷们在自己卧室里给一个快满十七岁的姑娘科普生理知识吗，世界上还有比这更魔幻的事情吗？倪名决长叹一口气，非常无奈，重申："叫你去你就去，少废话。"

傅明灼的目光又移到他被子上去了，又眨了两下眼睛，终于后知后觉地反应过来了，欢天喜地跑进厕所。

倪名决下床，单手叉腰看着自己被子上的血迹，另一只手揉了揉山根，彻底清醒了。

不一会，厕所里就传来傅明灼的欢呼："耶！"

一听这兴奋的语气倪名决就确定了。

果然，傅明灼说："倪名决，我终于长大啦！！！"

长大是好事，但现在有个比较严峻的问题摆在这里，就是他好像得去便利店一趟，买卫生巾。

这事说大不大，说小不小，但总归考验了十八岁少年的脸皮。

如芒在背地站在便利店的货架面前，面对着琳琅满目的女性用品，倪名决又额外生出一股茫然来。

他顶着店员和其他顾客打量的目光，试图装作一个云淡风轻的老手。

分日用和夜用就算了，为什么还要分这么多不同的长度？还分那么多不同的厚度……居然还有裤子形状的……有护翼、没护翼是什么区别？网面和棉柔呢？有香味和没香味哪个好？还有卫生棉条又是个什么东西？

昔日锦城中考状元过目不忘、举一反三的超强学习天赋，此时此刻彻底紊乱，陷入失灵状态。

收银台的小姐姐看他思索太久，料想男孩子大概是"大姑娘上花轿——头一次"，搞不清楚状况也正常，于是给他出谋划策："帅哥，你不知道买什么就给你朋友打个电话问问呗。"

问傅明灼？

拉倒吧，她更不懂。

倪名决给林朝打了个视频通话。

林朝最开始以为倪名决打错电话了，结果一接起来定睛一看，看到一整个屏幕的卫生巾，笑容逐渐凝固，也蒙了："请问我是在做梦吗？"

倪名决回到家里，房间里一片寂静，他敲敲卫生间的门："傅明小灼灼。"

里头傅明灼小声应了一声。

无精打采的声线与他出门时大相径庭。

“怎么了？”倪名决问。

傅明灼安静了好久才弱弱地说：“我肚子很痛。”

从前每当倪名决不让她吃冰激凌，她都把他当仇人，还大言不惭地说自己绝对不会痛经。她现在可不就是自作孽不可活吗？所以她自知理亏，生怕被倪名决说“活该”。

倪名决没有骂她，相反，他特别温柔，特别有耐心：“你先收拾好出来。”

又一波疼痛在小腹翻搅，既然倪名决没骂她，那傅明灼就放下心，彻底卸下伪装的坚强了，声音忍不住带上点哭腔：“而且我裤子也脏了。”

“我给你去拿裤子，先穿我的顶一下。”

倪名决拿了一条自己的短居家裤和一条之前给她买的一次性内裤重新回来了，再次叩响门：“傅明小灼灼。”

主卧厕所很大，马桶和门之间的距离很远，远远不是手可以够得到的。

傅明灼一动也不想动，有气无力地问：“你可以帮我拿进来吗？”

她真的对他完全不设防。倪名决顿一下：“那你遮好。”

“我遮好了。”傅明灼说。

他推门而入。

傅明灼坐在马桶上，因为疼痛，她脸上的红润像褪了色，而她的两手紧紧拽着背带裤背带试图分散注意力，整张脸可怜巴巴地皱在一起，眼角湿漉漉，不知道是冷汗还是眼泪：“倪名决，我痛死了。”

她没穿鞋，只穿了袜子，踩在冰凉的瓷砖上。

空调冷气还在呼呼地吹。

这人有没有一点生活常识？这么冻了大半个小时，不痛才怪。

倪名决把洗手间的冷气关了，然后把自己的拖鞋留给她：“收拾好快点出来。”

傅明灼拿手背揩了一把眼睛，点头。

操碎了心的“老父亲”临走前怀疑地看她一眼：“你会用吗？”

“我也不知道。”傅明灼叹了一口气，“应该会吧。”

算了，就算她不会，他也不会，帮不了什么忙。倪名决走出洗手间，反手关上门，里面响起翻动塑料袋发出的窸窸窣窣的声音。

等傅明灼拎着自己的裤子出来，倪名决床上已经换了一床空调被，他捧着原先那床准备去阳台洗衣机洗。

看到她出来，倪名决朝她伸手。

傅明灼把背带裤递过去，然后把卷着内裤的包装袋丢进了垃圾桶。

他去阳台的工夫，傅明灼可怜巴巴地捂着肚子在他房间等他，越来越痛了。

他设定好洗衣机回来，蹙眉："站着干吗？"

傅明灼也不知道自己干站着干什么，总之她有点手足无措，她盼长大盼了这么多年，可等到这一天真的来临，最初的兴奋没持续多久就被一浪高过一浪的疼痛给打得自闭了。痛感作祟下，她悲观地意识到原来长大一点也不快乐，于是她变得茫然、无所适从。

"你躺会。"倪名决说，"我去给你买红糖和暖宝宝。"虽然以前看林昭用了也没什么效果，不过聊胜于无吧。

傅明灼迟钝地点点头，慢吞吞地掀开被子躺了进去。

还没等倪名决回来，傅明灼就睡着了，睡梦中眉宇还是紧紧皱着的，整个人蜷成一团。

倪名决把一杯热腾腾的红糖水轻轻搁到床头柜，然后伸手，想去按平她眉间的褶皱。触碰到她的瞬间，他猛然记起傅明灼的睡眠质量虽然很好，但她警惕心很强，一被触碰就会惊醒。

他僵了一小会，但始终没等到她睁眼，他手指就点在她眉心，她依然睡得毫无防备。静谧睡颜带着一丝脆弱，稚气未脱，但明艳的少女感已经占领了高地。

轻轻抚平她的眉头，他的手又落到她微微鼓起的脸颊上，大拇指轻之又轻地摩挲两下。

傅明灼睡觉的工夫里，倪名决履行承诺，帮她把作业本上的作业和英语试卷给做好了。他的视线在数学试卷上停留片刻，最终还是搁下了笔。

洗衣机早就完工了，他去阳台把被子和裤子拿出来。

她裤子上的倒是看不出来了，但他的被子颜色浅，血渍没能洗掉，只是淡了些许，轮廓依然很清晰。

十指不沾阳春水的小少爷开启了人生第一次手洗模式。

良久，满手泡沫的他选择了放弃。

倪名决一筹莫展地盯着血渍看了一会，动手把被子胡乱地晾上了晾衣竿。

不洗了。

那等晾干以后呢？丢了总觉得哪里怪怪的，那就收起来做纪念好了。

虽然做纪念也很怪就是了。

晾完衣服，他一回头，看到在阳台门口满脸欲言又止的傅明灼。他打量她一番："又怎么？"

傅明灼这副表情他太熟悉了，是典型的惹事之后的心虚。

没怎么，就是傅明灼感觉到不对劲醒来的时候为时已晚，倪名决整张床都遭了殃。被子、床单，还有他的裤子无一幸免。

倪名决：有充足的理由怀疑傅明灼没用对。

"不可能。"傅明灼坚决不承认，"我肯定用对了。"

"那你怎么解释你的杰作？"倪名决指着自个惨不忍睹的床问道。

对啊，她怎么解释？傅明灼没想到理由，气短了："反正我没有用错！"

争论到最后，谁也说服不了谁，傅明灼虚心向林朝求教。

林朝扶额："你们有这么难舍难分吗？我不知道你这种时候居然还要在倪名决家里睡一觉，所以没让他给你买夜用。怪我，行了吧？"

傅明灼顾不上林朝第一句话中的戏谑深意，她的重点全集中在第二句上，虽然她没懂这是白天为什么要用夜用，但她暂时没空理会，马上占领高地，冲倪名决怒目而视："听到没有！"

倪名决看着一床的狼藉，头有点疼。

他要不起这么多的"纪念品"。

六月十号，高考结束，高一、高二学生返校上课。

学校一下子少了三分之一的人。从窗口眺望出去，往常人头攒动的高三教学楼整栋都空了，剩下的学生，尤其是高二的，紧迫感不言而喻。

高二（七）班教室最后面，鲜红的高考倒计时本已经挂上了。

徐忠亮的发条上得死紧，精神高度集中。他是上午第一节课，一站上讲台，他就宣布了一个噩耗："明天开始，全部都给我在六点半之前到教室。"

大部分学生噤若寒蝉，只有少数几个后排学生不怕死，发出了哀号。

"叫什么叫？！"徐忠亮教鞭一甩，"现在你们高几了，心里有没有一点数？"

这下，就连那仅有的几个发声者也闭麦了，但仍有几个调皮捣蛋的男生暗暗用口型说："高二啊……"

徐忠亮看向懒洋洋趴在桌子上的倪名决，教鞭对着他桌上指了指：“名灼，听到没有？”

倪名决懒洋洋地抬起眼皮，又慢吞吞地坐直了。

“老师会和你们共进退，陪你们打完这场硬仗。”徐忠亮看向自己的得力助手傅明灼，“明决，老师要是早自习有事不能准时过来，你就记下迟到学生的名单，让他们罚站。”

傅明灼露出一个比哭还难看的笑。

早到校半个小时，就意味着早起床半个小时。

绝望。

下课以后，徐忠亮把倪名决叫去了办公室。

老生常谈的话题，想劝倪名决振作。

千篇一律的结果，倪名决油盐不进，如同往常的每一次，他不顶嘴，就垂着眼眸，安安静静站在一边，任凭徐忠亮如何动之以情、晓之以理，他像一潭死水，毫无波澜。

下一节课的上课铃响起了，徐忠亮才满脸失望地放倪名决回了教室。

所有的任课老师都不约而同先给学生们灌上一锅“鸡汤”，连平时最开明的魏超男都神情严肃不少，号召大家抓紧时间把心思放到学习上来。

“报告。”倪名决站在教室门口。

魏超男做了个手势示意他进来：“相信我，未来的你们一定会感谢此时此刻自己的努力，最后一年一定要拼尽全力，不要留遗憾。我知道你们这个年纪，爱玩，心思也躁动，但是……”

“鸡汤”在耳边萦绕，傅明灼看着前方那道身影入座，渐渐有些失神。一晃，他们是学校里最大的一批学生了，再过一年，他们就要高考了。高考了……然后呢？

倪名决这样，他们根本没法上同一所大学。

可她已经习惯了每天和他待在一起的日子，只要抬头就能看到他的背影。他说会和她待在同一所城市，会离她很近，会陪她，可是不一样，上不一样的课，有不一样的同学圈子，怎么可能跟现在一样呢？说不定，渐渐就淡了。初中的时候她也有很好的朋友，但是好朋友不在嘉蓝上学，再如何维系，也没法回到初中时代的亲密无间。

她要怎么才能过不在倪名决身边的日子呢？

她好像过不了。

傅明灼轻轻拽住了倪名决背上的衣服。

倪名决回头看来，但傅明灼不说话，也不看他，垂着眸，看起来不太高兴。

他以为她是身体不舒服，给她丢了张字条问她。

傅明灼在字条上写了一句话："你可以好好学习吗？"但想起前一次聊到学习时他的态度，她把纸捏成小小的一粒，塞进了抽屉。

傅明灼的发育情况一直是班里的关注焦点，她本人也向来大大咧咧、无所顾忌，并不介意隐私问题被放到台面上，而且一直很期待自己可以名正言顺地在课间操和体育课上请假，但是当这一天真正来临时，她却出乎意料地低调。

一旦公布必然掀起波澜，傅明灼完全能想象到那些没完没了的关怀和问候、调侃和玩笑，她感到浑身不舒服，一点也不想告诉大家了。

正值夏天，课间操是做广播操而不是跑操，倒也没什么。但下午第三节课是体育课，每节体育课的开头就是绕操场跑两圈。

不用跑操的诱惑实在太大了，傅明灼犹豫再三，最后还是选择了耳根子清净，没跟体委请假。

做出这个决定，可谓是痛心疾首，损失一个亿也不过如此。

去操场的路上，她好一阵长吁短叹。

林朝不解："终于能请假了，叹什么大气？"

简直是往伤口上撒盐，傅明灼苦兮兮地说："我没请……"

林朝还有两人身后的倪名决同时不可置信地看向她。

傅明灼躁郁极了："我不想大家知道，很烦。"

"不得了了，小鬼，"林朝很欣慰，"我以为你这辈子都不会懂得害羞是什么感觉呢。"

倪名决的关注点跟林朝不一样，他蹙眉，加快脚步跟她俩并排走："你不请假，那你准备跑步？"

"没关系的，我一点也不难受了。"傅明灼偷偷摸摸看他一眼，探口风，"我觉得说不定明天我就可以吃冰激凌了。"

她断了三天冰激凌，就跟瘾君子毒瘾犯了似的，在家里的时候家里人死死管着她，今天中午吃完饭，她路过时小卖部只是看了一眼而已，倪名决就把她拽走了。

她一点机会都没有。

她有记忆以来，几乎没有和冰激凌分开这么久过。

“你不能。”倪名决掐断了希望的小火苗，催促，“走快点，去跟体委请假。”

傅明灼拒绝：“我不请，我不喜欢让别人知道，烦死了。”她还惦记着冰激凌，“我明天就要吃冰激凌，我花我自己的钱，又不花你的，你管不着，你还要我请你吃饭呢。”

倪名决并没有因为她后一句的蛮不讲理生气，相反，他看起来心情很愉悦的样子，细看的话，脸上有浅浅笑意。他垂眸看了傅明灼两秒，握着她的肩带她转了个身，走开了，留给林朝一句话：“跟体委说她脚扭了一下，我带她去校医处了。”

林朝腹诽：不就是傅明灼不想告诉别人，但完全不避着你吗？甚至你是全世界第一个知道的人吗？

至于这么高兴？

好吧，确实至于。

两人逃了一节体育课，一起回了教室。

从后门走向座位，等走近了，傅明灼瞥到自己抽屉口那团被捏得小小的字条，又一次想开口和倪名决说说希望他好好学习的事情。

但他一坐下就打开了手机游戏，很投入。

傅明灼看着他的后脑勺，咽下到了喉咙口的话，打开课外习题资料书。

期末一天天临近，意味着高中时代的最后一个暑假也一天天近了。

不过身为准高三学生，是不可能有一个完整的长达两个月的假期的，嘉蓝的放假通知出来，准高三生六月二十八日开始放假，七月十五日就要回校补课。

也就是说，暑假不到二十天。

不过暑假补习毕竟不属于正常学期时间，所以要交额外的费用，徐忠亮让傅明灼去班里统计一下人数。其实也就是走个形式，历年以来，这种补习几乎没有学生不参与。

傅明灼连纸笔都没带，敷衍地在讲台上问了一嗓子：“暑假补课，有没有人不来啊？”

谁不想好好过个六十天的暑假，班里沸腾，几乎所有人都举起了手，闹哄哄的“我不来”此起彼伏。

当然，都是开玩笑。最关键的一年，谁敢真的乱来。

傅明灼跟大家嘻嘻哈哈闹了几句，打算去办公室回复徐忠亮，一只修长的手敲敲讲台，吸引了傅明灼的注意力。

倪名决收回手，很平静："我不来。"

别人说不来，傅明灼知道他们只是开玩笑，而倪名决说不来，傅明灼知道他就是真的不来。

她脸上的笑淡下去，直到彻底消失："确定？"

"嗯。"看她不高兴，过两秒，他说，"我给你送奶茶喝。"

傅明灼看他一会，撇过头说："不稀罕。"

说完，她径直走了。

去办公室的路上，她做了个决定。

她把倪名决说不参加补课的消息告诉徐忠亮，徐忠亮心累地摆了摆手："知道了，真是不像话，我一会找他谈谈。你先回去吧。"

傅明灼站着不动。

徐忠亮余光瞥到，从教案中抬头："怎么了，明决，还有事？"

"徐老师。"傅明灼狠下心，把路上做的决定说出口，"我已经长高了，我想把座位换到后面去。"

她的身高已经逼近一米六六，是班里第三高的女生了。

坐在第一排，确实不太像样了。

徐忠亮答应得很爽快："那老师给你把座位调到后面去，你想坐哪里？"

傅明灼毫不犹豫："我想坐林朝旁边。"

徐忠亮有自己的顾虑："坐林朝旁边的话，不能好朋友之间老是说话哦，你们要上高三了，你要以学习为重，知道吗？"

"我知道。"傅明灼点头，"我不会影响学习的，我还会督促林朝好好学习。"

徐忠亮很满意："那你回去就把座位搬过去吧，让你们那一列其他人都往前挪一排。"

"谢谢徐老师。"

走出办公室，傅明灼如释重负地吐出一口气。

她一直都很想坐到最后一排，足足想了十几年，自从长高以来，她无数次想把座位换到后面去了，可是舍不得跟倪名决分开，就一拖再拖。

做这个决定，不可否认，她带了很大的负气成分，她不知道自己气消了以后会不会后悔。会的吧。

但是既然迟早要分开，不如早点适应，省得毕业了更难过。

没关系。坐梦寐以求的最后一排，而且是林朝旁边，她一定也会很开心的。

她只是有点不适应而已。

傅明灼回到教室，倪名决原本坐在座位上单手托腮望着门的方向，半出神状态，看到她，他放下了手，结束了等人的状态。

傅明灼在倪名决旁边干站了一会，乌溜溜的眼珠子左转右转。

“又干吗啊？”倪名决嗤笑，拉了一下她的衣服。

这就算是和解了。

要想跟想一出是一出、脑回路惊人的傅明灼待一块，倪名决必须学会的一门功课就是怎样在闹不愉快后快速给台阶或者下台阶。

傅明灼马上顺着台阶下了，虽然她心里还在生倪名决的气，但这不影响她找他帮忙：“倪名决，你可以帮我搬一下桌子吗？”

倪名决顿住，眼神在她脸上扫了两遍，确定傅明灼没跟他开玩笑。他笑意淡下来：“你说什么？”

“我要换座位了，我要搬到林朝旁边跟林朝当同桌。”傅明灼说，她直视着他复杂的目光。

倪名决点点头，很平静，却是“暴风雨前的宁静”的那种平静，低气压在他周身盘旋，挥之不散，逼得傅明灼呼吸困难。

下一秒，他拽着她衣服的手松开，改成搭到她腰后，往自己的方向一拉。

傅明灼被迫走近，手撑在讲台上才没扑到他身上，整个人是倾斜着的。

“徐老师叫你换的，还是你自己想换。”

他声音很轻，吵吵闹闹的教室里，傅明灼不得不屏息才能听清。

其实答案显而易见。

徐忠亮那般偏爱傅明灼，就算傅明灼个子高容易挡住后面的同学，他也不可能主动叫她搬离第一排正中间的黄金座位。

傅明灼认识倪名决两年，总共见识过两次他的愤怒。

第一次是在林昭墓前，他面对着一直不想承认的妹妹已经离去的事实。站在墓碑前，他恨林昭懦弱，恨母亲强势，恨命运残酷，也恨自己没有尽好一个当哥哥的责任，霎时情绪失控，瓢泼大雨都浇不灭他的滔天怒火。

这是第二次，与上次相反，这次他眉眼宁致，温声细语，但傅明灼看得出来，他很生气。这是这么久以来，在她给他惹了那么多麻烦以后，他第一次真正对她动怒。

倾斜的姿势太累，傅明灼想后退一步，却被腰后的手掌死死摁住，无法动弹。

说完全不在意、不后悔是假的，但说出去的话、泼出去的水，傅明灼现在没有反悔的余地，她把头转过去不看他，赌气说：“我长高了，本来就应该坐到后面去。”

好半晌，倪名决点点头，松开她，笑了一下：“能耐了。”

傅明灼等了一小会，没等到他帮她搬桌子的意思，正好体委走过，她马上把人叫住：“体委，你可以帮我搬桌子吗？”

“当然可以啊。”体委二话不说就答应了，“明灼，你要搬到哪里去？”

傅明灼朝倪名决看了一眼，他坐在座位上无动于衷。她收回视线，说：“林朝旁边。”

“那不就是我后面？”体委笑逐颜开，“真的假的啊？”

“当然是真的。”傅明灼以为体委在质疑自己的身高，她不是很高兴，“我已经一米六六了，难道不可以坐最后一排吗？”

“可以，可以。”体委从傅明灼的同桌的座位后面走过去，来到傅明灼座位上，轻而易举地端起了她满载着书的桌子，嘴里还不忘哄傅明灼说些让她高兴的话，“其实你早就应该坐到后面来了。”

傅明灼满意了，拿起自己的椅子：“而且我还能长高，我能长到一米七二。”

“那岂不是全班最高？”

“对啊。”

……

愉快的聊天远去，直到彻底听不清他们具体说了些什么。

体委很轻松地把傅明灼的座位搬到了林朝旁边。原本就不算安静的教室里爆发出热烈的欢呼，后排男生一片沸腾。

“明灼，你坐到后面来了？”

“不得了啊，从第一排逆袭到最后一排。敢问还有谁？”

“欢迎欢迎，热烈欢迎！”

“小明灼，以后我有不会的问题，是不是可以请教你啊？”

……

倪名决垂眸坐在座位上，搭在课桌上的手指轻轻动了动，似乎生生按捺住了什么。

“谢谢体委，我明天请你喝饮料。”傅明灼道谢，嘴很甜，扭头凑近林朝，更甜了，“林朝，我来了！以后我们就是同桌了。”

林朝是眼睁睁地看着傅明灼从第一排搬到自己身边的，傅明灼的这声招呼打断了她的愣怔，她匪夷所思地看看讲台旁边的倪名决，再看看傅明灼，就跟活见了鬼似的，她一把把傅明灼拉过来：“小鬼，你跟匿名吵架了？”

“没有啊。”傅明灼的眼睛不受控制，忍不住往倪名决的方向快速看了一眼。

那个熟悉的背影头也不回，非常冷酷。

林朝点着她的脑门：“那你过来干什么，匿名肯啊？”

傅明灼之前的位置空出来，一整列的人开始往前挪位子补空缺。

一时间，教室里都是桌椅移动的声音。原先，傅明灼的桌子和倪名决的椅子紧紧靠在一起，全班都为此调整了位置，后桌移上去的话，为了保持整齐，也该如此。

但不是每个人都有勇气靠近冷面修罗的。

至少后桌完全没敢跟倪名决靠在一起，宁愿自己的位置小到束手束脚，也愣是留了两拳左右的空隙，导致自己和新同桌的座位参差不齐，十分影响美观。

傅明灼的余光将这一切尽收眼底，她现在的心情很郁闷，郁闷到胸口发闷，除了不舍，还有后悔，她忍不住怀疑自己是不是做错了。

可她不可能再回去了。

而且，是他先说不来参加补课的，是他先不想跟她待在一起的。

“我长高了，本来就应该坐到最后面。”傅明灼固执地重复，想安慰自己没有做错，“我一直都很想坐最后一排，现在我长高了，难道我不可以坐过来吗？”

傅明灼只在最后排坐了三天，就又回到了第一排。

并不是搬回倪名决身后，而是期末考试来了，按照上次月考的成绩排序，她仍是第一考场的一号，当然是要坐在第一排的。

这期间，她和倪名决照常跟林朝、袁一概一起吃饭，但没有任何私下联系，她不去倪名决家里玩，他也不找她一起遛狗。

论斩断人与人之间的羁绊有多容易，尽管他们在同一个班，在同一个好友圈，在同一个小区，但只要谁也不找谁，就可以做到没有交集。

暑假的第一天晚上，倪名决牵着两条狗来到了傅明灼家楼下，从楼下望上去，她的窗一片漆黑。他犹豫一会，拿出手机给她发微信：“下来陪我遛狗。”

字打一半，手机震动。

蹦擦擦的群消息。

陆沅发了一条小视频。

视频的缩略图显示，这条小视频的主角是傅明灼。

陆沅怎么会和傅明灼在一起？倪名决心头萦绕疑惑，点开视频，傅明灼的笑声在第一时间响起，很清脆，很有感染力。但此时此刻他无法被她感染。

她在机场，坐在行李箱上，手抓着拉杆，双腿晃着，由人推着走，推着行李箱的手是陆沅的。

视频里，傅明灼一直在笑，陆沅有点无奈："坐了这么久的飞机，精力还这么旺盛。真是服了。"

"陆沅哥哥，你怎么真的来接我？"傅明灼笑嘻嘻地凑近镜头，"我跟你开玩笑呢。"

视频到这里戛然而止。

陆沅的下一条消息很快就来了："小朋友长得好快，几个月不见都是大姑娘了。"语音消息的背景里也充满着傅明灼雀跃的说话声。

在此之前，倪名决毫不知情，她居然闷声不吭跑去了澳洲。

而且，不知情的只有他一个人，袁一概和林朝在群里的发言都没有表现出丝毫的意外，他们早就知道她去澳洲的计划。

只有他不知道。

陆沅连续两天在群里分享自己和傅明灼待在一起的动态之后，敏感地察觉出一丝不对劲来——倪名决怎么什么都不说？

他和倪名决的联系还算频繁，鲜少有两天不联络的先例，而且傅明灼在他这里，倪名决更没道理什么都不关心。

陆沅问傅明灼："明灼，你和匿名吵架了？"

傅明灼诧异地看他一眼，觉得他料事如神，但她不想承认："没有。"

他们并没有争吵，只是不再有普通朋友之外的接触。

陆沅信她才怪，他刨根问底："他知道你跟你姐姐过来澳洲出差的事情吗？"

宴随到澳洲出差，傅明灼不肯放过任何一次出远门的机会，死皮赖脸也想跟。宴随一直很宠她，哪里会不答应，就顺带着带上了她，这两天来，宴随忙工作的事情，傅明灼则跟着陆沅到处玩。

“我不知道他知不知道，反正我没跟他说过。我去哪里又不用跟他汇报。”傅明灼顾左右而言他地扯开话题，“陆沅哥哥，你饿了吗？”

昔日咋咋呼呼的小孩已经改头换面，身形纤长，面容娇俏，人群中是显眼的存在。

不久，蹦擦擦群里又多了一张照片，陆沅发的，是他和傅明灼的一张合照。他自后用手臂圈着傅明灼的脖子，头低下来越过傅明灼的肩膀，两人脸贴在一块，都是笑得一脸灿烂。

陆沅终于等到了某个按捺不住的人发来的私聊。

倪名决：“陆沅，你有毛病？”

陆沅目的达到：“还以为你打算装死装到底了。”

宴随和傅明灼在澳洲待了三天，工作一完成，宴随第一时间订了机票回国。

傅明灼还没玩尽兴，暑假短暂，想到自己马上要踏入高三的魔鬼训练营了，她很是惆怅，飞机起飞，她忍不住问宴随：“姐姐，难得过来，我们为什么不能在这里玩两天嘛！”

“哥哥又不在，不好玩。”这几天傅行此在国内忙得走不开，没一起前来，几天不见，宴随迫不及待想回去见他，她托着腮，毫不避讳地在小姑子面前表露对丈夫的爱意，“灼灼，我真的好想哥哥哦。”

傅明灼：“可你才三天不见他。”

宴随说：“别说三天，一天我就会很想他了。”

她意识到小孩子理解不了，摆了摆手：“算了，给你说你也不懂。”

傅明灼撇头看窗外的云层翻涌，飞机穿过云层，万丈光芒涌进一方方小窗，刺得她眯起眼睛。她突然有点懂了，此时此刻，她想哥哥，想外婆，想林朝和一概，还有冷战中的倪名决。为什么这一次，倪名决跟她冷战了这么久都没有来找她呢？她想念和他打打闹闹、说说笑笑，毫无间隙的亲密感。

希望倪名决快点来找她和好。

第四章

变回优秀的人

回到锦城市是凌晨两点多了，傅行此来机场接的她们。

“灼宝宝，快点洗漱一下睡觉了。”长途飞行后，宴随累得够呛，一到家，她嘱咐了傅明灼几句，就跟傅行此一起回了房间。

“我知道啦，姐姐。”傅明灼也困了，乖乖答应。

走到房门口的时候，她口袋里的手机传来一声震动。

有些时候，人会有一些无法解释的未卜先知的能力。

傅明灼在打开手机之前就猜到这是倪名决发来的消息。

“出来，我在你家楼下。”

这些日子以来，傅明灼所有的生气和不高兴都烟消云散，只剩迫不及待想马上见到倪名决的期待，和他开开心心说说话、跟他重修旧好。

不过傅明灼没敢马上下去，等到傅行此、宴随房间里的灯熄灭，她才蹑手蹑脚地下楼去。

短短一截路，可谓是迫不及待，她越走越快，步伐越迈越大。从冷战开始的第一天开始，她一直很想和倪名决和好。他明明就在同一个班里，明明每天面对面坐着一起吃饭，却不能和他打打闹闹的感觉，实在是太糟糕了。

倪名决就站在栅门外，穿一身简单的黑T恤黑牛仔裤，跟黑夜融为一体，衬得那脸、脖子、手臂越发白皙，干净又清爽的少年，像闷热夏夜里一抹沁人心脾的风。说不出的好看。

傅明灼最开始认识倪名决的时候，她只觉得不屑一顾，她知道他长得还不错，但仅此而已，没有任何多余的想法，她不会为他的颜值而目光停留。

根据科学研究，人的视觉受意识影响，会产生先入为主的想法，没入眼的东西再显眼也发现不了，但是一旦看见，就再也没办法无视了。

不知道从什么时候开始，她彻底理解到了他的颜值。从此以后再也忽视不了。傅明灼心目中最好看的异性排行榜，从前的十几年，傅行此独领风骚，独占天下；而现在，杀出倪名决这匹黑马，与其旗鼓相当，平分秋色。

其实他们才三四天没见而已，他还是老样子，一点也没变，但看到他的一瞬间，傅明灼真的觉得很久很久了，久到她都觉得他都有一点点陌生了。

“一日不见，如隔三秋”是真的。

顾及栅门开关会有声音，傅明灼没开门，隔着栅门站住了。

倪名决先说的话，他下巴扬了扬：“今天怎么不爬门了。”

熟悉的口吻，熟悉的声音。他一开口，那一点点陌生的感觉就彻底没有了。

那还是认识的第一年的跨年夜呢，她找他陪她溜出门救盖中盖，爬在栅门上不敢下来，最后是她跳下来他接着的。

傅明灼扒拉住栅门栏杆，想笑又憋笑，但憋得不成功，全暴露在脸上，她嘟起了嘴：“这么晚找我干什么嘛，我都要睡觉了，我可是还要长高的。”

“找你帮我。”

锦城方言儿童版的求和用语。

傅明灼嘴巴翘得更高，脸上笑意也更浓，她嘟囔：“我什么时候不帮你了。”

“没有不帮最好，那明天来我家找我玩。”怕她不答应似的，倪名决补充，“王中王和盖中盖都想你了。”

这么大个台阶，傅明灼哪能不下，她马上答应：“那是当然，它们肯定想我了。”

傅明灼经过慎重的考虑，跟他打商量：“那倪名决你能不能好好学习？”

“又是学习。”倪名决表情冷却不少，蹙起眉头来，“提几遍了都，还没完没了了？”

傅明灼坚持：“可我就是希望你好好学习。”

倪名决强忍不耐烦：“我爸妈和老徐都不管我学不学习了，你还管？你怎么什么都要管。”

跟倪名决分别后，傅明灼心乱如麻，轻手轻脚地上了楼。

刚上二楼，廊道的灯突然亮了，傅行此穿着睡衣从房间里走出来，他反手关上门，上下打量傅明灼一番，问道：“傅明灼，你去哪里了？”

傅明灼吓了一大跳，回过神来一边走近他一边干笑道：“哥哥，你怎么还没睡？”

“问你呢，去哪了？”傅行此不吃她这套。

傅行此表情平静，完全看不出心情好坏。

傅明灼心跳直奔一百八十迈，都快从嗓子口跳出来了，她有点怀疑哥哥看到了她和倪名决深更半夜偷偷私会的场景。

但傅行此还什么都没说，她总不能自己先招了，万一人家只是下楼喝水呢，当务之急是冷静冷静再冷静，千万不能自乱阵脚，傅明灼稳住心神，面不改色地撒谎：“我口渴，下楼喝水。哥哥，你怎么也还不睡？”

“我也口渴下楼喝水。”傅行此说。

“噢，噢。”傅明灼做小鸡啄米状点头，十分乖巧的模样，“那我回房间了，哥哥你早点睡觉，晚安。”

“嗯。晚安。”傅行此不咸不淡地应了，然后直接转身回了房间，“砰”的一声关上了门。

傅明灼站在原地，蒙了。哥哥不是说口渴了要下楼喝水吗？

他怎么回房间了，这是个什么意思？

突然又不想喝水了？

傅明灼很忐忑，回了房间一直到躺下都忍不住还在分析傅行此此举的缘由和目的。

如果哥哥真的看到了她和倪名决在半夜见面，怎么可能还这么平静呢？而且以他的脾气，他应该会当场阻止的。所以他应该是没看到的。可是他的表现又奇奇怪怪的，大半夜不睡觉说喝水结果又不喝水，用常理根本解释不通。

强烈的忐忑不安在这时不失为一件好事，至少傅明灼因为倪名决生气或难过的心思没了大半。

方才，在对话的最后，他们又一次不欢而散。

傅明灼不明白，为什么倪名决不愿意跟她上同一所大学。她希望他变好，有什么错。她又没有强求，他本来就有这个能力。

他为什么生气，他凭什么生气。

倪名决一晚上没睡好。

最近傅明灼三天两头因为学习的事情和他闹不愉快，次数多了，他真的觉得很烦很累。

学习是他最不愿意提及的话题之一，每提一次都让他想到林昭的死因和自己在那中间扮演的角色，他比谁都知道自己是在浪费天赋，可只有这样他才能平息内心的汹涌。

这罪名像一块巨石死死地压着他的脊背，他没有办法站起来。他不需要别人一遍遍提醒，一遍遍揭他伤疤。

前一晚上，说到最后，他态度不太好，小丫头气坏了，掉头就走，后来他冷静下来给她发微信，她也不回。

自己惹得人家生气，自己哄。拿什么哄？倪名决脑海里第一个出现的是草莓派。

出门买草莓派的路上，不知道是不是他多想，他总觉得有人在跟着他。

他摇摇头，笑自己想太多，刑侦剧看多了疑神疑鬼，或者是前一晚上没睡好出现幻觉了。

时间还早，倪名决排了十分钟的队就轮到他了，不知道是不是因为草莓派问世近两年了热度不如从前，从前一人买两个的铁律似乎有所改变，他只随便提了一嘴，营业员小姐姐就满面笑容地一口答应让他买四个。

不过，后一个人说自己也想买四个，营业员小姐姐以草莓派不够为由拒绝了。

倪名决拿到草莓派，那种被人跟踪的奇怪感觉又来了。

他揉一下太阳穴，试图给自己醒醒神，但这感觉仍然挥之不去，而且越发强烈。

强烈到他确定这绝对不是自己的错觉。父母在商场上的仇人？或者试图绑架他向他家里勒索的歹徒？

虽然法治社会朗朗乾坤，可这样的事情不是没有可能，不得不防。

他猛然转身，险些撞到一个人，他后退一小步，在看清对方的瞬间，表情顿时凝固。

“聊聊？”对方皮笑肉不笑地问道，虽是疑问句，事实上根本没给他拒绝的余地。

倪名决沉默片刻，颔首。他知道对方来者不善，也知道这一聊凶多吉少，可哪怕接下去要闯的是龙潭虎穴，他也得顺从地跟着走一趟，别无选择。

倪名决沉默无言地跟着对方来到边上的小巷子。

小巷子里空无一人，安安静静，外头街上的喧闹隐隐约约传来。

傅行此转过身来，上下打量倪名决片刻，冷笑着开了口：“小子，我看你是吃了熊心豹子胆。”

对比倪名决面临的腥风血雨，傅明灼这头风平浪静。

她一觉睡到大中午才起来，眼见傅行此对她一切如常，她一颗惴惴不安的心勉强落地，又恢复了勃勃生机。

一整天下来，傅明灼没等到倪名决跟她求和，傍晚倒是等到了傅行此来她房间找她：“傅明灼，你去外婆家住几天。”

傅明灼又慌了，低着头眼珠子骨碌碌乱转。哥哥为什么平白无故让她住到外婆家去？以前他不是很喜欢她在外婆家过夜的，因为外婆太宠她了，哥哥说她会被外婆宠坏，这次居然一反常态主动让她住过去，她怎能不怀疑他是为了拉开她和倪名决之间的距离？

她还在乱猜，傅行此轻描淡写地说：“你马上上高三了，会很忙，高三过后就是大学，待在家里的时间不多了，趁现在还有空，多陪陪外婆。”

有理有据，令人信服。

傅行此雷厉风行，当晚就把傅明灼打包送到了外婆家。

在外婆家，傅明灼是站在食物链顶端的存在，上到九十二岁的太婆，小到三岁的表侄女，没有一个是她的天敌，她只管享受当皇帝的快乐就好，快乐得她都没什么空跟倪名决计较，疯玩了一个多礼拜。

只有夜深人静的时候，她看着那个停留在不欢而散的那天夜晚的聊天对话框，会感到心底泛起的没完没了的失落。

蹦擦擦群里倒是热闹，因为袁一概明天要过生日了，这是他成年之前的最后一个生日，袁一概准备大肆操办一番，开学在即，得抓住进入高三魔鬼训练营之前最后的狂欢机会。

袁一概在跟大家确认人数：“明天大家都来的吧？”

林朝：“当然来了，我还给你准备了份大礼。”

陆沅：“直接把我排除在外了？”

袁一概：“哈哈，那你打飞的回来吗？”

傅明灼：“陆沅哥哥你回来吧！”

不知道是不是巧合，傅明灼冒泡以后的第一时间，倪名决也出现了，他只留下了简单的一个“嗯”回应袁一概的问话，混在一片插科打诨中，分外没有存在感。

没有人注意，注意了也没有在意。反正他一直都是这么沉默寡言，几乎不在群里说话。

除了傅明灼。

一个多礼拜以来，她第一次收到他的消息，是一句简单的“嗯”。

次日中午，袁一概的生日派对在KTV举行，除了蹦擦擦的几个成员，他还叫了初中时代的几个朋友和现在他班里跟他玩得比较好的同学过来。

男男女女加起来一共有十几号人。

傅明灼到包厢以后，先在门口不动声色地朝里看了一圈。

灯全暗着，只有大屏幕的光和每个人的手机屏幕光亮着，人又多，一时半会很难分清谁是谁——除了袁一概，因为他的体型太特殊了，人群中最显眼、最独特的存在。

不过傅明灼还是凭着自己的火眼金睛认出了林朝，还有袁一概班里两个男生，一圈看下来，她没看到倪名决。

她还打算再不动声色地找一遍呢，身后有人站定，隐隐约约传来人体的温度。

没有言语，没有肢体接触，就是这么个毫无线索的情况下，傅明灼猜到了自己背后的人是谁。

倪名决。

扭头一看，果然。一个多礼拜没见，他剪了头发，短短的“碎盖”，又精神又帅气。

对视一眼，他跟没事人似的：“傻站在这里干什么，进去啊。”

傅明灼撇过头，径直走过去，嘴里嘟囔着：“这家 KTV 又不是你家的，我想站哪就站哪，你管不着。”

倪名决在后面没忍住笑了一下，其实KTV里面太吵，他只听到了前面半句，不过一整句不要太好猜，“××× 又不是你家的 / 你的，我想……就……，你管不着”是傅明灼的口头禅，堪称她的万能语句，哪都能套用。

林朝身边坐着个不认识的男生找她说话，还挺帅的。

傅明灼凑过去，虽然林朝另一侧有空位，但是她非要挤在两人中间坐，硬生生把那个男生逼得给她让了座。她视而不见，抱住林朝的胳膊把脑袋蹭上去撒娇：“林朝，林朝。”

她刚从外面进来，身上还有点汗意，林朝嫌弃死她了：“走开，走开，你黏糊糊的，难受死了。”

“我太想你了，放暑假以后我还没有见过你呢。”傅明灼不撒手。

林朝更嫌弃了：“暑假才两个礼拜，而且后天就开学了，未来的一年，我每天都要跟你待在一起当同桌。我想想都发愁。”

话这么说着，身体倒是诚实，伸手去面前的果盘里给傅明灼挑水果：“吃不吃葡萄？很甜。奇异果也很甜。”

两个姑娘感情太深，坐在一起有说不完的话，男生一下子没了表现的机会，他在原地尴尬地摸了摸鼻子，走开了。

倪名决去了初中同学那边叙旧，袁一概的初中同学也就是他的初中同学，以前大家关系都不错。

傅明灼牛皮糖似的缠着林朝，林朝老妈子上身，给她一粒粒地剥葡萄吃。

懒死她算了，连吃个葡萄都要别人喂。倪名决腹诽。

其中一个初中同学眼睛很尖，手肘怼了怼他，看着她们的方向坏笑道：“这么会时间都往那边看几眼了？五次起码了，我没冤枉人吧？”

另一个同学也来劲了，马上望过去：“哪个？”

同学A：“两个都挺好看的。”

同学B：“我猜看的是那个穿吊带衫的，身材贼劲爆。穿背带裤的那个看着有点小，行为也有点像小孩。”

“在理。”同学A点头赞同。

东道主袁一概忙前忙后招呼大家，刚好路过，见两人笑得一脸八卦，他也忍不住加入进来：“你们在说什么？”

两人意犹未尽地说完，同学A才有空去搭理袁一概：“穿背带裤的妹子介绍给我认识呗？”

穿背带裤那个？现场只有一个穿背带裤的妹子。

那就是傅明灼。

那可是傅明灼啊！！！

袁一概心头一颤，下意识去看倪名决。

傅明灼发现自己在被他们看了，她圆溜溜的眼睛冲他们一瞪，又扭过头去吃葡萄了。

“哎哟。”同学A乐了，“脾气还挺大。”

倪名决的视线从傅明灼身上收回来，语气平淡：“穿背带裤的那个。”

俩同学被他吸引了注意力，也收回视线，看向他。

“我养的。”倪名决说。

“啊……”两个初中同学一脸震惊。

倪名决继续道：“所以别想。”

两个小时很快过去。

有人嫌吃吃喝喝唱歌无聊，遂提议：“我们玩游戏吧。”

“好啊。”众人附议。

玩的是猜数字的游戏，一人随意挑选1到1000之间的一个数字让大家猜，根据众人的猜测，一步步缩小范围，猜中的人会受到惩罚，惩罚是真心话大冒险。

傅明灼听清楚游戏规则以后，自告奋勇要当主持人，她在手机上摁了个数字，宣布游戏开始：“1到1000。”

第一个人：“250。”

傅明灼：“250到1000。”

第二个人：“999。”

傅明灼：“250到999。”

“777。”

“250到777。”

……

一个个猜过去，轮到倪名决的时候，范围已经缩到非常小，711到714之间。

也就是说，只有两个选项了，一个712，一个713。

今天是七月十三日，袁一概的生日，所以傅明灼的数字是什么不言而喻。

以倪名决的脾气来说，他肯定不想参与这类游戏，所以傅明灼自动略过了他，看向下一个人，也就是同学A：“你来。”

与此同时，倪名决开了口：“713。”

傅明灼很意外，他居然会参与，她宣布游戏结果：“中。就是713。”

逃过一劫的同学A大笑：“匿名，你是不是没听清楚规则，猜中的那个人不是赢了，而是输了，要接受惩罚的。”

“嗯，我知道。”倪名决抬眸看向傅明灼，“我选真心话。”

傅明灼没什么可问他的，她心里有气，很想整他：“你为什么不选大冒险？”

如果他选大冒险，她就叫他去女厕所，最好被别人当作变态；或者让他去别的包厢干杯、唱歌，被别人当神经病赶出来。

倪名决不为所动：“选什么不是我自己决定的吗？”

“是自己决定的，真心话挺好的。”林朝马上接腔。

“可是我没什么要问的。”傅明灼说。

傅明灼把问问题的权利让给了别人，她不看倪名决，后面玩游戏的时候也拒绝跟他有任何互动，倪名决倒是好几次主动提她。

傅明灼一概不理。

倪名决应该是想跟她求和吧，但是她不会轻易原谅他了。反正以后她再也不劝他好好学习了，既然他一点都不想跟她上同一所大学，而且一个多礼拜以来他一次都不找她，她为什么要自讨没趣。

倪名决低头，解开手机点了一下屏幕。

与此同时，傅明灼口袋里的手机发出一声震动。

虽然傅明灼拒绝跟倪名决有眼神交流，但她的余光一直忍不住在关注他，所以她能猜到手机上的消息百分之八十是倪名决给她发来的。

趁没人注意，傅明灼悄悄打开手机。

群聊“蹦擦擦嘉蓝支队七班分队前后桌小组”中，倪名决说：“我想为了你，试着重新变成优秀的人。”

收到信息以后，傅明灼忍不住老是偷偷看倪名决。他玩游戏很敷衍，轮到他了就随意报个数字，大部分时候在低头玩手机，事不关己的样子。

但她的视线实在存在感太强，倪名决就算低着头也能感受到她的目光在往他身上瞟，他一回视，她就马上移开目光，眨着眼睛，看似格外专注地看着别的人玩游戏。

这令他不由得想起跟她的第一次碰面，那个时候她还像个小学生，骑在马背上鬼鬼祟祟地偷看偷听他和顾愿说话，他一回视，她就欲盖弥彰地撇开视线用力晃小马。

当时挺烦她的，但现在想想，实在是过分可爱了。

倪名决没忍住笑了一声。

游戏进行到没有任何笑点的地方，他这一笑，大家都迷惑了，纷纷投来好奇的目光，好奇是什么戳中了他的笑点。

只有傅明灼知道，这种天知地知你知我知的隐秘感让她也忍不住笑了一下。

“小鬼，你又笑什么？”林朝看看傅明灼，又看看倪名决，仿佛明白了什么。

下一盘游戏开始之前，倪名决说：“我不玩了，没意思。”

别人还没玩够，哪肯就此结束，都招呼他继续一起玩。

倪名决坚持不玩，顺便给袁一概使了个眼色。袁一概很听他话，马上说：“我也不想玩了，换个游戏玩吧。”

寿星开了口，猜数字游戏没再进行下去，换了“狼人杀”。

在场包括傅明灼在内的三个人没玩过“狼人杀”，懂行的给他们说了一遍规则，傅明灼听了个大概，迫不及待：“好，好，我已经全部听懂了，快开始吧。”

大家进入微信公众号，被随机分到各种身份牌，确认自己的身份以后，法官袁一概宣布：“天黑请闭眼。”

闭眼前，倪名决看到傅明灼没低头，双眼直视前方。

他轻嗤一声，依照傅明灼的性子，她肯老老实实玩游戏才怪了，百分之百眯着眼睛在偷看。

“丘比特请睁眼……丘比特请指定情侣……丘比特请闭眼。下面我将绕场一周，点到的人睁开眼睛互相确认身份……好，情侣闭上眼睛。”

“狼人请睁眼。”

倪名决抽到的是狼人牌，他睁开眼睛，一眼就看到远处傅明灼睁着眼睛冲他做鬼脸。

敢情这货也是头小狼，不知道是好事还是坏事，他眉头轻轻挑了挑，算是招呼。

“狼人请杀人。”袁一概笑了场。

傅明灼都不跟两个队友商量，毫不犹豫地伸手指了她眯眼偷看来的情侣之一，情侣的生命连在一起，一杀死俩，划算。

袁一概做了个“OK”的手势：“狼人请闭眼。”

倪名决直到把眼睛闭上，才后知后觉想起一件很重要的事情来——这局共有三头狼，他光顾着傅明灼了，都没留意另一头狼是哪个。

一局过后，开始投狼人环节，轮到傅明灼的时候，她无辜地看着大家：“我第一次玩，不是很懂，猜不出来谁是狼，反正我都没有睁过眼睛，我不是狼，你们投谁我就投谁。”

这演技真是绝了。倪名决服了。

第一把被投掉的是另一头狼，他演技不够好，露了馅。

傅明灼和倪名决得以存活继续游戏。

接下来，傅明灼又凭着精湛的演技，精准除掉了最关键的预言家和女巫却始终没被人怀疑，倪名决都被人“票”出来了，只有她笑到最后，在最后决定胜负的局里把别人忽悠得“票”了好人，短短时间内大获全胜。

“耶，耶！”傅明灼蹦跶得欢，满面春风得意，“倪名决，我们赢了！”

林朝是预言家，都还没派上用场就被杀了，她气得肝疼，长长的指甲点着傅明灼的脑门：“小鬼，你是不是偷看了？”

“我没有！”傅明灼捂着被戳痛的额头打死不认，“我没有偷看。”

“你肯定偷看了，不然你们能杀得这么准？”林朝不信她，“我还能不知道你？”

傅明灼嫌疑过大，惨遭封杀，大家不许她再玩，她只得当起了法官。

不过当法官也好玩，傅明灼喜欢这种知道所有牌面的上帝视角。

时间在欢声笑语中过得飞快，饭点将至，大家吆喝着再玩一局就去吃饭，傅明灼不干了，不肯再当法官：“我也要玩，我才玩了一局。”

林朝接过法官的主持任务："那你不许偷看。"

"我没有偷看。"傅明灼还是不承认。

林朝懒得跟她废话："你玩的时候把头低下。"

"好。"傅明灼勉为其难地答应了。

低着头她就什么都看不到了，用尽全力也只能勉强用余光瞥到左右两人的动静，眼珠子都转疼了，想纵观全局是没可能了。她在心里叹了一口大气。

"丘比特请睁眼。"

倪名决睁开眼睛，在林朝"丘比特请指定情侣"的说话声中，他毫不犹豫地指了指自己，又指了指对面那个垂着头看起来——当然只是看起来格外乖巧的身影。

丘比特是可以指定任何两人做情侣的，包括自己。

傅明灼第一局的战绩让人记忆尤深，所以这一局，虽然她竭力强调着"这次我真的不是狼，我是好人，我的角色特别重要，你们不能投我"，大家还是一边报复她一边逗她，除了倪名决和袁一概没投她，她在第一轮即被淘汰。

"就算你是预言家也没用，反正这局就是要投你。"

傅明灼一死，顺带带走了倪名决。

出师未捷身先死，傅明灼鼓着脸不太高兴，遗言也不肯说了。

"好了，好了，"她这样搞得大家很有负罪感，总觉得自己在欺负小孩，"大不了吃完饭再玩，下局不投你了。"

游戏结束后大家明牌。

而傅明灼……其实还是狼。她一点也不冤。

傅明灼外表和表现行为迷惑性实在太大了，包厢里爆发出此起彼伏的感叹。

倪名决不禁失笑，这家伙真的是没救了。

大家都在讨论，在怀疑人生，林朝来到倪名决旁边，手肘拐了拐他："明明猜到大家大概率会第一时间'票'小鬼，你还要跟她一起，啧，果然父爱如山。"

倪名决不置可否。

二人睁开眼睛互相确认身份的时候，傅明灼睁开眼睛，双眸亮晶晶地看着他，笑得像只偷了腥的小猫。

除了林朝，众人闭着眼睛，一无所知。

虽然此局他存活不过三分钟，但至少这三分钟里，他和傅明灼生死与共。

一等一的划算买卖。

有了倪名决“会重新变成优秀的人”的保证，傅明灼心情舒畅。虽然开学在即而她作业一个字都没写，但为了不耽误倪名决的学习时间，她没有去找倪名决给她写作业，自己勤勤恳恳补了一整天，单凭她一己之力实在是来不及，到晚上，她胆战心惊地敲响了傅行此和宴随的房门。

傅行此来开门。

“哥哥，你和姐姐可以来我房间一下吗？”她不明说，因为她怕傅行此生气，总之先把人骗过去再说。

傅行此怀疑地打量她片刻：“干吗？”

“你先过来嘛！”傅明灼面不改色心不跳，“你过来就知道了。”

自己一手养大的小孩，傅行此还能不懂？他简直秒懂，顿时无语了：“敢情你在外婆家待了一个多礼拜，你就光顾着玩了？”

傅明灼干笑。

三人赶工到后半夜。

大晚上不能跟漂亮老婆卿卿我我就算了，还要给个熊孩子补作业，傅行此把傅明灼凶得够呛。

搞定一切以后，傅明灼爬上床，觉得自己深藏功与名，为了拯救一个堕落的灵魂，甘愿受尽委屈。

一觉醒来，高三预备役生活正式开始。

虽是补习时间，但班里氛围非常凝重，已经彻底进入了高三的状态。早晨六点半，教室里已经书声琅琅，所有人都遵守了徐忠亮提前半小时到校的要求。

除了倪名决。

傅明灼觉得他所谓的“会重新变回优秀的人”诚意不足。

一直到早上第一节课都开始了，倪名决的座位还是空着的。傅明灼忍不住了，给倪名决发了条微信：“倪名决，你怎么还不来上学？”

一节课过去，手机安安静静，倪名决始终没有回复她。望穿秋水般等到下课，傅明灼躲到角落给他打了个电话。

约莫十几秒钟后，倪名决接起来：“喂。”

声音困倦。

傅明灼气不打一处来：“倪名决，你怎么还在睡觉！第一节课都上完了，你还不来上学。”

倪名决停顿一小会：“谁跟你说，我要来上补课了？”

傅明灼当机立断撂了电话。她对天发誓，再操心倪名决的学习她就马上变回小孩子。

什么为了她重新变回优秀的人，没点诚意，他以为自己哄小孩呢。

过了一会，倪名决发了条微信给她："好好学习。"

傅明灼不理他，"咚"地把手机扔进了桌洞。她当然会好好学习，要他废话。

时间和精力像海绵里的水，挤挤总是有的。嘉蓝的课业一向吃紧，高一高二的时候就觉得排得够满了，但一上高三，课业压力成倍增长，大家却也还是可以咬着牙应对。

音乐课、美术课取消，原本一周两节的体育课改成一周一节，并且开学第一节就被物理老师以"体育老师生病"为由占用。

班里的氛围完全不同了。早上六点就有人来到学校，放学很久了教室里还有人待着，老师拖堂没人抱怨了，下课时间也鲜少有人打闹，一眼望去都是埋头苦学的人，教室里基本上成天都是安安静静的，蝉鸣伴随着笔尖在纸上书写发出的沙沙声。

傅明灼的学习成绩靠着七分天分、三分勤奋，她是受不了这么高强度的学习的，本以为跟林朝做同桌林朝可以陪她玩，但林朝居然也开始用功了。傅明灼不知道林朝抽什么风了，她趴到林朝摊开的书上去："林朝，我好无聊，你不无聊吗？"

林朝正在思考一道数学题，思绪被打断，她不耐烦地赶傅明灼："走开，走开，我做题呢。"

傅明灼维持着趴在林朝书上的姿势，克服眼前的重影，把题目念了一遍："函数 $y=\sqrt{16-4x^2}$ 的值域是……"她目光在四个选项上扫了一圈，三秒钟时间就下了论断，"选 A。"

林朝知道傅明灼学习好，自己学习差，但是她想了半天的题目，傅明灼看一眼就知道答案，这对比也太伤人了吧。林朝犹豫一会，还是虚心求教："为什么啊？"

傅明灼噼吧噼啵地开始了讲解："因为 $16-4x^2\geqslant 0$ 且 $4x^2>0$，所以 $0\leqslant 16-4x^2<16$……"

"等等，"林朝第一步就没听懂，"为什么 $16-4x^2$ 一定 $\geqslant 0$？"

傅明灼一脸"你怎么这么笨"的表情，就差直接把话说出来了，她恨铁不成钢地反问："二次根号里面怎么会有负数！"

"哦，对。"林朝恍然大悟，"然后呢？"

傅明灼很轻松地把一道题目给林朝讲明白了，条理清晰，言简意赅，跟她平时满嘴跑火车、废话一大堆的说话模式一点都不像。

弄懂一道题目，林朝挺有成就感，高兴地揉着傅明灼的脸，夸赞道："哟嗬，小鬼，你还挺厉害的嘛。"

"那当然了。"傅明灼得意地耸耸鼻子，"这种题目我哥哥都不让我做，浪费时间。数学我只做最后的题目。"

好欠揍的小鬼啊。

傅明灼看着林朝仔仔细细把解题步骤写在空白处，实在是不敢相信："林朝，你怎么也好好学习了，你以前不是最讨厌学习了吗？"

"我打算出国。"林朝边写边说。

"哦。"傅明灼不说话了，默默看林朝写完。

林朝要翻页了，赶她："让让。"

傅明灼乖乖让开了，然后语不惊人死不休地来了一句，"林朝，你是不是要去澳洲。"

林朝愣了一下，笑了出来："小鬼，你真的是……"

"哼，什么都瞒不过我。"傅明灼又要凑过来，"你……"

"停。"林朝低头看书，"我要学习，你别打扰我。"

"可是我太无聊了，我今天的复习量已经超标了，不能再看书了，脑子负担太重也会导致长不高的。"傅明灼又摆出不知道从哪听来的歪理。

"明灼，你还长高啊？你已经这么高了。"体委转过头来，他是班里少数几个高三依然混日子的学生，他是体育特长生，高考时对文化分的要求不高。

"我要长到一米七二。"傅明灼抽空回应他一句，仍打算缠着林朝，"林朝……"

林朝掐她脸："闭嘴！"她使出必杀技，"你是班长，自己不学习就算了，还要影响别人学习？"

傅明灼身为班长的使命感马上涌现了，她被掐住命脉，万分艰难地闭了嘴，但看得出来，她忍得很辛苦，随时都会破功。

体委接过重任："明灼，我也看不进书，我陪你聊天。"

"好吧。"傅明灼勉为其难地答应了。

林朝抽空给倪名决发了条微信："体委一直给小鬼献殷勤。"

倪名决过很久才回："那你管着点。"

林朝腹诽，没救了，这都激不到他来参加补课。

她才懒得管闲事。

当天放学，傅行此亲自来接的傅明灼，路上，他给妹妹施压：“傅明灼，高三了，自己有点数，该收心了，不许再每天往你同学那里跑。喜欢狗的话，高考完了我给你买一条，你想怎么遛就怎么遛。”

反正傅明灼也下定决心不再关心倪名决的学习，就算傅行此不说，她也不打算找倪名决了。

不过奇怪的是，傅行此从来不是会过多干预她学习的家长。傅明灼上小学的前一天晚上，傅行此曾非常认真地告诉过她：“灼灼，你只要平安开心就好，学习好不好都没关系，哥哥不用你有出息，哥哥养得起你。”

十几年来，他一直保持着不强求的态度，傅明灼考得好，他就尽力满足她的愿望，偶尔傅明灼也有马失前蹄考砸的时候，他从不在意，更从不责备。

没想到，到了最后时刻，他居然失信了。

傅明灼不找倪名决，倪名决也很少找她，不知道在忙些什么。傅明灼不是没想过他可能是在家忙着追赶进度拼命自学。不过某天放学路上，她看到倪名决进了一家网吧，虽然车子飞驰而过，很快把街景甩在身后，但她无比确信，那只瞥到一眼的人影就是倪名决。

她认错谁都不可能认错他。

他就是这么为她变优秀的吗？

骗子。

没有倪名决一起参与的准高三补习班还是照常过，傅明灼发现人的适应能力真的很强，偶尔她学累了，会抬头看向讲台旁边那个空荡荡的座位发一会呆，跟倪名决前后桌打打闹闹的生活，仿佛已经遥远得像是好几年前的事。

一个半月后，嘉蓝正式开学。

第一天开学，倪名决没到后面来找傅明灼，傅明灼也没过去找他，到中午吃饭的时候，傅明灼和林朝因为在后排，率先走到后门口等了倪名决一会。

倪名决不喜欢跟别人挤，等人走得差不多了才慢悠悠走过去。走到傅明灼面前，他站定，似笑非笑地看着她。

傅明灼原本不看他，感受到他的视线，狠狠瞪了他一眼。

倪名决笑了一下，拉了一下她的头发：“傅明小灼灼。”

傅明灼没好气：“干什么？”

“你又长高了。”

这话傅明灼还是喜欢听的，她自己一个人不知道嘀咕了几句什么，拉着林朝走了。

倪名决跟在两个姑娘背后，又忍不住笑了一下。

傅明灼也再度回头瞪他一眼。

这样打打闹闹的日子似乎已经很遥远了，因为整个暑假他们都没怎么碰面，也没怎么联系。反正就是默契地谁也没找谁。

傅明灼突然伤感地想，从前她和倪名决玩得多好啊，每天在学校有说有笑，回家了一起遛狗。

她摇摇脑袋，将这些扰人心神的想法赶出脑海，当务之急是好好学习，还有好好辅导林朝的功课。林朝以前落下的功课太多，现在老师上课的内容已经进入第一轮总复习，林朝根本无法适应。

林朝也不想自己在一个小鬼面前显得那么没用，但事实是她现在就得靠着这个小鬼，这小鬼平时咋咋呼呼，但是讲起题目来就跟换了个人似的，头头是道。理科实在太难了，林朝从来没有在傅明灼面前这么没底气过。

她怀疑现在傅明灼看她就跟看只猴子似的。

开学第二天、第三天，便是新学期的第一次月考。

开考前，傅明灼给林朝打气："林朝，你有嘉蓝的全校第一辅导了你整整一个半月的功课，名师出高徒，你一定会考出最后考场的！"

林朝说："行，要真考出了，我后天就好好庆祝一下我的成年生日。没考出的话就不浪费时间了，我还是抓紧时间复习吧。"

才考了两门，她就自信满满地在吃午饭的时候约倪名决了："倪名决，后天我们两个一起过生日啊。十八岁的生日好好庆祝一下不过分吧？"

倪名决这才记起自己的生日马上要到了，他要成年了。他看傅明灼一眼，不动声色地答应："嗯，行啊。"

上一个生日，他和林朝也是一起过的。傅明灼精心给林朝准备了一套少女手办，然后把自己那辆玩腻了的法拉利送给了他，现在那车正在他车库里积灰。

想想这两年来她送的生日礼物，不是小天才手表就是玩具电动车，没一个正常的，而且都是她不要的。

十八岁成年礼，希望她做个人，送他点像样的。

月考成绩就是生日当天下来的。学委从隔壁班得到消息，马上来教室转告了："成绩在教务网公布了。"

大半个班级的人一窝蜂地挤到了电脑前，把讲台围得水泄不通。

从前，蹦擦擦嘉蓝支队七班分队的三个人都懒得看成绩，傅明灼是因为自信，而倪名决和林朝是因为懒得关心。这回，傅明灼依然很自信，坐在位子上岿然不动。倪名决依然是那副懒得关心的样子，趴在课桌上也不知道睡着了没有。

林朝忐忑又紧张地上去了，凭借着强大的的气场，人群给她让出一条道，让她站到了黄金位置。

学习委员熟门熟路地登上教务网，找到成绩表，下载到桌面，点开。

很快，傅明灼发现讲台上的人陆陆续续都朝她看过来了，除了看她，他们还看倪名决。眼神很复杂。

不知道为什么，傅明灼莫名想起倪名决跟她说的话："我想为了你，重新变成优秀的人。"

她脑海里闪过一丝荒唐的念头。

不会吧？

可他根本没有在好好努力的样子啊。

这怎么可能呢？

林朝也是一副见了鬼的表情，都来不及看自己的成绩就快速跑了下来："小鬼，我服了，我真服了，倪名决简直不是人。"

林朝想说什么，傅明灼已经有所预感。

果然，林朝的语气小心翼翼，生怕刺激到她似的："小鬼……你第二，第一是倪名决。"

傅明灼眨着眼睛，像是没听懂。

"小鬼，我说倪名决考第一了。"林朝重述一遍，说这话的同时，她自己也回味了一遍，就这么件事，她到现在还没彻底消化，"不是……他到底是怎么做到的？"说着说着，她又恍然大悟，"我都差点忘了，倪名决考进来的时候是全市第一。"

傅明灼回神了，十分冷静地发问："所以我跟他差几分？"

"这我没看。"林朝一看到年级总表的第一是倪名决，人都蒙了，哪里还顾得上算一下两人的分数差距，第一时间就跑下来报告傅明灼了。

"哦。"傅明灼淡定地点点头。

然后是两秒钟的沉默。

整整两年来，无论试卷是难是易，偏文偏理，嘉蓝始终没有人撼动过傅明灼年级第一的宝座，大家都默认她的名次了，一直以来她也对自己的成绩相当自信，现在垄断被打破，林朝有点担心她现在的心情，关切地问道："小鬼，你还好吧？”

傅明灼露出个天真的笑来：“我当然没事了。”

说完，她站起来，往讲台走去。

围在讲台前的同学们纷纷露出同情和看好戏的表情，并自动给她让了道。

傅明灼来到电脑前，拿过鼠标，点到榜首。她没有输得很惨，倪名决的总分只比她高了一分。

但是输了就是输了，一分也是输了。

她偏头看向倪名决。

倪名决仍然趴在课桌上，但他醒着，两眼一眨不眨地盯着桌面发呆，似乎在思考什么很棘手的问题。感受到她的注视，他抬起眼眸，望过来，随着抬眼的动作，他的眼睛只剩眼尾还有一点窄窄的双眼皮褶皱，并不友善。

一时之间，谁也没说话。

围观者们从他的眼神中脑补出了冷酷和挑衅，也从傅明灼的眼神中脑补出了屈辱和愤怒。

自开学以来，全班都发现傅明灼和倪名决之间关系变淡了，而现在，原因似乎不难猜了，从前倪名决不争不抢，所以这两个人相安无事，现在倪名决决定争了，可第一只有一个。

利益面前，“父女”之情算什么？没有永恒的“父女”，只有学霸永远不甘居于人后的野心勃勃。

“恭喜。”傅明灼率先打破沉默。

“谢谢。”倪名决礼貌回复。

围观同学A小声：“我刚才是不是听到傅明灼说‘你给我等着，下一次月考我就会把你踩在脚下’，然后倪名决回了‘你做梦去吧，我崛起了，以后你就是个万年老二’？”

围观同学B十分肯定：“是的，你没听错。”

“匿名，匿名！”一声高过一声的呼唤声由远及近，吸引了所有人的注意力。

这大概是袁一概跑得最快的一次，肥胖的身躯像运动员正在奥运赛场上为国争光，闪电般地穿过了走廊，灵活地避开人群，冲进了高三（七）班的教室，三步并作两步地来到倪名决面前，抓住倪名决的手，把脸埋了下去。

整个年级的人都通过成绩表知道了倪名决考了第一名，袁一概当然也不例外。

“匿名，你终于回来了。”袁一概激动得语不成调，险些落泪，他从小到大亲眼见证着倪名决有多么优秀，真正的“别人家的孩子”，活在所有人的夸赞里，拥有这么厉害的朋友，袁一概打心眼里感到骄傲自豪。可是自从林昭离开，一切都变了，随随便便一个普通人，都可以吊打那曾如神祇般骄傲、遥远的存在。

现在，那个骄傲得不可一世的倪名决回来了。

“傻不傻。”倪名决埋汰道，但没有抽手，他看着近在咫尺的袁一概的后脑勺，目光却很深沉。

就在这一刻，他突然释怀。

从决定重新站起来的那一刻开始，他一直都被一种负面情绪折磨着，他可以说服自己不再故意让母亲失望伤心，却始终无法忽视另一个心病——他觉得自己背叛了林昭，他为了自己的私欲，擅自终止了赎罪。

这种负罪感在他听到自己考了第一名的瞬间达到了顶峰。

可看着袁一概，他想到从前那些林昭还在的岁月。他不只是父母老师的骄傲，袁一概的骄傲，他也是林昭的骄傲，林昭每次说起他的时候，口吻都是自豪无比的。她从小就是一个很文静还有点胆小的女孩子，很少跟别人起冲突，她唯一一次和别人动真格打架是在二年级的时候，理由令人啼笑皆非，现在想来却让人心疼不已——班里一个男孩子为了逗她，故意讲倪名决的坏话。

他怎么可以觉得，他堕落地活着会让林昭的在天之灵得到些许安慰。

他怎么可以这般妄加揣测甚至歪曲误解她的崇拜。

他在侮辱那个会在同学录的“偶像”一栏写他名字的女孩。

她明明比谁都希望他闪闪发光啊。

第五章

第一之争

徐忠亮也得到消息了，急匆匆跑来了教室，一张脸上满是兴奋：“名……”

看到讲台上傅明灼的瞬间，徐忠亮紧急刹车止住了话头，把兴奋死死地压了下去，冲她招招手：“明决，你跟老师来办公室一趟。”

傅明灼在众目睽睽之下跟着徐忠亮走了。

一到办公室，徐忠亮翻翻抽屉，找出两颗奶糖递给傅明灼。

“谢谢徐老师。”傅明灼拿了糖，却没有吃。

以前傅明灼都会马上就把糖塞进嘴里的，看来真的受挫了，徐忠亮更担忧了。他摸摸傅明灼的脑袋，在谈话的开头，首先给予了傅明灼充分的肯定：“明决，这次月考你考得非常好！”

其实傅明灼只是觉得这两颗糖不好吃才不吃的。她眨眨眼睛，有点天然呆地点了点头。

徐忠亮鼓励她：“老师相信，只要你好好努力，下一次考试一定可以打败倪名决，重新回到第一名。你可千万不要气馁啊！”

“我没有气馁啊。”傅明灼说，为了证明自己真的没有气馁，她冲徐忠亮露出一抹灿烂的笑。

可在徐忠亮看来，傅明灼是在强颜欢笑，他又是心疼又是着急：“其实你跟第一名就差了一分而已，并不能说明什么，说不定你写的作文刚好不是批卷老师喜欢的风格而倪名决的刚好是，要是换个老师改，说不定你比他分高呢！”

徐忠亮想起一个寓言故事，有个老婆婆有两个女儿，大女儿嫁给了卖伞的，小女儿嫁给了卖草帽的，晴天的时候他担心大女儿家里生意不好做，雨天的时候他担心小女儿家的草帽卖不出去。现在的他，可不就像那个老婆婆吗，倪名决自甘堕落的时候，他忧心忡忡，现在倪名决站起来了，他又担心傅明灼接受不了打击。

手心手背都是肉啊。

说到后来，傅明灼都开始不耐烦了，就差对天发誓了，徐忠亮才放过她：“那明决，你回了教室把名灼给老师叫过来。”

傅明灼把话转告给倪名决了。她可以确定，等倪名决去了徐忠亮办公室，徐忠亮会热烈庆祝他考第一并鼓励他下次还考第一。

傅明灼真的很好奇，徐忠亮到底希望他俩谁考第一。

大概是两个大老爷们之间没有那么多弯弯绕绕，倪名决没和徐忠亮聊太久，他回来得很快，来到自己座位前，没坐下，而是把椅子拿起来反扣到桌面上，然后搬起了桌子。

“明灼，我刚才分享给你的视频你看了没有，真的特别好笑……”

傅明灼面对着前方，把这一幕尽收眼底，体委正朝后转向她跟她聊天，她注意力全在倪名决身上，连体委说了什么都不顾上思考，一顿敷衍的“嗯、嗯、嗯”。

倪名决越走越近，搬到和她一个过道之隔的位置。

坐隔壁的话，好像也不错。但她还是更喜欢前后桌，伸出食指就能戳到他的背脊，探出脚就可以踢到他的椅子，他靠后，她往前，就能说悄悄话。

体委满眼都是她，根本没在意到她的敷衍，更无心关注旁边的动静，仍在滔滔不绝：“好笑吧？那个小孩一哭，那条狗也跟着叫……”

忽然，一只书包横在傅明灼桌上，把两人的视线阻断。

体委怒，谁这么没眼力见打扰他的好事？怒火在看到始作俑者的瞬间熄灭了大半。

倪名决垂着眼眸，不爽全摆在脸上。

“怎，怎么了？”体委结结巴巴地问道。话一说完，他就想抽自己一个耳刮子，怕什么怕？他将近两米的个头，而且浑身都是练出来的结实肌肉，全校最高最壮，再说了，他又没有做错什么，他为什么要怕倪名决？

倪名决说：“换下位子，这个位子归我了。”

刚才徐忠亮把他叫去办公室，整个办公室的老师上来就给他一通欢天喜地的恭喜，特别是徐忠亮，险些喜极而泣，吵得他头都疼了，寻了点借口就要走。

走到半道，他想起个很重要的事情，又折回去找徐忠亮：“徐老师，我想把座位换到后面去。”

徐忠亮本来就巴不得他坐到后面去，听到他主动这么说，哪里可能拒绝，连说三声“好”：“好，好，好，你是该坐到后面去。”

倪名决又说：“我想坐到范华翰旁边去。”

范华翰的同桌就是傅明灼的前桌，徐忠亮二话不说就同意了，还不放心地叮嘱说：“友谊第一，成绩第二，你们千万不能因为谁考第一吵架啊。”

“您放心。”倪名决微微一笑。

听说自己要和傅明灼分开，体委硬气了，心想凭什么啊？我不是那种任人摆布的小喽啰呢，我能一拳给桌子打出个洞来，怕你啊？你考第一了不起啊，考第一就能抢我座位啊？我偏不。

他张张口，然后听到了一声“好的吧”。

而且这声音，好像是他自己发出来的。体委气得反手给了自己一个嘴巴子。

傅明灼眼前近距离放着倪名决的书包，遮挡了她的视线，她只能通过听觉判断倪名决和体委正在拖动桌椅换位子。

视线模糊了，她眨眨眼睛。

不多时，书包被一只手拿开，她眼前豁然开朗，那道熟悉的人影把书包塞进桌洞，然后在她面前坐下来，重新成为她的前桌。接着，他转身来，伸长手臂，绕到她身后，轻轻扯了扯她的辫子。像往常一样。

“傅明小灼灼。”

傅明灼眼睛微微瞪大，头一偏，挣脱了他的手：“你干什么嘛！”

她没有笑，但是根据神态和语气，还有末尾那声嗲里嗲气的“嘛”，都说明她的心情还是不错的。

上课铃打响，倪名决笑笑，转过了身，面向黑板。

魏超男抱着教材，迈着异常欢快的步伐走进了教室。

她先是看到了讲台旁边空空如也的地方，然后目光在全班同学中间巡视了一圈，牢牢锁定了倪名决，她眉宇间一丝喜色，嘴角也上扬：“听说我们的状元小王子回归了，欢迎你呀。”

从成绩出来开始，办公室里的话题就没从倪名决身上移开过。

倪名决离开学霸的圈子太久了，久到几乎所有人都放弃了，只有徐忠亮不死心，隔三岔五找倪名决谈谈心，劝他振作。魏超男身为徐忠亮的妻子，其实是埋怨过丈夫多管闲事的，特别是到了高中后期，倪名决落下这么多功课，即便再聪明，也基本没有翻盘的希望了——当然，除非他有绝对高的智商可以碾压别人，那另当别论，但显然，他还没有那么神通广大。

可他就是翻盘了，而且是直接回到了他曾经站过的地方。

林朝马上给予了掌声，非常捧场。

高三（七）班整个班都被带动，一时之间，教室里响起了热烈的、久久不息的鼓掌。

全班就两个人没鼓掌，一个是体委，他还在气自己的位子被换掉，不过，倪名决不知情也不在意；另一个是傅明灼，她就在倪名决后面，他可以清楚地知道她的动静，并且也在意她的反应。

她安安静静的，而正常情况下，她应该是最爱凑热闹的人。

这种不对劲持续发酵，倪名决确定了，傅明灼有情绪。以前他们坐前后桌的时候，傅明灼一天大事小事加起来能找他三五十次，不管上课下课午休，无论上谁的课，她想找就找，椅子被她踢到螺帽松开，而且她戳背脊专挑同一个地方戳，他都怀疑三年下来他背上会多个洞。

而今天，一整个下午傅明灼没有主动找过他一次。他找她，她也全部心平气和地回应，但是他不找她，她就安安静静，坐在自己座位上做试卷，或者给林朝整理重点、讲解难题。

傅明灼根本不是那种静得下心来狠命学习的人。她是个非常典型的自来熟，不怕尴尬，又心思幼稚，藏不住话，所以一般她有什么事情，都会直接表现出来。像今天这样，实属罕见。

至于为何这般反常，倪名决并不需要费什么心思就能想明白，因为让他好好学习，是她自己三番五次提出的要求，他现在做到了，但她没想到的是，他直接取代了她的名次。

放学后，倪名决和林朝要去过生日，虽然今天是星期五，但是高三学生是没有双休的，只有单休，明个儿周六仍然是要早起上学的日子，所以他们只打算简单地吃一顿饭就当作庆生。

傅明灼动作最慢，倪名决和林朝等着她收拾书包。

整理完毕，傅明灼从书包里掏了半天，拿出一个礼盒给林朝："林朝，祝你生日快乐。礼物太沉了，你自己背吧。"

"我谢谢你啊。"林朝拿过，并等着她拿礼物给倪名决。

傅明灼径直把书包拉链拉上了。

没给倪名决准备？林朝愣了一下，但没多说什么，闭嘴。

倪名决看起来也完全不像在意自己被区别对待了的样子，直接从傅明灼手里拿过她的书包，提在了自己手里。

傅明灼手里一空，她没想到他来这么一招，手臂举在半空中好一会没放下。

倪名决朝教室门偏了偏脑袋，催促说："走吧。"

倪名决和林朝的生日聚会只有蹦擦擦嘉蓝支队四个人参与，选在一家粤餐厅，定了个包间，很幽静。

坐下来没多久，陆沅就打了视频电话到倪名决微信上："两位寿星，生日快乐啊。"

林朝和袁一概都围到倪名决那边去了。

傅明灼也走过来了，但是没靠近，站得有点远。袁一概实在太庞大了，她好不容易才踮着脚在手机屏幕里找到自己的一席之地，从袁一概肩膀上面艰难地露了个脑袋，跟陆沅打招呼："陆沅哥哥。"

陆沅抛下倪名决跟她寒暄："明灼，我帮你好好骂匿名一顿好不好？怎么回事，不像话。”

倪名决回头看她，笑了一下，然后伸手把她给拉到了自己身侧：“站一概后面你脖子不累啊？”

“不用你管。”傅明灼说。

“啧。”陆沅表情很幸灾乐祸。

陆沅陪他们聊了一会，五个人已经许久没有这么整齐地聚首了，一时之间插科打诨很是热闹。这种时候傅明灼哪里憋得住，很快就破功了，起劲说话，咯咯直笑，站累了就往倪名决椅子边上的空余一坐。

林朝和袁一概在两人背后，默契地互看一眼。

五个人聊了大半个小时，唱了生日歌，吹了蜡烛，陆沅还要赶作业，跟大家告辞：“那你们好好玩，我们下次再聊。”

“陆沅哥哥等一下，”傅明灼说，“干个杯再走。”

陆沅开了瓶红酒，往高脚杯里倒了小半杯，隔着千山万水跟大家举杯：“说实在的，我真的有点想你们。”

傅明灼不喜欢餐桌上的酸梅汁，正好她书包里有一听雪碧，她拿倪名决的筷子拉掉拉环，然后为了更有仪式感，把雪碧倒进了高脚杯里，故作高雅地晃啊晃，乍一看，还挺像模像样的。

五人干杯：“生日快乐！！”

傅明灼还要补充祝福语：“恭喜陆沅哥哥被心仪的大学录取，恭喜一概和林朝双双在本次月考中取得巨大进步，还恭喜倪名决考第一名，”她顿了顿，转向倪名决，力破自己小肚鸡肠的传闻，下了狠手，“也恭喜傅明灼考第二名。”

倪名决总觉得自己听出了咬牙切齿的意味。

“干杯！”

视频通话结束，三人要回到自己的座位上去。

傅明灼正想站起来，倪名决手撑到桌面上，拦下了她的去路：“坐我旁边？”

林朝一看形势，马上撇开视线，说：“一概，我想上厕所，你陪我去吧。”

袁一概点头如捣蒜：“好啊，好啊。”

然后这两个性别不同的人勾肩搭背地一起走了。

倪名决笑看他们一眼，视线落回傅明灼身上，他晃着酒杯里的澄净液体，刚才干杯的时候他没敢喝，总觉得这听雪碧没这么简单。

“傅明灼。”他叫她全名，代表着他很严肃。

“干什么？”单独跟他相处，傅明灼就没有方才视频的时候那么活泼了。

“抢了你的第一，有没有不高兴？”

傅明灼坚决不想给别人留下她很输不起的印象，所以马上变脸，露出一个真挚又无邪的笑容，矢口否认：“怎么会呢？你重新变成优秀的人，我很高兴。”

“哦？”倪名决套话，“可这下你不是第一了，也无所谓吗？”

傅明灼继续情真意切：“你考第一，我甚至比自己考第一还高兴呢。”

倪名决轻轻挑眉：“你这么无私？”

“我就是有一点点好奇。”傅明灼神神秘秘地凑近，“你作弊了吗？”

两年不学习，落下的不是只有课程进度，还有学习的感觉和习惯。

学霸也只是人，不是神。嘉蓝藏龙卧虎，不缺聪明人，一个堕落了两年的人重新回到巅峰，谈何容易。而且据她所知，倪名决在暑假期间并没有认真赶进度，除了作弊，她实在想不到他能考这个分数的第二个理由。

经过两年的自我放纵，倪名决确实很难回到正轨。

最开始是不想。

然后傅行此约谈了他。

“从我十四岁开始，照顾傅明灼就成了我生活的重心，傅明灼长大这么大，我付出了无数的心血，时间、自由、梦想，我说这些不是想跟你诉说我有多伟大，而是想告诉你，我在傅明灼身上付出了难以计数的沉没成本，这意味着我绝不可能前功尽弃看着我一手养大的小孩有任何一丝闪失、受任何一丝委屈。我不知道你经历过什么，但是什么都不是你年纪轻轻就自暴自弃的理由，你和傅明灼不是一路人，现在是，以后也是，不要再来找她，”傅行此停顿一下，语气里的冷漠足以与七月的太阳抗衡，“不然我不介意大费周章让她转个学。”

倪名决前十六年的生命，天之骄子，顺风顺水，活在所有人的称赞中，接下去的两年，他停止进步，自暴自弃，为众人所惋惜。但是他依然有出众的外貌、优渥的家世，比起这个世界上绝大多数的人，他仍然是妥妥的人生赢家，他活了十八年，从来没有一个人用那般鄙夷的眼神看过他，用刻薄的语言将他全盘否定。

他承认自己被激怒，自尊心受挫，心乱如麻地回到家，想了很久，尝试着捡起书本。然后他悲哀地发现，他看不进书了，他跟学习已经形同陌路。之后的一个多星期里，他一直尝试着重新捡起学习，可他屡战屡败，那些字单独拿出来每一个他都看得懂，连在一起，他什么也不明白，像在看天书。

这种打击对他是很致命的，在此之前，他一直以为自己只是不想学，但凡他想学，他依然还是那个无往不胜的倪名决。可他错了，灵气是不会等人的，它会离去。

这段日子灰得暗无天日，他发觉他弄丢了自己，而且似乎找不回来了。

他没有勇气去找傅明灼。

然后是袁一概的生日，见到了连日不见的傅明灼，他一颗惴惴不安、失去自信的心，终于在那几个小时里面，一点点、一点点地平静下来。这样乐观开朗、每次考试都考第一、越长越漂亮的傅明灼，值得他付出所有做回最优秀的自己，而不是一个破碎的、倒在泥地里不愿站起来的悲观主义者。

“我想为了你，试着重新变成优秀的人。”

当然，傅行此找他的这一段，他没有告诉傅明灼。这是两个男人之间不谋而合的默契。

傅明灼听完，半信半疑：“那你怎么不来参加补习班？”

“补习班适用于班里大部分人的进度，不适合我。”倪名决说，“我需要有自己专门的规划。”

傅明灼还是不太相信他：“那我还看到你去网吧了呢。”

倪名决言简意赅：“我电脑连开了半个月死机了。”

傅明灼开启自言自语模式。

“有话好好说，你这样我怎么听得清楚？”

傅明灼还是嘀嘀咕咕。

倪名决知道她的疑虑是什么，干脆自己主动说：“读初中的时候，我自学过高中的课程，理科科目差不多都自学了个七八成吧，而且就算我上课不主动听，但老师讲的内容还是会跑一些进我耳朵，所以这两个月，我只需要把以前学过的内容捡起来，就基本能追上你们的进度了。”

他说得云淡风轻，但事实哪有这么容易，这两个月他几乎把自己当成了学习机器，每一天都是筋疲力尽，恨不得一分钟撕成两分钟来用。决定振作以后，他仍然很少找傅明灼，因为找傅明灼就意味着最大的分心，他没有时间可以浪费。

变回优秀的人，不是考进年级前一百，不是进第一考场，他必须要重新回到曾属于他的云端，因为他的骄傲就遗失在那里。

傅明灼有点信了。怪不得高一最开始的两次月考他能那般兴风作浪，原来初中的时候他就学过了。

“还有问题吗？”倪名决抬手，把另一只手也搭到桌子上，完全挡住了她的去路。

傅明灼扭扭身子："没有了。"

倪名决没放人，收紧了手臂。

傅明灼生怕林朝和袁一概搞突袭，做贼心虚地看一眼门的方向："我要回去了，你干什么嘛！"

"我生日礼物呢？为什么只给林朝，不给我。"

他的手臂继续收紧。

傅明灼像被踩到了尾巴的猫似的，"噌"地就跳起来了："没有！生日礼物我想给谁就给谁，林朝是我最好的朋友，你又不是，你管不着。"

倪名决充耳不闻，手臂一收，傅明灼被迫重新坐下。

"我想要你送我生日礼物，你要是真的没有准备，我就自己讨了啊。"倪名决的手臂完全收紧了，他低下头，"友情提醒，今天我十八岁了。"

其实在很早之前，傅明灼就开始思考给倪名决送什么成年礼物了。

但是后来暑假的时候，倪名决既不来参加补课，也不怎么找她聊天，一副要跟她划清界限的架势，她就什么都不想送他了。

直到前几天开学又碰面了，她才有一点点消气了，思来想去，还是应该象征性地送他点什么。昨天傍晚，傅明灼还不知道倪名决即将逆袭，回家路上她去新华书店给倪名决买了一套"五三"，准备最后一次提醒他要好好学习。

现在这礼物不是很送得出手了。

不，是相当送不出手了。

而此时此刻，问她讨礼物的倪名决，离她实在是太近了，近到她眼睛都没法聚焦了，近到他的呼吸都拂在她脸上了。

他这是什么表情，什么语气，说的又是什么话？

他还在凑近。两人的鼻尖都快触到一起了。

傅明灼忍不住瑟缩了一下，心中警铃大作，这种时候她哪里还顾得上"五三"拿不拿得出手，捂住倪名决的脸不让他继续靠近，狗急跳墙地喊道："我准备了，我给你准备礼物了！"

傅明灼从生日聚会回到家，也不算太晚，晚上七点多，傅行此难得早早就在家。

他坐在沙发上看书，看到她，他招招手唤她："过来。"每个人的成绩和排名都会通过家校通发送到家长手机上。

傅明灼惴惴不安。换了以前她不会因为成绩担忧，但哥哥前不久还跟她说要她上了高三收心好好学习，而她一上高三就马失前蹄，第一不保。

她听话地走近，老老实实低下头，一副任骂的可怜模样。

“这次想要什么奖励？”傅行此问。

傅明灼快速抬眼看傅行此一眼，想从他的表情辨认他是不是在说反话。辨认不出来。

识时务者为俊杰，她马上道歉：“哥哥，我一定会好好学习，下一次还考第一。”

傅行此把她拉过来坐到自己旁边，哭笑不得：“考第二名也很厉害，也有奖励。成绩顺其自然就好了，考不考第一都不要紧。”

傅明灼拒绝了：“我不想要奖励，考了第一名我再拿奖励。”她站起来，双手一抬，让滑落下来的书包背带重新回到肩上，“哥哥，我上去写作业了。”

“等会。”傅行此拦住她，“这么自觉，你是不是压力太大了点，考个第二就这么屈辱啊？你以前又不是没考过。”

傅明灼读小学的时候，总是会有一些很奇葩的答题思路，令人啼笑皆非的那种，不能说她错了，但就是跟标准答案不一样，所以读小学的时候傅明灼常常因此失分。到初中的时候，思维开始向正常人靠拢了，开始渐渐占领学校前一两名的位置，到了高中，才彻底变成第一名的常青树。

傅明灼撇嘴。

傅行此暗自好笑，重新把她拉回来：“那你跟我说说第一名那位，他比你高几分？”

“一分。”傅明灼说。

“就一分啊？是你们班的谁，学委吗？”傅行此看到家校通的信息上面，傅明灼的班级排名也是第二。

傅明灼摇头：“不是，第二名变成第三名了。”

高三（七）班的第一名、第二名很稳定，第一是傅明灼，第二是学习委员，基本上没怎么变过，“那是谁逆袭了？”

傅明灼叹一口气：“是倪名决。”

傅行此微微一愣，眉头轻轻抬了抬，表情可谓是丰富。

生日过后，傅明灼和倪名决算是彻底和解了，恢复了正常的相处方式。

“父女”俩为了争夺第一名反目成仇的谣言不攻自破。

全世界都以为倪名决和傅明灼关系铁得很，包括傅明灼也这么觉得，她深觉自己甚有风度，理智地包容了打败自己的人，不嫉妒，不抹黑，甚至还给对方送了一套“五三”让他更上一层楼。

只有倪名决是唯一的例外。

傅明灼每天坐在他后面哈欠连天，课间说废话的频率大大减少，就连吃饭的时候，她也鬼鬼祟祟时不时看一眼自己的手掌心，嘴唇小幅度地放着，似乎在念着什么，眼下黑眼圈明显。

还自以为掩饰得很好。

倪名决忍无可忍：“傅明灼，你差不多行了吧？吃个饭还要偷背英语单词？”

傅明灼“唰”地攥紧拳头，打死不认，还要倒打一耙：“谁吃饭偷背英语单词了？你以为人人都是你吗！”

“能不能好好吃饭、好好睡觉。”倪名决真是嫌弃死她了，“大不了下回考试不跟你争了行了吧？”

“我本来就能自己考第一名，不用你让我。”傅明灼强调，“而且我刚才没有偷背英语单词。”

对两名旁观者来说，在倪名决和傅明灼之间选择一个人相信，答案一目了然。

袁一概和林朝看向傅明灼的眼神都十分微妙。

傅明灼觉得自己受到了奇耻大辱，但始终不肯松开掌心证明自己的清白。

吃完饭回教室的路上，傅明灼还在强调自己没有偷背英语单词，她把不知道什么时候擦得干干净净的手掌摊开在倪名决面前，趾高气扬，甚至不惜对天发誓：“你凭什么污蔑我偷背英语单词？我要是偷背英语单词，我永远都考不了第一。”

她背的明明是文言文课文。

倪名决懒得跟她扯，打落她的手把她推远些。

傅明灼气得要命，非要再凑过去：“你污蔑我就算了，居然还推我？”

倪名决再推。

傅明灼的好胜心彻底被激活了，她扒住倪名决死活不肯再松开：“你污蔑我，还推我，你给我道歉，道歉！！”

“你这小孩怎么……”

接下去。

一声惊呼，来自傅明灼。

一声阻拦，来自林朝。

一声低咒，来自倪名决。

还有两声交叠在一起、几乎分不清先后的落水声。

至于袁一概，他站在距离案发现场最近的地方，还没反应过来就被喷泉水池的水溅了一身，还有一条大红色的锦鲤被溅出来，落到他脚边活蹦乱跳。

袁一概呈目瞪口呆状，等到反应过来以后，他拎着锦鲤的尾巴把它丢回水里，然后当着无数驻足的看客的面，在岸边痛心疾首地大叫："哎哟，不就是个第一吗，你俩至于为这个打起来吗！"

倪名决先爬出了喷泉池，把手递给傅明灼，要拉她上来。

傅明灼还在气倪名决污蔑她的事，不要他拉。她提起裤角，自己踩上了喷泉池边的鹅卵石斜坡。

鹅卵石上是一层陈年老青苔，滑不溜丢的，她一踩上去，脚下就是一个趔趄。

完了完了，还要再摔一次，更丢脸了。

预想之中的二度落水并没有发生，她手臂被人用力一拽，身体由后仰改为前倾，扑进一个坚硬的怀抱里面，后背环上来一只手，然后身体一轻，被带出了喷泉池，回到平地上。

等她双脚踩实，倪名决把她松开。

他的头发湿漉漉的，全捋到后面去了，校服紧紧贴在身上，显出少年独有的清瘦身段。

傅明灼只看了他一眼，心里没由来地一慌，她马上撇开视线，眼神闪烁，手脚有点不知道往哪放。她和倪名决向来走得很近，她从来不会觉得跟他肢体接触有什么不对劲。

可今天他的眼神，他身体的温度，他膀臂的力道，让她整个人都在诉说不可言说的别扭。

回教室的路上，蹦擦擦嘉蓝支队形成了一道靓丽的风景线，惹来百分之百的回头率。傅明灼和倪名决浑身湿透，一言不发；林朝形象全无，捶胸顿足地爆笑中；袁一概嫌弃地闻着拎过鱼尾巴的手指，一张胖脸上五官紧紧挤在一起："好臭啊！这鱼也太腥了吧？！"

傅明灼沉默的时间太久了，非常不合常理。

倪名决伸手捏住她的下巴把她的脸朝自己的方向转过来，他大拇指向下用力，傅明灼的两瓣嘴唇被迫打开，露出几粒洁白的牙齿来。他不顾她的挣扎，抬高她的脸凑近看了一会，没看出异常。

傅明灼摇头晃脑地甩开他的手。

“摔伤了？”倪名决问。

傅明灼眼睛不看他：“没有。”

“那你干吗？”倪名决又问。

傅明灼不说话。

两人浑身湿透，需要回家换衣服。嘉蓝白天是不允许学生随意外出的，包括午休时间，正常情况下，想出校门得经过三道程序，分别是班主任、家长和年级组，不过这会，徐忠亮还在吃午饭没有回来，两人只得往年级组办公室一站，情况特殊，年级组领导没走正常程序，直接签了一张“手谕”放他俩回家让他们赶紧去换衣服。

中午时间，路上车辆不多。

出租车行驶在宽敞的街道上，窗外街景快速倒退。傅明灼看窗外，倪名决看她。

从落水开始，她还没有说过一句话。

“傅明小灼灼。”倪名决伸手拽她的辫子。

傅明灼停顿一下，不情不愿地转回头来。

“摔伤了就说，我带你去医院检查。”

过了两三秒钟，傅明灼才搭腔，但只有硬邦邦的两个字：“不疼。”最开始的时候是很疼的，但现在基本上不疼了。

“不疼你跟我发哪门子的脾气？”倪名决就奇怪了，他们两个之所以掉下水，傅明灼有不可推卸的责任，可以说，90% 的错——说是 100% 也不为过的错都在她，他一个受害者什么都没说，倒是她一个始作俑者生起了莫名其妙的气。

傅明灼狠狠瞪他一眼，又去看窗外了。接下来，不管他说什么，她坚决不理他，而且等他回家洗完澡换完衣服去找她，她已经先行一步回学校了。

倪名决赶到小区门口，傅明灼正弯腰上车，她连头发都没有吹干，乌黑发亮，丝绸般湿漉漉地披在背上。

傅明灼看到他了，但她没有等他，坐进车里关上车门。

倪名决眼睁睁看着车子绝尘而去，正好一辆出租车下客，他伸手把它招了过来。

“小伙子，去哪？”司机问道。

倪名决指指前方在转弯处消失不见的车：“跟上它就行。”

司机从后视镜里望他一眼，脑子里闪过无数电影情节，他坐直身子，原本单手握方向盘也改成了双手，压低了嗓音：“好的，没问题！”

算了，随司机大叔开始他的表演吧，总之跟上傅明灼就行，倪名决倒要问问这丫头片子到底为什么生气。

司机大叔不负使命，紧紧跟上了傅明灼乘坐的车子。

傅明灼的司机也发现不对劲了，通过后视镜，他发现后面有辆出租车不太对劲，他加速对方也加速，他转弯对方也转弯，他换车道对方也换车道。这么试探了几回后，司机大叔确认后车在跟着自己了，他提醒傅明灼：“小妹妹，后面怎么有辆车一直跟着我们，你是不是惹到什么人了？”

傅明灼当然知道后面是谁，她脑子一抽，戏精上身，可怜巴巴地请求司机：“叔叔，你可以帮我甩开它吗？”

司机大叔正义感爆棚，神色一凛：“好，你就放心吧！你别怕，躲进学校就没事了啊。”

两辆车在城市街道上你追我赶，大飙车技，不分伯仲，宛若《速度与激情》的现场，最后在学校门口一前一后紧急刹车。

“小妹妹快下车。”傅明灼的司机催促。

这大夏天的，傅明灼没想跑的，但事情都发展到这一步了，不跑好像有点对不起大叔这一路的精彩表演，她硬着头皮打开车门开跑。

倪名决气血上涌。她跑什么跑，还没完没了了是吧？

傅明灼原本只是跑给司机大叔看的，余光瞥到倪名决开追，她头皮一紧，下意识地撒开脚丫子狂奔。

傅明灼像只兔子一样灵活，跨台阶都是两级起迈，健步如飞。

倪名决要是真的放开速度追，她当然不是对手，但他不想在校园里上演猫捉老鼠的幼稚戏码，所以只是加快了脚步，一直到教室门口才提着傅明灼后衣领把她捉到。

“你跑什么？”他蹙眉问。

“你们两个跑什么？”身后传来一个威严的声音。

来自徐忠亮。徐忠亮面色不善：“你们两个，跟我来趟办公室。”

午休开始的时候徐忠亮去班里巡视一圈，结果发现“双黄蛋”不在，他就问了一下班里同学，得到“双黄蛋”掉下喷泉池双双回家换衣服的消息。

徐忠亮真情实感地迷惑了：“掉下了喷泉池？”学校确实每个月都有几

个学生掉下池子吓吓锦鲤，但是发生在“双黄蛋”身上，徐忠亮还是觉得匪夷所思，他费解地问：“他们两个怎么会掉下去呢？”

因为袁一概那一嗓子，傅明灼和倪名决为了第一名反目成仇甚至打起来的消息一传十、十传百地传开了，自个班里更是闹得尽人皆知。

徐忠亮没费多少周章，就从学生口中得知了所谓的“真相”。

“不就是个第一名吗，你们非要闹得这么难看？老师还以为你们两个是好朋友呢！”办公室里，徐忠亮恨铁不成钢地看着站在他办公桌对面的“双黄蛋”，“老师知道你们肯定没有打架这么严重，但是说你们心存芥蒂肯定没冤枉你们，这么大两个人了——都这么高了，还像小朋友一样为了一个第一名闹到摔进喷泉池子里头，你们自己想想，像不像话？”

徐忠亮在办公室把两人结结实实训了一顿，让傅明灼先回教室，把倪名决单独留下来谈话了。

“你真的是……”徐忠亮指指他，“你是不是缺了一双发现美的眼睛？明决长这么漂亮，你是不是压根看不出来？别的男孩子看到她眼睛都直了，就你傻乎乎，还欺负人家姑娘。喱，之前还有别班老师提醒我说你非要搬到她前面去可能有猫腻，我还差点信了。现在想想我真是高估你了。”

放他离开之前，徐忠亮苦口婆心：“你别再为了成绩跟人家姑娘吵，听见没有？”

倪名决回到教室，下午第一节课已经开始了，他刚坐下，背脊被人戳了一下。

痒痒的，他下意识避了一下，不过心里也松懈下来，傅明灼来找他，说明她闹完别扭了。

他身子后靠，傅明灼凑近，一边观察着生物老师的动静一边盘问：“徐老师找你干什么？他是不是给你加油打气让你下次还考第一？”

“不是。”

“那他找你干什么？”傅明灼刨根问底。

倪名决：“让我们别吵架。”

“我不信。”

生物老师脾气火暴：“来啦，你们两个上来给我讲，我叫你们老师、给你们当学生好不好啊？”

傅明灼吐了吐舌头，鹌鹑似的低下头，但手上可不老实，摸出手机给倪名决发微信。

倪名决口袋里手机一震，他想也不用想就知道是傅明灼没完没了，所以不想看。

傅明灼不达目的决不罢休，不停地戳他的背脊。

林朝单手撑着脑袋看着两人的互动，意味深长地挑挑眉头。

傅明灼注意到，顿时偃旗息鼓。

傅明灼做了一晚上思想建设，好不容易才睡着的时候天都快亮了，幸亏是周日，不必早起。

这是傅明灼跟倪名决讲和后的第一个休息日，按照以前的相处模式，既然和好了，她肯定是要去他家找他玩的，但是因为昨天的事情，她有点不知道怎么面对他。磨磨蹭蹭，看看书、发发呆，最后一个放假的周日就这么过去了。

之所以说是"最后一个放假的周日"，是因为傅明灼和林幼华视频的时候从林幼华那边得知，明辉出台一项新政策，从下周开始，高三学生仅剩的休息日周日也要上一上午的课，也就是说，一整个礼拜下来，只有周日下午是不用上课的。

嘉蓝这边虽然暂时还没有动静，但不消多说，既然明辉加大了学习力度，嘉蓝一定会紧跟其上，以防落下进度。

傅明灼很惆怅，央求林幼华："阿姨，你可以不可以让你们学校取消啊！一个礼拜只有一天休息已经很累了。"

"这些事情可不归我管，你得求校长。"林幼华笑了，她是企业家，只管利益。

傅明灼苦大仇深，哀叫道："周日上午也要上课的话，那我都不能睡懒觉了。"

一天的自我调解后，傅明灼对倪名决的那点不自在消失不见了，所以晚上倪名决叫她下去一起遛狗，她二话不说就答应了。

她和倪名决已经两个月没有一起遛过狗了，这期间她很少看到王中王和盖中盖，想来真是个不称职的主人。

然而，一看到倪名决，她那种手脚不知道往哪放的感觉又来了，一天的自我心理辅导白费，喷泉池里的回忆卷土重来，经久不息，她移开视线，为了掩饰尴尬，脱口而出："我想骑马。"

王中王都快吓死了。傅明灼已经很久没骑它了，她就跟婴儿断奶、烟民戒烟似的，反反复复折腾了好几次才彻底放弃骑狗玩的习惯。

现在又来？！

幸亏倪名决还有点主人的良知，给拦了：“你都多大了，还要骑狗，王中王要被你压死了。”

“我才九十斤，王中王有一百五十斤，怎么就不能背我了。”傅明灼嘟囔。

“那你九十斤搬得动二十斤的米吗？”倪名决反问。

这个问题把傅明灼问蒙了，无以应对的同时，她忘了尴尬，过了好一会，她嚷嚷道：“我没事搬米干什么，你怎么这么偏心嘛，就知道帮王中王！”

结果倪名决一句话又把她打回原形：“王中王是我的宠物，你是我的什么？”

倪名决还没完，笑容显得很痞：“你比王中王跟我更亲的话，我就帮你了。”

“我是你的好朋友。”傅明灼说。

倪名决不松口：“好朋友没有宠物亲。”

兔子急了也咬人，傅明灼拿出男生之间总是用来互怼的经典语录：“我是你爸爸！”

倪名决大笑。

远远地，有一辆车停了下来，歇在路边。

傅行此手指在方向盘上轻轻敲着，若有所思地看着少男少女和两条狗的背影走在一起嬉笑打闹，他都能想象到此时此刻傅明灼的笑声有多么清脆。

副驾驶座位上的宴随把脑袋搁到他臂弯上，抱着他的胳膊戏谑道：“怎么了，哥哥？”

傅行此没有说话，只摸摸宴随的后脑勺作为回应，过了会，他松开刹车。

车子拐了个弯，无声无息地朝家驶去，没有打扰那一对小小少年人。

次日周一上学，徐忠亮果然宣布了噩耗：“从这个礼拜开始，增加周日上午一上午的补课时间，不收取额外的费用，应该没有同学不来吧？”

一片哀叹声中，徐忠亮不由自主、紧张兮兮地看了倪名决一眼，生怕这祖宗又搞特立独行那一套。

倪名决回视。看我干吗，周六的补课我不是来了吗。

见倪名决没有反应，徐忠亮不动声色地松了一口气，接下来板起脸，凶学生：“叫什么叫？都高三了还想着玩呢？就算礼拜天下午也上课也没什么好叫的！你以为我喜欢给你们补课吗，给你们补课我又没有增加工资……”

不管怎样，高三的节奏在书声琅琅和奋笔疾书中一天比一天紧迫，所有人的生活都被学习占据了个满满当当，学业的压力沉甸甸地压在每一个人头上，在这种紧张的氛围之下，想置身事外都难。

傅明灼实打实地努力了一个月，她从来没有这般用功读书过，从前她懒得背语文课文，尤其是文言文，之乎者也绕得她脑袋疼，她很会给自己的懒惰找借口："背那么多才五分，有那时间还不如多做两道物理题。"

但现在她不敢小看每一道题目、每一分分值了，老老实实地把所有要求背诵的课文整理出来，一天一篇地背，背得滚瓜烂熟，倒背如流。

待到全部背完，差不多就是第二次月考，成绩出来，她重回第一的宝座，比倪名决高出整整五分。

从讲台上看完成绩下来，她耀武扬威地冲倪名决一通龇牙咧嘴。她回到座位，哼着小曲，通身舒畅。

倪名决啼笑皆非，转过身来面向她："这回你第一？"

"当然了。"傅明灼神采飞扬，"你猜我比你高几分？"

"五十分？"倪名决胡说八道。

五十分把五分硬生生比得微不足道了，傅明灼气结，握着笔"咚咚咚"地捶桌子，以泄心头之恨。

其实五分已经很不容易。用徐忠亮的话来说就是："哪怕是半分，你知道在全省要差多少名次吗？"

林朝也从电脑前回来了，继上回月考过后，在傅明灼因材施教的辅导下，她的进步再度可喜可贺，所以她脸上全是高兴的神色。路过傅明灼身后的时候，她伸手捧住傅明灼的脸来回揉搓了几把："厉害啊，小鬼，比匿名高五分。"

"哦，五分啊。"倪名决终于知道分数差距了。

林朝怀疑地打量他："你不会是故意让她的吧？"

"没有。"倪名决说。

傅明灼笑容僵住了，看向倪名决的目光也满是怀疑。她很想打败他，考第一名是没错，但她希望自己是凭真实力。

"真的没有。"倪名决无奈地强调，"是你自己考得好。"

"哼。"傅明灼倨傲得一撇头。

"考赢我了，这下我们可以彻底和解了吗？"倪名决好笑道。这么久以来，他和傅明灼的关系一直不太对劲，暑假就不用说了，后来开了学，即便他把座位搬到傅明灼前面来，他和她的相处比起从前依然差了点什么，具体是什么他也说不上来，总之不再像高一高二时那般亲密无间。

傅明灼垂眸，手悄悄地攥紧，稳住心神，然后才若无其事地说："我又没有跟你吵架，什么彻底和解嘛。"

倪名决以为她是因为成绩才斤斤计较，但事实上，最开始的时候，她是生气他一整个暑该假都没怎么搭理她，而喷泉池事件过后，她不生气了，但很多时候她是不知道怎么面对他。

傅明灼任性妄为地活了这么多年，天不怕地不怕，这个世界上就没有她不敢搭话的人、没有她不好意思说出口的话，除了傅唯，她何曾在任何一个人面前这般思前顾后。

因着傅明灼再次考了第一名，傅行此大大地奖励了她，连着上回月考第二名她不要的份额也都给她补上了。

而倪名决那边，好不容易重新振作起来，林幼华险些喜极而泣。可辉煌很短暂，仅此一次，他又跌下第一的宝座。

虽然嘉蓝的第二名，已经很优秀很优秀。

他始终记得，他学习生涯里屈指可数的几次没考第一，都会惹来母亲很长一段时间的焦虑和暴躁，一直到他下次考试成绩回归正常，她一颗心才能勉强平静下来。

所以当倪名决放学回家看到林幼华在厨房里跟阿姨一起给他做饭，心里是竖起了密密麻麻的防备尖刺的——她知道他不太想见她，平常很少来。

早不来晚不来，这个时候来，怎么能不让他怀疑。

“回来了？”林幼华笑了笑，“洗下手，马上可以吃饭了。”

饭桌上，林幼华把最后一碗配菜丰富的汤端到桌上。她放下碗，甩了几下被烫红的手才坐下来，仔细打量大半个月没见的儿子。

现在这种时候，倪名决料母亲就算有不满也不会直说，而是会选择旁敲侧击的方式。在她的注视下，他有点烦躁，实在懒得兜圈子，干脆主动出击：“收到我成绩了？”

“嗯。”林幼华给他舀汤，“考得挺不错的。高三是不是很辛苦，你瘦了好多。”

她太淡定了，温柔得都不像准备打算先礼后兵、先抑后扬。倪名决不说话，按兵不动地打量母亲。

“我说的是真话，妈妈现在只希望你平安快乐就好了。”林幼华知道儿子在怀疑什么，她笑了一下，“再说了，输给明灼，有什么好丢人的。”

第六章

照片定格

自从倪名决开始振作，嘉蓝中学高三年段的第一就像个皮球似的被踢来踢去，再也不是常青藤，不到成绩公布，永远猜不到赢的人是谁。

第三次月考也就是期中考试，倪名决又将傅明灼反超了。他的理科成绩好得“变态”，现在又分了科，没有了文科成绩拖后腿，如虎添翼，仅有语文一科是弱项，这回语文试卷简单，拉分不多，他的总分比傅明灼高出5.5分。

成绩一出来，徐忠亮看到榜首是倪名决，欣慰的同时满是担忧，回想到上回倪名决考第一的时候“双黄蛋”闹到双双摔进喷泉池，他就坐立不安。以他对两个孩子的了解，倪名决性子沉稳，不是那种没事找事之人，必然是傅明灼心眼小，率先滋事挑衅才惹起的事端，所以他第一时间把傅明灼喊去办公室谈话了。

“明决，这次不要跟名灼吵架了哦，有个竞争对手多好啊，你看，以前你一个人霸占第一名特别寂寞，也特别没有动力，老师每次看监控，你十有八九是在玩……”

徐忠亮一不小心说漏了嘴，嘉蓝遍布监控，每个教室前后各装了一个摄像头，明晃晃地监视着学生们的一举一动。为了塑造高风亮节的形象，也为了让学生们放松警惕暴露最真实的状态，徐忠亮曾无数次信誓旦旦地保证自己不会随意看监控：“我每天在教室里面看着你们都很头大了，现在还让我回办公室看，我告诉你们，绝对不可能。”

傅明灼怀疑的小眼神鞭笞了徐忠亮幼小的心灵。

徐忠亮干咳一声，佯装淡定：“极偶尔，总共就那么三五次吧——我当了你两年多的老师，看三五次不过分吧。以前我每次看，你都不怎么认真，现在可好了，你有了对手就有了压力和动力，每次都特别认真。这次考试你们两个直接把第三名落下了二十分。所以你应该感谢名灼，不应该生他的气。”

不仅仅是徐忠亮担心傅明灼因为没考第一名而伺机报复倪名决。

所有人都这么觉得，包括倪名决。

当天吃午饭，经过去食堂必经之路上的喷泉池时，几乎所有过路人的目光都集中到了“双黄蛋”身上。

袁一概自觉站到了最靠近池边的一侧，友情提醒傅明灼：“明灼，现在可是十一月了，下水很冷的。”

期中考试之后就是家长会，徐忠亮狠狠表扬了“双黄蛋”，为了安抚傅明灼，甚至给予了她更多的夸奖。

平常的考试也就算了，偏偏是要开家长会的期中考试没考第一，傅明灼蔫巴巴地趴在窗边看教室里面的动静。

不过看到林幼华泛着微光的眼，她第一次发自肺腑地觉得，考第二也挺好的。

阿姨想念这种感觉，已经很久很久了吧。

高三的时光在日复一日的寒窗苦读中流逝，所有课余活动都被取消，一周一节的体育课形同虚设，开学以来统共就上过两节，往常大家最讨厌的第二节课间的跑操反倒成了一天之中最放松的时刻之一。

日子暗无天日，重复的生活枯燥得像看不到曙光。

新年将来，今年嘉蓝的文艺会演放在元旦前一天。当然，与高三无关，学校只组织高一、高二的学生观看，高三学生想参与演出，原则上也行，但实际上不太提倡，除了音乐班，也就小部分已经放弃读书的高三学生还会凑热闹了。

傅明灼现在已经很少在课上做与学习无关的事情，老师的讲课内容对她而言太简单，她一般都自己找难题做，前面的倪名决也一样。

这天，她难得开小差，咬着笔杆子看窗外。这是她第三次看到嘉蓝的树木叶子泛黄掉落，也是她最后一次见到嘉蓝的落叶了。

明年这个时候，她早已在一个新的环境，过截然不同的生活，那个地方没有徐忠亮，没有魏超男，也没有林朝和袁一概。

树梢上最后一片枯叶被北风吹落，傅明灼突然好难过。

她拿出手机在蹦擦擦总群中发言："我们报名参加元旦文艺会演吧！"

文艺会演的时间，陆沅正好放圣诞假和新年假。

只有陆沅和袁一概很快回复了——

陆沅："我倒是没问题，但你们抽得出时间吗？"

袁一概："可以、可以，我都快无聊死了。"

倪名决和林朝都一时半会都没有回复。

傅明灼原本想动手提醒他俩，但看他们全神贯注的样子，她叹了一口气，硬生生忍住了，没有打扰。

她默默打消了一时兴起的念头，他们都在认真学习，想必是不愿意抽出时间去排练和表演的。

倪名决解决完一道大题，打开手机看了一眼。

傅明灼看到他飞快地摁了几下屏幕，她的手机就轻轻震了一下。

本以为是拒绝，结果他说：“OK。”

只剩林朝还没有表态，她现在可以勉勉强强跟上老师上课的进度了，但很多东西还是听不懂，特别吃力，得高度集中精神，不敢落下任何一个步骤，所以她一直等到下课才松懈下来，趴到了课桌上闭目养神。

傅明灼原本已经打消念头了，但陆沅、倪名决和袁一概都说好，她又开始信心满满了，她拉拉林朝的衣服：“林朝，你快看微信。”

“什么事？”林朝的神经紧紧绷了一节课，现在她累得要命，一动都不想动，“你不能直接跟我说吗？”

傅明灼听话地凑近：“我们想参加元旦文艺会演，就差你了，你参加吗？”

“文艺会演啊？”林朝重复一遍，思考了一小会，给出了让傅明灼满意的答案，“既然你们都同意，我肯定去啊。”

“耶！”傅明灼欢呼，抱着林朝的脖子使劲晃，“林朝你真好！”

林朝被她勒得半死，艰难开嗓：“但是老徐能同意吗？”

“必然不能。”倪名决在前头说。

袁一概那边倒是问题不大，他是借读生，而且从来没有太大的学习热情，他班主任对他唯一的要求就是不要打扰本校学生学习。

傅明灼干劲十足：“没关系，我们一定可以说服他的。”

“不、不、不，没有我们。”林朝伸出食指摇了摇。

倪名决迅速地接上：“只有你。”

傅明灼很生气，真是两个好不团结的队友啊！两秒后，她“哼”一声，拍桌而起：“我去就我去，我现在就去。”

去办公室的路上，傅明灼把说辞在脑海里过了一遍，甚至连军令状的内容都想好了。

徐忠亮正在批改随堂考的卷子。傅明灼没站他对面，而是直接凑到了他旁边，把侧脸贴到他办公桌上。

专心致志的徐忠亮被一张突然出现的嬉皮笑脸的脸蛋吓了一大跳，“哎哟，”他捂着狂跳的心口，“明灼，你吓死老师了，你找老师有事吗？”

傅明灼就把想参加元旦文艺会演的事情跟他说了一遍。

果然，徐忠亮紧紧皱起了眉头：“元旦文艺会演？你们现在可是高三啊！”

傅明灼准备祭出她在路上想好的说辞了。

结果徐忠亮问：“很想参加？”

傅明灼敏锐地读出了徐忠亮的言下之意，她用力点头：“嗯，嗯，我们特别想在最后的高中时光留下一点美好的回忆。”

徐忠亮来回弹着圆珠笔，“咔嗒”，“咔嗒”，表情很凝重，很纠结……

傅明灼睁大了眼睛，充满期待。

徐忠亮叹了一口气，妥协：“但你们要向我保证，不可以过多占用学习时间，而且下次月考成绩绝不能退步。”

“好、好！”傅明灼高兴得直跳脚，“我们一定会更努力地学习的！徐老师你真好！”

同一年的最后一天，受寒流影响，锦城再度降温。

天阴着，嘉蓝中学一年一度的文艺会演如期举行。

后台的休息室里没有空调，还有一扇窗破了个洞，寒风哗啦啦灌进来。蹦擦擦待到前一个节目开演才陆续脱掉大衣，大衣里面是傅明灼找傅行此的兄弟的老婆定做的队服，虽然很时尚、很有个性，但是很单薄，与温度完全不匹配。

“好冷，好冷。”袁一概抱着手臂，抖得像个筛子，浑身的肉都在颤，“啊，怎么会这么冷！”

傅明灼直往林朝怀里钻，她个子已经略微比林朝高了，得缩着脖子低着脑袋才行：“林朝，我好冷好冷好冷哦！”

“还不是你非要参加演出，怪谁？”林朝也被冻了个够呛，“小鬼，你小心你的口红蹭到我衣服上啊！”

为了这次的演出，傅明灼难得地化了妆。

“我侧着脸，怎么会蹭到。”傅明灼坚决不松手。

三个男生也因为寒冷靠在一起，袁一概小声吐槽：“我怀疑一下明灼是打着取暖的旗号吃林朝豆腐不过分吧？”

陆沅笑了。

倪名决目光下移一些，自嘲地笑了一下，又上移回到她脸上，他第二次看到傅明灼正儿八经地化妆。

时隔近两年，傅明灼再次在林朝的巧手下浓妆艳抹，个头和样貌都有了很大的改变，已经基本可以驾驭浓烈的妆容，形容她，他第一时间想到的词语是“美艳”。是的，美艳，目若秋水，小巧尖细的下巴，高耸精致的鼻子，丰润鲜红的嘴唇——如果忽略她一马平川的前胸的话。

前面一个节目是小品，临近尾声的时候，一个负责后勤的学生来后台提醒蹦擦擦准备登台。

乐队振奋精神，一改被冬天摧残的萎靡，变得一身正气。

傅明灼拿着鼓槌，面向倪名决："倪名决，你帮我搬鼓好吗？"

"嗯。"倪名决背着贝斯过来了。

走到她面前，他没有第一时间搬起鼓，而是摁着她的后脑勺，往自己的方向摁了过来。

傅明灼防不胜防，直接扑进了他的怀里。

时间紧迫，倪名决没有耽搁，很快松开了她。

白衬衫左胸处，鲜红唇印惹眼。

"倪名决你干……什么嘛！"前半句话，傅明灼气势汹汹，后半句话，随着她看到他衣服上的口红印，声音立刻微弱了下去。

她记起两年前后台的那场意外，她也是把唇印留在了他的白衬衫上，这事后来还引发热议。

他今天故伎重演，都不怕别人再讨论的吗？

蹦擦擦此次表演的曲目仍是摇滚，美国硬摇滚乐队Bon Jovi的《It's My Life》。

从决定报名到正式登台表演，时间不过一个礼拜，陆沅原本没打算回来，特意为了演出才赶回国来。到锦城已经是表演的前三天，蹦擦擦可以用来排练的时间少得可怜，加上此次正式表演，一起演奏这首歌的次数都没超过一只手，很多地方都是靠即兴发挥的。

舞台上的五位少年人像一股紧紧扭在一起的麻绳，互相之间只需要一个眼神就足够，尽情而投入，就像他们已经在私下排练过千次百次。

在场的都是高一、高二的学生，没有见识过蹦擦擦登台演出的风采，再加上倪名决、傅明灼、林朝都是学校里的风云人物，影响力和关注度不必多说，激烈的前奏一出，现场原本还有几分沉闷的气氛顿时一扫而空。

"This ain't a song for the broken-hearted.（这首歌不是给伤心人的。）

No silent prayer for the faith-departed.（上帝不会庇护那些没有信仰的祈祷者。）

I ain't gonna be just a face in the crowd.（我不希望自己只是芸芸众生之一。）

…"

一曲临近尾声，台下已经嗨到爆表，不少学生已经从座位上站了起来，高举着手臂前后挥舞。傅晨阳和她几个好朋友一块高高站在椅子上，她早就知道蹦擦擦会表演，所以提前准备好了灯牌和横幅，几个半大的小孩吼声整齐划一，石破天惊，全场瞩目：“小姑姑！小姑姑！蹦擦擦！”

“……

I just want to live while I'm alive.（我只想趁我活着的时候认真生活。）

It's my life.（因为这是我的人生。）”

最后，乐器声和歌声一起简单利落地收尾，戛然而止。

空气安静一秒，随后震耳欲聋的呐喊和鼓掌在舞台下爆发。

四个乐器手也准备收拾乐器下台。

林朝却毫无征兆地凑近话筒，再度开嗓：“让我们红尘做伴，活得潇潇洒洒。”

这是一首很有年代感的歌，和前一首硬摇滚截然不同。四人互看一眼，站起的坐下了，放下乐器的重新拿起，默契配合了主唱的即兴发挥。

“让我们红尘做伴，活得潇潇洒洒，
策马奔腾，共享人世繁华，
对酒当歌，唱出心中喜悦，
轰轰烈烈，把握青春年华，
……”

这歌词多么应景啊。

这是傅明灼在嘉蓝的最后一个冬天，学校里所有的路灯上都挂了红彤彤的灯笼，在北风中无助摇曳，天上没有太阳，阴冷又潮湿，但她是无比灼热的，天寒地冻中，有源源不断的热情从内心深处涌出。

她正处于人一生中最美好的年纪，像一朵盛放的火红玫瑰。

她和她最好的朋友们抛下争分夺秒的高三复习时间，不顾一切一起站在舞台上，纵情肆意。

有个老师，尽管很不放心他们在这种时候还分心搞些与学习无关的事情，但唯恐她在高中生涯留有遗憾，所以还是满足了她的心愿给予了她支持，让她去疯、去闹、去在仅剩的中学生涯留下浓墨重彩的一笔，并且在他们的表演时间偷偷来到了台下，笑着看他们演出，用力给他们鼓掌。

还有那个眉眼精致、耀眼从容的男孩子，白衬衫的左胸处印着她的口红印，偶尔看向她的眼神带着微不可察的笑意和温柔。

他站在那里，好像会发光。

这一天实在太美好，说是天上人间也不为过。

短暂的疯狂一瞬即逝，傅明灼回到教室，压下还在激烈跳动的心，回到紧锣密鼓的复习中去，她不可以辜负徐忠亮的信任，要比从前更努力学习。

徐忠亮站在教室门口看着傅明灼、倪名决、林朝三个人奋笔疾书，欣慰得不得了。

陆沅回国期间，直接住到了倪名决那里，省得还得再收拾他原来的屋子。他难得回来，蹦擦擦一到放学就聚集到了倪名决家里。

不过演出过后，林朝再也没有参与他们的聚会。傅明灼叫了她好几次，都被她以要好好学习为由拒绝了。

虽然团聚珍贵，但傅明灼也只能作罢，不好强求林朝来。林朝的理想学校——也就是陆沅所在的大学，需要高考达到一本分数线和雅思最低 6.5 分，她几乎发了疯地在学习，睡眠时间不足五个小时的日子已经持续了数个月。

陆沅要走的前夜，林朝依然没有来聚餐。

“林朝，陆沅哥哥明天就要走了！你总要来吃饭吧。”傅明灼苦口婆心，“那可是陆沅哥哥欸！”

“不来了。”林朝断然拒绝。

“什么嘛！”傅明灼嘀咕，“我看你这几天上课的时候都没有很认真。”

林朝沉默两秒。

次日晚上，陆沅即将回澳洲，放学后，除了林朝之外，蹦擦擦集体前去送行。

傅明灼紧紧跟在陆沅旁边，陆沅哥哥长、陆沅哥哥短，叽叽喳喳的。

她太热情了，虽然往常她也热情，但不至于像今天这么黏人。陆沅嘴角带着坏笑，看了倪名决好几次。倪名决脸已经有点臭了。

取了机票，陆沅说自己要去趟厕所。

傅明灼马上说：“那我也要去厕所！”

陆沅哭笑不得地带着她一起走了。

“陆沅哥哥，我问你哦。”等走远些，傅明灼小声说。

“嗯？”陆沅低头看她。

傅明灼警惕地回头张望看向倪名决和袁一概所在的方向。很不幸，倪名决也跟上来了。

"你怎么也来了？"傅明灼微微瞪大了眼睛，一副被坏了好事的表情。

倪名决心头不爽，眼神从她拉着陆沉手臂的双手上移开，反问道："我不能上厕所吗？"

三人一起前行，气氛略怪异。

陆沉看热闹不怕事大，故意刺激倪名决："明灼，你想跟我说什么悄悄话？"

傅明灼愣了一下，眼珠子一转，从书包里掏出一个小相册给陆沉。里面是他们元旦会演的照片，傅晨阳帮他们拍的，然后她洗出来了做成相册，送给陆沉当离别礼物。

陆沉打开翻了翻，笑了："有心了。"他拍拍傅明灼的头，"好好加油，等你们高考，我回来给你们加油打气。"

傅明灼没上厕所，守在门口等陆沉出来，但陆沉是和倪名决一起出来的。

她气得跺脚。

一直到陆沉拉起行李箱准备过安检，傅明灼都没有再找到他落单的机会。

傅明灼左右看一眼倪名决和袁一概，机不可失，时不再来，再犹豫下去陆沉就要走了。她也顾不得别的了，拉着陆沉把他拽到一边，确认倪名决和袁一概没有跟过来，才谨慎地小声开口："陆沉哥哥……"

倪名决的脸黑得让袁一概心惊胆战。

袁一概大气也不敢喘，不想参与这个花花世界里的爱恨情仇，他把目光投向远方，做眺望状。

公历新年过后没多久就是农历新年，热热闹闹的过年依然与高三学生无关，嘉蓝给高三学生的假期只有七天，就这七天还布置了堆积如山的作业。

高中生涯的最后一个学期悄然而至，比想象中更快。

冬去春来，嘉蓝校园里万物复苏，在冬天落光了树叶的枝头又长出绿油油的嫩芽，充满了旺盛的生命力，春风吹在脸上暖洋洋的。

教室后面的高考倒计时簿子上的数字越来越少，学业的压力也越发沉重，班里早上亮灯的时间越来越早，晚上熄灯的时间越来越晚，课间的说笑声越来越小。

高三是一段非常神奇的时光，不经历过，永远无法想象一个人的精力可以充沛成那样，而时间又可以被压缩成那样。

很忙了？还可以更忙。

很累了？不，你还可以多做两张试卷、多背两篇课文。

傅明灼很多时候都会感到力不从心，但是每当她抬头，看到倪名决坚定的背影，她就会获得继续拼搏的力量。

不仅仅是对手之间的较量。

而是他就是可以给她力量，暗无天日的岁月因为有他一起经历，好像一杯掺了糖和奶的咖啡，是苦的，可也是甜的，香的，回味起来，别有风味。

事实上，从元旦演出到现在这么久，倪名决一次都没有跟傅明灼解释过为什么要让她在他衣服上留下口红印。

傅明灼也没问，虽然她其实挺想问的。

她原本以为倪名决会给她一点承诺，有关高考以后，有关读大学，但是什么都没有，他只是比从前对她更好，更照顾她了。

傅明灼当然知道高三经不起任何影响，倪名决绝对不会以身涉险，他太爱管她了，不许她学讲脏话，不许别的男孩子跟她多说话，不许她晚上熬夜，不许她生理期吃冰激凌。

他什么都要管她，比哥哥管她还要多。

四月二十六日这天，她发了一条朋友圈。

“高考还有四十一天，自己看着办！逾期不候。”

傅明灼人缘太好，她每次发朋友圈，都会有很多的人给她评论点赞。

这次发了这么一条似是而非的朋友圈，回应的人数更是暴增。

袁一概：“支持明灼！”

傅晨阳：“小姑姑我也支持你！”

陆沅：“啊哈？”

徐忠亮非常欣慰地留评论：“加油明灼，高考只有四十一天了，时间不等人，确实要自己‘看着办’！”

不过徐忠亮马上又给她评了一条：“你又玩手机！不要玩手机！我不是说了高三绝对不可以带手机到学校来吗！再玩老师就把你手机没收了！！”

傅行此在工作空隙看到妹妹的朋友圈，盯着研究了一会，截图发给宴随。

虽然他只发了一张图什么都没说，但宴随非常明白他是什么意思，安抚道：“灼宝宝肯定在激励自己高考加油。”

傅行此：“没那么简单，她在跟别人隔空喊话。”

宴随轻描淡写：“灼宝宝这么信任你，发朋友圈从来不屏蔽你，要是让她知道你在背后这么怀疑她，以后她可能就对你分组不可见了。”

最终，傅行此只给傅明灼点了个赞。

傅明灼很享受被大家关心的感觉，平时她发完朋友圈，喜欢一直盯着手机看看新消息。

林朝已经连续学习超过三个小时。

陆沅回国那会，她萎靡了一阵子。不过这个状态没有持续很久，很快她又重新振作，而且比从前更加刻苦，成绩直线上升，每回月考排名都前进一大截，徐忠亮高兴得不得了，上课的时候老爱把她挂在嘴边表扬。

林朝头昏眼花，眼睛酸涩，她放下笔，趴在桌上拿过手机稍作休息。

她滑了几下屏幕，翻到了傅明灼的朋友圈，随意念了出来："高考还剩四十一天，自己看着办，逾期不候？"她嘴角露出一抹坏笑，"哟，小鬼，候什么啊？"

倪名决在前头稍稍转了转脑袋。

傅明灼理直气壮地说："我激励自己要好好学习，不行吗？"

"行。"林朝笑眯眯地说，"怎么不行？"

傅明灼再次打开手机是放学时间了，朋友圈四十多条新消息，都是微信好友给她的评论和点赞。她在回家的车上，漫不经心地快速浏览。

滑到底部，一个意料之外的名字映入眼帘，倪名决给她点了赞，还给她评论了两条：

"高考完了想干吗，毁灭地球啊？"

"世界末日倒计时四十三天。"

认识倪名决快三年，他终于第一次在她朋友圈留下印记了。平时她虽不至于刷屏在朋友圈直播吃喝拉撒，但也还算频繁，倪名决从来不给她评论点赞。

傅明灼在屏幕这端"哼"了一声。

司机叔叔以为她碰上糟心事了，马上从后视镜看过去。傅明灼分明挺高兴的，抱着手机傻乐。

高考一天比一天近，学生紧张，徐忠亮比学生还紧张，神经绷得紧紧的，牢牢关注每一个学生的身心状态，要不是怕别的任课老师嫌他烦，他恨不得从早到晚都待在教室里陪着学生。

高考正式进入个位数倒计时。

徐忠亮也不知道从哪里搞来一张地狱级难度的数学试卷。放学后，他把倪名决和傅明灼叫去了办公室，把试卷分给他俩："这张试卷老师都做了好久，快高考了，这种试卷不敢随便给别的学生做，怕打击他们的自信心。"

“那您怎么不怕打击我的自信心？”傅明灼笑嘻嘻地接过，把试卷一叠，塞进书包。

“你是个坚强的好孩子。别回家做了，就在这里做。”徐忠亮阻止她，“这里做完，老师现场给你们批改、讲解。”

“好吧。”傅明灼把试卷拿出来，“那我给司机叔叔打个电话知会一下。”

打完电话，她就乖乖坐下，开始做试卷。

试卷难到“变态”，选择题第二题就不是省油的灯，正式高考要是碰上这样的试卷，心态不好的人很有可能直接就崩溃了。

徐忠亮静静地陪着他最偏爱的两个学生奋笔疾书。从业十几年，徐忠亮已经见证过很多届学生毕业，但他还是没有学会泰然处之，每次都要难过好一阵子，看着“双黄蛋”，徐忠亮内心感慨万千，不舍的情绪翻江倒海。

回想第一次见到这两个孩子的场景，恍如昨日。那个时候，傅明灼还是一个矮矮的小孩，迟到了两分钟，无辜地站在门口，扑闪扑闪的大眼睛和奔跑过后红通通的脸颊，令他不忍苛责；而倪名决还是个叛逆少年，长了一张祸害万千少女的脸，被他当成了差生，在近四十摄氏度高温的室外罚站。

怎么一眨眼，他就要跟这两个孩子说再见了呢。

看他俩专心致志，徐忠亮悄悄拿出手机打开相机，调到前置摄像头，伸长了手臂，让三人都入了镜。

他咧嘴笑，将这一幕定格。

“咔嚓。”他忘了关声音。傅明灼和倪名决都闻声抬头。

徐忠亮有些尴尬，收回手机：“你们继续，老师就是想跟你们照张合照。”

傅明灼立刻摆出剪刀手：“徐老师，再拍一张。”

“名决你来拿手机。”徐忠亮把手机给倪名决，自己则站到了“双黄蛋”中间，左右各搂住一个学生的肩，双手都比了剪刀手。

倪名决接过任务拿起了手机，面部表情和肢体语言都十分冷淡。傅明灼透过镜头看到，马上义愤填膺地指责他了：“倪名决，拍照了你怎么不笑呀，而且我和徐老师都比耶了，你为什么不比？”

她怎么能这么多管闲事，笑不笑、比不比耶也要管？不过最终，倪名决还是半推半就地也比了个剪刀手。

“茄子。”徐忠亮说。

“咔嚓。”

这一刻被定格。

“好了，你们快继续做试卷吧。”徐忠亮心满意足地收起手机，催促“双黄蛋”继续做试卷，自己则打开相册看起了成果图。

魏超男打电话来了。

徐忠亮把手机调静音，一边站起来朝办公室外面走一边嘱咐“双黄蛋”：“老师去接个电话，你们认真写。”

傅明灼多管闲事的毛病什么时候都能发作：“徐老师，是不是魏老师打电话给你？”

徐忠亮笑呵呵地点头：“我忘了跟你们师母说我要晚点回家了。”

徐忠亮走后，傅明灼偷偷摸摸看了倪名决好几眼。

没想到倪名决看似全神贯注，还能分心关注她的动态，他随性地把一个D填在选择题最后一题，头也不抬地问道：“干吗？”

“我们也拍一张合照好吗？”傅明灼说干就干，从书包里摸出手机来。蹦擦擦一起拍过不少照片，但他们两个从来没有一张正儿八经的照片。

傅明灼不由分说，把开了相机的手机塞进倪名决手里，手机太大了，她单手不好操控。

倪名决颇为无奈地用鼻腔叹了一口气，还是放下笔照办。傅明灼比出万年不变的剪刀手，他稍稍靠近她些，嘴角上扬。

手机屏幕里，少男少女穿着同样的校服T恤，肩并着肩手臂挨在一起，男生留着干净清爽的短发，英俊帅气，笑容阳光；女生扎着马尾辫留着薄薄的齐刘海，素面朝天，娇艳可爱。

倪名决按下快门键。

正要收回手，屏幕上方跳出来一条新微信消息。

倪名决看到发信人是陆沅，还没来得及细看，手机就被傅明灼以迅雷不及掩耳之势一把抢过了。

她干笑着把手机锁屏塞回书包，表情很不自然，一脸紧张，眼睛都不敢看他：“好了，我们快点写试卷吧。”

倪名决顿一下，淡淡问：“陆沅找你，你不回复吗？”

“陆沅哥哥没什么急事，我回家再回复。”傅明灼说。

倪名决似笑非笑：“看都不看，你就知道没急事？”

傅明灼眼珠子乱转。

幸好，徐忠亮打完电话回来办公室了，解除了傅明灼的困境。

倪名决定睛打量傅明灼片刻，笑了一下，拿起笔，低下了头。

傅明灼让他笑得心慌慌。

不知道是不是她多想，做完试卷后出校门的路上，倪名决似乎格外冷漠。她积极寻找补救的办法，绞尽脑汁找他搭话，还热情邀请他坐她家的车一起回家，被他拒绝了，甚至到了第二天，倪名决也不怎么搭理她。

傅明灼不会坐以待毙，她致力于将功补过。

春末夏初，人易疲乏，午休时间，倪名决趴在桌子上睡午觉，一只蚊子停在了他脸上，贪婪地吸食血液。

傅明灼抬头看到这一幕，想到以前倪名决曾为她打过蚊子，还给她挠痒痒。

她灵光一现，找到了求和的路子。

说干就干，她直起身，身子前倾，狠准稳地对着蚊子打了下去。

落手的瞬间，她突然想起来那回倪名决阻止蚊子咬她，不是通过打，而是通过赶。

但是来不及了，力道已经收不回来。

“啪。”

倪名决在睡梦中被一巴掌打醒。

傅明灼立马心虚地把手背到了身后，露出一丝尬笑来：“你，你醒了？”

倪名决抬起头，露出一个费解的表情来，睡醒起来他的声音有点沙哑：“我不该醒吗，打扰你好事了？”

傅明灼为自己的所作所为解释：“我不是打你，有蚊子咬你，我给你打蚊子。”

倪名决的眼神和表情，无一不在表明他的怀疑。

傅明灼十分讨厌被误解的感觉，她把手从背后伸出来，摊开手心展示在他面前：“我没骗你，真的有蚊子咬你，不信你看！”

倪名决看向她的掌心，然后视线回到她的脸上。

他挑了挑眉。

傅明灼心里升起一股不祥的预感，她低头。

掌心空空如也，蚊子跑了，没打到。

傅明灼摊着两只手来回检查了一遍。见鬼了，手心手背都干干净净，一丝小生命惨死或者受伤的痕迹都没有，她真的没打到蚊子。

还有更见鬼的，不知道是不是她看到太及时、动作又太快了，导致蚊子还没来得及下嘴就让她吓跑了，还是倪名决这个体质太神奇，总归他脸上平平整整，连个包都没起。

好了，这下六月飞雪，她跳进黄河也洗不清了。

倪名决一定觉得她故意打他还撒谎说给他赶蚊子，而且他还不听她解释。

傅明灼气得要命，她不允许自己受这样的冤屈，一定要洗刷罪名，陷入冥思苦想。

彼时，高三（七）班已经在行政大楼门口的阶梯上站好队形，女生在前，男生在后，各两排。理科班男生多些，第二排也站了几个，不过都是个子比较矮小的。

傅明灼跟林朝站在第二排中央，倪名决站在最后一排中央。

摄影师开始吆喝大家站好看镜头了。

“小鬼。”林朝呼出一口长气，遥遥眺望着校门外，“我们快要解脱了。”

其实不仅仅是林朝，几乎所有人都在盼着高考到来，他们被高三繁重的课业折磨得心力交瘁，他们盼望自由，盼望长大。

“毕业”这个词语说了太多遍，都有些麻木了。而拍毕业照终于让人产生了前所未有的、毕业临近了的真实感，就像一场一万米的长跑，跑了一圈又一圈，一圈过后永远还有下一圈，而现在，终点线真的近在眼前了。

长大曾是傅明灼最渴望的事情之一，可事到如今，她并不像别人那般迫不及待，她的心里只有不舍，舍不得嘉蓝的一草一木，舍不得老师，舍不得同学，舍不得好朋友。

高中三年，她是真的很快乐，甜远远多于苦。

傅明灼不禁回头看了倪名决一眼。

倪名决回望，眼神询问她有什么事。

傅明灼撇嘴，回头，她总不能说，她有点想和他站在一起拍毕业照吧。

摄影师微低下头，眼睛对准相机：“来，都站好……”

话说一半，止住了，他抬起头来。

后排有轻微的骚动。

傅明灼下意识地回头一探究竟。

倪名决正好破开第三排两名同学之间的缝隙，站到她侧后方。他面色淡定地把手插进她和她旁边同学中间，礼貌询地问旁边女生：“可以让我一下吗？”

道谢过后，倪名决站进中间空位，空位只有小半个人那么宽，他不得不紧紧挤在两个姑娘中间，半个身子都被遮在傅明灼身后。

傅明灼愿望达成，一双大眼睛亮晶晶的，转头，张嘴就要问缘由：“倪名决……”

摄影师三番五次被打断拍摄，不满地蹙起了眉头：“好了，快点站好拍照了，后面还有好多班等着呢。”

傅明灼微微噘起了嘴，重新看向前方，忍住了话头。

拍完班级合照，高三（七）班散开，三五成群地拥向校门口集合，准备拍全年级大合照。

傅明灼满面笑容，掩饰不住高兴：“倪名决，你怎么过来我旁边了嘛！”

倪名决说：“体委太高，挡住我了。”

体委站在第三排正中间，确实就在倪名决正前方，体委将近两米的魁梧身材，全班最高，应该要站到最后排去的，但是谁让站在第三排就能跟傅明灼站得一前一后了呢。所以体委霸占了第三排的位置不肯动了。

虽然体委长得比倪名决高，但倪名决站得比体委高一个台阶。体委根本不可能挡住他的。

傅明灼原地蹦了两下，笑嘻嘻的：“倪名决，你站在女生堆里，难道你是女的吗？”

站女生堆里有什么好笑的，而且第二排又不是只有他一个男的，小学生才会被这么无聊的事情戳中笑点吧？倪名决没好气地看她一眼，奚落道：“谁要跟你嬉皮笑脸，中午打我一巴掌还没跟你算账。”

本来傅明灼都忘记了，让他一说，她又想起来了，霎时，她瞪圆了眼睛：“我都跟你说了我是给你打蚊子，我闲着没事打你干什么？”

“那蚊子呢？”倪名决反问。

傅明灼很坚定：“蚊子没打到。”

倪名决发出一声嗤笑。

傅明灼知道他在嘲笑她，险些暴走。

临考的复习时间比黄金都珍贵，后面几个班速战速决，在十五分钟内拍完了照片，然后来到了校门口集合拍集体照。

校门口挤了全年级大几百号师生，乌泱泱的一片，秩序当然没有方才拍班级照那么好维护，校领导拿了个喇叭扯着嗓子组织纪律：“一班在最南边，十四班最北边，都站紧凑点，半侧着站都，走到架子上都小心一点，不要打闹！快高考了，安全第一啊……”

太阳很大，校门口没有遮阳处，阳光火辣辣的，不少学生不耐烦地和同班同学埋怨：“有什么好拍的啊，浪费时间。能不能快点，我试卷才做到一半。”

等调整完位置，所有人就位，已经是二十多分钟以后的事情了。

年级毕业照人数众多，没有班级毕业照那么讲究，只要一个班的站在一起就行，高矮什么的完全顾不上了，倪名决更是自然而然地站在傅明灼旁边。

傅明灼还在生气，不是很想理他，梗着脖子看向另一侧林朝的方向，后脑勺对着他。

摄影师做最后的微调，准备进入拍摄阶段。

“你就准备扭着个头拍毕业照吗？”倪名决好笑道。

傅明灼怒气冲冲，呛道：“我想怎么拍就怎么拍，你管不着。”

话音刚落，摄影师注意到她了，远远冲她喊话：“第三排那边那个女孩子，对，说的就是你，你看前方，不要那样子侧着头。”

倪名决当即就没忍住笑出了声。

傅明灼这才不情不愿地回过头来，她用微微瞪起的眼睛和微微鼓起的脸颊，以示她的愤怒和抗议。

摄影师调整完毕，在照相机后面低下了头，数数：“三，二……”

与此同时，傅明灼脑袋里灵光一现，想到了自证清白的办法，又有拍班级合照时的前车之鉴，这次她目光还是看着前方，只有嘴里嘚啵嘚啵地开始了：“倪名决！你不信我的话……”

教室里有监控，据说清晰度可以放大到看清作业本上的字，她就不信拍不到那只该死的蚊子。倪名决要是真的不信她的话，她就去找徐忠亮调监控给他看，把如山铁证甩在他面前，看他还敢不敢怀疑她的好心。

可她的话没能说完，戛然而止。

大脑一片空白。

因为拥挤人群遮掩中，倪名决拉住了她的衣袖。

这是初夏的炙热阳光下，一对少男少女心照不宣的小秘密，有关青春，有关情窦初开，除了他们，没有别人知道。

第七章

高三（七）班，就此落幕

六月六日这天，是星期五。

天格外热，但是没有蝉鸣声，因为前一天傍晚嘉蓝组织全体老师抓知了，为了给学生一个良好安静的考试环境。

早上六点半，徐忠亮踏入高三（七）班的教室。

明亮宽敞的教室里，高三（七）班全员都就位了，穿着整齐划一的制服在座位上复习。

徐忠亮在教室门口停下来，目光扫过每一个学生，他不由得想起三年前第一次走进这个班的场景。在座的学生，大部分是他从高一就开始带的，时间短些的是高二分班调进来的，也有了两年的相处。

对学生来说，时间是条永不回头的直线，可对徐忠亮来说，时间是一场三年又三年的轮回，现在这个轮回即将走回终点兼起点。

教室里的琅琅读书声停止，安静下来，徐忠亮深吸一口气，笑着跟大家问好："同学们早啊！"

"徐老师早！"问候声比以往每一次都要热烈。

这是高三（七）班的最后一天。最后一天其实并没有什么太大的不同，稀松平常，像往常的每一天一样。只不过所有的行为都要加上"最后"二字，最后一次早自习，最后一次跑操，最后一节语文课，最后一节英语课，最后一节数学课……

林朝和袁一概都是借读生，高考需要回到学籍所在学校参加。

所以，这天中午蹦擦擦嘉蓝支队最后一次一起在嘉蓝吃饭。

排队打饭过程中，林朝排在最前面，她看着隔了起码三拳距离的倪名决和傅明灼，突然对倪名决说："接着。"

倪名决一脸的莫名其妙。

傅明灼眨着眼睛，好奇心发作，正准备刨根问底，就看见林朝向她伸出了魔爪，然后，一道猝不及防的力量落在她两肩，迫使她趔趄着往后倒退。

她撞到一堵坚硬温热的躯体，脚甚至踩到了他的脚上。

夏天衣着单薄，蓬勃的体温轻而易举地穿透布料，印在她背脊上，感官无数倍放大，傅明灼后半边身体敏感得不可思议，这让她浑身都有些僵硬。

倪名决下意识地将她扶稳。

傅明灼的视线中，那一双干净修长的手手背上隆起伸指肌腱，同时，她感觉到自己臂膀两侧的力道收紧，然后倪名决将她轻轻抚了起来，把她往前一送，让她站到了地上。

而他自己，非常绅士地松开了双手。

随着两具身体重新隔开安全距离，傅明灼那让她汗毛倒竖的不适感，除此之外，还有一些无法言喻的怅然若失，吊得她一颗心不上不下，她冲林朝叫唤：“林朝，你干什么嘛！”

站在蹦擦擦嘉蓝支队最后面的袁一概将这一切尽收眼底，体会到了林朝的良苦用心，这令他使命感爆棚，所以他充满试探意味地撞了倪名决一下。

以他的体型，如果正常发挥，把前面排队的人全部撞得贴到一起都不成问题。

但他太小心翼翼了点，仅仅使出了大概百分之一的力道，导致他只把倪名决轻轻往前推了一小步，连傅明灼一根头发丝都没碰到。

倪名决真是服了：“还来？”

被戳穿了，袁一概干笑：“我不小心的，不小心的，哈哈。”

食堂大妈打饭的动作干净利落，队伍移动得很快，不一会就轮到了林朝打饭。

在嘉蓝吃的最后一顿饭，林朝把自己喜欢吃的东西都点了。

接下来是傅明灼。

食堂大妈对傅明灼印象很深，热情地给她打了分量超足的饭菜：“小姑娘，多吃点，明天高考加油啊！”

“谢谢阿姨。”傅明灼甜甜地应下，准备走人。

身后，倪名决走近，手一伸，看似不经意地搭在台上，挡住了她的去路。

傅明灼被困住了。

对比被林朝突袭的那一推，这次他们之间并没有靠得多近，只有若有若无的接触，但是，那种芒刺在背的感觉居然比方才更甚。

林朝一副见了鬼的表情，愣了一小下，马上说：“啊，好重，我先去占座位了！”说完她就头也不回地走了。

她懂了，原来倪名决不喜欢吃送上门的，喜欢主动出击。

至于袁一概，饭还没打，舍不得走掉，他只得大气也不敢喘，极力降低自己的存在感。

傅明灼感觉自己的理智正以闪电般冲向悬崖，再不自救，她的心脏可能会负荷不住，所以她小小地往前挪了一小步。

还没来得及松一口气，倪名决也往前挪了一小步，刚刚空出来的小小空隙被重新填满。

不但如此，他还低下头，脑袋从她肩膀上越过来，凑近窗口，神态自若地跟食堂阿姨报菜名：“番茄炒蛋，秋刀鱼，糖醋排骨……”

短发刺在傅明灼侧脸，又扎又痒，顺着四肢百骸蔓延到心里作祟，不但如此，还有清冷声线在她耳边炸开，他迟迟没有停下的意思，一道菜后仍有下一道，多到傅明灼怀疑他会把所有的菜都点一遍。

在此过程中，她又两次尝试着往前挪动。

倪名决无一例外地靠了过来。

如果第一次她还能自欺欺人地安慰自己只是凑巧，那么这两次下来，她实在是百分之一千地确定了，倪名决就是故意的。

她的脚尖已经紧紧抵在墙面上，进无可进。

“……青菜，鸡腿。”这厢，倪名决终于点完了菜，他抬手将校卡放到扣款机上，“就这些吧。”

阿姨震惊脸。

这么多道菜，傅明灼怀疑阿姨根本记不清。

如果阿姨记不清，她是不是还得继续在这里忍受一遍煎熬？

不过，阿姨在食堂打了这么多年的菜，记菜品的本事已经出神入化，她的脑子成功使用“反选”技能，说：“也就是说只有炒韭菜和苦瓜炒蛋不要呗？”

“对。”倪名决说。

这一声又炸得傅明灼耳朵一酥。

阿姨用了三个餐盘才把倪名决要的菜打完，不过这么多菜，算总价可不是一件易事。

傅明灼“逃得过初一，逃不过十五”。

阿姨掰着手指算了好一会，算得傅明灼都开始冷静下来了，阿姨终于算出了价格，给倪名决的卡扣了款。

倪名决直起身，收回手，退后一小步，那铺天盖地的压迫感终于消失。傅明灼松了一口气。

“傅明小灼灼。”倪名决在背后叫她。

“啊？”傅明灼佯装镇定地扭头。

他低下头来，眼睛与她平视：“还不走，杵在这干什么？”

傅明灼猛地捂住自己的耳朵：“关你什么事！”

倪名决没有恋战，对袁一概说：“走吧，帮你也打好了。”

陆沉履行承诺，飞回国来给诸位加油，五个人一道热热闹闹在外面吃了晚饭。

傅明灼先点的旺仔牛奶，看倪名决喝的可乐，她又表示自己也要喝可乐。

可乐上来，她非常自然地放到倪名决面前要他帮忙开，倪名决拿过使劲摇了几下，作势要对着她打开。

傅明灼吓得差点蹦起来。

这幅画面令倪名决心情甚好，他叼着吸管，雅痞地笑开。

不大的包厢里立刻充满笑声。

陆沉几个月没见朋友们了，最能直观感受到大家的变化，尤其是倪名决日渐开朗，某几个大笑的瞬间，陆沉仿佛看到了林昭尚在世时那个意气风发、恣意潇洒的倪名决。

晚饭过后，蹦擦擦又约着要去倪名决家里玩乐队。

林朝摆手拒绝："你们去吧，我回去最后再抱抱佛脚。"

"哎，现在还看什么啊。"袁一概苦口婆心，试图挽留，"都这个时候了，大局已定，复习有害无益。"

话糙理不糙，放学前徐忠亮也提醒大家了："今天回家你们的任务就是稳住心态，看书也没什么意义了，啊，都认命吧。"

但林朝实在没法放松心态玩耍，她必须跟书本待在一起，她才有安全感。

挽留无果，毕竟是高考这样的重大事件，其他人也不好勉强她什么，只得放她回家。没有了主唱，乐队没有灵魂，几人糊弄着练了一会就开启了谈天说的模式。

说着说着，聊到林朝。

傅明灼左拥右抱王中王和盖中盖，摸着狗头，有点担忧："我觉得林朝压力好像太大了。"

袁一概也认同："说真的，她这个心态非常不利于她的发挥。"

倪名决说："正常，她这么拼命地学了一年，付出这么多，换了谁都怕努力付诸东流。"

"那怎么办嘛！"傅明灼"唰"地坐直了身子，意有所指地开口，"她现在一个人，肯定越想越紧张的。"

陆沉靠在沙发上，只是沉默。

大伙又天南地北地聊了一会，陆沉站了起来："我有点累，先去睡了。"

他长途飞行回来，舟车劳顿，倪名决和袁一概虽是过嘴瘾嘲笑他虚，不过还是大方放行。

陆沅走后，傅明灼显得有些心不在焉，没多久，她跳下沙发："我要去上厕所！"

然后她一溜烟跑了。

等她走开，袁一概戏谑地拍拍倪名决的肩。

多年默契，倪名决当然知道他什么意思，扯扯嘴角。

"你现在是不是就等高考结束了？"袁一概问。

倪名决很干脆地承认了："嗯。"

想着一楼厕所被傅明灼占用，倪名决上了二楼。

走到楼梯口，他听到一声轻微的、狡黠的笑，他停下脚步。

要是他没眼花的话，他好像看到傅明灼贼头贼脑地进了陆沅的房间。

他失笑。这丫头片子又搞什么鬼。

倪名决从自个房间出来，看了一眼陆沅房间的方向，房门紧闭着，不知道傅明灼走了没有。

不等他推门去确认，陆沅房间里传来的动静已经给了他答案。傅明灼说话的声音伴随着她的笑声和跳脚声从里面模糊不清地传过来，虽然听不清她在说什么，但她的语气是显而易见的激动和高兴。

这两个人，三番五次地偷偷摸摸凑在一起，到底有什么了不得的大事要商量？

倪名决从来不是那种明知道别人不欢迎他还要凑上去的性子，所以他安静地靠在墙边等待，其间傅明灼在里面的说笑断断续续地传来。

大约五分钟后，陆沅的房门开了，傅明灼从陆沅房里出来，关上房门，她脚步欢快地冲楼梯方向跑去。

"倪名决肯定以为我掉进厕……"随着看到楼梯口的倪名决，傅明灼的话半道中断。她吓了一大跳，整个人猛地一颤。

"放心吧，我没以为。"倪名决凉凉地瞥她一眼。

傅明灼镇定下来了，她理直气壮地质问："倪名决，你干吗在这里吓我嘛！"

倪名决不理她，率先迈下一级台阶。

傅明灼立马扒住他的手臂跟他一起下楼："我知道了，倪名决，难道你刚刚是在偷听吗？"

“你以为我是你？”这种下三烂的招数他才不屑用。

尽管他否认了，但是傅明灼显然不怎么相信。他否认一遍，她就用怀疑的小眼神打量他一遍，问一声：“真的吗？”

就这么一来一回三遍。

本来倪名决心里就不爽快，她还没完没了，这让他彻底不耐烦了。他抬高手臂，脱离傅明灼的触碰，语气有些冲：“对，我听到了，满意了？”

傅明灼突然偃旗息鼓，不说话了。

倪名决侧过脸，看到她一张脸上满是如临大敌的防备，眼神充满半信半疑的打探：“那你说你听到什么了？”

“你们说什么我就听到什么了呗。”

两人气氛诡异地回到乐室，正好碰到袁一概背上书包准备走，他嚷道：“你俩干吗去了，老半天不回来，我先回家了，今天我要早点睡觉。”

傅明灼不想袁一概走，她现在不想和倪名决独处，需要第三个人来转移话题，于是挽留道：“一概，你晚点再走嘛！”

袁一概经不起挽留，眼见着胖手搭上书包肩带就要把书包放下来，倪名决说：“去吧，早点睡，明天争取多考几分。”

袁一概被“多考几分”几个字说服了，既然如此，傅明灼也不想待了：“一概你等等我，我跟你一起走。”

倪名决拽住傅明灼的书包：“你等会，我有点事找你。”他赶袁一概，“你先走。”

袁一概向来听他话，二话不说，半分钟之内消失得干干净净。

“傅明灼。”倪名决望向眼珠子乱转的傅明灼，“我问你点事。”

傅明灼生怕他问她跟陆沅说了什么，找借口说：“我也要回家了，我也要早点睡觉，明天多考几分。”

“就耽误你几分钟，不影响。”倪名决轻描淡写地驳回她的要求，“我问你，我们蹦擦擦一共五个人，谁是你最好的朋友。”

傅明灼没想到他问的居然是这个，她愣了一下，回答说：“林朝呀。”她们都是女孩子，她当然跟林朝是最好的朋友了。

“女的不算。”倪名决说。

不算林朝，跟傅明灼关系最好的就是倪名决了，毕竟他俩是同一个班的，而且是邻居，相处时间最多。可这种话怎么可以直接说呢？万一倪名决说出去，岂不是破坏她和陆沅还有袁一概的友情？傅明灼思忖片刻，说：“都一样呀。”

"不是我？"

他太直接了，语气里的压迫意味也很重，傅明灼下意识否认："怎么可能，你怎么这么自恋？"

倪名决继续问："那是陆沅？所以你俩总有那么多悄悄话能说。"

傅明灼的眼珠子又开始转了。看起来，倪名决很介意不能当她最好的朋友，还很介意她跟别人有秘密。其实她和陆沅的秘密就是林朝，她旁敲侧击那么久，其实就是想煽动陆沅去鼓励林朝，林朝立志要跟陆沅上同一所大学，陆沅的安慰和鼓励对林朝而言绝对是一针比什么都有用的强心剂。她成功了，刚才在陆沅房间，陆沅给林朝打了电话。

并且，挂了电话以后的陆沅，在傅明灼的打破砂锅——问到底之下，给了傅明灼明确的答案，他喜欢林朝。

只是，如果让倪名决知道了，他会不会为昭昭难过？这是她和陆沅都很担心的问题，他们达成一致，暂时先不让倪名决知道。

林幼华的电话非常及时地进来了，倒省得傅明灼绞尽脑汁找借口了。

傅明灼跟林幼华打了约莫十分钟的电话，她跟林幼华的关系早已堪比母女，她特别爱跟林幼华撒娇，一面对林幼华，她的舌头就怎么都捋不直。

待挂了电话，傅明灼单方面宣布之前的话题翻篇，她告诉倪名决："你妈妈让我们高考加油，她明天会在学校门口等我们，她还让我们明天一起去你家吃晚饭，不是这里，是你爸爸妈妈家。"

倪名决不说话，只是眼神复杂地看着她。

得不到回应，傅明灼不满："倪名决，我跟你说话呢——"

"傅明灼。"倪名决叫她名字。

傅明灼，不是傅明小灼灼。

听到全名，傅明灼终于后知后觉地意识到倪名决似乎不太对劲："啊？"

"既然你跟陆沅是最好的朋友，你怎么没有跟他爸妈搞好关系？"

听到他后半句话，傅明灼下意识反驳说："陆沅哥哥的爸爸妈妈都不在国内啊。"她跟陆沅父母不常见面，当然比不得她跟林幼华和倪震来得亲近，当然，她跟林幼华和倪震也确实是格外有缘分，关系比亲戚都亲，亲生父母与孩子都不过如此。

只是话到了倪名决耳中，就变成既然她不否认，那么对她来说三个男生里面她真的跟陆沅最好。

他当然知道，朋友之间的亲密度，与相隔距离、认识时长、相处时间都没有关系，要不然他也不会把认识不到三年的傅明灼看得比几个发小还重要；他更知道，傅明灼把谁当作最好的朋友是她的自由，他无权干涉，但他仍清晰地感觉到自己体内有一股无名之火在熊熊燃烧。

人是情感动物，需要情感的回馈，他把她当作最重要，当然也希望得到她同样的重视。

傅明灼浑然不觉，还在继续："而且我跟陆沅哥哥的爸爸妈妈关系也很好的。"

倪名决烦不胜烦，制止道："行了，下回他们回来你记得多套近乎，真是委屈你只能跟我爸妈待一块了。"

这天，傅明灼是带着盖中盖一起回家的。从前盖中盖会很开心地跟着她，但今天它格外不配合，四肢死死扒在地面上不愿意被带着前行。万物有灵，它似乎预料到自己很有可能没法再回到那个熟悉的环境中去。

傅明灼一意孤行，生拉硬扯地拽着比她重二十斤的盖中盖走。

盖中盖是她的狗，她不要再养在倪名决家里，她再也不要和倪名决有任何关系了。

走的时候又硬气又决绝，骄傲得像只小孔雀，但是她越走越怕，一路上都在思考有没有一种神不知鬼不觉的办法，可以把盖中盖藏在家里而不被哥哥发现。

然而怕什么来什么，在家门口，她与神色匆匆、疾步而出的傅行此和宴随狭路相逢。傅行此步履极大极快，跟在他身后的宴随得小跑着才能勉强追上他。

傅明灼有些紧张，生怕傅行此不让她带盖中盖进门，她拽紧了牵引绳，挡在盖中盖前面，怯生生地叫道："哥哥。"

傅行此满脸焦急，眼神甚至完全顾不上往盖中盖身上扫一眼，他走到傅明灼面前停下来，摸摸她的脑袋，尽量心平气和："灼灼，哥哥有急事必须要出一趟差，不能陪你高考了，让姐姐陪你，你好好加油，等哥哥出差回来了一定会好好补偿你。"

说完，他也不等傅明灼回话，匆匆抱了她一下，又搂着宴随在她额上吻了一下，说："阿随，辛苦你了。"

宴随脸色也不太好，但生生咽下了到喉咙口的话，只嘱咐道："哥哥，你路上小心。"

傅行此颔首，松开妻子，走向等候在栅门外的车子。

傅明灼能感觉到，姐姐想跟哥哥说的另有其话，是因为她在才不说的，而且哥哥出的这趟差疑点重重，满脸焦急先不说，他连行李都没来得及带，而且照理来说，哥哥不可能在她高考的紧要关头离开她。

她感到不安，追上前几步，冲傅行此的背影叫道："哥哥。"

傅行此闻声回头，冲她摆摆手，然后上车离去。

"姐姐，哥哥怎么了？"傅明灼看向宴随。

宴随的视线从越来越远的红色汽车尾灯上收回来，安抚地一笑："没事，海外的公司出了点比较棘手的意外，哥哥必须要过去处理。别担心。"她看向傅明灼牵着的盖中盖，弯下腰来逗了逗，扯开话题，"灼宝宝，哪里来的狗狗啊？"

宴随的淡定让傅明灼稍稍放下心来，她回答说："我捡的。"

"它好特别哦。"宴随一点也不嫌弃盖中盖只有一只眼睛。

傅明灼一听就知道有戏："那姐姐，我可以养它吗？"

"当然可以呀。"宴随又看了一眼傅行此乘坐的汽车消失的方向，揽住傅明灼的后脑勺带着她朝屋里走，"进去吧，外面热。"

六月七日，一年一度的高考在全国人民的关注下如火如荼地展开。

去往嘉蓝的必经之路封了道，数辆警车亮着红蓝爆闪灯守在路口，严阵以待的架势凭空把紧张的氛围又加重几分。

"不是吧，路都封了？"宴随不禁感慨，"现在越来越重视了，以前我们考试的时候哪有这么夸张。哦，对了，我想起来，学校老师会把知了都给捉了，怕吵到学生。"

傅明灼说："现在也捉，我们徐老师抓了好多知了回家烤着吃呢。"

"哈哈。"宴随笑道，"看来传统不变。"

宴随送傅明灼来的学校，在封道口被警察拦下，傅明灼出示了高考准考证，车才得以被放行。

嘉蓝校门口热闹非凡，站了很多大人，有些已经把孩子目送进去了，正三五成群地站在一起聊天，有些正在谆谆嘱咐孩子，无非是些"不要紧张，尽力就好"之类的徒劳安慰。

宴随停下车，摸摸傅明灼的脸，笑道："灼宝宝，姐姐就不说那些废话了，我把车停了，然后在校门口等你出来。"

傅明灼看了看外头的天，说："不用了，姐姐，你别等我了，回去吧，太阳好大。"

"不行。"宴随坚持，"别人都有人等，我的灼宝宝怎么能没有人等。"她不给傅明灼拒绝的机会，"哥哥考试的时候，我也在外面等他出来呢。"

傅明灼心里暖洋洋的："姐姐，谢谢你。"纵然她不像别人有爸爸妈妈，可是哥哥和姐姐一直在尽力填补她生命中缺失的角色。

用来做考场的高一、高二年级的教学楼还封着，提前到校的同学们都先去自己班里稍作休息。

倪名决没来，林朝也回了学籍所在地考试。

傅明灼坐到座位上，周围空荡荡，她看着窗外出神发呆。

徐忠亮乐呵呵地站在班级门口，给大家发矿泉水，他还买了很多水性笔、橡皮之类的文具以防学生有需要。

临考前，班里氛围有点凝重，徐忠亮活跃了几次气氛，效果不大。

进考场的时间临近，别的班开始有动静，成群结队赶往考场。

大战在即，徐忠亮看大部分学生神情严肃，就连平时最闹腾的傅明灼也不活络，灵机一动，鼓了鼓掌，说："来，我们唱首歌再去，鼓舞一下士气。"

高三（七）班唱了高二歌声比赛时唱过的歌《我相信》。

路过的别班学生纷纷驻足。

徐忠亮站在讲台上，非常卖力地给大家指挥打节拍，嘴里还跟着学生一起唱。

最开始，高三（七）班都还感觉有点丢脸，不过唱着唱着，大家都放开了，把一首积极向上的歌唱得震天动地，几个男生完全是在用吼。

一曲完毕，徐忠亮满意地带动全班鼓了掌："好，很好！要的就是这个气势，打败高考，战胜高考！好了，最后检查一下准考证和文具，都赶赴你们备了十二年的战场吧！"

"明决。"徐忠亮把傅明灼喊住，"名灼呢？"

担心有学生碰上意外错过考试，徐忠亮前一天放学的时候要求全班学生都至少提前半个小时到教室集合的，现在全班就差一个倪名决，就都到齐了。

傅明灼摇摇头："我不知道。"

"你也不知道啊？"徐忠亮忧心忡忡，"这小子，别临考出什么幺蛾子哦。"

随着考场所在的教学楼解封，整个学校都被屏蔽了信号，徐忠亮没法给倪名决打电话，放心不下的他跟着傅明灼一起去考场，要确认倪名决来了没有。

傅明灼和倪名决刚好分在同一个考场。

考场教室外，倪名决提着透明文具袋，弓着背趴在走廊上看楼下。徐忠亮松了一口气："名灼。"

倪名决应声望来，视线在傅明灼身上短暂停留一下便移开了，向徐忠亮问好："徐老师好。"

"来了就好。"徐忠亮走过去，拍拍倪名决的肩，无视倪名决面上的些许憔悴，睁眼说瞎话，"很好，小伙子精气神十足，一看就是胸有成竹。"

倪名决笑笑。

徐忠亮还有事，临走前，他把傅明灼托付给倪名决："我看小丫头话特别少，可能是有点紧张，好朋友开导一下。"

还在冷战，倪名决当然是没有开导的。

傅明灼也没理他，她兀自趴到了栏杆上。

两人沉默无言地干站了一会，监考老师宣布时间到，进考场。

傅明灼率先进了考场坐下来。

倪名决通过考场检查，也进到了教室。

傅明灼低着头，余光看到他朝她的方向走来，他的座位要绕过讲台走才对，他不应该走这条路。靠近她的时候，倪名决脚步慢下来，走至她身边，微微停了一下。

他想跟她说什么？加油吗？还是对不起？

哼，她什么都不稀罕。

但最终，倪名决什么都没有说，他的脚步只是有了短暂到可以忽略不计的停顿，然后便继续前行了，走到教室最后，绕过去，然后坐到他自己的座位上。

语文考试，傅明灼依然速度领跑全考场，做完试卷，她耐下性子仔仔细细把试卷检查两遍，轻轻盖好笔帽，收好了自己的随身物品。

剩余的时间，她看着窗外发呆，看的是没有倪名决的那边窗。

铃响，在监考老师的组织下，她上交试卷，走出了考场。

今天高考，嘉蓝依然提供午餐，吃完午饭可以回自个教室休息，不过学生们也可以选择自己回家吃饭。林朝和袁一概都不在，倪名决又几乎跟她决裂了，所以傅明灼当然选择了回家吃午饭。

下午考完数学，按照原计划，傅明灼要跟倪名决一起去他爸妈家里吃晚饭。

倪名决来到校门口的时候，傅明灼正在林幼华面前，比画着不知道说着什么。等他走近些，她背后跟长了眼睛似的，迅速回头看过来，然后快速结束了对话，不顾林幼华的挽留，走向了宴随。

接倪名决回家的路上，林幼华先是问了常规问题："今天数学难吗？"

倪名决过了一会才倦怠地说："不难。"

林幼华在等候倪名决和傅明灼出学校的时候，已经从路过的学生口中得知今年数学是比较难的消息，所以听倪名决如是回答，她想她也没有必要多此一举问他自我感觉如何了。

车里陷入沉默，林幼华一忍再忍，还是费解地把纠结了一路的问题问出口："名决，灼灼说你嫉妒她抢了你的父爱母爱，不让她去我们家，这是真的吗？"

他暂时忘却前一天的不愉快，被逗得半笑出来："怎么可能。"傅明灼的脑回路永远都不可能正常起来。

林幼华也被逗乐了，想自己的问题真是问得太傻了，倪名决怎么可能是那种人："灼灼是不是跟你闹矛盾了，你让着她点，她小孩子嘛，别跟她斤斤计较。"

倪名决嘴角笑意渐渐敛去，看向窗外，他还让她什么，让陆沅去让好了。

这天他没回锦都壹号院，住在了原先的家里。

陆沅在。如果回去的话，他没法控制脾气。然后呢，只是令他看起来像个输不起的小孩子。

晚十点多，傅明灼已经听话乖乖早早熄了灯躺上床休息，为第二天的考试养精蓄锐。半梦半醒间，房门被人轻轻打开。

借着走廊的灯光，傅明灼辨认出门口的人影是宴随。

傅明灼身处黑暗看不清，宴随以为她已经睡着了，所以又轻轻关上了门。

关门的瞬间，傅明灼听到宴随轻轻说："灼宝宝睡了。"

傅明灼瞬间清醒了，一定是哥哥打来的电话。今天一整天，哥哥都没有给她发来任何消息，姐姐说，哥哥还在飞机上。她坐起身，赤脚下了床追出去："姐姐，我还没睡。"

宴随对着话筒说了声："灼灼还没睡，我让她接电话。"她把手机递给傅明灼，说，"宝宝，是哥哥。"

傅明灼拿过，对着话筒叫道："哥哥。"

“欸，灼灼。”傅行此的声音听起来有点疲惫。

“哥哥，你到了吗？”

“还没有，现在在中转站。”傅行此难得很温柔，“你今天考得好不好呀？”

“好。”傅明灼说。

“这么有信心啊。”傅行此笑道，“明天哥哥还是在飞机上，所以还是没法在你临考前给你加油打气，你自己应该可以吧？”

傅明灼揉揉眼睛：“可以。”

兄妹俩又聊了一小会，时间已晚，傅行此催她睡觉：“灼灼，你早点睡觉了，明天继续加油，好了，把手机还给姐姐吧。”

“好的，哥哥再见。”傅明灼特别配合，跟傅行此道完别，就把手机给了宴随。

宴随目送傅明灼进了房间，颇有些担忧：“哥哥，我不知道是不是我多想……但是从昨天你走开始，灼灼一次都没有问过你去了哪里。”

次日下午。

傅明灼做完英语试卷，又按照常规，仔仔细细检查了两遍试卷。

然后她拿着试卷走向了讲台。

她要提前交卷。

从前，傅明灼看过一个帖子，主楼问题是：高考最后一门英语的时候，做完试卷后你都在做些什么？

赞最多的那个回答是：“什么也不做，我只是放下笔，安静感受高中生涯最后的时光，把从三年前踏入这里开始的回忆仔细梳理一遍，因为我知道这段光阴永远不会回头了。”

傅明灼一直以为这也会是她高中生涯最后的状态，她会特别珍惜仅剩的每一分每一秒。

但现在，她需要亲手提前终结她最快乐的高中生涯了。

监考老师以为小孩子是在耍酷，感到十分惋惜，小声嘟囔了一句：“提前交卷也出不去学校，怎么不多检查一遍呢？”

每一门课结束考试后，学校都要等待全体监考人员核对考卷无误以后才会开放学校大门。傅明灼提前交卷也只能离开考场教室，但是出不去学校。

根本毫无意义。

傅明灼很清楚考场规则，但还是义无反顾地离开了。因为她有很重要的事情，无法再等待哪怕只是一分一秒。

校门口，栅栏外，黑压压的家长大军焦急等候着。

她一个人单枪匹马，疯了一般地跑出来，引来全体家长的注目礼。

宴随也注意到是傅明灼出来了，她挤到开人群走到栅门前：“灼宝宝，你怎么先出来了呢？”

“我检查过了。”傅明灼说，她深吸一口气，然后稍稍向前迈了一小步，更靠近栅门些，她看着宴随的眼睛，虽然还大喘着气，但冷静地问道，“姐姐，我考完试了，所以现在你可以告诉我爸爸出什么事了吗？”

倪名决在傅明灼后一排，他刻意不让自己去关注她，但是耳朵、眼角余光，还是不受控制地捕捉她的动静。

以前傅明灼每次都要跟他比谁先写完试卷。高一第一回月考自是不用多说，她跟个小孩一样写完一门就扬扬得意地摔一次笔炫耀。后来的高三一整年，他们两个轮流坐第一考场的第一和第二个座位，傅明灼学乖了，不摔笔影响别人了，她只影响他一个人，在后的时候，写完试卷踢他的椅子，在前的时候，她写完了就重重往椅背上一靠。

高考四门考试，她的答题速度依然领跑全场，但她安静得过分。

到了最后一门考试，傅明灼写完试卷，走得头也不回。她离开教室的那一刻，倪名决的高中生涯也就此落幕。

结束铃响，监考老师依次收卷后，宣布学生可以离开。

整个学校里，欢呼声和怒吼声蔓延开来，震耳欲聋，学生们赶回自己的教室收拾东西，不顾老师领导再三警告过的“不要扔书、不要扔试卷”，也不知道是谁带的头，走廊上站满了学生，争先恐后地撕书撕卷子往楼下扔。

教导主任撕心裂肺地吼：“不许扔！谁扔谁把卫生搞干净！！”

无济于事，他的声音被完全掩盖。

倪名决走在连接高三教学楼和高一、高二教学楼之间长长的走廊上，目睹了一场纷纷扬扬的青春大雪。

徐忠亮在高三（七）班所在的楼道口站着，似乎是在等人。

看到倪名决，徐忠亮迎了上来，满脸的焦急。

“名灼。”徐忠亮拉住倪名决，“你知不知道明决怎么了？她是不是考砸了呀？”

倪名决蹙眉：“我不知道。”

徐忠亮的眉头拧得可以挤死一只苍蝇：“这两天我看她兴致都不高，你也知道的，以前就属她最活跃了，而且今天中午她居然跟我说她不去晚上的同学聚会了，之前她可是很积极地选地方作参考的。唉，我都不敢问她，生怕揭她伤疤。你平时跟她关系好，你打听一下，要是考得不好，一定要好好安慰她，也不知道是不是压力太大了，照理来说不应该啊，她像是会紧张的人吗……”

徐忠亮絮絮叨叨地诉说着他对傅明灼的担忧，念了半天，关心起倪名决来：“你呢，这两天下来，自我感觉怎么样？”

“还可以。”倪名决回答得笼统。

别的科目徐忠亮管不着，自个教的数学他得管，现在高考结束了，徐忠亮没什么好顾忌的，非要拉着倪名决跟他对最难的几道题目。都对了一遍后，徐忠亮如释重负地点点头：“我就知道，虽然今年题目难了点，但你肯定是没问题的。”

关心完成绩，徐忠亮又关心起今晚的同学聚会来：“今天晚上的散伙饭你来的吧？”

说实话，既然傅明灼不去，倪名决也没想去。

徐忠亮懂他的沉默代表的意思，马上不乐意了，用力拍拍他的肩：“不行，你必须来，不来就是不给老师面子，明决不来我已经很不高兴了，要是你也不来，那岂不是我两个得意门生一个都不来啊？”

徐忠亮的盛情邀请之下，倪名决答应了。

“好了，你回教室去整理书吧。”徐忠亮朝走廊外头的撕书盛会努努嘴，小声说，“你也可以撕，发泄一下，别听教导主任的，学校每年高考后卖废纸能卖不少钱呢。”

倪名决敷衍地笑笑。

“我在这等明决一会。”徐忠亮朝楼梯张望几下，“她怎么还不来呢？你们一个考场的，怎么你来了她还不来？”

倪名决说：“她提前交卷走了。”

“什么？！”徐忠亮一听就不好了，急得团团转，“完了，完了，明决一定考砸了，这下可怎么办？”

高三（七）班教室里正在狂欢，整整三年尤其是高三一年以来的压抑和忍耐，像汹涌洪水泛滥决堤，势不可挡，不管是考得好还是考得坏，在高考成绩揭晓前，都不去想了。

倪名决避开教室里横冲直撞的同学，回到自己堆满书的桌子前坐下来。

一切都结束了，他恍惚地想着，开始收拾东西，要带回家的东西不多，书和试卷都已经没用了，也就是水杯之类的日常用品要整理。

傅明灼的东西也还原封不动地在，她在没法出校门的情况下提前交了卷，却连东西都没有收拾，莫不是真让徐忠亮说准了？

学校解禁信号屏蔽，倪名决手机一下子涌进来数条消息，是各方亲朋好友的问候和恭喜。

陆沅在蹦擦擦群里艾特了大家："各位孩儿，恭喜毕业。"

袁一概和林朝你一言我一语地发表对脱离苦海的兴奋，群里好不热闹。

傅明灼始终没有发言。

最热闹的家伙没有动静，很快引起了大家的注意。

陆沅特意艾特了傅明灼："今天晚上我请客，我们去吃顿好的。"

倪名决一口回绝："晚上同学聚会。"

他简单收拾好了自己的东西，背起书包要走，徐忠亮却把他拦住了："来，名灼，你跟老师一起帮明决整理书，万一她明年复读还用得上。待会保洁阿姨就来清理教室了，这些资料扔掉太可惜了。"徐忠亮一边手脚麻利地给傅明灼整理数学资料，一边使唤倪名决，"别的科目哪些东西重要？你比我知道，都给她收拾出来，还有你那里有没有什么用得上的？都给她拿回去。"

徐忠亮语气这般笃定，倪名决心里一个"咯噔"，喉咙艰涩得像个生了锈的齿轮："她真的考砸了？"

"肯定是考砸了嘛！不然你说她为什么这么反常？"徐忠亮叹着大气，"我刚给她打电话打通了，已经在回家路上了，哭是没哭，特别冷静，但是一点也没有以前那种活泼劲，一听就有问题嘛。"

五六点的时候，傅明灼在蹦擦擦群里发言了，回复的是林朝问她去不去吃散伙饭的消息，她说"我有事，不去啦"，林朝追问她什么事，她仅仅发了一个表情包，然后再度消失。

高三（七）班的散伙饭设宴于宴随娘家名下的宴森大酒店。

一个傍晚而已，大家的风貌焕然一新，尤其是女生，大部分化了妆，有些甚至还去做了个头发，没有了校纪校规的约束，随意所欲地烫染。

服务员打开包厢门，引着倪名决进来，但他是一个人，敞开的门后没有再来人。

往常倪名决和傅明灼形影不离，魏超男愣了愣："明灼呢？"

高考过后，学生解放了，老师还有不少收尾工作，徐忠亮、魏超男夫妇俩饭前没碰过面，就连吃饭都是分开来的，所以她还不知道傅明灼那边出了状况。

“她有事不来了。”徐忠亮朝倪名决招招手，来，名灼，坐到老师旁边来。”

经统计，参加散伙饭的人有三十五个，等人差不多到齐，桌上开始忙碌起来，撤果盘，上冷菜，开饮料。

倪名决落座徐忠亮身边。

林朝原本坐在几个不相熟的同学之间，她在班里人缘不太行，只跟倪名决还有傅明灼关系比较好，倪名决一来，她马上把座位换到了倪名决旁边，小声跟他打听消息：“小鬼怎么回事？”

倪名决垂着眸，态度偏冷，摆明了不想多说话，敷衍道：“不太清楚。”

饭吃一半，餐桌上的氛围已经热火朝天，各种敬酒，有人哭，有人笑，有人终于说出三年来都没说出口的话。

倪名决站起来对徐忠亮说：“徐老师，我敬你一杯。这三年，实在谢谢。”

这三年没有白操心，徐忠亮眼眶霎时就湿了，端着杯子也站起来：“好，好，好，乖孩子。”

师生俩都是一饮而尽。

徐忠亮发了会呆，喃喃道：“要是明决也在就好了，明年她要是复读，我就和学校申请还教她。”

饭后，徐忠亮跟全班同学依依惜别，前去服务台结账。

班费还剩不少，原本由傅明灼保管，中午傅明灼说自己不来参加散伙饭以后，就把所有的班费都交给了徐忠亮。

宴森大酒店是锦城数一数二的豪华酒店，消费自是不低，更遑论班里同学开了那么多酒，班费那点钱肯定是不够，徐忠亮做好准备要大出一笔血。

结果被服务台告知：消费全免。

“啊？”徐忠亮怀疑自己喝多了出现了幻听，可他喝的明明只是饮料啊。

“我们领导说，只要告诉您‘傅明灼’三个字，您就懂了。”

想起傅明灼嫂子的姓氏，徐忠亮恍然大悟。

他一直知道傅明灼家里条件不错，但是具体不错到什么程度，傅明灼从来没有透露过，别看小丫头平时咋咋呼呼，攀比心理严重，热衷炫耀，就连最先写完一张考卷都恨不得昭告天下，但大事上一点不含糊，低调得很。

怪不得决定散伙饭地点的时候，傅明灼就执意要来宴森大酒店。徐忠亮最开始不同意，觉得消费太大，但后来实在架不住傅明灼的坚持，他才勉为其难答应。

原来她早就准备了请全班同学大吃大喝一顿。

徐忠亮真是怎么看怎么喜欢她。

可惜，这么优秀善良的孩子，怎么就高考失利了呢？

徐忠亮太痛心了。

不少学生们还要去 KTV 进行下半场活动，徐忠亮追出去把剩余的班费都给了副班长，还偷偷往里面加了五百块钱，让大家玩得尽兴。

高三（七）班，就此散场。

第八章

锦城 or 帝城

倪名决当然也没去KTV，打车回了家，依然是回的父母那边，没去陆沅那。

半夜十一点，陆沅打电话把他吵醒：“你怎么还没回来？”

倪名决抚着昏胀的脑袋：“不回了，我今天还住我爸妈这。”

陆沅沉默：“为什么？”

其实之前倪名决住在父母那，陆沅已经感觉出不对劲，但当时他还可以自欺欺人地安慰自己——说不定倪名决是因为高考，但现在高考已经结束，倪名决没道理把他一个人丢在家里不回来。

倪名决淡笑一声，语气很淡：“什么为什么。”

陆沅又是沉默好一会：“你是不是已经知道了，明灼告诉你了吗？”

“我知道什么？”

陆沅不想再兜圈子，两天来的担忧快把他折磨疯了，他直言道：“林朝。”

“你不要跟我提林昭。”一开始，倪名决还以为陆沅说的是林昭，他不明白这个时候陆沅提林昭是什么意思。

打什么感情牌。

但是很快，那些曾经由于愤怒被忽略掉的漏洞和疑点开始聚合，把他脑海里的思路理得原来越清晰，不多时就连成了完整的来龙去脉。

原来傅明灼和陆沅神神秘秘的，是在讨论林朝。

“陆沅。”他坐起身，困意瞬间醒了大半，“哪个 zhāo ？”

陆沅以为他是在发火，无力地扶额：“匿名，我……”

倪名决掀开被子下床，暴跳如雷地骂道：“陆沅，我什么时候说过哪怕一句要你为昭昭守一辈子？我把你当妹夫，但我也把你当兄弟！你有什么事情是不能告诉我的，非要弄得偷偷摸摸，你是不是有病？”

陆沅不明白倪名决发的哪门子邪火，偏偏又要说不介意他喜欢别的女生。这不是自相矛盾吗？

他想追问，但倪名决没给他机会，骂完就撂了电话。

留下陆沅一头雾水。

“对不起，您拨打的电话暂时无法接通，请稍后再拨。Sorry……”傅明灼的电话打不通，话筒中只有冰冷的电子音提醒。

倪名决烦躁地摁掉电话，看了一眼时间，晚上十一点半，傅明灼该睡觉了。但是他坐立不安，想到种种证据指向傅明灼也许是高考失利，他根本没法等到天亮。他不知道她是不是需要他的陪伴。他只知道，现在的自己无比地、迫切地需要她。

倪名决以最快的速度整理好自己，然后打了车直奔锦都壹号院。

傅家屋子里一片黑灯瞎火，只有院落里亮着数盏常年不灭的小夜灯。

倪名决又给傅明灼打了一次电话，还是关机，他再怎么心急如焚也只能作罢，总不能半夜扰民把人喊起来，他给她留了一条微信留言，然后回了自己在锦都壹号院的家。

进了家门，直奔陆沅的房间。

陆沅在楼上听到楼下栅门的动静，早早就下来迎接了。哥俩一个站在门口一个站在楼梯口，遥遥相望。

半晌，倪名决张嘴还是骂陆沅。

“你今天脏话有点超标吧？”陆沅揉揉眉心，走了下去，倪名决这个架势，哪怕就是专门大老远回来打架的，陆沅也不会有一丝一毫的意外。

有关方才倪名决在电话里的矛盾言行，陆沅并没有太过费解，无非是倪名决做不到真心祝福他和别的姑娘，但又没法直言不讳。

陆沅理解倪名决的感受。

事实上，很长一段时间以来，他的内心一直在忍受着煎熬，一面是发觉自己对林朝的异样情愫，另一面，这让他觉得自己背叛了林昭，所以他抗拒新的人进入自己的世界。

他知道自己不必守着林昭，但他才是那个得知噩耗后经历过生不如死的人，是不知道多少个夜里只能靠着助眠药物入睡的人，是行尸走肉般万念俱灰的人，是被命运扒了两层皮才走出阴影的人。

明明是林昭把他放弃了，但闯过感性的这道关卡谈何容易。

有个潇洒肆意的姑娘收了锋芒和爱玩的天性，咬着牙拼命了一年，然后在高考前夜紧张得不知所措。

这种时候，他如果还不能站出去给她力量，他枉为男人。

既然站了出去，他就不会再退缩。

“我不会改变心意。如果打我两拳能让你好受点，那你动手。”陆沅走至倪名决面前，“我只说一句，不管未来我和谁在一起，娶谁当老婆，我永远认你这个大舅哥。”

两人彻底说开以后，陆沅想到件非常严肃的事情：“你跟明灼吵架，不会影响到你高考了吧？”

“为什么会影响我高考？”倪名决嗤笑一声，“会就是会，不会就是不会，难道心情不好我就算不清一加一等于几了吗？这世上哪有什么考不考砸，考砸就是基本功没打扎实、实战翻车的自我安慰而已。”

陆沅无语了，你说学神讲起话来到底有多气人？

“不过傅明灼可能受了影响。”倪名决云淡风轻地说，“她要是考砸了，我大不了陪她复读一年。”

陆沅很迷惑，说好的这世上没有“考砸”一说呢？双标玩得挺溜啊，臭弟弟。

第二天，倪名决从早上就开始尝试着联系傅明灼，一直到中午十二点，傅明灼始终没有开机。

他去了她家找她，阿姨来开的门。

“明灼吗？”阿姨答得很含糊，“明灼和哥哥姐姐一起出远门了。”

“她去了哪里？”倪名决追问。

“我也不太清楚。”

再详细的，阿姨就什么都不肯说了，只有模棱两可的敷衍。

接下去的几天，傅明灼始终关机，家里也没有人。

倪名决陷入一筹莫展的境遇，大家的关心和问候，全部石沉大海。

到第五天的时候，倪名决实在等不了了，傅明灼绝对没有出去旅游不开手机的道理。

他想到个突破口——傅晨阳，不过他没有傅晨阳的联系方式，所以大费周章地在嘉蓝学校门口等到了小姑娘。

“晨阳，你最近有和你小姑姑联系吗？”

傅晨阳歪着头想了一会：“高考那两天联系过，我问她考得怎么样，后来就没有了。”她和傅明灼毕竟不是小时候那会了，现在大家长大了，有各自的朋友圈，当然不会像小时候那样天天黏在一起，有的时候就算十天半个月不联系也是常事。

“那她去哪里旅游了你知道吗？”

“我小姑姑去旅游了？”傅晨阳诧异地睁大了眼睛，“她没有告诉过我，她和谁去的？和我小叔叔小婶婶吗？”

倪名决说：“应该是。”

“不会吧？”傅晨阳有点不相信，“可是小姑姑没有告诉我，以前每次她出去玩之前都会提前告诉我的。”

傅明灼的这次出行，处处透着非比寻常。

三天后，傅晨阳给倪名决打来电话，神神秘秘地压着嗓子："我偷偷告诉你，但你千万不要告诉别人，我们家里还压着这个消息没有对外公开呢。"

"嗯，你说。"

"我小姑姑肯定在医院，我小爷爷出事了——"傅晨阳顿了顿，科普自己口中"小爷爷"的身份，"我小爷爷就是小姑姑的爸爸。"

倪名决："哪个医院？"

傅晨阳说："这个……我不知道，好像在外国。"

倪名决："你可以帮我问问吗？"

"恐怕不行。"傅晨阳有点不好意思，弱弱地说，"因为我是偷听到的，我以前大嘴巴泄露过小姑姑的身世秘密，所以我家里人肯定不敢随便告诉我，怕我又说出去，要是传出去让我太奶奶知道了，她会经受不住打击的。"

除此之外，倪名决还从傅晨阳那里得知了傅明灼与她父亲的关系。

因为她妈妈生她的时候难产死了，所以她爸爸讨厌她，不要她，常年都在外面不回家。她就是很缺父爱母爱，因为她从来都没有爸爸妈妈爱她。所以她那般愿意亲近他的父母，她根本就是把他的父母当成自己父母爱戴了。

可他在愤怒之下，口不择言地对她说了什么？他残忍地割断了她对父爱母爱的渴望。

日子一天天过，放假后不再有工作日和周末的分别，傅明灼渐渐失去了时间概念。

L国近月以来战火频发，恐怖组织猖獗，傅唯所在的城市大体还算安全，但那天突然有恐怖组织突袭朝平民开火，为救几名难民儿童，傅唯被一枚流弹击中，伤势危重，生死未卜。

高考结束以后，傅明灼不顾家人们的强烈反对，在宴随的陪同下前往L国看望傅唯。

"我远远看，不会让爸爸醒来看到我不高兴。"

"灼灼，哥哥不是这个意思。"傅行此几天没合眼了，本就是心力交瘁，傅明灼这一席话更是令他愁烦。

但确实，傅明灼说的是实话。

父女俩见面，对谁都不利。他不想让傅明灼伤心，只说了另一个重要原因："这里不安全。"

"我要来。"傅明灼不为所动，没有任何商量的余地，"哥哥，我一定要来。"

傅行此没精力跟傅明灼犟，把任务转交给了外婆。

得知傅明灼要去 L 国，外婆急疯了，她不会像傅行此那样含蓄：“灼灼你去看他干什么？他没管过你，不需要你向他尽孝道，看了又能怎样！看了你以为他就会感动吗？他的心就是石头做的，焐不热！L 国不安全，你乖乖的，不许去，啊。”

最初失去女儿的那几年，外婆确实为女婿的情深义重感动过，想女儿这一生虽然短暂，但至少拥有了一个深爱她的丈夫，见多了妻子去世不到几个月就开开心心续弦的男人，傅唯这样的，世间少有。

只是可怜了傅行此和傅明灼。外婆乐观地想着，等过几年，亡妻之痛淡了，女婿总会回来的。

可外婆想得太乐观了。外婆原本为女儿感到庆幸变成了为外孙外孙女打抱不平，那么多年来，外婆好坏歹话都说尽了，流干了眼泪，磨破了嘴皮子，女婿始终没有回心转意。

到现在，傅唯在外婆眼中，彻底成了一个抛家弃子、不负责任的反面形象。

可是谁也劝不动傅明灼，辗转经历了两次转机，共计五十多个小时之后，她和宴随风尘仆仆地抵达 L 国。

傅明灼说到做到，不走近，远远看，不管傅行此怎么招呼她，她都坚决不靠近。

尽管她走近了，傅唯也不会知道。因为傅唯昏迷着，一次都没有醒来过。

傅唯经历了数次抢救，始终没有脱离生命危险，最开始他命悬一线，经不起任何折腾，等情况稍稳定下来，傅行此立刻将父亲带回了国内 B 市，接受更全面、更专业的治疗。

到了 B 市，经过数名权威医生数天的救治，傅唯终于基本脱离了生命危险，但他仍然没醒，待在重症监护室里，浑身上下插满粗粗细细的管子，大大小小的机器维持他的呼吸和心跳，每天仅允许家属全身消毒后进去陪伴半小时。

医生要家属做好心理准备，因为他可能永远都不会醒了。

傅明灼从不进去，她住在医院旁边的酒店，每天去医院的时候，只在窗外外头看一会。

六月二十三日这天，是高考成绩公布的日子。傅明灼照例来到傅唯住的重症监护室外。

看了一会，有医生过来：“小姑娘，你想不想进去看你爸爸？”她每天在这看，医生都认识她了。

傅明灼找了借口拒绝："今天的半小时我哥哥已经进去陪过了。"

医生笑笑："我给你开个后门，再给你半个小时。"

宴随回锦城处理公务，傅行此回酒店休息了。如果她进去看爸爸，除了医生，没有人会知道。傅明灼的思维不受大脑控制了，她小幅度地点了点头。

她按照规定穿上隔离衣，戴上帽子和口罩，把自己包得严严实实地进入重症监护室的大门，慢慢走近那道瘦得不成人样的身影。

她站在傅唯面前，看了他好一会。

这是她的爸爸。

然后她情不自禁，小心翼翼地避开各样的管子，伸手拉住了那只她从未触碰过的大手，轻轻把脸靠了上去。

那手瘦骨嶙峋，只带着一点点的温热，她贪恋地一点点握紧，手指摸到他手腕处脉搏微弱的跳动。

有了这一刻，至少这一生她和爸爸之间不是完全空白了。

"爸爸。"她轻轻开口叫道。

傅明灼想这一刻已经想了十八年，她很努力地记住这一刻所有的感受。

然后她语无伦次地说着一些一直以来都想说给爸爸听的话。

"对不起，我不想害死妈妈的。"

"你一定要醒过来。"

"我不想没有爸爸，你醒来了还是不用理我，但你可以不可以醒？"

和爸爸待在一起的时间过得很快，又像过得很慢。

不知道过了多久，久到傅明灼觉得自己肯定超时了，她看向门口的探视窗，想确认是否会有医务人员过来催促。

下一秒，她愣住了。

为了确认自己是不是出现了幻觉，她拿手背揉了一把眼睛。

傅明灼揉完眼睛再定睛一看，探视窗口还是倪名决的脸。

她没看错。

倪名决真的来了。

傅明灼下意识想站起来，刚有站起来这个动作的趋势，她愣了一小会，赌气地重新坐回去，头转了回去，不看他了。

这半个月以来，她其实过得很不好，但是她很坚强，没有让自己崩溃，她在高考考场上冷静答题，一丝不苟地拉下中学时代落幕的帷幕，然后花费五十多个小时前往异国他乡，傅唯数次情况危急，她也数次经历彻底失去双亲的危机，最后又辗转着回国，在人生地不熟的B市倔强地守着。

她要很懂事，要很乖，绝对不可以给焦头烂额的哥哥增加更多的负担。

可是现在倪名决来了，她听到自己的坚强发出破碎声。

雪崩欲来。原来她的心里有那么多碎片，早已把她扎得鲜血淋漓，那些负面情绪压抑太久，现在开始加倍反噬，她后知后觉地感到浓重的委屈、疲倦和害怕。

她握着爸爸的手，忍不住胡思乱想，手臂和背脊都是僵硬的。

倪名决为什么会来，他怎么知道她在哪里？

肯定是晨阳说的。

晨阳的嘴还是这么不牢靠，那晨阳肯定也告诉他——爸爸不喜欢她了。

在倪名决眼里，她这副爸爸明明不喜欢她、可她还是很喜欢爸爸的样子一定特别蠢。

傅明小灼灼，你可一定不能哭，把眼泪憋回去，不要让倪名决看到。

不对，她再也不要叫什么傅明小灼灼了，倪名决给她起的外号，她才不喜欢。

……

倪名决看不到她的脸，只能看到她的背影很倔强。

这半个多月以来，他完全没有她的消息，曾经缠着他撒娇耍赖的小人儿突然间在他的世界消失得干干净净，连一片云彩都没有带走。往常再平常不过的见面和说话，全成了奢望，他只能一次又一次听到手机里那道冰冷的机械女声，留下杳无回音的微信，抓着最后的稻草——傅晨阳不放，一遍遍催促她获取情报。

现在，傅明灼终于又活生生地出现在他的面前，他的世界里缺失的那一大块空白重新被填满。

不过傅明灼似乎并不想见他。

倪名决并不意外，从傅晨阳口中得知傅明灼究竟出了什么事的那一刻，他就知道自己闯了大祸。闯祸程度等同于把天捅个大洞。

在那种时候，对她说那样的话，等于往她伤口上撒盐。他不奢望她能这么轻易就原谅她，只要能看到她，他已经很知足。

这样在外面静静看了她一会，有护士刷了通行证推门而入，径直走到傅明灼身旁和她说了点什么。

傅明灼点点头，站了起来。她依依不舍地看了傅唯好几眼，才迈开步伐往门的方向走。

一门之隔的两人越来越靠近，直到双方都站在门前，隔着玻璃，倪名决看着傅明灼，傅明灼拒绝回视，侧着脑袋看一旁，双眼红彤彤。

护士替傅明灼打开了门。仅剩的阻挡也被撤走，现在倪名决只要一伸手就能触到她，他指尖在身侧稍稍动了动，生生压抑住冲动。

傅明灼还是不看他，默不作声地走到一旁，脱掉隔离服，摘掉帽子和口罩，露出她原本的样貌来。她瘦了很大一圈，脸色不若从前的白里透红，要不是脸上的婴儿肥还能勉强支撑人样，怕是已经憔悴得不能看。

傅明灼把东西递还给护士，然后扭头就走。

“傅明灼。”倪名决追上去，拉住她的手臂把她转过来要她面向自己，他甚至不敢用力，生怕捏折了她。

傅明灼落下一滴晶莹的泪滴，“啪”地砸在倪名决手上。她觉得丢脸，低下头，手背用力一抹眼睛。

可是她越是强忍，越是鼻腔酸胀。雪山顶上已经有雪团簌簌滚落，这场雪崩已经没有挽回的余地。

倪名决把傅明灼拉进了走廊尽头的楼梯间。

傅明灼抽着气，嘴角朝下撇着，手心向外捂着眼睛不让他看，眼泪顺着手指缝隙往下胡乱地淌，不一会就成了只花猫，可怜得不像话。

倪名决伸手，轻轻拽住了她的辫子：“傅明小灼灼。”

傅明灼暴躁地一扭身子，不让他碰。

倪名决的手一下子落空，他没罢休，继续拉住。

又被甩开。

他仍锲而不舍地拉住她的辫子。

傅明灼终于没动了。

倪名决轻轻摩挲着她顺滑的头发，还是那个称呼：“傅明小灼灼。”

“呜……”傅明灼的喉咙口溢出一声抑制不住的哽咽。

倪名决揽住她的后脑勺，缓缓将她抱住，一点点抱紧，她背上瘦骨嶙峋，抱在怀里能感觉身体明显缩水了一大圈。他喉头泛着腥甜，低下头去在她肩上寻了个位置，脸埋进她的发间，把已经在微信上说过无数遍的话亲口说给她听：“傅明小灼灼，对不起。”

听到道歉，傅明灼的情感闸门再也关不住洪流。她实在委屈得要死，酷也装不下去了，必须要质问和控诉，因为哭泣，她的嗓音粗哑，说话也断断续续，但情绪激动饱满："倪名决，你怎么可以这样说我？我都想不明白为什么你为什么突然凶我，我又没有说错做错什么，你凭什么骂我嘛。我气起来就一辈子都不理你了。"

她就这么轻易给了他回应。

倪名决眼眶发胀。

他一直都知道，傅明灼特别特别好哄，只要一句软话，一个道歉，甚至一个几块钱的冰激凌，她的架子就会端不下去。但傅明灼好哄的程度还是再次突破了他的认知，即便是他在那样的时机说了那么过分的话让她那么伤心，可他只要说一句"对不起"，她就可以跟他冰释前嫌。

站在他面前的，到底是一个怎样赤诚又单纯的小孩。

她是全世界最乖最好的小猫咪，即便受到伤害，他一哄，她还是毫无防备地对他露出柔软的肚皮，相信他，依赖他。

她可能不知道这令他有多自责、多心疼，他宁可她难哄，冷漠又残酷地竖着满身的刺反击他。

"傅明小灼灼。"他摸着她的后脑勺，心脏剧烈痉挛，喉腔胀痛难忍，令他久久无法言语。他眼角一滴眼泪骤然滑落，揉进她柔顺的发间。良久过后，千言万语只汇成一句话："别那么好哄。"

很多人是在漫长的岁月里一点点接受生活的洗礼，"润物细无声"地长大的，而有些人，则是在某一个瞬间突然长大的。

倪名决就属于后者，就是这一个落泪的瞬间，有一道沉甸甸的使命压到他肩上。

现在在他怀里的人，是他从今以后豁出去性命都要保护的绝世珍宝，他要守她平安喜乐。

他希望她一辈子都不用长大，要她可以永远做天真无邪的傅明小灼灼。

把一切都解释清楚，待到傅明灼彻底平静下来，倪名决犹豫一下："今天查分，你查过了吗？"

在她杳无音信的这些日子里，所有人都在担心她的高考成绩。

"今天已经二十三了吗？"傅明灼诧异地问道。

"对。"

傅明灼摸摸口袋，摸了个空。这么久以来，她没有任何心情参与社交，手机再也没开过机，她甚至都忘了把它丢到哪里去了。

“那你借我手机，我查查。”傅明灼着急地去拿倪名决的手机。

她登录查分系统，好奇他的成绩：“你考了多少？”

“679。”倪名决说。

傅明灼：“排名呢？”

“全省第十三，锦城第四。”

诚然这个分数已经很优秀，但是不够顶尖优秀，跟平时的成绩还是有所差距。

徐忠亮给他定的目标甚至是省状元。

“哈，才第四？”傅明灼眉开眼笑，胜券在握的样子。

她这个架势，倪名决哪里还看不出来她高考成绩处于什么水平。

担心那么久，终是松了一口气。

“没受影响？”倪名决笑问。

“为什么会受影响？”傅明灼奇怪地反问，“我会的题目，我就算心情不好我还是会呀。”

倪名决笑了一下，这傅明小灼灼跟他想法倒是一致。

可惜结果也跟他一致。679分，省排名十三，锦城第四，双双落马。以同样的分数考进了高中，又以同样的分数考了出去，有始有终，命中注定。

高考给心比天高的“双黄蛋”上了生动的一课，那就是心情确实还蛮影响发挥的。

当然，仍是可喜可贺，这个分数够他们任意选择全国任何一所大学。

傅明灼不假思索：“我要留在锦城。”

锦城最好的大学在全国也是名列前茅的，还是那句话，够优秀，但是不够顶尖优秀。

留在锦城是浪费分数。

不等倪名决问，傅明灼已经自觉地给出了理由：“我舍不得离开我哥哥姐姐，还有我外公外婆，所以我要留在锦城。”

倪名决揉了揉太阳穴，提醒自己刚发了什么誓，所以他强迫自己一定要心平气和地对待傅明灼这只柔弱可爱的小猫咪：“傅明灼，你知不知道，你这种行为叫哥宝？都上大学了，你能不能独立一点点？”

傅明灼不为所动，更不以为耻：“我就是哥宝怎么了嘛，我本来就永远是我哥哥的宝贝。”

对倪名决而言，留在锦城不仅意味着浪费分数，还意味着他和傅明灼时时被控制在她哥哥的势力范围内，根本没有天高皇帝远的自由一说。

倪名决还想再劝，突然听到外面走廊上有护士奔跑的声音：“七床醒了！”

七床，正是傅唯。

傅明灼神色一凛，就要往外冲。

倪名决一把拉住了她。

傅明灼知道，倪名决肯定觉得她很没骨气，她这种行为，说好听点叫“热脸贴冷屁股”，说难听点，叫“犯贱”。

可她管不了那么多了。

“我就是很喜欢我爸爸，想要他抱我一次，我很想他应我一声，我没有妈妈，我不想再没有爸爸。”

说完，她挣开倪名决，跑了出去。

倪名决犹豫一下，咽下到嘴边的话，跟了上去。

他并非想阻止她，他其实想说，最开始他站在重症监护室外从探视窗口望进去，他看到傅明灼拉着她父亲的手轻轻把脸靠在上面，也似乎看到她父亲的眼皮动了动。再细看，却又什么都没有发生。他以为自己看错，或者是人类的神经引发的自然反应，并没有多想。

可现在……一个念头在脑海里转了一下，他暂时选择了按兵不动。

他不敢多说。

唯恐给傅明灼希望，最后却叫她失望。那太残忍了。

傅明灼在探视窗外，大批的医生和护士围住傅唯，阻挡了她的视线。

看不到爸爸，傅明灼有点着急，摇头晃脑地试图望进任何一道缝隙以了解现下的状况，但也有点安心，反正爸爸看不到她，她可以正大光明地在这守着，不必躲躲藏藏。

傅行此在睡梦中接到医院的通知，到得很快，医院电梯间等候的人太多，他是通过楼梯一口气跑上十六楼来的，一头的汗，气息急促。

重症监护室暂时不允许家属进入，傅行此在探视窗口看了一会才相信傅唯真的醒了。命运还是眷顾他的，没有把他们家玩得太惨。

激动和狂喜稍稍冷却，傅行此有空去理会两个小孩了。他先是看向倪名决，目光带着探究和审视，外加并不掩饰的不友好。

少年脸上没有丝毫慌张的表情，一如一年前被他堵在小巷子里的不卑不亢。

倪名决回视，颔首示意：“明灼哥哥，您好。”

傅行此不理他，目光转投向傅明灼，蹙眉：“傅明灼，谁惹你哭了？”

虽是疑问句，但是问话的时候他的眼神若有若无地看了倪名决一眼，很明显，他心里已经认定了罪魁祸首。

倪名决面上一片平静，其实心里开始敲鼓了，以他对傅明灼的了解，他有十足的理由怀疑这个缺心眼会直接指认他。毕竟他们第一次见面时，傅明灼可是气急败坏地威胁他要让哥哥打他。

他一点没冤枉傅明灼，确实，傅明灼的手有抬起的趋势，食指跷了出来，已然是蠢蠢欲动，眼见就要坏事，临门一脚之际，她眼珠子骨碌碌转了两下，硬生生停下了指认罪犯的行径，扯开了话题：“哥哥，高考成绩出来了，你猜我考了几分？”

倪名决不动声色地暗舒一口气，算她今天超常发挥。

傅行此有那么两秒钟没有说话，大概是爸爸醒了让他心情很好，所以他格外好说话，顺着傅明灼的话问下去了：“几分啊？”

“679。”傅明灼说。

“厉害。”傅行此问说，“想去Q大还是B大？”

傅明灼用力摇头：“我才不去呢，我舍不得你，我就留在锦城。”

傅行此同时还忙着关注着重症监护室内的情况，正巧一个医护人员走开了一小下，傅唯在病床上睁着眼睛的样子闪过他眼底，所以傅明灼孩子气的话只过了他的耳朵，没过他的大脑，他下意识地夸奖说：“嗯，真乖。”

傅明灼当他这是同意了，笑眯眯地抱住他的胳膊撒娇：“哥哥。”

经过仔细全面的检查，医生宣布傅唯已经暂时没有大碍，再观察一天，如果情况稳定，他就可以转入普通病房。

既然爸爸醒了，傅明灼就不在监护室外面晃荡了，坐在老远的地方等傅行此。等傅行此忙完，她说：“哥哥，那我回家了。”

脸上没有表露出半分的失落。

“灼灼。”傅行此张了张口，似乎有难言之隐难以启齿，过了会，他首肯，“你是该回家了，看看都瘦成什么样子了，回家让阿姨好好给你补补，然后这几天好好想想报什么学校。”

“我已经想好了呀。”傅明灼说。

“再想想。”傅行此摸摸她的脑袋，“现在网络这么发达，交通也很方便。读大学远一点不要紧的。姐姐以前差不多跟你一样娇滴滴的，但读大学敢一个人跑去美国。”

“我才不去远的地方呢，我要和你还有姐姐待在一起。我就要在锦城读大学，每天都回家住。”傅明灼完全不为所动。

“再想想。”傅行此也坚持说，他现在忙得要命，没有太多时间跟傅明灼掰扯，他轻轻拍拍傅明灼的头，“好了，去酒店收拾一下行李，哥哥叫秦叔叔送你去机场。”

傅明灼嘀嘀咕咕的，念叨着类似“我才不再想想呢”“我才不去远的地方读大学呢”之类的话，然后跟傅行此道别：“那我走了，哥哥再见。”

倪名决朝傅行此轻轻一颔首，正要跟傅明灼一起离开。

“小子，你跟我来。”背后一个声音把他叫住。

傅明灼怀疑的小眼神看看傅行此，又看看倪名决，想当然地也想跟着一起。

“灼灼在这等一会。”傅行此说。

傅明灼眨巴着眼睛，眼睁睁看着哥哥和倪名决一起走进了安全楼梯，还把楼门给关上了。门中间有一块玻璃，从她的角度望过去，刚好只能看到倪名决的小半个后脑勺。

哥哥和倪名决有什么秘密不能让她听？傅明灼的好奇心快要把她折磨死了。

安全通道内，两个男人对视片刻。

气氛不算融洽，但是空气中隐隐有着一种很怪异的和谐。

因他们站在这里是为了同一个人

“你跟傅明灼打算上同一所大学？”傅行此开门见山。

这会没有必要打马虎眼，倪名决也承认得干脆：“是。”

傅行此不说话了，盯着他看了半晌，从口袋里拿出烟盒和打火机来，无视楼道口鲜红的“禁止吸烟”标语，低头将烟点燃。

倪名决记得，傅明灼说过她哥哥不抽烟。大概是最近他们父亲的事情令傅行此忧思过度，而且长时间的陪护和失眠导致他疲惫不堪，抽烟既是放松，又可醒神。

现在傅唯已醒，可傅行此仍在抽烟，说明此时此刻，他还是有烦心事。

倪名决静静等待。

烟雾缭绕中，傅行此始终没有停止打量的目光，他的目光疲倦却犀利，像尖利的刀子一层层割开倪名决的皮肤，誓要看到心脏才肯罢休似的。

一根烟完毕，傅行此将烟头摁灭在瓷砖墙上，再度开了口：“说实话，傅明灼舍不得离开家里，我也舍不得她走，她能陪在我身边我求之不得。我从来没想她多有出息，太累，没必要，又不是养不起她。而且她根本没有生活自理能力，去那么远的地方，我不放心。”

倪名决波澜不惊：“可她总有一天要离开你的。”

傅明灼眉头一挑，不知道是怀着什么心情，居然笑了一下。

“但如果她真的不想去异乡生活，我当然不会强迫她。”倪名决说。

“她留在锦城，那你呢？”傅行此问。

“我也会留在这里读书。”

傅行此又模棱两可地笑一声，突然转换了话题：“知道什么该做，什么不该做吗？”

没头没脑的一句话，但倪名决愣是瞬间明白过来，他诧异地看着傅行此，没看出一丝一毫讽刺的意思。

“我知道。”倪名决郑重其事地给予保证。

“你最好说到做到。”傅行此拉开楼道门，走出去之前，他留下一句话，“劝傅明灼去帝城吧，别浪费分数。”

说完，他大步流星地走开了。

傅明灼正在不远处探头探脑。

“哥哥，你们在说什么嘛！”傅明灼马上缠上来了。

“没什么，让他回去路上多照顾你一下。”傅行此找了个借口糊弄过去了，“好了，回去吧，等爸爸身体再好些，哥哥就带他回家。”

兄妹俩道了别，傅行此看着少男少女的背影在拐角处消失不见，他若有所思地站立了很久，才转身朝监护室的方向走去。

傍晚，在医生的许可下，傅唯转入普通病房。

重伤过后元气大伤，再加上昏迷大半个月，他虽是醒了，但是精神很差。

傅行此问他想不想喝点水。

傅唯摇头。

“宴随和大伯他们过会就到了，过来看你。”傅行此说。

傅唯眨眼。

“我让灼灼回去了。”傅行此又说。

傅唯顿一下，还是眨眼。

傅行此沉默片刻，从自己口袋里掏出个东西来：“爸，有点事情我想问你。”

他拿出的是傅唯的钱夹，里面夹着傅行此少年时期的一张照片。这不足为奇，傅唯长期在外，对儿子有所挂念也是正常。

照片背后，还有一张梁赫之的照片。

这同样不足为奇，傅唯珍藏着亡妻的照片，带着它去到遥远的天涯海角，怕触景伤情，所以选择藏起来，不想轻易看到。

但除此之外，傅唯的钱夹里还有一张照片，那是傅明灼婴儿时期的一张一寸照。照片背后，是傅唯刚劲有力的字迹：“明灼”

彼时的傅明灼才一周岁左右，一只冲天炮辫子歪斜着竖在头顶，额上点着一颗圆圆的红点，肥嘟嘟的小脸蛋白白嫩嫩，眼睛又圆又大，夸张点说，一眼看过去整张脸上似乎就剩下了那两颗黑葡萄似的眼珠子，她被照相机的闪光灯吓到，满脸惊恐。

要多可爱有多可爱。

就算抛开亲哥滤镜，傅行此还是可以很肯定地说，傅明灼是他见过长得最可爱的小孩子，没有之一，每次抱出去真是吸睛无数，方圆五米的人都忍不住凑上来逗她。

所以他真的不明白，为什么这样一个娇憨可爱的妹妹感动不了父亲的心。

可现在看来，父亲并没有想象中那般铁石心肠。

照片是傅行此得到父亲出事的消息，第一时间赶往 L 国那会收拾父亲的重要个人物品时发现的。而现在，他更是从医生口中得知，父亲正是在傅明灼进到重症监护室之后没多久便醒来的。

医生说过，父亲能不能醒来都要看造化，但是家属的作用也至关重要，最牵挂的人多跟他说说话，说不定会有意想不到的效果。

傅行此曾以为自己会是父亲最最牵挂的人，但是这么久过去了，父亲迟迟没有醒来的迹象，却偏偏在傅明灼陪伴的时候醒。

要说完全是意外，他是不信的。

回锦城的飞机上，倪名决跟傅明灼展开了一场开诚布公的谈话，还是为了去哪上大学的事情。

傅明灼听了个开头就看透了他想把她拐到远地方去的意图了，不乐意听下去了，直摇头，拍着小桌板断然拒绝：“我才不走呢，我就留在锦城。”

她情绪激昂，小桌板拍得响亮，惹来过道另侧靠窗的一位衣着华丽的女士侧目望来，她戴着鸭舌帽和口罩，整张脸捂得严严实实，但气质斐然，用不着看脸，就知道这必然是个一等一的大美人。

大美人原本靠在座椅上闭眼小憩，被打扰了，显然不是很开心。

旁边一个男人马上代替她发言：“抱歉，她身体不舒服，可不可以麻烦你们稍微小声一点？”

说着，他殷勤地掏出两个耳塞给大美人：“来，戴上耳塞好点。”

大美人不太耐烦，也不理人，侧过头去继续睡了。

男人一点不觉得尴尬，似乎是对大美人的坏脾气习以为常了，再次对倪名决和傅明灼抱了抱拳，以示歉意。

傅明灼噘起嘴，很不高兴，但看在男人态度特别良好一直在冲她笑的分上，她还是决定大人有大量，不跟那位没有礼貌的美女姐姐计较了。

她靠近了倪名决，并且自觉降低了分贝说话，距离和音量都类似在说悄悄话，她重复强调道：“我不去别的地方，我永远都不想离开我哥哥。”

这个骨灰级哥宝一“宝”起来真是八匹马都拉不住。

还永远都不离开哥哥。倪名决鄙视地反驳：“你一辈子留在家里了？”

“那不一样。”傅明灼说。

“怎么不一样了？”

“帝城很远，可你家……”

话说一半，傅明灼意识到不对劲了，紧急刹车，牢牢闭紧了自己的嘴巴。

但为时已晚，倪名决已经听懂了，他眉头一挑，露出一个意味深长的笑，逼问说：“我家怎么了？”

傅明灼猛地把头转向了窗子，欲盖弥彰地看着窗外的风景，眼珠子乱转。

倪名决哪肯善罢甘休，手撑在扶手上，上半身追了过来，也凑到窗边看风景：“因为我家就在锦都壹号院，离你家特别近是不是？”

被当事人揭穿，傅明灼暴走了，一拍小桌板，猛地站起来，她忘记自己系了安全带，摔回座椅的瞬间，她蛮不讲理地嚷嚷着：“你家跟我家近不近，跟我有什么关系，反正我就是不去帝城读大学，你管不着！”

大美人又被她吵醒了，不满地“啧”了一声，望过来的美目里充满着不爽。

两个男人互相朝对方露出尴尬而不失礼貌的微笑，以表达歉意。

“公共场合你小点声行不行。”倪名决完成了社交礼仪后，教育傅明灼。

“要不是你非要我去帝城读大学，我会大声说话吗！”傅明灼觉得自己一点也没有错，要怪就怪倪名决，“你自己想去帝城你就去好了，你干什么强迫我嘛！”

倪名决整理了一下她的意思：“我去帝城，然后你留在锦城？”

傅明灼嗓子仿佛被堵住了，她说不出“对”。

她希望倪名决可以振作，就是因为想和他上同一所大学。倪名决好不容易振作了，他们好不容易可以上同一所大学，要是她留在锦城而倪名决真的跑去帝城，那岂不是前功尽弃。

半晌，她嘟囔道：“不行。”当然，她要加上一点光明正大的理由遮盖小心思，“我不想一个人上大学，很孤单的。”

倪名决满意了，没揭穿她的借口找得漏洞百出。

嘉蓝有不少同学会去锦大上学，她不会一个人，退一万步说，就算她真的一个人到了新环境也不怕孤单，她是一个自来熟，用不了五分钟就能跟别人混熟。

多说无益，倪名决拽了一下她的辫子：“如果你坚持留在锦城，我也会留下。但是我希望你可以慎重考虑一下，不要那么武断就拒绝了最适合我们的学校。”

这一次，傅明灼沉默了，没有再言之凿凿地一口咬定自己要留在锦城。

傅明灼大半个月来都没怎么睡好，现在傅唯脱离危险，她心里的大石头落地，飞机没飞多久她就打起了瞌睡。

倪名决借了她一个肩膀。

傅明灼枕在他肩头，很快就睡着了。

肩头沉甸甸，软绵绵，倪名决垂眸看她。半晌，他拿侧脸轻轻蹭了蹭她的发顶。

最后一次见面时她还是个粉雕玉琢的洋娃娃，大半个月不见，她又憔悴又干瘦，还黑了不少。幸亏性格还是老样子，半点没沾染世故和成熟。

回去得把她喂胖些，争取在上大学前养得跟以前一样白白嫩嫩、招人喜欢。

飞机降落锦城，已是日暮西山之际。

“傅明小灼灼。”倪名决拍拍傅明灼的手臂把她叫醒，“起来了，到家了。”

傅明灼眼神蒙眬地抬起头，眯着眼看窗外，飞机正在跑道上滑行，她又重新把头靠回倪名决肩上去。

但是她没闭上眼睛，倪名决能感觉到她的眼睛贴着他的脖子眨啊眨的，眼睫毛刷在他皮肤上带来阵阵酥麻。

“睡着梦到什么了，笑了好几次。”倪名决问。

犹豫一小下，傅明灼第一次敞开心扉跟别人聊傅唯：“我梦到我爸爸了。”她眼睛停止眨动，“还好我今天进去看他了，还第一次拉了他的手。要不然，我可能永远没有机会像今天那样陪着他。等他醒了，他就不会想见我。”

倪名决的喉结动了动，他很想告诉傅明灼，如果他没有看错，那么，她爸爸醒来以后没有第一时间动作或者说话，是不是也是在仔细感受和女儿的独处时间呢？

回到锦城以后，失踪已久的傅明灼每天的安排都满满当当，拜访徐忠亮，陪伴外公外婆，看望林幼华，跟蹦擦擦聚会。

徐忠亮看到她，又是生气又是高兴又是心疼：“你还知道你有个徐老师呢？我以为你一毕业就把老师忘了呢！”

“徐老师，对不起。”傅明灼乖乖认错，“让您担心了。”

魏超男端着切好的哈密瓜过来：“明灼，你知不知道你徐老师都要吓死了，生怕你考试没考好想不开，每天都在记挂着你，天天问你那几个好朋友有没有你的消息。”

说到成绩，傅明灼再次认错：“对不起，徐老师，我和倪名决都没考好。”

查到成绩的第一时间，傅明灼就告诉了徐忠亮自己的成绩，徐忠亮也表达了恭喜。但傅明灼知道，她和倪名决都没考到徐忠亮希望的成绩，也没达到学校对他们的期望，这次的锦城第一和省第一都花落明辉。

“Q 大、B 大、锦大使出了浑身解数抢你们，这还叫没考好，你们让别的同学怎么活啊？”徐忠亮笑道，“想好去哪了吗？”

“我不知道。”傅明灼纠结地说，“我有点想留在锦城，我舍不得离开家里。”

几乎没有人支持傅明灼留在锦城。

宴随、蹦擦擦、林幼华、倪震……全都劝她要去外面的世界看看。傅行此保持中立态度，只说要她自己好好考虑，不要后悔就好。

除了外婆，外婆当然是舍不得她走的，以一人之力对抗千军万马：“去帝城？不行的，不行的，你到那边吃也吃不惯，也没有人照顾你，说不定好几个月才能回一趟家。宝贝，外公外婆死了以后就把钱全部留给你，不稀罕他们 Q 大 B 大，啊，你就算不读大学都能当一辈子小富婆……”

徐忠亮则说：“明决，人总要长大的，水往低处流，人往高处走，再不济，你读完书还是会回到家里来的嘛，区区几年时光还是应该好好把握。”

见完徐忠亮，傅明灼心里的天平终于彻底向帝城倾斜。

从B城回来后，傅明灼每晚都会跟傅行此视频聊天，问问父亲的情况。这天也不例外，她在通话里把自己打算去帝城的消息告诉了傅行此。

傅行此替她高兴，但是也倍感不舍："小姑娘长大了，要远走高飞咯。"

"我每个礼拜都回来看你。"傅明灼马上安慰傅行此。

"说得好听。"傅行此才不信她能做到每个礼拜飞回来。

"真的嘛！"傅明灼嘟嘴。

"行、行、行，我就看你能坚持几周。"

兄妹俩又聊了一会，挂电话之际，傅行此把傅明灼叫住："灼灼。"

"啊？"傅明灼停下了挂断电话的动作。

"想不想和爸爸说会话？"

傅明灼瞪大了眼睛。

傅行此的脸从屏幕上消失了，然后傅唯的脸一闪而过，镜头对准了天花板上。

傅明灼紧张得手心都出汗了，等了好一会，也没见爸爸的脸再出现。

她失望地撇嘴，爸爸果然还是不想理她。

但是下一瞬，屏幕缓缓倾斜，傅唯的脸缓缓出现。他还是瘦得吓人，但是精神比她走的那天好了太多。

傅明灼心脏都快骤停了。

父女俩隔着屏幕对视好久，傅明灼小心翼翼地开了口："爸爸……"

傅唯表情也很不自在，停顿好一会才轻轻应了一声："嗯。"

因为傅唯，傅明灼去帝城读书的决定，犹如一个鼓鼓囊囊的气球被扎了个洞，迅速泄气萎缩了。

傅唯出院后就会回到家里养伤。

视频通话中他们只说了寥寥几句话，傅明灼的话痨和自来熟属性就像遭到封印，统统没了用武之地，父女俩尴尬而无言，最后傅行此不得不出来打圆场。

但是，一切开始改变了，他们的父女关系十八年来首次出现破冰。

她实在是拒绝不了这个诱惑。

但是已经说好了又临时反悔，倪名决会不会生气？

傅明灼纠结得一晚上没怎么睡好，好不容易睡着了，又梦到倪名决说她："心性不定、朝令夕改、十分不靠谱。"又梦到傅行此跟她说："你要好好把握机会，不然你又没有爸爸喜欢了。”

次日早上八点半，第一批志愿开始填报志愿，傅明灼因为睡得晚，中午才醒，醒来还记挂着志愿的事情，导致胃口不大好。

阿姨以为她是不满意饭菜，打趣说：“你马上就要吃不到阿姨做的饭咯。”

这下傅明灼更伤感了。

下午倪名决叫她去他家一块报志愿，林朝和袁一概也来了，陆沅则是陪他们高考完又紧急回去澳洲完成学业，然后一放假又过来了。

林朝分数过了本省的一本线，现在就等雅思成绩出来了。

蹦擦擦外加王中王和盖中盖齐聚一堂，一起把傅明灼和倪名决围在沙发中间看他俩报志愿。

非常具有仪式感的画面。

倪名决高三的时候就定好了理想学校和专业，他从从容容地将笔电放在腿上，输入准号证和密码登上志愿填报系统。

箭在弦上，不得不发。傅明灼耍赖似的趴倒在他腿上，用肚子把笔电给盖上了，脸则埋进了王中王背上。

静默了一秒，她侧过头，“呸呸呸”地吐起了嘴里的狗毛。

倪名决费解地研究了一下她的姿势，问道：“傅明灼，你又干吗啊？”

傅明灼把粘在舌尖上的狗毛拿走，鼓起勇气说：“倪名决，我可不可以再考虑一下去哪里读大学的事情嘛！”

“傅明灼你真的是……”倪名决没好气地把电脑从她肚子下抽出来，垫在她背上打开顶盖，“你要考虑赶紧考虑，友情提醒一下，报名明天傍晚就截止了。”

“明灼，前两天不是想好了吗，去Q大，怎么又反悔了呢？”袁一概急了，“你要是不去，匿名也不去了，Q大是他的理想学校，放弃多可惜啊。”

“小鬼。”林朝一针见血，“你要是留在锦城，说不定等你大学毕业了你哥哥还不准你谈恋爱哦。”

陆沅示意大家别逼她：“明灼被家里人保护得太好了，自己出去怕会不适应也是正常的。”

傅明灼很感谢陆沅的仗义，她抠着沙发布料，突然“噌”地爬了起来，直接就把她背上的电脑给掀翻了，幸亏倪名决眼明手快才接住了。

傅明灼也不管在场的还有别人，跪着凑近倪名决，双手拢到他耳边跟他说悄悄话：“倪名决，我爸爸好像喜欢我了，我昨天晚上都跟他视频聊天了，所以我就想啊，我要是留在锦城的话，就可以多多跟他相处了。”

蹦擦擦剩余三人皆露出了统一的牙酸表情。

只见傅明灼附在倪名决耳边嘀嘀咕咕几句，然后她离开倪名决些，期待又紧张地等着他的反应。

倪名决毫不犹豫：“那我们就留在锦城。”

填完志愿，傅明灼给傅行此打了个电话过去。

“灼灼，”傅行此接起来，“我正想打给你。”

“哥哥你找我什么事？”傅明灼问。

“明天早上爸爸就出院回家了，他住家里。”傅行此有些担忧地问，“跟爸爸一起住，你觉得怎么样？”

傅明灼用力点头，想起哥哥看不到，又忙说：“可以，可以！”

傅明灼被即将和爸爸同住一个屋檐下的消息占满了心思意念，哪里还记得什么大学不大学，一直到挂断电话，她都没记起自己打这通电话的目的。

她跟蹦擦擦其他人一起在外面玩到很晚才散，到家十点多，这才想起还没跟傅行此说志愿的事情，她想着医院里的人睡觉早，哥哥和爸爸应该已经睡了，再说他们明天就回来了，明天说也一样。

第二天。

傅明灼一大早就起来了，殷勤地跟着阿姨一起给傅唯整理三楼的客房。

傅唯和梁赫之原来的卧室在二楼，梁赫之过世之后，傅唯不想触景伤情，极少踏入与妻子的卧房，再也没有在那住过，偶尔回家，也都只睡客房。

傅明灼哪里做过家务，长这么大了连给自己梳辫子和系鞋带都只能做得勉勉强强，更别提收拾房间了，整个一笨手笨脚的。

阿姨一点也不嫌弃她帮倒忙，一面欣慰父女俩的关系终于出现转折，一面又心疼傅明灼竟这般渴望父爱，偷偷摸摸擦了好几次眼泪。

傅明灼正跪趴在床上仔仔细细抚平床单上的每一条褶皱，听见阿姨一声抑制不住的抽泣，她停下动作，抬起头来：“阿姨，你怎么哭了？”

“阿姨心疼你。”阿姨声音哽咽了，“要是太太没走，我们灼灼该有多幸福啊，一定是集万千宠爱于一身的小公主，一点苦都不用吃呢。你不知道，以前你在太太肚子里的时候，先生明明一直念叨着想要个女儿，可谁想到……”

傅明灼愣了一下，用力摇头，继续低下头去抚床单上的褶皱：“不怪爸爸，要是没有我，爸爸妈妈和哥哥本来很幸福的。”

傅唯出院之前还得再挂一瓶盐水，再到机场坐飞机回锦城，到家已经是下午四点，宴随去机场接的父子俩。

傅明灼从中午就开始望穿秋水地等了，真把人等到了，她又有些怯生生，躲在门后扭扭捏捏地看着傅行此把傅唯从车里一路背进家里。

“哥哥。”她先叫了傅行此，然后给自己打了打气，跟傅唯打招呼，声音微弱不少，“爸爸。”

头一回面对面答应女儿的“爸爸”，傅唯脸上的不自然比那天视频里的还要深重，他尴尬地笑笑，颔首，嘴唇张了好几下。

根据嘴型，他是想叫“灼灼”。

傅行此背着傅唯，看不到他的面部表情，以为父女俩尬死人不偿命的寒暄已经结束了，就直接背着他上楼去了。

等傅行此背着傅唯的身影消失在拐弯角，傅明灼再也压抑不住，捂着嘴在原地跳了好几下，发泄心中的兴奋，然后跑去车里帮忙拿行李。

“这孩子……”阿姨眼眶霎时又红了。

傅唯身体还很虚弱，前前后后经历五六个小时的等待、飞行和坐车，更是疲惫。傅行此把傅唯背到三楼房间，安顿完父亲，他问道：“爸，您累不累，要不睡一会？”

“行。”傅唯赶他，“这么久了你公司事情肯定积了一大堆，你管自己去忙。”

“嗯，好。”

傅行此打开房门，看到了探头探脑的傅明灼。

他轻轻反手把门关上，揽过傅明灼带着她一起下楼，小声说：“灼灼，爸爸身体还很虚弱，你别老是去打扰他，知道吗？”

这是傅行此的委婉说法。

他主要是担心这几天傅唯态度的转变会让傅明灼找不好分寸，傅明灼就是这么个人，给点阳光就灿烂，给点雨水就泛滥，也不管别人吃不吃得消，万一她太热情，到时候在父亲那边碰了壁，会受到伤害。

“好。”傅明灼乖乖点头。

“对了，今天二十七号了，你志愿填好了吗？”傅行此突然记起来还有这茬了。

“我填好了。”傅明灼说，“哥哥，我决定了，我要留在锦城，我不去帝城了。”

“怎么又突然变卦了呢？”傅行此的脚步一顿。

“我舍不得你们。”傅明灼说。

傅行此摸摸她的后脑勺：“哥哥已经说过了，不管你去哪里，我都支持你，只要你自己不后悔就好。”

“嗯，嗯。”傅明灼点头，“我不后悔。”

傅行此安顿完家里的事情，赶去了公司，确实如傅唯所说，他离开锦城太久，公务堆积如山，接下来，怕是得过好一段忙得天昏地暗的日子。

有傅行此的交代，傅明灼尽量忍住自己想去看爸爸的迫切心情。

她自以为已经很忍耐了。但事实上，不到半小时，她就偷偷摸摸去看了爸爸三次，每次开门关门都慢到像是树懒闪电附身，以防弄出声音打扰爸爸。

爸爸似乎是睡着了。

第三次看完爸爸，她正蹑手蹑脚要把门阖上，突然听到里面传来了一声“灼灼”。

是爸爸叫她。

傅明灼活到这么大，第一次从爸爸口中听到自己的名字，她动作猛然僵住，不可置信地愣在了原地。

直到傅唯第二次叫“灼灼”，她才如梦初醒地应着“欸”，狂喜地跑了进去，来到傅唯面前，蹲了下来趴在他床边：“爸爸。”

傅唯：“我听你哥哥说，你改变主意了，想留在锦城读大学。”

“是啊。”傅明灼不敢说自己是因为他才决定留下的，“我……我舍不得家。”

“志愿还来得及改吗？”傅唯问。

傅明灼看了眼墙上的时钟：“还有二十分钟填报志愿的系统就截止了。”

“去帝城吧。”傅唯说。

闻言，傅明灼抿嘴，脸上露出一丝局促的表情来。她忍不住想，是不是因为爸爸不想在家里看到她，所以想把她赶走。

“去帝城吧。”傅唯重复说。

傅明灼眼里蒙起一层水光。

傅唯探手，像是要去触摸一个易碎的泡沫般小心翼翼，犹豫好几下之后，手轻轻落在傅明灼头上。

傅明灼下意识闭上眼睛，然后她听到傅唯说：“我不走了。”

她倏地睁开眼睛，看到一滴眼泪从傅唯眼角滑落，他重复说道：“这次爸爸不走了，你以后放假回来，都能看到我。”

听觉、视觉、触觉明明都是真实的，但是傅明灼还是分不清自己是不是在做梦。她甚至从来没做过这么幸福的梦。

“而且，”傅唯继续道，“如果是为了妈妈才想学医，不要学，很辛苦……你妈不会想看到的。”

傅明灼张张嘴：“可是……”

“学医七年起，而且很忙，说不定你以后都没空回家来。”傅唯一句话把她堵死了。

傅明灼犹豫了。

傅唯赶她：“趁还来得及，快去改。”

时间还剩十七分钟，没有时间耽搁了。

傅唯的劝导都是长话短说，而傅明灼的决定也来不及深思，只能凭着直觉。她心中这场锦城与帝城的博弈，帝城在最后时刻终于获得了压倒性的胜利。

傅明灼猛地站起来，一边往楼下冲，一边拨打倪名决的电话，越是关键时刻越容易掉链子，也不知道倪名决干吗去了，打了两个电话他都不接。她给陆沅打，陆沅说：“找匿名？可我不在家。”

傅明灼连拖鞋都没顾得上换，一溜烟冲出了家门，冲着倪名决家狂奔。跑的过程中，她想幸亏倪名决不住陆沅家了，陆沅家太远了，她得踩着风火轮才能赶上。

来到倪名决家门口，她没带钥匙，只得焦急地猛按门铃，大声呼喊倪名决的名字。

倪名决在二楼撩开窗帘望下来一眼。

傅明灼大喊：“倪名决，快下来，改志愿！”

隔着隔音玻璃，倪名决听不清傅明灼喊的什么，不过看她神色焦急，他不浪费时间，直接下楼。

等他打开屋子大门，傅明灼看到他了，喊道：“快点，倪名决，改志愿！没时间了！”

倪名决疾步走到栅门旁给她开了门，傅明灼迈腿就冲，不忘埋怨道：“你干什么不接电话！”

“在充电，没看到。”倪名决跟上她的脚步，抬手看了看手表，还剩不到四分钟。

“你笔记本电脑呢？”一进屋，傅明灼急匆匆地四处张望。

“不知道放哪了，用台式机。”倪名决拉住她的手腕，两人以百米冲刺的速度冲上二楼。

王中王和盖中盖热情似火地凑过来，围着她的脚打转。傅明灼现在可没有心情搭理狗子，吆喝着赶狗：“走开，走开。”

好不容易在两条狗的纠缠下跌跌撞撞冲进倪名决的房间，傅明灼快速在他电脑桌前坐下来关掉了游戏界面，熟门熟路地打开浏览器。

输准考证号的同时，她留意了一下电脑右下角的时间，忍不住担忧起来：“万一我改成功了你来不及改，我怎么办？”

“那你就一个人去帝城读书了。”倪名决没好气道。要改志愿不知道早点改，非要最后时间火烧眉毛。

傅明灼登上志愿填报系统了，她没空跟倪名决顶嘴，收敛了神色，注意力高度集中，聚精会神地盯着屏幕，开始修改志愿，将第一志愿从锦大的医学院改成了 Q 大的经济与金融专业。

“专业错了。”倪名决发现了不对劲。

“没错。”傅明灼快速浏览一遍，确认无误点了提交。

她用跑过来的这短短十分钟做出了决定，她要跟倪名决上同一个学校，同一个专业，一起上课，一起下课，就像高中时一样。这就是她对大学生活最向往的部分之一。

傅明灼一边站起来，一边将自己的登录退出，催促道：“到你了，你快改。”

倪名决无暇管傅明灼临时更改专业的原因，这会一寸光阴能比上一吨钻石，可不是闹着玩的，傅明灼的志愿已经修改成功，他要是没赶上，他俩只能一南一北在两座城市上大学了。

房间里静到可怕，连倪名决手腕上手表秒钟走动的声音都清晰可闻，除了鼠标和键盘快速的按击声，还有傅明灼急促的呼吸声。

四只眼睛快把屏幕盯穿了。

还剩十五秒。

倪名决粗略浏览了一遍志愿表，快速点下提交按钮。

关键时刻，页面没有反应。

两人对视一眼，都从对方的眼睛里看到了惶恐。

倪名决背上一瞬间惊出一层冷汗，他大气也不敢喘，只是持续点着鼠标左键。

51，52，53，54……

电脑右下角的秒钟数值像死神的脚步。

傅明灼抓紧了桌沿。

57，58……

终于，页面刷新。

最后两秒，提交成功。

傅明灼顿时泄了力，瘫坐在地上。

倪名决也大大松了一口气，他靠回椅背，平静心情。半晌，他点着傅明灼的脑袋，语气是少有的激动："傅明灼！你是故意掐着点玩刺激吗？"

傅明灼知道自己最后关头变卦的事情办得不太厚道，难得任打任骂不反抗，只是一手捂住了自己被戳得有点痛的脑袋，另一手抱住了他的小腿，把脸埋到了他的膝盖上。

倪名决看着她乌黑发亮的发顶，泄愤似的捏了一把她的后颈。

傅明灼怕痒地缩起了脖子，过好久，她扭过头，面朝他的方向，弯起了眼睛和嘴角："倪名决，我爸爸刚才叫我灼灼了，是他劝我去帝城读书，还让我不要学医怕我辛苦，他还说，他以后不走了，会留在家里。

"我终于真的有爸爸了。

"到了大学，我们还当同班同学。

"我今天真的好高兴，这是我人生中最开心的一天，我好像在做梦一样。"

倪名决看着她，原本那一丝埋怨，顷刻间烟消云散。

他松开她的后颈，头低下去，轻轻把额头抵在她的太阳穴上："傅明灼，这是你应得的高兴，你以后会一直是最幸福的小孩。"

第九章

她有男朋友了

随着傅明灼的志愿尘埃落定，傅家也忙碌了起来。

傅明灼要上大学了，生活自理能力几乎为零，要是让她住寝室，家里肯定是一万个不放心的，所以为她在学校周边准备一套距离适中、环境和设施优良的住处，并寻找一位靠谱的阿姨负责她的起居是迫在眉睫的任务。

Q 大八月中上旬就要开学，所以从志愿填报开始，傅行此的首席特助三天两头赶往帝城，看房，面试阿姨，等房子经过傅行此的首肯确定下来以后，助理又忙着给房子装修、买家具。

天下没有不散的筵席，毕业后的蹦擦擦，开始继陆沅之后各奔东西。

林朝雅思成功过了 6.5 分，现在就等着心仪大学的录取通知下来，然后去往遥远的澳洲。

袁一概选择了到帝城读一所三本大学，距离 Q 大约莫半小时车程。

只剩倪名决，依然和傅明灼紧紧绑在一起，没有叫时间的洪流冲散。

录取通知书如期而至。

倪名决没有傅明灼这么娇气，也不像傅明灼一样没有自理能力，他懒得折腾那些有的没的，打算跟大部分同学一样住寝室。

等开学，他会带着王中王和盖中盖一起走，养到傅明灼在帝城的家里去。

面对养两条狗的责任，傅明灼显得不情不愿："啊？让我养吗？"

"我总不能把这么大两条狗养在寝室吧？"倪名决真是服了这人了，"不乐意？不乐意那今晚煲狗肉汤了。"

王中王和盖中盖：恐惧战兢，瑟瑟发抖，抱团取暖。

而傅明灼，终于拥有了迟到十八年的父爱，开学前的日子，她偶尔出去和蹦擦擦聚聚，看望林幼华和倪震，看望徐忠亮，更多的时候，她待在家里陪伴傅唯。

傅唯鬼门关走了一遭，还有什么看不开、放不下。当他从死神手里逃回来，他第一眼看到的就是傅明灼，她拉着他的手，向他道歉，求他醒来。他对她不理不睬、不闻不问，她竟一点也不怨恨。

这么多年来，他对傅明灼不是没有牵挂，只是他没有办法面对，一看到女儿，他就想起亡妻，所以除了逃避还是逃避，后来逃避就成了自然。

他在贫穷战乱地区待久了，对着那些可怜的生命，满目疮痍的土地怀着悲天悯人的同情，就像有些去贫困山区支教的老师到了时间却选择放弃回到灯红酒绿的城市，留在物资匮乏的大山里一样。

时间越久，就越难抽身。

最开始，傅明灼有些放不开，在傅唯面前总是小心翼翼，下意识带着讨好的态度。

不过随着她渐渐摸清父亲的态度，她很快肆无忌惮起来，像块牛皮糖似的整日黏在傅唯身边，恨不得在傅唯床边打地铺，撒娇耍赖，手到擒来。

八月七日那天，傅明灼十八岁生日。

虽然傅明灼已经很多年不过生日，但这一天她仍然收到了很多很多的礼物和很多很多的祝福。

傅唯也送给她一串项链："这是你妈妈十八岁那年我给她的生日礼物，现在送给你。"

傅唯一天天地好起来，傅明灼开学的日子也一天天逼近。

Q大八月十四日报到，八月十二日那天，傅唯、傅行此、宴随、外公、外婆、傅晨阳，还有傅晨阳的奶奶——也就是傅行此、傅明灼兄妹俩的大伯母，浩浩荡荡的一队送行人员陪同傅明灼一起前往帝城。

倪名决还要命，当然不可能跟傅明灼一起走，同日傍晚，他在林幼华和袁一概的陪同下带着两条办完手续的狗前往帝城。

林幼华不顾儿子的拒绝，给倪名决每个室友都带了锦城的特产，坚持替他打点好室友关系，帮他买了生活必需品，铺好了床，收拾好了行李，这才依依不舍地跟他告别。

临走前，林幼华叮嘱了一番，无非是一些注意身体，好好学习之类每个母亲都会嘱咐孩子的话，不过说到最后，林幼华有些欲言又止。

倪名决太阳穴一跳，预感到母亲要说什么，他有些尴尬，赶在母亲开口前阻止了她："我知道的，您能不能别瞎操心。"

无非是担心他血气方刚还天高皇帝远，放纵情欲没了顾忌，玩出点不该玩出的东西来。

比如"人命"。

而傅明灼家长那边，这担心只多不少。

傅行此在帝城的两天一直郁郁寡欢，临行前，他实在忍不住跟宴随商量："宴随你说，我在灼灼家门口装个监控不过分吧？"

宴随真是服了。

傅行此义正词严："女孩子一个人住不安全，如果她有危险，我能第一时间知道。"

宴随怎么可能不懂他究竟在担心什么，揶揄道："你要真这么不放心，怎么不给灼灼点个守宫砂？”

傅行此蹙眉。

宴随眼见他被将住，满意了。

结果下一秒，傅行此拿出了手机：“好主意，我百度一下，这玩意现在哪里能点。”

陪傅明灼收拾完屋子，办理完所有手续，傅明灼的家人们该走了。

试问谁没有向往过大学自由自在、不受家长老师约束的生活呢？傅明灼当然也是不例外的，这是她盼了十八年的长大。

但是等家人们真的要去往机场，把她一个人留在帝城的时候，傅明灼还是慌了。

她从来没有离开家人的照顾和庇护一个人生活过。

她抱着傅唯不肯撒手，越想越舍不得，鼻子一阵阵地发酸。

傅唯摸摸她的脑袋：“你是大姑娘了，要坚强一点。”

“没事的，灼灼，你想回来就随时回来。”傅行此安慰她，“而且我们可以每天都打视频电话。”

宴随：“喜欢什么就买，哥哥的副卡随便刷。”

傅行此忍不住制止老婆：“宴随，你别教坏小孩——”

外婆先忍不住哭起来：“我可怜的宝贝，外婆就说让你别到这么远的地方来，你非不听，这下好了吧，一个人孤零零的，可怜死了。”

外公：“老婆子你能不能不火上浇油？”

傅晨阳：“小姑姑，你别难过了，你等我两年后也考来帝城，到时候我就跟你一起住。”

大伯母点着孙女的头：“那你要好好学习，不然你现在的成绩翻两倍都摸不着Q大的门。”

傅晨阳纠正奶奶：“我又没有说我也要考Q大，我只要考个附近的学校就能来陪小姑姑了。”

大家七嘴八舌地哄着傅明灼，傅明灼没忍住，噼里啪啦地开始掉眼泪。

傅行此一行人好不容易才稳住她的情绪，然后一千个不放心一步三回头地坐上两辆车离去了。

傅明灼红着眼睛站在路边，看着家人们乘坐的车辆消失在视野里，回过神环顾陌生的城市，好一阵茫然。

目光转到不远处一座花坛时，她的凝住停驻了。

倪名决戴了顶鸭舌帽，优哉游哉地坐在花坛边上；袁一概则热得满脸通红，胖手拼命在脸旁扇动着给自己扇风。

两人各牵了一条狗，王中王和盖中盖趴在树荫下，吐着舌头散热。也不知道他们在这等了多久。

人在亲近的人面前最是容易感到委屈，一看到他们，傅明灼本来已经止住的眼泪又有汹涌的趋势。

倪名决叹了口气，率先站起来朝她走了过来。

等走到她面前，他伸手摘下了自己的帽子扣在她头上："戴上，别又晒黑了。"

傅唯回家以后，傅明灼也几乎在家里待了一个多月，她皮肤恢复能力很强，没养多久就又是白白嫩嫩的，脸上身上也长了圈肉，再不见陪在傅唯病床旁时的黑瘦憔悴。

"你妈妈也走了吗？"傅明灼反手抹一把眼泪，问道。

"早就走了。"

傅明灼嘴一撇："我想家了。"

倪名决曲起手指在她头上敲一下，试探着问："那我请你吃冰激凌？"

"你以为我每次都会被冰激凌哄好吗？我又不是小孩子了。"傅明灼撇过头，回答得很硬气。

十分钟后。

傅明灼意犹未尽地舔着嘴唇，眼神渴望："倪名决，我可以再吃一个冰激凌吗？"

没错，她傅明灼就是这么没有骨气。

倪名决断言拒绝："不可以。"

三人晚上去周边溜达了一圈，又一起在一家生意异常火爆的烧烤摊坐下来吃了顿晚饭。

现在他们三个人有一个新群了，傅明灼给起名叫"蹦擦擦帝城支队"。

虽然平常他们聊天都会在蹦擦擦总群聊，但她就喜欢弄些毫无意义的事情，自娱自乐。

他们和林朝、陆沅打了视频电话，五个人通过三个不同的镜头聚齐，碰了个杯："干杯，敬我们的大学生涯！"

袁一概仰头，咕咚咚把一瓶酒给喝了个底朝天，冰爽的口感令他从口腔到胃一路都舒服异常，他满足地长叹一声。

“我的目标。”袁一概一边给自己倒酒，一边说，“就是混到毕业证，顺便在大学期间找个女朋友，不然你们两对，剩我一个孤家寡人，啊，原地自闭。”

听到袁一概说“两对”，傅明灼偷偷摸摸看了旁边的倪名决一眼。倪名决从来都没有问过她要不要当他女朋友。

在倪名决回视之前，傅明灼迅速装作若无其事地撇开了头，开启多管闲事模式：“一概，那你得减肥。”

袁一概才不：“如果一个女生真的喜欢我，就该接受我的一切。”

“包括你的肥肉吗？”傅明灼天真地问。

“当然了。”袁一概很坚定地回答，坚信自己会找到不嫌弃他胖的真命天女。

傅明灼设身处地地想了想，觉得袁一概的目标有点难以实现。因为倪名决要是胖成袁一概这样，那她只能跟他做普通朋友了。

蹦擦擦帝城支队在看不见星星的夜空下谈天说地到很晚才结束饭局，两个男生都喝了不少酒，已是微醺状态。

袁一概的学校还要过几天才报到，他纯粹是为了陪倪名决才提前过来的，在袁一概开学之前，倪名决都不回学校住，跟袁一概一起住在酒店里。

傅明灼想着自己今晚得一个人孤零零住在新家里，倍感凄凉，她若有所思地看着两个男生在收银台前付钱的背影，计上心头。

“你们去我家住好吗？”她热情邀请他们，“我不想一个人住，我有点害怕。”

两个男生互看一眼，袁一概忍不住露出个坏坏的笑来，二话不说答应下来：“好啊。”

倪名决当然知道袁一概动的什么歪脑筋，他重重拍了袁一概厚厚的背一掌，袁一概的肥肉发出一声敦实的反馈。

“你家有几个房间？”

傅明灼说：“三个。”想了想，她改口，“但是其中一个是书房，我让改成狗窝了，所以只有两个能住人。”

她在帝城的房子离学校近，为了上下课方便，不是什么豪宅，就是比较普通的高层住宅，面积也不大。

只有两个房间，倪名决不想跟袁一概一起睡，因为袁一概呼声震天，谁也别想跟他共处一室还能酣然入睡。

傅明灼眨巴着眼睛，看出倪名决的抗拒来了，她生怕倪名决让她一个人回家，所以马上说："我家客厅还有沙发！"

"沙发睡着多不舒服。"袁一概看热闹不嫌事大，"明灼打呼噜吗？不打？那好办。"

傅明灼："不行，我哥哥知道了会打死倪名决的。"

哥哥走之前，非常严厉地警告她不许和男同学关系过密，不然就让男同学好看。

最终，两个男生回酒店拿了行李和换洗衣物，跟着傅明灼一起回了家。

袁一概的体型，睡沙发肯定是够呛的，所以必然是倪名决睡沙发。

沙发太软，没有着力点，倪名决翻来覆去一整夜，几乎没怎么睡着，一门之隔都能听到袁一概房间里传来的隐隐约约的轰鸣声。

有好朋友们陪着，傅明灼在新家的第一夜不必再担惊受怕，不过对于全新未知的大学生活，她心里百感交集，也是难以入眠。

次日早上八点四十分，傅明灼迷迷糊糊地被急促的敲门声吵醒，倪名决在外头喊她："傅明灼，傅明灼起床了。"

傅明灼临近天亮才睡，正是困得六亲不认的时候，她转个身，就又继续睡了。

又敲了两次门，倪名决破门而入。

傅明灼的毯子只剩一个角还在床上，剩下的全堆在地上，她整个人趴着睡在床上，睡相不好，睡姿已经变成横卧了，小腿悬在床外，裤腿一只卷到大腿，一只卷到膝盖，不仅仅是睡裤，衣服也上缩，一截腰背露在外头，泛着莹莹光泽，像只毫无防备的猫。

大清早要命了真是，少年的定力遭受严重打击。

俩人掐着点赶到的开学大典，辅导员正在点到，刚好第三遍叫到傅明灼，已然有些不耐烦，眼见就要在点名簿上记傅明灼一笔，傅明灼换上最纯良无害的笑容凑了过去："到，到，到，老师我在这呢。"

在这张老少通杀的笑脸面前，辅导员愣怔一会，火发不出来了，只能佯装严厉地说："下次早点。"

而傅明灼直到倪名决去了另一个班的方队才知道，她和倪名决居然没分到同一个班，前一天报到的时候她压根没想到这一层，想当然地连分班信息表都没查看。

看倪名决的表情，他大概早就知道了。

傅明灼简直是遭受了晴天霹雳，开学大典全程灵魂出窍状，连跟新同学打交道都顾不上。

倪名决发微信安慰她：“很多课肯定是整个系一起上的。”

这并没有让傅明灼好受一点：“那说明其他课还是要分开上的，我一个人上课，谁也不认识，肯定会很孤单的。”

孤单她个头，倪名决尽量忍住不去反驳她的“睁眼说瞎话”，跟她流利交流最好的办法就是乱出主意：“那怎么办，现在打道回府复读重考？”

傅明灼说出目的来：“那倒不至于，但你不上课的时候可以陪我上课吗？”

倪名决反问：“那我上课你不上课的时候呢？”

傅明灼就收起手机装死了。

开学典礼过后，各班都有事情要交代，以班级为单位集合开会，竞选班干部、创班级群，以及交代明天开始的军训要注意的事宜，等等。

傅明灼在嘉蓝当了三年班长，官瘾已经满足，再加上她还沉浸在倪名决不跟她一个班的噩耗里，更是没心情管那些有的没的。

他们班散会的时候，倪名决他们班还没散，傅明灼走到外头等他，她在台阶上坐下来，惆怅地叹了一口气，然后开始发呆。

“同学。”有人在她身边停下来。

傅明灼蔫巴巴地抬头看去，是两个不认识的男生，她问道：“干吗？”

“你是这届新生吧？我是学生会的现任副主席，法律系大三学生，我叫孔兴学，想问一下你有没有兴趣加入学生会？”其中一个男生热情地发给她一本学生会宣传册和一张报名表。

“我没有兴趣。”傅明灼摇摇头，不接，她现在心情可差了，没有心情加入学生会。

两个男生互看一眼，继续劝道：“再考虑一下吧，学生会很锻炼能力哦，几年下来一定可以给你额外的收获的，还能拓展你的交际圈，我们进了大学不只是学习……”

傅明灼还是摇头。

另一个男生见状，马上拿出另一张宣传单来，夸得天花乱坠：“不去学生会的话，那你考虑加入宣传部吗？我们宣传部就缺你这样的颜值门面担当。”

傅明灼听得出来，人家在夸她漂亮，但是夸她漂亮也没用，没能跟倪名决进同一个班，她好绝望。

她还是摇头。

两个男生见她神色萎靡，态度坚决，料想美女大概是碰到了什么烦心事，不是拉人的好时机，学生会副主席见缝插针：“同学，我们是自愿原则，你实在不愿意我们也没办法，但还是希望你认真考虑一下，要不我们加个微信吧，你改变主意了可以跟我说。”

昨天是新生报到的日子，也是各大社团一年一度最隆重的摆摊招新的日子。

新生队伍中，傅明灼格外显眼，在人群中脱颖而出，未施粉黛就已经又干净又漂亮，身材高挑，腰细腿长，本是明艳型的长相，浑身上下却偏偏带着同龄人没有的稚气和天真。奇怪的是，这两种矛盾杂糅在她身上，竟然一点也不突兀。

帅哥美女是各大社团的重点攻略目标，傅明灼这样的自是特别抢手。

而前一天没有一个社团敢上前找她，原因无他，她身边浩浩荡荡陪了七个大人，鞍前马后，嘘寒问暖。

现在好不容易在人山人海的开学大典上找到她，哪里能随便放过。

而加微信，除了为完成社团拉人的任务，当然也有男性动物昭然若揭的别的目的。

傅明灼犹豫一下，一面是觉得不好拒绝，一面觉得他们说的也有点道理，万一她明天心情好了就想加社团了呢？她本来就打算进了大学加几个社团充实生活的。

她刚点出二维码让两名学长扫，倪名决出来了，他扬声喊道：“傅明灼。”

“倪名决！”傅明灼收起手机，冲他飞奔过去，跑到半道才记起自己是不告而别，因此冲两位学长挥了挥手，“再见。”

倪名决不动声色地扫了两个男生一眼，伸手拽了傅明灼的辫子一下：“他们干吗？”

“他们要我加社团。”傅明灼说。

“社团不是昨天摆摊了吗，干吗还要来拉人？”倪名决拉着她的手腕往校外方向走。

“可能没招满吧。”傅明灼说。

“那你参加吗？”倪名决问。

“我要考虑一下。”

倪名决侧头看她：“你跟他们加微信了？”

“是的，他们让我考虑好了就跟他们说。”傅明灼说着拿出手机打开微信打算通过好友请求。

倪名决额角青筋一跳，夺过她的手机，仗着个子比她高、手比她长，三下五除二左滑删除了两条好友申请。

倪名决把手机还了回去，给出了一个冠冕堂皇的理由：“上课很忙，没时间浪费在这些事情上。”

“倪名决你干什么嘛！”傅明灼鼓嘴。

倪名决明明就是吃醋，他为什么就不能跟她说实话，她就是想听他告白，想他亲口承认他们的关系。她想要明明白白宣之于口的关系，不说别的，就说个非常直观的弊端——他们连恋爱纪念日都没有。

到晚上，傅明灼再度收到了一条好友请求。

“学妹，你好，我是孔兴学，通过一下微信哦。”

详情显示是通过微信号添加。

看来，人家扫了个码就记下她的微信号了。

傅明灼思索一小会，拿着手机去了客厅找倪名决。

倪名决前一晚上没睡好，今天沙发再不舒服也影响不了他的困意。

正要睡着，就被傅明灼拿手机光照脸照醒了。

“干吗？”他遮住眼睛。

傅明灼把他的手扒拉下来让他看自己的微信：“刚才那个学长又来加我了，没想到他都背下我的微信号了，你说我要通过吗？”

倪名决瞬间清醒了。

给气的。

他都给气笑了。

“傅明灼，你怎么就这么能耐？”桃花朵朵开，开得艳丽又妖娆，他翻过身背对她，烦躁地回应，“你真不懂还是装傻，人家到底是想拉你进社团还是什么意思，你不知道？你想加就加。”

傅明灼看着他的背影，绝不善罢甘休，今天晚上她还就一门心思要逼宫了：“我为什么不能加？”

她讲话掷地有声：“我当然知道他想追我，可我又没有男朋友，难道不能追吗！”

眼前的人有两秒钟的静默。

而后，他以迅雷不及掩耳之势暴起。

傅明灼只感觉到了迎面有阵气流袭来，她甚至来不及反应，眼前就落下一道比夜更深的黑影来。

她的脸被一双手紧紧箍住，嘴上有温热柔软的感触，一触即离。

他在黑暗里咬牙切齿地质问她："再说一遍，你有没有男朋友？"

傅明灼的眼睛渐渐瞪圆了。

她混沌的脑子艰难地回忆了一下刚才发生了什么，事情起因是有学长加她微信然后倪名决生气了，她就激了他一下，然后倪名决就毫无预兆地上来亲她了。

整个过程，他很霸道，说话的语气还很凶。

要是换了以前，倪名决这么凶她，她早就气死了，可是今天不一样，她一点都不生气，还高兴得想转圈圈。

此时此刻，倪名决的手还是捧着她的脸，他们离得很近，呼吸在交缠，她都能闻到他嘴里的牙膏味，薄荷和兰花的清冽气息，他的目光在没有开灯的室内咄咄逼人。

加上一年前在喷泉池里稀里糊涂亲的那一下，这已经是他们第二次接吻了。一切还是发生得那么快，傅明灼都来不及感受什么，就已经结束了。

这下可好了，她彻底没有初吻了。

她费力地垂眸，好不容易才在极近的距离下排除重影的干扰，将视线定焦在他的嘴唇上，回忆着刚才那电光石火之间的触感。

亲过她，好像看起来也没什么差别嘛。

倪名决就这么眼观鼻、鼻观心地看着傅明灼的眼皮眨个不停，眼珠子转来又转去，面部表情更是瞬息万变，不知道在展开什么头脑风暴、打什么鬼主意。

因为被他捧着脸的关系，傅明灼脸上的肉由外至内被挤压，嘴也在受力情况下嘟着，她上下嘴唇并不上，只有咽口水的时候才能费力地合一下。

像条鱼，真可爱。

他看着，又要低头。

傅明灼马上捂住了自己的下半张脸，控诉说："倪名决，你都没有问过我要不要当你女朋友，你不可以亲我。"

倪名决头疼地遂了她的意："那你愿不愿意当我的女朋友？"

傅明灼才不在意这个告白仪式感究竟是精致还是粗糙，是他自愿还是她逼来的，反正她听到这句话就很满意，至于矜持什么的？不存在的。

她点头如捣蒜，答应得爽快："愿意，我愿意。"

倪名决没忍住笑了一声，拉开她的手，凑近过去。

傅明灼准备好了，这一次她一定要好好感受一下接吻的感觉。

两人之间的距离越来越近，唇尖刚刚碰上，突然有一个弱弱的声音传来："那个……"

倪名决脸一黑，松开傅明灼，然后看向不知道什么时候出现在客房门口的袁一概。

傅明灼才没有那么含蓄，她大声责备袁一概："一概！你干什么偷看？"

"我没有偷看。"袁一概差点给她跪下来，他两条胖腿紧紧挤在一起，左右脚轮流单独站立，看起来很痛苦的样子，"我尿急，我等了你们两个很久，谁让你们一直磨磨唧唧，我实在憋不住了。"

在他们开始前打断，总比他们进行到一半时打断好。

说完，他也不等两人的反应了，冲卫生间直奔而去，这是一场充满技巧性的奔跑，既要在能力范围内跑到最快，又得保证不会因为动作幅度过大导致尿失禁。

"砰。"卫生间的门被关上了。

方才营造起来的暧昧氛围已经被袁一概搅得无影无踪。

傅明灼嘟嘟囔囔地埋怨个不停。统共亲了三次，没一次亲满一秒钟的，就跟猪八戒囫囵吞了人参果一样遗憾，好好一道珍馐，什么滋味都没品出来。

"好了，你快点去睡觉了，明天最晚六点起床。"倪名决抬手看一眼手表，赶她，"就算你今晚没有兴奋得失眠，也只能睡不到七小时。"

明日学校就将展开为期半个多月的军训，要求六点二十分就在操场集合。

傅明灼的睡眠时间八个小时打底，九个小时勉强睡饱，没人打扰的话她能一觉睡上十一二个小时。

但傅明灼不忍心把倪名决一个人扔在客厅里，昨天他还不是她的男朋友，但今非昔比，今天他是她的男朋友了。她舍不得倪名决睡沙发，遂拉住他的手臂邀请他："那你也跟我一起去房间睡嘛。"

顿了一会，倪名决面无表情地开口："怎么了，贞操不想要了？"

瞧瞧他这说的是人话吗？傅明灼感觉到自己的脸和耳朵迅速烧了起来，幸亏黑夜给了她保护色，不至于叫倪名决看出她的脸红来，她"唰"地收回了手，慌乱地解释说：“什么嘛，我还不是怕你在这里睡得不舒服。”

“傅明灼，别把我想成什么正人君子。”

空气里被打散的暧昧重新聚拢，倪名决喉结动一下，死死压制住少年人在情欲面前不堪一击的脆弱神经，赶人：“回房去睡觉。”

“噢。”傅明灼应是应了，但是她的脚下就跟生了根似的，蹲在原位置不动，眼巴巴地看着倪名决。

“怎么了？”倪名决问她。

自己动手，丰衣足食。傅明灼艺高人胆大，小臂撑在沙发上，凑了过去。

与此同时，厕所里传来冲马桶的声音。

傅明灼僵住。

倪名决同样没好到哪里去。

显然，这绝对不是耳鬓厮磨的好时机，傅明灼马上后退，拉开到绝对的安全距离，以免袁一概出来调侃他们。两个人，四只眼睛和四只耳朵都密切关注着卫生间的动态。

但是厕所门迟迟没有被打开。

他们不知道的是，一门之隔的袁一概也在关注他们的动静。他的侧脸紧紧贴在厕所门上，每一根听觉神经都紧绷到极致。他什么也没听到，可他也不敢贸然出去，生怕又打扰兄弟的好事。再打扰一次，他怕傅明灼和倪名决会联起手来弄死他。

傅明灼扭着脖子紧紧盯着卫生间的门盯了有两分钟，脖子都酸了，里头的袁一概还是没有丝毫动静。

不管了，她速战速决好了，明天还要早起呢。

而袁一概，在厕所门口经历了两分钟的天人交战，终于想通了，门外面那两个人加起来跟他一个人的体型差不多，他为什么要怕他们。给自己打足了气，袁一概敲了敲门，事先声明：“朋友们，我要出来了哦。”

他再给傅明灼一秒钟，傅明灼就可以功成身退了。

傅明灼气得头脑发昏，袁一概是猴子派来整她的吗？她罔顾她自己热情邀请袁一概住进来的事实，愤怒地决定明天一大早就要把他扫地出门。

袁一概等不到回应，又敲了敲门，小心翼翼地问道：“给句话啊，我到底能不能出来？”

“出来吧，出来吧！真是的！”傅明灼破罐子破摔地回答，三番五次被人打断，她就算有天大的兴致都给败光了。

“好的，明灼。”袁一概说着就要扭门把手。

傅明灼正要站起来，却被倪名决拉住了。

倪名决朗声制止了袁一概：“等会再出来。”

傅明灼眼睁睁地看着他捏住她的下巴，英俊的面庞距离她越来越近，直到面贴面，他微微偏过头，在她唇上落下他的吻，温柔辗转。

这回终于不是猪八戒吃人参果了。

傅明灼看着近在咫尺的熟悉眉眼，终于生出几分她在和倪名决谈恋爱的真实感来，开心得紧紧环抱住他精瘦的腰身。

对了，电视剧里的人接吻好像都会闭眼睛，虽然不明白这是什么道理，但是傅明灼马上也把自己的眼睛闭上了。

闭上眼睛，傅明灼便明白了为什么。因为没有了视觉，剩余的感官会变得无比清晰，今天王中王和盖中盖都送去洗了澡，她的嗅觉甚至敏感到可以闻到倪名决接触过王中王和盖中盖后身上沾染的淡淡的狗狗沐浴乳香味；她从来没有这么清晰地听过他的呼吸和心跳，灼热又有些急促的呼吸喷洒在她人中，明显快于正常速度的心跳毫无保留地反馈在她胸前，与她同样乱糟糟的心跳交织在一起，谱写一首恢宏的乐曲。而唇上触感更是不必多说，大概她全身上下百分之八十的敏感因子都集中过来了，她痒得都有些站不稳，明明想躲，却又凭着本能靠近他，给予他回应。

她的心在喧闹，像是一锅被煮沸了的水，正咕嘟嘟地冒着开心的气泡。

袁一概还在等着，再加上怕吓着傅明灼，所以倪名决很克制，浅尝辄止，时间也不长，到了尾声，他在她下唇轻咬一口，然后松开了她。

尽管如此，也够掀起狂澜了，倪名决没急着让她走，一手拢住她的后脑勺一手揽着她的背，把她拥进了怀中，他笑道：“我就等着被你哥哥打死了。”

哥宝傅明灼难得背叛哥哥，马上发毒誓：“倪名决你就放心吧，我绝对不会告诉我哥哥的。”

倪名决闷笑出声，又抱了她一小会。他摁着她的肩膀把她推远些，摸摸她的头发：“不早了，快去睡觉吧。”

傅明灼依依不舍地站起来，跟他道别：“晚安，倪名决。”

“晚安，傅明小灼灼。”

倪名决原想等着傅明灼进房间了再把袁一概叫出来，他担心袁一概嘴贱调侃她，毕竟傅明灼是个姑娘家，指不定会脸上挂不住。

但他实在低估了傅明灼脸皮的厚度，路过卫生间，她用雪姨砸门的架势敲响了门，把里面贴着门听动静的袁一概吓得当场原地弹起。

“一概，你快出来吧。”傅明灼等着袁一概小心翼翼地将门打开一条缝露出一只眼睛来，她像个打了胜仗的将军，就差直接在脸上写“虽然你三番五次打扰本宝宝的好事，但是本宝宝还是成功干完了好事”了，她趾高气扬地对袁一概说，“晚安，一概！”

这通没头没脑的挑衅令袁一概完全忘了自己的目的，下意识回道：“晚安，明灼。”

然后傅明灼脚步轻盈地跑回自己的房间，关门前，她笑眯眯地冲倪名决挥手示意。

倪名决挑眉回视。

等门一关上，她的房间里立刻传来几声跳脚声，木地板被踩得咚咚作响。

傅明灼把这里当她家别墅了吧，深更半夜这个蹦法会不会被人投诉？袁一概听着动静一阵心惊胆战，而后想起正事来了，他费解地把视线转投向倪名决，正要张口。

倪名决一副无可奉告的样子，赶在袁一概开口前先发制人：“闭嘴，滚去睡觉。”

袁一概只好心不甘情不愿地走了。

等袁一概把房门关上，客厅重新安静下来，恢复独处空间，倪名决身子后仰，靠到了靠背上。他闭眼在沙发上静坐，试图平息自己满脑子喧嚣沸腾的想法。

约莫一分钟后，他无可奈何地站起来，去往卫生间。

确认恋情的第一个晚上，倪名决没有睡好。

傅明灼亦然。

傅明灼已经连续两晚没睡好觉了，所以早上她被倪名决火急火燎地从床上揪起来的时候，她凄凉得都想哭了。

太惨了，上个大学实在是太惨了，连身为一个人最起码的睡眠都保证不了。

傅明灼不计后果地非要躺回去，但倪名决揪着她的衣服不让她躺，她就苦苦哀求倪名决，险些声泪俱下：“我决定了，我不涂防晒霜了，所以我还能多睡两分钟。”

宴随给她准备了好多防晒霜，三令五申地要她军训的时候别偷懒：“半个月后姐姐想看到一个依然白白嫩嫩的灼宝宝。”

傅明灼用力点头：“嗯，嗯，姐姐你就放心吧。”她现在要当一个说话不算话的坏灼宝宝。

兵荒马乱的早晨。

一屋子三个人、两条狗，乱的只有倪名决和傅明灼，三个胖子岁月静好，睡得雷打不醒。

傅明灼内心极度不平衡，临走前把袁一概和王中王、盖中盖全弄醒了。

袁一概一脸茫然地拥着被子坐起来：“明灼，你这么早就要赶我走了吗？”

前一晚他三番五次打断傅明灼的好事，后来他越想越觉得以傅明灼斤斤计较的性格，自己在这个家大概是住不下去了。

“一概你继续睡。”倪名决黑着脸把傅明灼连拖带拽地拎走了，“傅明灼，你还真是不慌不乱、优哉游哉啊？”

两人一路着急忙慌地赶到操场，正好卡着点，傅明灼看到自己所属的列队在报数，她一溜烟冲到最边上，讨好地看着教官：“10，10！”

教官想责备她来着，还想拿出威严罚她来着，但是面对这张唇红齿白的笑脸，最终放了水，只是冷着脸说了一句：“明天早点。”

“是！教官。”傅明灼暗暗舒了一口气，她自己安全了，就开始眼巴巴地关注倪名决的动态。

两个班的学生拆成男生队和女生队分开军训，男生的方队距离操场入口比较远。

这种时候傅明灼不能探头探脑，还得正视前方，只能斜着眼睛用余光看他，眼珠子都转疼了。饶是如此，她的视线还是被别人给挡住，彻底看不到他了。

傅明灼抓心挠肝，不知道他那边怎么样了。

军训一上来就是站军姿。傅明灼迎着阳光，眼睛睁了一半，又累又困又晒，心里叫苦连天。

几分钟后，一道熟悉的身影不疾不徐地跑过方队前方的跑道。

倪名决被罚跑了，看来他没搞定他的教官。

傅明灼注意力被吸引过去，暂时忘记了自己正遭受着肉体和心灵上的双重痛苦，眼神灼热地盯着他。

一大早上争分夺秒的，她都没来得及欣赏倪名决穿迷彩服的样子。

上回看到，还是三年前刚上高中的时候，那个时候她还完全不懂得欣赏除了哥哥之外的任何异性，对他一点好感都没有，把他当成仇人，必要的时候利用他一下。

可是现在他会发光了，绝佳的头身比，肩宽腿长的优势，展现得更加淋漓尽致，腰的轮廓被腰带勒出来，后背呈现出完美的倒三角形状。

她昨天晚上才抱过，触感都还记得一清二楚。

侧脸就更不用说了，眉骨品相一流，下颌线线条流畅，鼻梁高挺，嘴唇红艳艳却一点也不显女相，让军装衬得飒气。

他快速侧眸望过来一眼，精准地在将近四十个女生中捕捉到她。淡淡一眼，霎时就收回去了。

傅明灼忍不住抿嘴笑了一下。难熬的站军姿终于有了盼头，那就是平均每两分钟左右，倪名决就会经过她们方队面前。

倪名决跑完没多久，傅明灼所在的方队宣布解散休息。

傅明灼跟着还不熟悉的同学们一起躲到了树荫下，她顾不得脏了，直接在地上坐下。别的同学都是住校的，经过几天的相处都已经混熟，以同寝为单位凑在一起抱怨、聊天。

傅明灼虽不住校，但是学校寝室有她的床位，她家里怕她万一有特殊情况要住寝室，也帮她把寝室收拾好了，所以她也是有室友的。

只是她现在困得眼皮子打架，实在无暇跟同学们打交道，所以她喝了两小口水，就开始靠在树干上闭眼小睡。女生们的聊天隐隐约约传进她的耳朵，除了抱怨军训辛苦和交流各品牌的防晒霜，当然话题还离不开青春期的少女心思。

“刚才跑过去的男的好极品，我全指望着他才能撑下这二十分钟的。”

“谁不是呢，真是人间极品，我活了十八年见过最帅的真人，那脸比女生还小。”

“是（二）班的吗？”那声音的主人扭了头，“是不是你们班的？”

“对。”

“他叫啥名啊？”

“倪名决，更多的消息还没打听出来，帅哥有点神秘。”

傅明灼本来都快睡着了，那些话她都只过了耳朵没过脑子，直到听到“倪名决”这三个字，直接让她从半梦半醒间惊醒了。

她睁开眼睛。

眼前的几个女生仍在继续八卦他。

“他有没有女朋友啊？”

“废话，这么帅肯定有女朋友，昨天开学大典一直在发微信，不是发给女朋友还能是谁啊？”

几个女生一起半开玩笑地感慨："哎，可惜可惜。"

"可惜啥啊，即使单身也轮不到我，人家找女朋友肯定也找大美女。"

"别丧气。"有人笑言，"帅哥哪有不花心的，换女朋友速度指不定比翻书还快。"

"你们班群有没有他微信啊，加他看看朋友圈呗。"

"帅哥有点傲，别人都不加，就通过个班长。"

有求于人，两个班的人全唤（二）班班长为班长："班长，让我们看看呗——一片空白，连个女人的影子都没有。"

"果然吧，我怎么说来着？"

傅明灼简直气得头顶要冒青烟，她还在这呢，她才当了他一天女朋友，严格来说二十四小时都没到，就有人诅咒她下岗。

好歹毒的用心啊！

"别人的男朋友不要看！"她怒发冲冠地打断女生们的谈话，"而且你们凭什么说每个帅哥都花心？我哥哥就只喜欢我姐姐。"

傅明灼说起话向来孩子气，还特别容易抓不住重点，从前她看着年幼，旁人不会觉得不对劲，反而都惯着她依着她，现在她长了一张恃靓行凶的脸，个头又高挑，不了解她的人只会觉得她奇奇怪怪。

几个女生互相交换了一下眼神，噤了声，没人理她，不一会，有人装作若无其事地扯开了话题，聊起了别的。

傅明灼更气了，而且她头一次有种融不进集体的挫败感，她在人情世界无往不利的特权好像行不通了。这让她在生气的同时觉得有一点孤独，又渐渐衍生出一丝恐惧来。

直到她们女生方队重新集合了，男生方队还没解散，等男生方队解散了，她们女生方队又还在训练中。

一整个上午，两个方队一直是错开休息的。

等到中午十二点，太阳高挂在空中，晒得人半死不活，女生方队终于宣布解散。大家哀号着散了，前往食堂。

傅明灼则在树荫下等了倪名决一会，约莫三分钟后，他们也散了。

倪名决大步流星地朝她走来。等傅明灼可以看清他的五官了，她就把嘴噘起来了，不高兴全写在脸上，要让他知道。

倪名决走到她面前，打量她。

傅明灼整张脸泛着不正常的红色，已然被阳光晒伤了，眼下黑眼圈明显，看着很是疲惫。

他自然而然地以为她是嫌累。

“走了，快点吃饭，然后我们回去睡一会。”中午有两个小时的休息时间。

傅明灼不肯动。

倪名决走了两步感觉到她没跟上来，转身看她。

傅明灼的嘴翘得更高了。

“怎么了？”他走回去，摘掉她的帽子，两手箍住她汗涔涔的脑袋，细细看她，“怎么这副表情，哪里不舒服？”

傅明灼哪里憋得住，开始告状：“她们都在看你，还一起研究你的朋友圈，说你很快就会换女朋友，我让她们别看你，她们不听，还不理我。”

“你这么霸道啊？还不允许别人看我。”倪名决忍俊不禁，他早已练就从傅明灼不同于常人的话里提取重要信息的本领，“那你有没有告诉她们我的女朋友是谁？”

傅明灼想了想，说：“没有。”她无精打采地挥了挥手，又说，“我们先回家吧，一概说他饿坏了。”

倪名决脚步没动，从裤袋里拿出手机来，他在屏幕上快速点几下，说：“我让一概自己去觅食了，我们去学校食堂吃饭。”

说着，倪名决圈住她的脖子，微微俯下身来，汗湿的脸紧紧贴在她面庞上。

少男少女穿着迷彩服，被一上午的军训折磨得筋疲力尽，但是不影响他们是又年轻又漂亮的一对。

前置摄像头将这一幕定格。

林昭死后，倪名决清空了所有的朋友圈。时隔三年，他空白的社交平台终于又有了新动态，他把这张照片上传，并写上：“倪名决和他的傅明小灼灼。”

点赞和评论急速增长，各方发来贺电。

高三（七）班的群也因此炸了锅。

毕业以后，普通同学之间的见面机会几乎为零，大家隔着网络面对倪名决也不若从前那般拘束，恭喜和震惊之余，纷纷开起了玩笑。

“倪名决监守自盗！”

“我的天哪！！！我能说我从高一开始就有预感你们会在一起吗？竟然让我猜准了！”

“高一我倒没看出来，不过高三的时候苗头确实很明显了。”

……

徐忠亮也被炸出来了："什么？！高一就有问题了！亏老师那么相信你们两个。"

不过下一句，他又换了语气："老师祝福你们！好好在一起，在陌生的城市共同扶持、一起进步！名决要好好对明灼，要让着她，不许欺负她，到时候别忘记请老师喝喜酒！"

在社交平台秀了恩爱，倪名决带着傅明灼去了食堂，堂而皇之地搭着她的肩走过人群。

一群女生面面相觑，活像见了鬼。

第十章

人缘滑铁卢

打了饭菜，傅明灼没空吃，心思全在手机上，心不在焉地偶尔扒上两口，咀嚼半天也不咽下去。

倪名决把她公开以后，好多人都来找她聊天，林幼华、林朝、安可乐，还有好多曾经的朋友和同学。

其中傅晨阳是最激动的一个。

她先是在倪名决朋友圈底下评论了好几条：

“小姑父！！！！”

“以后我终于有小姑父了！！”

“恭喜小姑父和小姑姑！”

然后又八卦地来跟傅明灼打听具体情况。

傅明灼担心傅晨阳的嘴不严，所以她忧心忡忡地再三跟傅晨阳强调不可以把她谈恋爱的事情说出去。

傅晨阳信誓旦旦地保证：“小姑姑你就放心吧，我肯定不会随便跟别人说的。”

倪名决饭都吃完了，傅明灼还在那没完没了地发微信，手机震个不停。

“傅明灼。”倪名决探手，筷子敲她餐盘，催促道，“吃饭啊。”

傅明灼跟所有还在聊天的人都道了别才放下手机，拿起勺子开动。

“傅明小灼灼。”她刚吃了一口，倪名决又叫她。

“啊？”傅明灼含着饭，抬眸看他。

“我公开了，你不表态？”

傅明灼的眼珠子开始滴溜溜地转来转去。

每当她的眼睛这么转，就说明事情没那么简单。

她咽下嘴里的饭，语重心长地说：“我在保护你，不然我哥哥会打断你的腿。”

两人吃完饭，然后打车回了家。

傅明灼这两天睡眠严重不足，上车不足半分钟，她就趴在倪名决肩上睡死过去，一路睡到目的地才被迷迷瞪瞪地叫起来。

袁一概不在，去觅食还没回来。

倪名决终于能去床上好好睡个觉，他在卫生间简单洗漱一下，出来却发现傅明灼还在客厅玩手机。

“傅明灼，去睡觉啊。”倪名决蹙眉，催促道，“你怎么还玩手机，有床睡了不知道抓紧时间？”

傅明灼头也不抬：“我在给你买床。”

倪名决微怔，知道自己是错怪她了，他走过去拍拍她的头：“不用买了，一概马上开学了，不会常住。”

“那也还有好几天呢，而且说不定以后放假了一概还是会来这里住。”傅明灼坚持要给他买张床，不忍心让他再睡沙发。

“那晚上回来了买，你先好好睡一觉。”等下还有一下午高强度的训练，中午睡觉的时间满打满算已经不足一小时。

“我很快就好了。”傅明灼眼睛不离屏幕，手指如飞地在键盘上敲打。

倪名决俯身看去。

傅明灼正在跟店家商量今晚之前就把床和床垫送到。

对方说时间太赶，最快也得明天。

傅明灼不依：“今晚送到，今晚就要睡，你要多少钱才给我今晚送到，我给你加。”

店家：“亲，实在抱歉，今晚没办法送到哦，可以给您安排加急明天送到。”

傅明灼：“可是我今晚就要睡的。”

店家：“亲，如果您实在着急的话，建议您去实体店买呢，那样会比较快。”

傅明灼：“可是我没有时间去实体店。”

店家：“亲，那实在抱歉，还请您耐心等两天呢。”

……

傅明灼沟通无果，忧心忡忡地看着倪名决：“我问了好几家店，都说今晚送不到。他们真奇怪，发货地明明就是帝城，为什么送不到，把床装上车，然后送过来不就行了嘛！”

倪名决的心一下子软得一塌糊涂。

傅明灼这个人，她是个麻烦制造机，总是做些让人啼笑皆非的事情，像个长不大的孩子，始终需要别人去迁就和忍让，但是她的喜欢也像小孩子一样纯粹，但凡她喜欢一个人，她就会拼命用她自己的方式对这个人好。

中午睡过一觉，傅明灼的精神恢复不少。

但是下午军训一集合，上来还是先站上近半个小时的军姿。

下午的太阳比上午更猛烈，而且没有了倪名决分散她的注意力，更是难熬。傅明灼手麻脚痛，口干舌燥，皮肤在汗液浸泡和阳光照射下隐隐作痛，心里叫苦不迭，每时每刻都觉得自己下一秒就会体力不支晕过去，但事实上下一秒她还是顽强又痛苦地坚持着。

她只能在心里默念着：

“哥哥救我。”

“倪名决你在干什么？”

“呜呜呜，我好累。”

什么叫作“叫天天不应、叫地地不灵”，这就是了。

时间过得格外漫长，傅明灼都觉得自己起码站了一个小时，教官四处转来转去，还要说风凉话：“这就坚持不住了？才站了十五分钟，还早着呢。”

傅明灼的心当场就死过去了。

一共站了近三十分钟的军姿，当宣布结束的哨声终于从主席台上吹响，傅明灼发誓，这是她这辈子听到过的最悦耳动听的声音之一，仅次于爸爸的“灼灼”和倪名决的“喜欢”。

教官又带领他们做了几个最基本的动作练习，毕竟是一队娇滴滴的姑娘家，教官还是大发善心地让她们解散休息了。

操场上的女生方队都休息了，男生方队都没有休息，至于没分男女的几个队就看教官心情了。

傅明灼坐在树荫下远远看着几个男生方队训练。每个男生方队里的人看起来都很辛苦的样子，有两个方队在练敬礼，手举在半空中好几分钟了，倪名决那队，那更惨，不知道为什么还在继续站军姿。

倪名决好可怜啊，白天训练这么辛苦，晚上还得睡沙发。

傅明灼的思维开始发散。

所以倪名决为什么不肯跟她一起睡床呢。

他就这么忍不住吗？而且他白天那么累了，难道还有多余的精力吗？

倪名决中午带她一起在食堂吃饭了，所以几乎所有人都知道她跟倪名决在谈恋爱了，没有人再敢当着她的面谈倪名决。

傅明灼很快发现问题了，大家都是成群结队的，只有她孤身一人，没有朋友。

当务之急是交几个朋友。

她在树荫下晃了一圈，随便挑了一队加了进去。

可不巧的是，里面有好几个人上午才当着她的面讨论过倪名决。女生们原本在兴致勃勃地聊防晒秘籍，其中两个随身带了防晒霜，大家正在补涂防晒霜，傅明灼一加入，一小伙人立刻闭嘴了。

傅明灼打定主意要和大家成为朋友，所以她一点也不在意气氛的微妙，在两个女生手上拿着的防晒霜上各看了一眼，一个碧柔、一个安耐晒，她马上做出判断，十分自来熟地把手朝安耐晒伸了出去：“也借我涂一点。”

当事女生正是上午讨论倪名决讨论得最起劲的那个，众人的表情十分精彩，都以为傅明灼是故意寻衅滋事。

那女生脸色很黑，又不好意思当面拒绝她，只得敷衍地在她手心挤上一点点防晒霜。

傅明灼根本不把自己当外人：“多，多，再多。”

“多，再多。”傅明灼并不餍足。

安耐晒小金瓶说贵不贵，说便宜也不便宜，好歹也是两三百块一小瓶，女生黑着脸把防晒霜盖上收了起来：“不多了，我自己也怕不够用。”

阳光下，防晒霜内部的剩余量很清晰，傅明灼有点蒙，不解地眨了眨眼睛，明明还有一整瓶呢。

正好倪名决那边解散了，她胡乱把手心少得可怜的防晒霜往脸上一糊，说了声“谢谢”就冲倪名决的方向直奔而去。

背后窃窃私语。

“她有毛病吧？”

“她是上来挑衅的吗？真的有点搞笑，认都不认识就上来讨防晒霜。”

“你们觉不觉得她这个人奇奇怪怪的？说话还有行为都跟正常人不太一样。”说话者用食指点了点太阳穴，“她是不是这里有什么问题啊，怎么跟小孩子一样？”

“怎么可能？有问题能考上Q大吗？”马上有人反驳了，“她肯定是故意恶心人呢。”

“我也觉得她是变着法子报复，可能听到我们当她面讨论她男朋友不高兴吧。”

“她段位应该蛮高的，我们前脚说完倪名决朋友圈没有女人，后脚她就让人家秀恩爱了。”

……

傅明灼穿过滚烫的塑胶跑道，与倪名决在半道上碰面。

“你们怎么又站了那么久的军姿？”傅明灼关心道。

“站的时候有几个人老是说话，教官罚全队。”倪名决扭开迷彩水壶灌了几口水，看起来风平浪静，并没有因为站那么久的军姿烦躁。

“我好讨厌站军姿。”傅明灼小声抱怨，“我腿都麻了，站半个小时就像站了两个小时一样久。”

流过汗的皮肤又痛又痒，她忍不住伸手去抓，下手很重，脖子上立刻出现几道红痕。

倪名决抓住她的手不让她挠：“你想点高兴的事情，或者站前弄道难解的数学题站的时候想想，时间就会快很多。”

“我想了啊，可还是很慢，慢得我好想假装晕倒。”傅明灼蔫巴巴的，“只有今天早上过得比较快，因为你每过一会就会跑过一趟。”

一直到下午五点多，下午的训练才算结束。

晚饭过后，大部队在操场上集合。晚间的训练相对来说要轻松许多，先是站了约莫二十分钟的军姿，虽然腿麻是免不了的，但至少不用晒大太阳了，然后又进行了一些基础的动作练习以后，就进入了休闲娱乐环节，自发表演，几个方队之间隔空喊话对歌……

好不热闹。

傅明灼还惦记着交朋友的事情，又坐到那几个女生中间去了。

这回，她一过去大家就闭嘴的动作越发明显了。

傅明灼从口袋里掏出一瓶还封着包装袋的小金瓶来，在众人的注视下，递给白天借她蹭防晒霜——虽然也没蹭多少就是了——的女生：“给。”

对方愣了一下，惊疑道：“这是？”

她当然认识这是小金瓶，只是她想不明白傅明灼的用意。

“你不是说你防晒霜不够用了吗？”见女生不接，傅明灼把防晒霜一把塞到人家手里，“我送你一瓶。”

“啊？”女生有点尴尬，想还回来，“不用了，你自己留着用吧，我就借了你一点而已，用不着这么客气。”

“你拿着嘛，我还有好多呢。”傅明灼坚决不要。

又互相推托几回，实在抵不过傅明灼的热情，女生败下阵来：“那谢谢你啊，以后你尽管来找我补涂。”

“好啊。”傅明灼自我介绍道，“我叫傅明灼，来自Z省锦城，今年十八岁。你叫什么？”

“我叫任晓。”

傅明灼又从口袋里抓出一大把糖来，到处分给方队里的同学们，俗话说得好，伸手不打笑脸人，借此混脸熟、攀交情，效果卓越，她还不顾教官的拒绝给他塞了一些。

教官认识她，半真半假地威胁她："傅明灼是吧？我事先跟你讲，如果明天早上你还卡着点来，就算你给了我糖也没用，我还是会罚你的。"

傅明灼露出一个比哭还难看的笑，有点想把糖收回来。

不管怎样，至少她在新环境里不是孤零零一个人了，虽然还没有像林朝那样的真心朋友，但是她有信心，人都是从不熟到熟的，就像最开始的她和林朝，还不是互相看不顺眼，谁能想到后来她们会成为最要好的朋友呢？

想到林朝，傅明灼小叹了一口气，她有点想林朝了。

林朝的雅思过了6.5，学校的录取通知书也下来了，正在锦城忙着办各种手续，做各种的准备，十月份她就将离开，前往澳洲。

虽是皆大欢喜的结局，可是大家真的要各奔前程了。

她好想回到过去，回到徐忠亮手下当高三（七）班的班长。

可惜时光一去不回头。

晚上九点，教官宣布一天的军训到此结束，操场上的学生三五成群一起回寝室。

倪名决跟傅明灼则回了家。

回去的车上，傅明灼忍不住想跟倪名决炫耀一番自己的社交能力，接着关心起他的社交状态来："倪名决，你在班里交到朋友了吗？"

倪名决说："没有。"

他从开学就一直陪傅明灼住，连三个舍友都还没认全，更别说什么新朋友了。

果然如傅明灼所料。

倪名决在嘉蓝的三年只多了傅明灼和林朝两个朋友，要不是傅明灼在机缘巧合下天天和袁一概一起吃饭混熟了，然后才得以跟倪名决混熟，再然后又带着林朝一起进入他的小圈子，倪名决怕是一个新朋友都交不到。

"幸亏你还有我。"傅明灼邀功。

倪名决笑了笑，轻轻用额头去撞了一下她的。

回到家洗漱完毕快十点钟了，傅明灼来到客厅，倪名决、袁一概和远在澳洲的陆沅正开着语音进行睡前娱乐——组团打手游。

倪名决抽空看她一眼，催促说："你去睡啊。"

傅明灼不去，坐到他旁边，扒拉着他的胳膊，脑袋蹭来蹭去。

一盘完毕，陆沅吆喝着继续："再来啊。"

袁一概非常自觉地站起来朝房间走去："不打了，明灼找匿名有事了。"

陆沅坏笑着明知故问："哦，什么事啊？"

傅明灼一点不害臊："我找倪名决谈恋爱。"

陆沅调侃她两句，也挂了电话。

"叮。"

"砰。"

微信的挂断音和袁一概的关门声同时响起。

"怎么个谈法？"倪名决放下手机，意有所指地问道。

傅明灼张张嘴，正想和倪名决聊天，他就托着她的后脑勺，低下头来，傅明灼只觉得眼前一暗，然后嘴巴就被他给狠狠堵住了。

不同于前一天的克制，今天的倪名决像换了一个人。

他变得急切且孟浪。

几下重重的吮吸后，紧接着，傅明灼感觉到有不速之客迫不及待地从她微张的嘴唇中间钻了进来。

傅明灼忘记了闭眼睛，她有些失神地看着他近在咫尺的英俊眉眼。这个世界好像只剩下他们两个人，别的什么她都忘记了。

袁一概房间里不知道掉落了什么东西，一门之隔，沉闷的一声。

两人同时暂停，倾听袁一概的动静。

什么都没有，屋子里重新恢复寂静。

空调的风一吹过，她突然冒起密密麻麻的鸡皮疙瘩。

她不知道自己是被冷的，还是因为他变本加厉在她口腔里四处兴风作浪。

上颚的痒意像电流猛地蹿过全身，傅明灼一个激灵，下意识地推他的肩，想躲。

倪名决一手把她两个手都给牢牢抓紧，托在她后脑勺的手，不容反抗地把她压向自己。

傅明灼的心和身体都在战栗，很痒，还有些疼，舌头疼，嘴疼，被他抓着的手也被攥得很疼。

呼吸困难。

但是很幸福，完全打败了身体的不适感。时间在此情此景下完全失去概念，室内温度节节攀升。

倪名决用仅存的理智想，再亲下去就该坏事了。他艰难松开傅明灼水光潋滟、红得几欲滴血的唇，晦涩不明的眼神望进她的眼睛里去：“是不是这么谈？”

傅明灼感觉到自己的脸烫得能煮鸡蛋，她厚着脸皮噘起嘴最后用力亲了倪名决一下，然后逃也似的跑了：“晚安，倪名决！”

躺到床上，傅明灼把脸埋进枕头里，压抑地低声尖叫，脑子里不断循环播放方才的画面。

她的心跳得都要脱轨了。原来倪名决也会这么失控，怪不得他不肯跟她一起到房里睡觉。

好像确实很危险。

不消多说，她是在回味中入眠的。

谈恋爱确实幸福得令人发指，不过不能改变她再度睁开眼睛就得面临新一天军训的残酷事实。

想到动辄半个小时的站军姿，傅明灼唉声叹气，愁眉苦脸。

今天她和倪名决到得还算早，提前了三分钟左右，大家还在树荫下休息，她跑过去冲教官谄媚地笑：“看吧，教官，我今天没有迟到。”

“希望你再接再厉。”教官忍不住笑了，鼓励她。

六点半一到，哨声吹响，全体集合。

“立正——向右看齐——报数——”

点完名，痛苦的站军姿又开始了。

傅明灼生无可恋地半眯起了眼睛。

无聊……

煎熬……

想点开心的事情好了。

然后不自觉就想到了昨晚的情形。

有点臊得慌。

突然，有一道不疾不徐的迷彩身影跑过前方跑道。

傅明灼被打乱了神思，不由得定睛一看。

正好与那人轻飘飘看过来的眼神隔空相撞。

不是她脑海中的主角又是谁？

傅明灼惊愕地目送倪名决跑远，不对啊，他们明明没有迟到，他为什么又被罚跑了？

因为倪名决，傅明灼站军姿的痛苦被大幅减弱。

每隔两分钟左右，倪名决就会跑过她面前一次，站军姿的时候她转不了脑袋，可以看到倪名决的范围只有最左的余光到最右的余光的距离，正儿八经可以直视他的时间更是少得可怜。

他真的好帅啊。

傅明灼的嘴角忍不住疯狂上扬。

“傅明灼，严肃点。”教官转悠到她旁边，就纳闷了，“你男朋友被罚跑，你怎么还笑得那么开心呢？”

傅明灼和倪名决每天一起来一起走，行为亲昵，两人又都是让人印象深刻的长相，不只是教官，附近方队的人全都知道他们俩。

傅明灼艰难地憋住笑，等教官一走，她就又控制不住自己的面部表情了。

两分钟用来憧憬，数十秒用来实现期待。十圈时间很快过去。

站军姿时长从三十分钟延长到了四十分钟，但即便是倪名决归队以后的二十分钟，也一下子过得飞快。

傅明灼心中熊熊燃烧的火焰只比炎炎夏日更热烈。倪名决怎么可以这么好，居然会为了她站军姿不要太煎熬而跑那么长的路。

她真的幸福得像活在童话里。

四十分钟的站军姿结束，教官宣布方队解散，稍作休息。

傅明灼在树荫下，扭开水壶盖子灌水喝，甜蜜归甜蜜，改变不了她又累又渴的客观事实。

任晓她们几个积极地补涂防晒，招呼她：“明灼，你要涂防晒霜吗？”

傅明灼有点犯懒不想涂了，不过想了想，还是走了过去，她从自己口袋里拿出防晒霜来：“今天我自己也带了。”

她往自己手心挤了大大一坨防晒霜，大方地递给别的女生：“你们要吗？”

就算是涂防晒的时候，傅明灼也忍不住一直朝倪名决的方向张望。

大家注意到她的视线，又想起站军姿时发生的事情，好奇地打探道：“明灼，倪名决今天怎么又被罚跑了啊？”

傅明灼得意地一笑，忍不住要炫耀：“因为我说站军姿很痛苦，所以他是特意来分散我的注意力的。”

自是惹来同学们一阵惊叹和议论。

傅明灼越发高兴，迫不及待想看到倪名决，连防晒霜也等不及要回来，放下水壶冲倪名决的方队奔去。

今天男生方队休息得也挺及时，等傅明灼跑到，他们也解散了。她在教官和男同学们的调侃起哄下，大大方方地冲大家笑着，然后挤进人群来到倪名决面前，两手拉住他的手，跟他一起往荫凉处走。

“跑什么。”倪名决看她小脸跑得红扑扑、汗涔涔，“天这么热。”

“我想快点见到你嘛。”傅明灼殷勤地在满地的水壶里找到写有他名字的那个，拧开递给他，“倪名决，你怎么又跑步了嘛！”

倪名决接过水壶，仰脖灌了两口，不答反问：“站军姿的时候有没有好受点？”

“特别好。”傅明灼面上满是担忧，“但是下午你别跑了，很累的。”

倪名决安抚她：“我觉得跑步比站军姿轻松多了。”

傅明灼见他说得气定神闲，信了，她高兴得在原地蹦跶两下：“你体力真好，能跑那么多圈。”

十圈可是四千米啊，以前跑八百米都能要了她半条小命，四千米她简直不敢想。

旁边几个男生闻言，调侃她：“他体力好不好你才知道吗？”

傅明灼眨眨眼睛，看他们笑得坏兮兮的，后知后觉地明白过来他们是什么意思。

“闭嘴吧，你们几个。”倪名决笑骂道。

“行、行、行，闭嘴。”其中一个男生马上在嘴边做了个拉拉链的动作，“姑娘家脸皮薄，我们都闭嘴。”

傅明灼脸皮不薄，只是注意力瞬间被转移了，倪名决性情似乎比原来开朗不少，这才几天，他身边居然已经有可以插科打诨的朋友了，换了从前，那是想也不敢想的。

一上午的训练疲劳而枯燥，好不容易挨到中午休息，大家怨声载道地结伴而走。

任晓她们几个要一起去南区的食堂尝尝鲜，问傅明灼要不要一起。

傅明灼想着，自己和倪名决也犯不着每天都待在一起，应该要有各自的生活，她跟新同学一起吃饭，倪名决也可以和新同学发展一下感情，遂爽快地答应下来：“好啊！”

她正要给倪名决发消息知会一下，接到一通陌生号码的来电。

原来是她给倪名决加急买的床到了，她只得遗憾地告诉几个同学：“我不能跟你们一起去吃饭了，改天吧。”

她又突然想起刚才几个男生调侃她的话来。

她不住校，倪名决也不住校，他们两个每天早上一起来，晚上又一起回去，别人应该都默认他们在同居，但问题是他们没有进行到那一步呀。

锅不能乱背。

傅明灼这么想着，就装作不经意地澄清了一下：“我给倪名决买了一张床放在客厅，现在床到了，所以我要回家签收。”

她不知道，她一走远，就有人发出了一声匪夷所思的笑来：

“我真是惊了，有这么此地无银三百两的吗？”

“又是秀恩爱又是跑十圈，然后还不能碰，倪名决也太惨了吧。”

“你还真信她。”

“我当然不信啊。我的意思是她段位高，很会拿捏男人，最后还要立个清纯人设。”

……

说着说着，有个女生突然神情冷淡地插嘴说：“我不想去南区食堂了，太远了，你们去吧。”

“走嘛，贝含之，一个人吃饭有什么意思？”几人挽留她。

贝含之头也不回，只是远远地挥挥手。

“随她吧。”任晓和另一个叫杜若雨的女生意兴阑珊，“她在寝室也没什么话，成天就知道看书。”

任晓、杜若雨、贝含之及傅明灼四人是同一个寝室的，因着傅明灼不住校，只有她们三人是舍友。

倪名决终于有床了，在客厅边缘，紧贴着傅明灼的房间。

运送师傅帮忙把床运上楼装好。

傅明灼给倪名决选了张一米八的大床，沙发和茶几还有餐桌都挪了位置才勉强给床腾了个地方出来。

傅明灼一个四体不勤的废物什么也不会，但是她不肯睡觉，非要多管闲事，等工人走了，她又开始监督倪名决和袁一概联手把被褥、枕头之类的收拾好。

大功告成，傅明灼一点也不在意自家客厅因为多了张大床看起来不伦不类、拥挤而逼仄，率先躺上去滚了两圈，邀功道：“倪名决，今天开始你终于不用睡沙发了。”

袁一概马上顺着她的话夸她：“匿名有福气，别看明灼孩子气，体贴起来也不是盖的。”

倪名决在床沿坐下，摸了摸傅明灼的头：“谢我傅明小灼灼。”他撺掇袁一概，“羡慕就也赶紧找一个。”

当然，中午不睡午觉的后果是下午很崩溃，幸亏倪名决故技重施，再度在站军姿的时候选择了罚跑，傅明灼才苟延残喘地挺过去。

倪名决就这么连续跑了三天。

第三天晚上，傅明灼在房间里和家人视频，倪名决早早洗漱完躺到了床上，袁一概则叹着气出了一趟门。

约莫二十分钟后，袁一概从外面回来，客厅的灯还亮着，但是倪名决已经睡着了。袁一概到傅明灼房间门口听了听，里面也没有说话的声音了，但是门底下透出亮光，傅明灼应该还没睡。

袁一概轻轻敲响了傅明灼的房门。

“一概？”傅明灼正在刷牙，满嘴泡沫地来开门，含糊地问道，“怎么了？”

袁一概怕吵醒倪名决，关上了房门，然后把一个装着几样药的袋子递给了傅明灼。

傅明灼好奇地接过来一看，里面有一管红霉素软膏，还有一管百多邦软膏。她粗略地看了一下盒子背面药膏的使用说明书和功效，把药还给了袁一概，莫名道：“一概，我没有受伤，你为什么给我药嘛。”

袁一概犹豫一下：“我是给匿名买的。他这几天不是每天上下午各跑十圈吗，一天就是八千米啊！你也知道的，迷彩鞋很硬的，材质不好，他的脚都肿了，还有点破皮，他让我去给他买药，还不让我告诉你。但我觉得我得让你知道，他接下来肯定还会跑的，你们还有十天才结束军训，这么跑下去他真的会吃不消的。”

傅明灼手里的袋子一下子似有千斤重。

袁一概回了房间，她则快速来到客厅，在倪名决脚边蹲下来，轻轻掀开了他脚后的被子。

果然如袁一概所说，他的脚趾都红肿着，小脚趾还有点破皮，结了一块暗红色的血痂。

傅明灼心里除了感动，更多的是心疼和后怕。看着就好疼，他怎么都不告诉她呢，幸亏袁一概告诉她了，不然等他跑完军训这些天，他的脚得伤成什么样子。

傅明灼拆开药膏，小心翼翼地抹到他的脚趾上，动作轻了又轻，但还是把倪名决吵醒了。

他看了一眼脚边，马上弄明白现下的状况了，坐起来骂道："袁一概这个嘴上没把门的。"看傅明灼眼泪汪汪的样子，他叹了一口气，挪到床尾把人抱过来，"这有什么，我没事。"

傅明灼挣脱他，仔仔细细把药膏给他的脚趾和脚后跟抹了一遍。

等她完工，就是兴师问罪的时候了："你为什么都不告诉我？"

倪名决没当回事："哪有这么娇贵。"

傅明灼突然发脾气，站起来猛地将袋子砸向他，气呼呼地瞪着他。

"好了。"倪名决探身去拉她，啼笑皆非，"真的只是小伤，过一晚上就好了。"

傅明灼被他抱住，她沉默了好久，身躯才渐渐软化下来靠进他怀里："倪名决，你不许再跑了。你再跑我就跟你一起跑。"

新的一天，军姿没站几分钟，大家就发现了，倪名决没有再跑步了。

待到休息，当然就有人问傅明灼情况了。

傅明灼急着去关心倪名决，匆匆留下一句"我舍不得让他跑"就走开了，自是又惹来背后好一番的揣测。

傅明灼当然什么都不知道，站到离倪名决他们方队不远处的树荫下等他。

等了约莫五分钟，教官笑言："行了，行了，看在倪名决媳妇苦苦等待的份上，暂时放你们一马吧——听我口令，全体都有！立正，向右看齐，向前看，解散！"

男生们急哄哄地冲向水壶放置地，同时不忘跟傅明灼开玩笑：

"谢谢倪名决媳妇。"

"希望倪名决媳妇每天都来等。"

傅明灼笑眯眯，坦然接下此起彼伏的感谢："不客气，好说。"

走到休息地，傅明灼依然是殷勤地替倪名决捡起水壶给他旋开盖子。

倪名决刚要接，傅明灼却收手了，先擦了擦壶口，然后自己咕嘟嘟喝了好几口，才重新递给倪名决。

她过来得急，连水都没顾得上喝一口，现在她都快渴死了。

倪名决不接，似笑非笑地看着她："傅明灼，喝我的水，你擦什么？"

傅明灼眨巴着眼睛，一时无言以对，擦壶口只是她下意识的举动，但是这么想来，确实是没必要的，倪名决又不是别人。

倪名决的舍友就坐在旁边的地上，马上嘴贱地插嘴了："明灼，你告诉他，那有什么，下次跟他接吻之前，你还要先拿消毒水把他消一遍毒呢。"

倪名决笑着踹了他一脚："彭英彦，到底有你什么事？"

彭英彦差点被踹翻在地，用手撑着才勉强维持平衡，被晒得黑亮的脸笑容灿烂："明灼，我叫你家倪名决一起吃中饭，他说要问你的意见。你什么意见？"

"可以的。"傅明灼爽快地答应了，现在袁一概也不跟他们同校了，她要帮助倪名决寻找好朋友并巩固友谊，不然他太孤单了。

又过了两天，袁一概的学校就开学了。

袁一概搬出了傅明灼家以后，倪名决又陪着傅明灼住了一晚上，第二天也收拾了为数不多的行李回了寝室住。

彭英彦奇怪了："你怎么回来了？"

"我寝室我怎么不能回来啊？"倪名决反问。

"不是，我的意思是你不是和明灼一起住吗？"彭英彦头疼地忙前忙后，把自己放在倪名决桌子上和柜子里的东西搬回自己位置上。

"然后你就能霸占我的桌子了。"

"这是顺带的，我主要目的还是关心你的幸福。"彭英彦说得煞有其事。

倪名决不跟他贫，傅明灼还在宿舍楼下等他，他把东西放下，然后快速下楼去了。他自己一个人回学校来省时省力，但是傅明灼偏要送他过来，送过来之后呢，他又得送她回家。

谈恋爱就是如此，简单问题复杂化，但是偏偏谁都乐在其中。

傅明灼是个不会隐藏情绪的人，一路上她的不开心都表现得很明显。

路过小卖部，倪名决放缓了脚步："请你吃冰激凌。"

冰激凌也不管用。

走到小区楼下，傅明灼三下五除二咬完剩下的冰激凌，满嘴的冰凉丝毫不能缓解她的躁郁，她恨恨地看了倪名决一眼，甩开他的手要上楼。

"晚上早点睡觉，明天我来叫你起床。"倪名决把她拽回来箍住她的头，无可奈何地第无数次重申，"你乖一点——"

傅明灼嘀嘀咕咕地自言自语，“色狼”是高频词汇，出现了好几次。她摇头晃脑地挣开他的手，不让亲，也不让抱，头也不回地走了，地面被她踩得咚咚响，以示她的愤怒。

倪名决在楼下等了一会，看到十五楼傅明灼房子里的灯亮了起来，他才离开。最开始傅明灼央求他和袁一概一起陪她住几天的时候，他就料到最后傅明灼会不肯让他走。

果然如此。

只是他确实不能再留下去了，袁一概一走，屋子里就只剩下他向傅明灼孤男寡女两个人。

先不说他住在这里合不合适，负责傅明灼起居的阿姨又会不会和傅明灼的哥哥通风报信，更重要的是他没法保证自己可以次次忍住。

一次、两次能忍。可三次四次呢？三十次四十次呢？

傅明灼的个子还在不断长高，她甚至还没有长完，他不能碰她。他搬出去，为她好，也为他自己好。

所幸，傅明灼这人气来得快去得也快。第二天早上迷迷糊糊被他叫醒的时候她甚至忘了生气，高兴了好一会才记起自己还在跟他赌气。

但是为时已晚，于是这场风波就算这么过去了。

倪名决早上叫她起床，傍晚跟她一起遛狗，晚上送她回家，三餐都和她一起吃，除了晚上不跟她住一起，倒也没什么太大的区别。

傅明灼很快适应了独居生活。

为期大半个月的高强度军训也终于在万众期盼中落下帷幕，军训过后有一天假期。

军训会演一结束，傅明灼就赶往了机场，坐最早的航班回了家。

她刻意没有提前告诉家里自己要回来的消息，要给家人一个惊喜。

飞机落地，锦城已是灯火璀璨时。

傅明灼在机场排着队打到车，她从来没有离开家人这么久的经历，此时重新踏上锦城这片熟悉的土地，听着周围的人操着熟悉的锦城方言说着话，就连空气里都充满了独特的家乡的味道。

她恨不得立刻出现在家里。

到家十点多了，阿姨来给她开的门。

阿姨一愣，冲楼上喊：“先生，行此，阿随，快下来，灼灼回来啦！”

住在三楼，行动还不是很方便的傅唯反而是最先下来的。

十八年求而不得的父爱，好不容易爸爸喜欢她了，仅仅相处了一个多月就又是大半个月不见，傅明灼有点近乡情怯，难得地捏捏扭扭起来。

傅行此和宴随也很快下楼来。

“果然一白遮三丑。”傅行此捏着傅明灼的下巴来回看，嫌弃，“黑得发光了都，我早就说了，防晒霜都是女人交的智商税吧，你姐姐还不信。”

“一看灼灼就总是偷懒没好好擦防晒好不好？”宴随反驳。

在欢声笑语中，傅明灼很快就没有了束缚，恢复了热情似火的本性，遵从内心，抱住了爸爸不肯撒手，抱住的一瞬间，眉开眼笑。

傅唯摸着她的脑袋笑：“就一天休息，怎么还跑回家里来了？也不嫌折腾。”

“我想你们嘛。”傅明灼脑袋换了个方向，看着傅行此，“哥哥说他不信我每次放假都会回来。”

“就一次回来能证明什么？”傅行此嘴角抽了抽，拆她台，“说不定你下个礼拜就偷懒了。”

“你怎么知道？”傅明灼振振有词，“下个礼拜六我们班要组织班级出游，我没法回来。”

傅行此一脸“看吧，我就说”的表情。

傅明灼对此次班级出游有着极大的兴趣，唯一遗憾的是倪名决不跟她一个班，没法一起去。

班级活动的前一天下午，下课以后她约任晓和杜若雨：“晚上我们一起去超市买东西吧？”

两人都说不去。

“明天出去玩，你们不买点吃的吗？”傅明灼好奇道。

任晓和杜若雨的表情都是一愣，互相对视一眼，任晓含糊其词地说：“哦，我们晚上想去图书馆看书。”

傅明灼费解地“哦”了一声，也不强求，她让倪名决陪着一起去好了。

贝含之抱着一摞书从旁边走过。

傅明灼张了张口，想叫住她。贝含之是个妥妥的学霸，平时学习特别刻苦，每次上课都坐到第一排正中间，认真听讲。

傅明灼的母亲叫梁赫之，由于名字的关系，傅明灼对贝含之很有好感。不过贝含之性格太冷傲了，刚进学校的时候她还跟任晓、杜若雨她们一起吃饭、一起回寝室，但没过几天，她就开始独来独往了。

傅明灼每次看到她，她都是孤身一人，傅明灼试着跟她打过几次交道，她都不冷不热、爱理不理的。

任晓和杜若雨说她在寝室也是这样，特别不合群。

傅明灼记得，贝含之是班里少数几个拒绝参加班级活动的人。班级活动都不参加的人，怎么可能会去超市呢？想到这，傅明灼打消了邀请贝含之一起前去超市的念头。

晚上她在倪名决的陪伴下去超市“扫荡”了整整一推车的零食。

倪名决友情提醒她：“你带不了那么多东西。”

傅明灼当然知道，她又往推车里扔了几条巧克力：“带不走我可以留在家里慢慢吃嘛！”

第二天一大早，天还没亮透，她就兴致勃勃地带上鼓鼓囊囊的书包，前往教学楼前的空地集合。

奇怪的是，居然一个人也没有。

不是约的六点二十分吗？现在六点十五分了，大家都起得这么晚吗？

傅明灼在寝室群里发了条消息催促：“任晓，若雨，你们什么时候来啊？”

没人回她。

傅明灼又等了约莫十分钟，仍是没有一个人前来。

沉重的书包勒得她肩膀很痛，她开始觉得不对劲了，把书包搁到地上，再次在寝室群里发言：“怎么没有人来呢？”

依然没有人回她。

她给任晓和杜若雨打电话，两人一个关机，一个不接。

难得周末，倪名决一觉睡到八点多，给傅明灼发了条消息，等了一会没等到她的回应，估计她又发挥交际女王的实力忙得不亦乐乎。

他慢吞吞地起来洗漱，拿上电脑打算去图书馆，出寝室门的时候，他看到三寝之隔的傅明灼同班同学提着早饭回来。

他没在意，班级活动有人不去很正常，换了他也不想去。

去图书馆的路上，他似乎远远看到傅明灼的两个同学走进了食堂，他记得这两人是她的舍友，傅明灼在班里跟她俩走得最近。

虽然有过几次接触，但他并不是很喜欢这两个人的性格。不过傅明灼喜欢就行，他不会干涉她的交友。最开始他还不喜欢林朝的性格呢。

可这两个人怎么还在学校？

他立刻拨了电话给傅明灼，第一遍，傅明灼没接。

他继续打。

第二遍，接通音响了一分多钟，傅明灼接起来了。

倪名决开门见山："你在哪？"

傅明灼不说话。

过了好久，倪名决的耳朵捕捉到一声微弱的抽泣声。

"傅明灼？"倪名决神色一变。

"我在家里。"傅明灼"哇"的一声哭了出来，"秋游换时间了，班级群消息太多了，我没有看到。"

"换时间了就下次去好了啊，怎么还哭上了。"倪名决啼笑皆非地哄她，"别哭了，我过来找你。"

"不是的，"傅明灼哭得更凶了，倪名决只能从她断断续续又含糊不清的话里提取到几个关键词，拼凑她的原句。

"昨天任晓和杜若雨她们明明知道我不知道秋游改时间了，却没有提醒我。"她怎么都想不明白，"我以为我们是好朋友呀。"

倪名决以最快的速度赶到了傅明灼家里。

傅明灼就坐在客厅她给他买的那张床沿上，眼眶红肿，鼓鼓囊囊的书包还背在肩上没拿下来。

看到倪名决，傅明灼的情绪彻底山崩地裂，大眼睛里迅速蒙起一层水雾，鼻翼翕动着，嘴角向下撇去。"倪名决……"她带着哭腔叫出他的名字，冲他张开双手要抱。

第十一章

不再迷你的香车美人

倪名决快步走至她面前，一手紧紧将她揽向自己，一手把她肩上的书包拿开了才抱她。

傅明灼实在是委屈得不得了，抱着他的腿，脸埋到他身上，语不成句地跟他诉苦："怪不得昨天我叫她们一起去超市她们都说不去，原来今天压根就没有秋游。我明明对她们很好的，送她们礼物，请她们吃饭、喝饮料，我把她们当好朋友的，她们为什么要这么对我，她们太坏了……"

从傅明灼有记忆开始，几乎每个人都对她抱着极大的善意，她的家人一个个把她宠到天上；萍水相逢的陌生人会围过来拉拉她的小手、摸摸她的小脸，感慨着"好可爱的宝宝"；路边商贩会因为她多看两眼就递给她一串糖葫芦；餐厅老板会送她特别的小礼物……

再后来，她上学了，社交圈扩大，认识了更多的人，越发无往不胜，因为可爱漂亮的外表加上不怕生的性格，她总能轻易地在同龄人中如鱼得水，被全校老师记住和喜欢。

成长过程中，她很多次听说过一个词，叫世间险恶。

所以她在哥哥的耳提面命下乖乖听话，当一个很警惕的小孩，不随便让别人触碰，不随便告诉别人自己的私人信息，不随便吃别人给的东西，不随便跟着别人走，她防着坏人把她绑架或者抓走卖掉，防着特殊癖好群体对她图谋不轨。

她不知道，世间险恶并非只指杀人放火、奸淫掳掠之类罪大恶极的坏事。

还有的险恶也许是出于嫉妒，出于误解，抑或是出于漠视，甚至不需要任何理由，人性的恶便会赤裸裸地向另一个无辜的人展露出来。它不会置人于性命攸关的危难之中，但它是一把隐形的锋利匕首，会在别人的心上留下狰狞的伤口。

"傅明灼，你跟我过来。"倪名决突然把她从床上拽起来。

傅明灼正哭到兴头上，抽泣个不停，踉踉跄跄地被倪名决拉进卫生间："你干什么嘛？倪名决。"

倪名决在镜子前停下来，要她看镜子里的自己。

傅明灼看着镜子里那个眼睛浮肿、狼狈不堪的自己，想起自己小时候每次哭，哥哥就会把镜子怼到她面前让她好好看看自己的样子，她以为倪名决也跟她玩这招，赌气地撇过头，拒绝搭理。

倪名决锲而不舍，把她的脑袋扳正，面向镜子。

"看到了吗？"倪名决头的微微低下来，与她齐平的高度，一起看着镜子里的她。

对着镜子，傅明灼确实有点哭不出来了。

可倪名决的下一句话完全不在她的意料之内。

他说："你知道自己现在是个美女吗？"

傅明灼怔住了，惊疑地在镜中与他对视。

"你现在是个大美女，自己知道吗？"倪名决重复一遍，语气更加认真严肃，"美女"也换成了"大美女"。

傅明灼实在不明白他突然夸她究竟是何用意，她费解地回答："我当然知道了。"

她毫无争议地被评选为院花，甚至在偌大的校园里都算得上有名有姓，学校论坛多次出现拿着她的照片寻人的帖子，她已经好几次走在路上碰到别人偷拍她的照片，还有不少胆子大的男生问她加微信，而且大都非富即帅。

她又不傻，也不瞎，她怎么可能不知道自己漂亮。

"我觉得你不太知道。"倪名决说。

倪名决葫芦里卖的到底是什么药？傅明灼已经完全忘记哭的初衷了，只顾着盯着倪名决等答案。

"你对自己的印象还停留在从前当小孩子的时候，始终没有跳出来。以前大家喜欢你是因为你可爱，大部分人对可爱的事物都会有特别多的怜爱之心，所以你很受欢迎，男女老少通吃。谁要是欺负你，不喜欢你，甚至会受到舆论的谴责——这个人怎么这么刻薄，跟一个小孩斤斤计较。"

倪名决稍稍抬高她的下巴，继续说道："但你看看你现在，这么高，快一米七的个头，都不用化妆，素面朝天就吊打这座校园里起码百分之九十的女生，你有富足无忧的家境，一出生就站在这个世界上大部分人穷其一生都无法达到的高度。现在没有一个新同学还会把你当成小孩子迁就、疼爱，当你与别人起纷争，你再也不是弱势群体，相反，对方才是，你有钱有貌，有什么值得可怜？"

这番话里信息量太大，傅明灼消化得很艰难。

"你要学会接受一个事实，那就是你以后的生命中再也不会有一个像高一（七）班一样的集体，几乎每一个人都喜欢你、跟你做好朋友——事实上即便是高一（七）班，一定也有一部分人不是真心喜欢你，而是做表面功夫。"

傅明灼连眼睛也忘了眨，愣愣地看着倪名决。

倪名决叹了一口气，自后将她环住："我不是在指责你错，你没有一点错，真诚善良有什么错？错的是那些辜负你的人，但是错的是她们，最后受伤的人是你，所以你得保护你自己，不是所有人都值得你真心以待，我希望你从今往后抛弃那些无用社交，精简你的朋友圈，必要的时候学会冷漠。”

在众多家人、老师、朋友的保护下，傅明灼的童话世界维持得比所有人都持久，但也正因为如此，当童话破碎，她比所有人都更难以适应现实世界的残酷。

有一个温热的吻落在她太阳穴。

倪名决告诉她：“但是我向你保证，在我面前你永远可以放心大胆地当小孩。”他看着她的反应，又开玩笑道，“如果我一个人的范围太小了点不够你撒泼的话，我还可以说服陆沅和一概给你扩充领地，至于林朝啊，还有你哥哥、姐姐、外婆之类的，就要你自己搞定了。”

傅明灼破涕为笑，她转过身面对面朝向倪名决，脸埋进他胸前去，闷声闷气地说：“我虽然今天被任晓和杜若雨给整了，但是交到了我最想交的好朋友。”

倪名决啼笑皆非。她又随便认好朋友了？真是不屈不挠，乐观又坚强，所以他说了这么多，她到底有没有听进去？

不等他问，傅明灼自己就说下去了：“就是贝含之，你知道贝含之吗？她名字跟我妈妈的名字最后一个字一样。”她怕倪名决不知道贝含之，就给他科普道，“就是我另外一个室友啦，今天就是她告诉我秋游改时间的。”

倪名决当然知道贝含之——长相清秀的女学霸，性格安安静静的，很是沉稳，帝城土著，名字高频出现在寝室其他几个男生口中，可惜是高岭之花一枚，专心学习，任凭别人怎么撩，她都不搭理人。

傅明灼要是和这样的姑娘打交道，倪名决明显更放心些，不过他也提醒傅明灼：“贝含之告诉你秋游改时间，可能只是举手之劳，不一定是要跟你做朋友。”

“谁说的？”傅明灼不服气地反驳，“贝含之不是在微信上告诉我的，她是刻意赶过来跟我说的，那才六点半，今天可是周末。”

倪名决实在不忍心继续拆傅明灼的台，但他更怕她又掌控不好火候，过度热情最后伤到的还是她自己：“根据我室友的线报，贝含之每天都早起去图书馆，包括周末。”

这下傅明灼无言以对了，干瞪着眼，很难接受事实。

倪名决想，也许他得循序渐进一下，不该一下子把她的童话世界拆得太彻底，总得给她一个缓冲的余地吧，所以又马上安慰她："一般人交朋友都比较慢热，尤其是这种性格比较冷淡的人，你不要这么心急，说了几句话就要跟别人当好朋友，别人压力会很大的。"

傅明灼灵光一现，找出强有力的证据证明贝含之对她不只是举手之劳："我想起来了，集合的地方和图书馆完全在两个方向！她肯定是刻意来找我的，不然她为什么要绕这么大一个圈？"

于是为了证明自己所言非虚，傅明灼给贝含之发微信："含之，谢谢你今天帮我，我请你吃饭感谢你好吗？"

贝含之："举手之劳而已，你别放在心上。"

举手之劳……倪名决这张乌鸦嘴。

傅明灼不肯相信这就是拒绝的意思，不顾倪名决的劝阻，非要刨根问底："那你来吃晚饭吗？"

贝含之过了好一会才回："抱歉啊，今晚有事。"

傅明灼无比挫败。她今天算是遭遇了人生的滑铁卢，一下子彻底失去了人缘这种原本如影随形的东西。来这座城市快一个月了，尽管她很努力地尝试融入，可是除了倪名决和袁一概，她在这里似乎依然一无所有。

正在她垂头丧气，而倪名决说"我都跟你说了不要着急"的时候，微信又响了一声。

贝含之说："我已经回家了，如果你明天晚上有空的话，我们可以一起吃个饭。"

柳暗花明又一村，傅明灼挥舞着手机扑进倪名决怀里："倪名决，你看到了吗？我就说贝含之要和我交朋友吧？"

倪名决摸着她的脑袋，不动声色地松了口气，老天终究还是眷顾她的，关上她一扇窗，又为她打开一扇门。

他教给她丛林法则，可事实上他多想她永远都用不上。他希望他的傅明小灼灼永远天真赤诚，一生被世界温柔以待。

离傅明灼远点，别一边拿着她的好处一边背地里做恶心的事情，吃相不要这么难看。再让我听到任何风声，你们两个千万不要说我没有绅士风度。

倪名决

晚上十点多，倪名决收到彭英彦的微信："哥们，什么时候回来，回来给我带份夜宵啊。”

倪名决看了已经趴在他房间睡着的傅明灼一眼，回复说：“不带，今天不回来了。”

今天他不放心让傅明灼一个人待着。

彭英彦愤愤不平，一面是夜宵泡汤的遗憾，一面是单身狗对恋爱人士的羡慕：“又去当禽兽。”

倪名决在心里默念一句脏话，把手机轻轻搁下，拿了之前留下的换洗衣物去浴室洗澡。

傅明灼是被电话铃给吵醒的，是哥哥打来的电话。

面对最依赖的人，每个人都会格外脆弱，要不是傅行此这通电话，傅明灼已经差不多忘记白天的不愉快了。可是“哥哥”两字一出现，她的委屈就重新开始翻腾，几乎是顷刻间，眼泪就夺眶而出。

她真的好想家，好想哥哥，想念被家人捧在手心保护的感觉。

倪名决洗完澡回来，正要开门的瞬间，他听到傅明灼叫道：“哥哥，姐姐。”

他不确定傅明灼是不是在打视频电话，所以停下开门的动作，没有进门去，靠在墙边等候。只是傅明灼跟她哥哥打电话，估计免不了要好好哭一场诉诉苦了。

来帝城前，宴随曾瞒着傅行此找过他，话里话外满是担忧：“名决，到了帝城麻烦你一定要好好照看灼灼，她人不是小孩样了，但心思还是跟从前一样幼稚，到了新环境，不知道她以前的路子还行不行得通。她哥哥最近都睡不好觉，担心自己没养好她，怕她到了外面适应不了。可他那时才十四岁啊，自己也只是个孩子，他懂什么，能把灼灼平安健康养大已经很不容易了……他对你有什么不客气的地方，你千万别往心里去，灼灼是他一手养大的，他只是太珍视、太爱灼灼了，生怕她受到任何伤害。”

要是让傅行此知道自己的担忧成了真，除了心疼和愤怒，他还会无比自责。

让倪名决担心的事情并没有发生，傅明灼轻快的声音在房间内响起：

“嗯，我已经在家里了。”

“很好玩啊。”

“我们去了……”她如数家珍。

电话临近尾声，她用得意扬扬的口吻说：“哥哥，你就放心吧，我同学他们都很喜欢我，我早就和他们都混熟了，交朋友嘛，我最擅长了。”

从早上听到傅明灼那声微弱的啜泣声开始，一天下来，倪名决已经为她心疼过无数次。可是这一刻，他的心最痛最痛。

听到傅明灼说“哥哥姐姐再见”以后，他才轻轻推门而入。

傅明灼有种说谎被当场抓包的惊慌失措感，她马上解释说：“倪名决，我事先声明哦，我不是出于虚荣才骗人，我只是不想我哥哥姐姐担心。”

“我知道。”倪名决拉住她的手，把脸埋下去，贴到她掌心，“傅明小灼灼，答应我一件事。”

傅明灼不肯随便答应，怕被他坑：“那你先说是什么事情嘛。”

倪名决没坑她，他说：“不管你遇到什么事情，不管我的境遇有多难，也不管我会因此有多担心，答应我你永远都不会在我面前隐瞒你的真实情绪，难过了、伤心了，要让我知道。”

他抬头，眼睛里映着她的身影：“无论何时何地，都让我做你的依靠，在我面前不要伪装坚强，你答应我。”

傅明灼的眼眶又不争气地红了，她用力点头，眼泪接连断了线的珠子般砸落下来：“我答应你。”

周一一大早，彭英彦被寝室里一阵轻手轻脚的动静吵醒，他睁开眼，从上铺往下看去，倪名决赤膊从卫生间出来，头发湿漉漉，正沿路往下滴水。

上午第一、二节有课，彭英彦怕迟到了，拿过枕边的手机，看了眼时间。

八点上课，现在才七点。

“这么早又要去叫你家傅明灼起床啊？”彭英彦迷迷糊糊地趴在床栏上，小声问道。

“嗯。”倪名决来到自己桌前。

“你为什么不跟她一起住？”彭英彦实在不解，每天这么接送的不嫌麻烦吗？他怀疑的小眼神上下打量倪名决一番。

“兄弟，你过来，我问你个问题。”彭英彦神神秘秘。

“问。”倪名决不想过去。

“你先过来。”彭英彦非常坚持。

“不。”倪名决的决，是坚决的决。

“好吧。”既然倪名决不肯过来，那彭英彦只好当着另两个不知道睡没睡醒的室友的面问了，“你不会是处男吧？”

倪名决顿住。

彭英彦似乎明白了：“好吧，当我没问，我继续睡了。”

倪名决到傅明灼家里的时候是七点二十分，正常情况下，这个点傅明灼还在睡。

但是今天有例外，傅明灼不但已经醒了，而且相当神采奕奕，倪名决在玄关就听到了她在房间里亢奋的说话声。

他推门进去，傅明灼正在跟林朝视频聊天。她面前堆了琳琅满目的化妆品，别看傅明灼几乎从不化妆，但她的化妆品多得能媲美美妆博主，其中一小部分是他当年送的，好多还是全新的，她一次都没打开过，就也带过来了，更多的是宴随给她准备的，宴随说：“化妆品是我们女孩子的财宝，有没有用和用不用，完全是两回事。”

傅明灼要林朝远程教她化妆。

林朝一大早被她叫醒，火气很大，一通恨铁不成钢的指挥：“太浓了，你以为你要上台表演京剧吗？停、停、停，我说了八百遍少量多次了，你怎么就永远都记不住！”正说在兴头上，林朝突然从镜头里看到了倪名决，第一时间捂住了镜头，“你怎么一声不吭就进来了，我妆都没化。”

倪名决原本抬着傅明灼的下巴在看她的成果，听林朝如是说，他费解地看向黑漆漆的屏幕：“我以为我们是兄弟，没想到你的讲究还挺多。”

“林朝，原来你没化妆吗？那你怎么还这么漂亮。”傅明灼正是有求于人的时候，嘴巴抹了蜜似的甜。

“你少拍马屁，我被你吵醒的，我怎么可能化妆？”林朝没好气地说，她挪开挡着镜头的手，看了一小会倪名决，说，“匿名，我觉得你好像开朗了不少。”

“是吧？”傅明灼很赞同，“我也觉得倪名决变开朗了，他在学校都交新朋友了。”

倪名决不想跟她们两个讨论自己开不开朗的无聊话题，他回归正题，看着傅明灼到处没抹匀的粉底、晕得乱七八糟的眼影、猴子屁股似的腮红、蜡笔小新似的眉毛。他扯了扯嘴角，把笑忍住了：“你怎么又一时兴起要化妆了？”

“她要用御姐的形象示人。”林朝说。

“对。”傅明灼点头如捣蒜，“我要让别人一看到我就知道，我可不是好欺负的傻白甜。”

“但是显然，你失败了。”林朝嫌弃地摇了摇头，“我隔着屏幕都觉得你的妆惨不忍睹，想必匿名现实中看到，冲击力更大。”

傅明灼看着倪名决，征求他的意见。

倪名决言简意赅："洗了吧。"

傅明灼懂他的意思了。

"化个口红，最好换掉你的背带裤。"林朝真情建议，"然后别说话，别乱动，你就是方圆十里没人敢惹的御姐。"

其实傅明灼并没有被说服，只是时间确实不允许她继续在自己脸上搞实验。所以她听他们两个的话，去卫生间把脸洗了，至于背带裤，她没换，因为她几乎没有除背带裤以外的下装，从很小开始，哥哥就是这么给她买衣服的，她除了穿校服，就是穿背带裤，穿了这么多年，习惯了肩上挂着两根背带。

等她出来，林朝已经把电话挂了，倪名决递给她一支口红："林朝让你涂这支。"

阿玛尼红管 201。

气场强大的"姨妈色"，一涂上气质都不一样了。

一路上，傅明灼举着手机当镜子左看右看，简直是百看不厌，问直男的意见："倪名决，好看吗？"

倪名决眼神停在她殷红的唇上，考虑了一下上课时间，终是理智上了上风，忍住一亲芳泽的冲动。

两人的课不同，走到教学楼楼道口，倪名决有些不放心："真不用我陪？"

他的课不好逃，老师对点到管得很严格，傅明灼坚定地婉拒了："你放心吧，我没问题的。"

冤家路窄，傅明灼在教室门口与任晓和杜若雨狭路相逢。

杜若雨眼神略有些闪躲，尴尬地和傅明灼打了个招呼："Hi!"

傅明灼撇过头，没有搭理，正要迈步进教室，背后任晓说风凉话："跟你打招呼，怎么还不理人呢？"

傅明灼终究是"不到黄河不死心"，刨根问底道："我想知道，你们是故意的吗？"

"你可能是千金大小姐当惯了，但是希望你知道，其实别人没有义务通知你。"任晓笑了笑，眼睛里没有一丝温度。

"说得对，所以她也没有义务回应你们的招呼。"教室门口传来一个很冷淡的声音，贝含之探出头来。

气氛一下子绷得紧紧的。

贝含之镇定自若地看着两人，许久，微笑着开了口："怎么了，我说错了吗？”

任晓阴阳怪气地“哼”了一声，拉着杜若雨走进了教室，擦肩而过的时候还撞了贝含之的肩一下。

贝含之毫不介意，来到她万年不变的第一排中间的座位坐下。

傅明灼特别讨厌坐第一排，在老师的眼皮子底下干什么都不自由，而且她曾经坐了太久的第一排，阴影颇深。她在自由和友情中间犹豫一小会，还是磨蹭到了贝含之旁边坐下。

贝含之已经打开了书本，自己预习。

傅明灼把留着准备当早饭的牛奶从书包里拿出来，递给贝含之套近乎：“含之，谢谢你，我坐你旁边好吗？”

“不用客气，你随意。”贝含之头也不抬，“牛奶你自己喝吧，我不喜欢喝牛奶。”

傅明灼就自己喝了。

一节课下来，贝含之一直在认真听讲，眼镜后面的眼睛紧紧盯着老师的方向，一刻也不松懈。

傅明灼没打扰她。

待到小课间，傅明灼仍是闭紧了嘴巴，始终谨记着“不能过度热情，以免吓跑贝含之”的忠告。

贝含之真的很安静，昨天晚上她们一起吃饭，除了见面的招呼、点菜的询问以及分开时候的告别，贝含之几乎没有说过话。

傅明灼又从书包里拿出一瓶牛奶来，撕开吸管包装，插进牛奶盒里，正要喝，旁边贝含之突然开口了：“你怎么还有一瓶牛奶？”她伸手，“那给我吧，正好我没吃早饭，我以为你只有一瓶呢。”

傅明灼眨巴着眼睛，叼住了吸管。

这个路数，贝含之一时半会理解不了。

与此同时，傅明灼伸手在书包里掏了一下，又变出一瓶牛奶来：“给。”

贝含之匪夷所思地接过：“你带三瓶牛奶来上课？”

“不是，”傅明灼说，“一般我带两瓶，这瓶是给倪名决的，忘记给他了。”

“那我就不客气了。”

话说到这个份上了，傅明灼哪里还会看不出来，她没有自作多情，贝含之是真的不排斥她，她马上乘胜追击：“含之，中午我们一起吃饭好吗？”

“你不是都和你男朋友一起吃饭吗？”贝含之问。

“他三四节没课，我让他自己回寝室去好了。”

贝含之在一双大眼睛的殷殷期盼下，答应了：“那行啊。”

傅明灼的热情瞬间被点燃了，“唰”地抱住贝含之的胳膊：“那我们去南区食堂吃饭好吗？他们都说南区食堂比较好吃。”

贝含之有些不适地僵了僵身体，但是最终没有挣开，任由傅明灼抱着：“嗯。”

“含之。”傅明灼观察了一下周围的情况，担忧地小声问道，“寝室里就你们三个人，你刚才这么帮我说话，以后她们两个在寝室里会不会孤立你？”

“随她们孤立吧。”贝含之毫不在意，“我本来就不需要她们，大不了我回家住。”

第二节课下课，倪名决跟彭英彦一块回了寝室，彭英彦啧啧称奇：“太阳打西边出来了，今天（一）班第三、四节不是有课吗，你不陪你家傅明灼上？”

“交到新朋友，嫌我碍事了，饭都不要跟我一起吃了。”

彭英彦一听，笑得前俯后仰：“什么新朋友，让她这么乐不思蜀？”

倪名决：“贝含之。”

三秒后，彭英彦圈住倪名决的脖子：“倪名决，你就说我们俩是不是兄弟？”

彭英彦求着倪名决从傅明灼那里套到了定位，等到中饭时间，在食堂假装偶遇两个姑娘，他感慨着“好巧啊”，不请自来地坐下来，跟她俩一起吃中饭。

巧什么巧？倪名决明明问过她在哪。所以傅明灼当时就看出端倪来了，发微信问倪名决：“英彦是想追含之吗？”

倪名决看一眼，直接把手机递给了彭英彦。

彭英彦摁着倪名决的手机，直言不讳：

“是的。”

“倪太太，你可以帮我吗？”

傅明灼被这句“倪太太”美得不行，但是她还不至于丧失理智：“暂时不行”她还没摸清彭英彦的底，不能随便推给贝含之。

倪名决收回手机，随意扫了一眼二人的聊天记录，被“倪太太”三个字吸引了注意力。

他抬眸看傅明灼，挑了挑眉。

他眼神太暧昧，傅明灼的脸没来由地烧了起来，为了掩饰尴尬，她马上扯开了话题："含之，你喜欢吃青椒吗？"

贝含之看看自己的餐盘，又看看傅明灼的，甚至把对面两个男生的餐盘都看了一遍，一颗青椒丁也没找到。她实在不知道傅明灼是如何天马行空地问出这个问题的，但还是如实相告："不太喜欢。"

倪名决在对面发出一声心知肚明的笑来。

傅明灼和贝含之迅速地熟络了起来。

两个姑娘一起上课，一起吃饭，偶尔闲暇之余傅明灼也跟着贝含之一起去图书馆，周末的时候各回各家。

"含之，我最开始以为你不想跟我做朋友呢。"熟了以后，傅明灼忍不住为自己最初的"热脸贴冷屁股"心酸了。

"我以为……"贝含之有些头疼地看了她一眼，"你想听实话吗？"

"想。"傅明灼点头。

"不生气？"

"不生。"

"我最开始的时候，以为你在装……"虽然得到保证，贝含之仍是斟酌着用语，她用了最容易接受的词语，"可爱，所以不想跟你接触。"

"我怎么装可爱了嘛？"傅明灼激动了。

贝含之提醒她："你答应过不生气的。"

"好吧，你继续说。"傅明灼闭嘴。

"我确实没想到这个世界上有人到了这个年纪——在智商正常的情况下，还会像你这样……"贝含之再次斟酌用词，"单纯，尤其你的性格，怎么说，就是男生都很喜欢，你在学校里的异性缘是我见过好到过分的，这种情况下，我很难觉得你没有刻意的成分。"

"那你最后怎么确定我不是装的呢？"傅明灼问。

"就是秋游的那天早上。"贝含之耸耸肩，"本来不想管闲事的，再说我也不知道你是不是真的不知道秋游换时间了。但还是想，万一你真的在等呢，就绕路过来看了一下，大老远看见你蹲在地上，穿个背带裤，那么大个书包都被你塞得快爆炸了，里面全是零食是不是？"

"是啊。"傅明灼不解，"那怎么了嘛。"

"就是那一刻，我的直觉让我相信你了。"

而彭英彦，几乎每天都拉着倪名决在食堂里花式偶遇她们，在两个班合上的大课上更是殷勤地坐到第一排，猛刷存在感。

久而久之，四个人的队形就固定了。

傅明灼架不住彭英彦三番五次的糖衣炮弹，决定替他去贝含之那探探口风：“含之，你觉得彭英彦这人怎么样？”

贝含之答得从容：“还不错。”

傅明灼一听有戏：“那你想不想……”

“不想。”贝含之打断，“我有男朋友了。”

傅明灼半信半疑，她从来没听贝含之提过男朋友，也从来没见贝含之跟谁有热络的联系。

“真的。”贝含之无奈地翻出手机相册给她看，“他在美国，我们异地恋，有时差，所以联系得不频繁。”

大学是个自由而浪漫的国度，这头彭英彦的如意算盘刚刚落空，那头袁一概也吹响了号角，他表示自己有了中意的女孩子，准备发动追求。

十一假期，傅明灼、倪名决回了锦城，至于袁一概，因为那个女孩子假期留在帝城，所以他也二话不说留下了，把他妈气得要吐血：“臭小子，别人是娶了媳妇忘了娘，你是连追都还没追到就不要你妈了，我算是能想象老了以后的凄凉生活了，你肯定就把我跟你爸丢进敬老院，一年半载都不出现一次……”

倪名决暑假的时候报考了驾照，不过前期因为傅明灼的失联耽搁了不少时间，没来得及学完，现在还剩科目三和科目四要考，假期他忙着练车。

傅明灼除了陪伴家人，还花了很多的时间和林朝待在一起，因为不等她假期结束，林朝就要去往遥远的大洋彼岸。

各奔东西的人生，也将从此彻底拉开帷幕。

快乐的日子总是短暂，林朝离开锦城这天，倪名决和傅明灼前去机场送行。

林朝爸没来送，因为临走前父女俩又大吵了一架。

在安检口，林朝赶倪名决：“给我和小鬼留点独处空间？”

倪名决颔首，走开前，留下一句“一切顺利”。

三年的朋友了，无须多言，所有的祝福和不舍都包含在短短四字中。

林朝点头：“你也是。”

两个姑娘靠边站，随意地聊着天。

“那个贝含之都邀请你去她家玩了哦，”聊到贝含之，林朝不禁有些酸溜溜，“你们两个关系突飞猛进啊。”

傅明灼紧紧抱住她："林朝，你不要吃醋，你永远是我最好的朋友，我会一直想念你，告诉你我每天发生的事情，就像我们还在一起一样。"

"未来四年陪着你的人是她，不是我了。"林朝摸摸她软乎乎的脸，语气陡然哽咽，"小鬼，其实我一直都很想跟你说声谢谢。"

傅明灼也瞬间红了眼眶，她不想泪洒机场，阻止林朝："林朝，别说。"

"听我说，当我走前煽情一下。"林朝坚持要说，"谢谢你，小鬼，谢谢你当我的第一个真心朋友，带我认识匿名、一概，当然还有陆沅，因为你，我终于不用继续孤独了。谢谢你在争分夺秒的高三时光花费那么多时间为我讲解功课，不厌其烦地教我，在我灰心丧气的时候鼓励我，谢谢你让我重新燃起生活的希望。"

林朝的眼泪砸下来："臭小鬼，我也会一直想念你，告诉你我每天发生的事情，你要记得你说过的话，我永远是你最好的朋友，我最多允许贝含之跟我并列第一，但是绝对不能超过我。"

"好。"傅明灼拼命点头，"你永远是我最好的朋友。"

一个多小时后，林朝在蹦擦擦群里发了两条消息：

"我登机了，后会有期。"

"陆沅，我来了，准备接驾。"

傅明灼收到消息，很是萎靡，发微信给倪名决找共鸣："陆沅哥哥走的时候，你舍得他吗？"

倪名决："舍不得。"

他跟陆沅在穿开裆裤的时候就认识了，打打闹闹那么多年，陆沅要走，他是最难过的人，在不为人知的背后，他花了很长的时间去适应陆沅不在身边的日子。

傅明灼："那你后来怎么适应的呢？"

"慢慢你就习惯了，天下没有不散的筵席。"

话题有些伤感，傅明灼很落寞地回复："我越来越觉得长大一点也不好。"

倪名决转移她的注意力："带你去兜风，去不去？"

傅明灼："怎么兜？"

倪名决给她发了张照片过来。

照片上是一把车钥匙。

傅明灼撒腿往他家的方向跑去。

到院落门口，她气喘吁吁地止住了脚步。

院落门口停着一辆鲜红的法拉利，线条流畅的车身在月色下锃光瓦亮，炫酷极了。

傅明灼迫不及待地凑近去，绕着车走了几圈，从车头一路爱不释手地摸到车尾："倪名决，你今天才考出的驾照，怎么就有车了嘛。"

"物色很久了。"倪名决说。

"倪名决，倪名决，"傅明灼欣喜地转头看他，"你记不记得，我以前也有一辆法拉利电动小汽车，跟这辆好像哦，你老是抢我的车玩，有一次还玩没电了，只好帮我推回去，后来那个车我送你了，最后又转送给我大姨家的孙子了。"

倪名决当然记得。

其实从前，法拉利，尤其是红色的法拉利，从来不在他的考虑范围之内。

只是家里说要给他买车的时候，他突然就记起了一些已经许久不曾记起的回忆来。

那天那夜，香车迷你，美人也迷你。

他很想尝尝真正的香车美人是什么滋味。

在车外摸了两圈，傅明灼迫不及待地钻进驾驶室。

东翻翻，西看看，爱不释手。

跑车傅行此有，宴随也有，家族里那些哥哥姐姐、叔叔阿姨好多人都有跑车，傅明灼早就习以为常。

她五岁的时候甚至还把傅行此的第一辆车当画板在上面用颜料画画，傅行此发现的时候大发雷霆，罚她到墙角去面壁思过。傅明灼在墙角可怜巴巴地站了十分钟，什么过都没思出来。

十分钟后，傅行此把她叫过去，问她知不知错。

傅明灼求饶向来比谁都利索："宝宝知道了。"

"错哪了？"

傅明灼想了想："小叮当不能画成绿色，小叮当是蓝色的。"

傅行此：真是服了。

但是不知道为什么，倪名决有车了，傅明灼就是感到特别激动，甚至莫名觉得倪名决更帅了，帅得她无法直视。

"倪名决，倪名决。"她双手把着方向盘，下定了决心，"等放寒假了，我也要报名学车。”

傅明灼八月中上旬才满十八周岁，没过一个礼拜就开学了，没有什么空余时间学车，不过按照她原本的想法，她也没打算学——考驾照过程烦琐且辛苦，反正出行有司机接送，她一颗四体不勤的掌上明珠，为什么要自找苦吃？

她现在改变主意了，她也要开车，让自己拥有惨绝人寰的那种帅。

不过倪名决泼她凉水，发起了无情的嘲笑：“你连自行车都不会骑。”

“谁说我不会骑自行车？”傅明灼不服。

倪名决脑海中浮起她那辆带着辅助轮的儿童自行车，更是嘲她没商量：“两轮。”

“谁说不会骑两轮自行车就不能学开汽车？驾校又不是你家开的，我想学就学，你管不着。”傅明灼气结，“而且自行车是四轮的，汽车也是四轮的，说不定我适应得更快。”

倪名决不想跟她进行没有意义的争吵，她先说服她哥让她考驾照再说吧，后面有的是让她打退堂鼓的时候，光是早起练车这一条就够她吃一壶的了。

“行、行、行，你学。”他探身进车，朝副驾驶位点点下巴示意，“去，坐过去。”

傅明灼犹豫一小会，既想二话不说拍拍屁股走人，给倪名决点颜色瞧瞧——谁让他看不起她，但又忍不住很想坐在他的副驾驶去兜风。

权衡利弊片刻，她的脊梁骨又不争气地弯了。

因为倪名决堵住了她的去路，她只得跨过中控到副驾驶位去。

她不是从前那个灵活的小矮子了，现在两条长腿在狭小空间内很是碍事，费了老半天劲才挪到副驾驶位。

等安稳坐好，傅明灼微喘着，忍不住在心里埋怨倪名决没有绅士风度，这种情况下，他身为男生不是应该替女士打开副驾驶的门，等她坐进去了再帮她关门的吗？

倪名决坐进驾驶位，关上车门，一手搭在方向盘上，倾身靠近她。

两人毕竟交往一个多月了，傅明灼很明白此时此刻他的表情和动作趋势都意味着什么。

算下来，他们很久都没有亲近了，自从国庆放假以来，他在考驾照，她忙着陪家人和林朝，单独相处的时间十分少。

傅明灼闭上眼睛。

但是意料之中的吻迟迟没有落下来，不但如此，她还听到倪名决笑了。

傅明灼睁开眼睛，看到倪名决一脸促狭的笑，他搁在方向盘上的手探过来，撑在副驾驶旁的车门上。

少顷，他弯了弯嘴角："傅明小灼灼，我给你系安全带，你想什么呢？"

说话的同时，他两手配合着拉动安全带。

三两下把安全带拉到合适的长度，然后他摸索着找到扣环，"嗒"一声，扣上了。

傅明灼顿时恼羞成怒。

"倪……"

未完的话被堵了个严严实实。

数日的思念如数倾泻。

一瞬间，什么被嘲笑不会骑自行车，什么扣安全带来整她，傅明灼都忘记了，她攥紧他的衣角，仰起头迎合他。

今天的倪名决很不一样，他比从前任何一次都急切粗暴，怀抱近乎桎梏，嘴上力道更是没轻没重，傅明灼的嘴唇和舌根都在叫嚣疼痛。

除此之外，他第一次对她动手动脚了。

不可避免地，傅明灼有点害怕。她紧紧闭着眼睛，浑身发僵，心跳几近失控，但是与喜欢的人亲近是每一个人的本能，她心里更多的是甜蜜，所以她没有阻止，最终慢慢松懈下来。

倪名决得寸进尺，像是要把这些天的缺失全补上似的没完没了。

锦都壹号院每家每户院落里都种了几棵桂花树，正是满城桂香的时刻，桂花树满枝头都缀着金黄色的小米粒般的花朵，馥郁的香味甜而不腻，被秋风一吹，无孔不入地钻进车里来，嫌如胶似漆的火热还不够似的，非要再添一把薪火。

傅明灼到后来已经彻底没了力气，瘫软在倪名决怀中，任凭他放肆。

漫长而炽热的吻终于停下来了，倪名决额头抵到她座椅靠背上，待到急促的呼吸稍稍平缓些，他侧过头，嘴唇轻轻贴在她耳郭，声音是致命的喑哑："傅明小灼灼，多吃点木瓜。"

傅明灼哆嗦着，哪里说得出话来。

倪名决轻啄着她的耳垂，继续道："但是很软，很滑。"

傅明灼原本就成了糨糊的脑袋，这下算是彻底炸成了一朵又一朵的烟花。

这天风没兜成，他们耽搁了太多的时间，傅行此都打电话过来催傅明灼回家了。

虽然明知哥哥只是打来电话，看不到她，但是傅明灼做贼心虚，慌忙推开倪名决才敢把电话接起来。

倪名决靠回驾驶位，闭目屏息。

傅明灼一通答应，挂了电话，她眼睛也不好意思看倪名决，说了句“我要回家了”，然后伸手胡乱摸索到门把手打开门，想赶紧冲出去，却忘了自己身上还绑着安全带，被重新拉回座椅。

她又手忙脚乱地去解安全带。

夜风徐徐灌进来，傅明灼解了安全带，稍稍平静下来，看倪名决还闭着眼睛，她好奇心发作，没忍住快速往下看了一眼，速度太快，什么都没来得及看到，再抬眸却发现他已经睁眼了，满眼的危险信号。

也不知道有没有看到她刚才的举动。

傅明灼的那一丝丝平静又不见了，她结结巴巴地问：“倪，倪名决……你是不是很，很难受？”

倪名决侧头，很认真：“这么好奇，你可以自己来感受一下。”

傅明灼落荒而逃。

假期结束，两人回了帝城。

傅明灼不再每周回家。因为傅行此问她：“灼灼，你是不是在学校不开心？”

傅明灼确实还没有适应大学生活。她不知道多少次在梦里梦到自己坐在座位上听徐忠亮讲课，身边是熟悉而友好的同学们，左边是林朝，前面是倪名决，等到中午，他们蹦擦擦嘉蓝支队就一起去食堂吃饭。

醒来什么都没有，她偷偷在半夜哭过好多次。

她不想让家人担心，矢口否认：“没有啊。”

“那你为什么每周都回来？”傅行此眼神探究，“你不嫌累吗？”

周末一共才两天，她得耗费大量时间在路上，劳累不说，能待在家里的时间根本就少得可怜。

尽管如此，她还是每周都坚持要回来。

傅行此一手把傅明灼从襁褓中养大，这个世界上最了解傅明灼的人他称第二就没有人敢称第一，傅明灼又娇气又懒惰，新鲜劲很快就过了，没道理长期吃得下这个苦。

为了让哥哥放心，傅明灼改成一月回一次家。

班级的秋游活动重新约了时间，并如期进行。傅明灼很早就决定不去参加，应假期前贝含之的邀请，去贝家玩了一天。

贝含之的外公是退休的老教师，父母都是知识分子，一个在大学当英语教授，一个在研究院工作。家中学习氛围甚是浓厚，能培养出一个安静好学的贝含之，一点也不奇怪。

至于和倪名决的发展，傅明灼是做足了思想准备的，原以为回了帝城“天高皇帝远”，倪名决会变本加厉，但是令她意想不到的是，倪名决再也没有进一步的举动，停留于那天达到的程度。

傅明灼放下心来，隐隐的，却也有那么一丝怅然若失。

唯一遗憾的就是，那天光顾着亲热，都没来得及乘坐倪名决开的车。她回忆起当年倪名决开那辆电动法拉利载她的画面，也许是因为个人情感美化了记忆，但是她真的觉得他开车的样子爆炸帅。

她原以为至少得等到两人下回一起回锦城才能实现愿望了。

圣诞节那天是个周六，天异常冷，还下起了雨夹雪。

傅明灼在家里舒舒服服睡了半上午，闲来无事跟王中王和盖中盖玩到临近中午，倪名决打来电话：“我在过来的路上，你现在起床，我们出去过圣诞节。”

傅明灼看着窗外的天气，打了个寒战，十分坚定地拒绝了：“我们在家过，点外卖嘛！”

“出去过圣诞，给你准备了个惊喜。”倪名决说。

傅明灼永远都不可能拒绝得了惊喜、礼物之类的诱惑，不过她也怕被骗，郑重其事地事先提醒倪名决：“那你要保证真的是惊喜，因为如果惊喜不够喜的话，我就会很生气的。”

倪名决在心里嘲笑她的生气是最不值钱的东西，一个冰激凌就能哄好，不过嘴上没惹她，信誓旦旦地保证：“真的是惊喜。”

“好吧。”傅明灼答应了。

傅明灼把自己裹得跟头熊一样才下的楼。她左看右看都没看到倪名决，想给他打电话，但是奈何她的围巾遮住了小半张脸，Face ID 识别不出来她，两次过后就锁住了，输密码又得脱手套，她一筹莫展，来回踱了几步，开始不耐烦。

不远处一辆歇在路边的黑色 SUV 冲她短促地摁了一声喇叭，吸引了她的注意力。

她瞪大眼睛，狐疑地打量起来。

像是要证实她的猜测，那车降下副驾驶旁的车窗来。

驾驶室的人，不是倪名决又是谁？傅明灼伞也顾不上打，撒腿就朝车跑去。她没着急上车，围着车转了一圈，保时捷卡宴，帝城牌照。

她走到倪名决旁边的时候，倪名决无可奈何地把车窗降下来了：“上车了，这么大雨怎么还磨磨蹭蹭的。”

傅明灼这才小跑到副驾驶位旁上了车。

“倪名决，”她兴奋地在车上四处摸，“这是哪里来的车嘛。”

“我的。”倪名决说。

她来摸方向盘了，咯咯笑着：“你怎么又买一辆？”

“我妈说有车接送你方便一点。”就是帝城牌照难搞，挂名在他一个远房亲戚公司名下。

在学校开跑车太高调，他选了比较低调的车型。

“那你是托我的福。”傅明灼抓住精髓。

“我谢谢你啊。”

“不客气。”傅明灼说着拿出手机，给林幼华拨了个电话过去。

倪名决替她把安全带扣上。

两人同时回想到了上回发生在车里的事情。倪名决刚靠拢过去，傅明灼眼神闪躲着，大声说：“阿姨，你怎么这么好嘛！”

她说完这句话，倪名决清晰地听到手机听筒里还在播放等待音乐。

本来只是逗她，但她搞这么一出，他就忍不住要动真格欺负她了。

“灼灼。”很快，电话通了，林幼华的声音从听筒中传出来。

倪名决置若罔闻。

“灼灼？”林幼华再度叫道。

傅明灼急眼了，扭着身子挣扎，幅度不敢太大，怕被林幼华听出端倪来。

倪名决算准了她这种心态，拢住她一边脸，又不慌不忙地缠绵数秒，直到林幼华在那头嘀咕“没信号吗？”，他才松口。

傅明灼瞪他一眼，在林幼华挂电话之前开了口：

“阿姨，可能是信号不好……嗯，现在听得清了。”

倪名决一脸得逞的笑，发动了汽车。

傅明灼每次和林幼华打电话都能说很久的话，这次也不例外，她挂掉电话已经是将近二十分钟以后的事了。

倪名决开车很稳，几乎没有新手的慌乱和局促，只是速度比较慢。

傅明灼有种“果然是我的男人，沉着又帅气”的自豪感，连倪名决当着他妈的面欺负她的事情也抛诸脑后了，十分崇拜地开了口：“倪名决，你开得好好哦。”

“多亏你曾经借车让我练。”倪名决又随口胡说。

傅明灼很受用。

说是过圣诞节，其实两个人也就去了商场吃饭，从餐厅出来，倪名决拉着傅明灼一起逛商场。

“不行，我不去！”傅明灼不干，抓着扶梯不肯放，她最讨厌的事情就是逛街，“你答应过我的，带我出来是给我惊喜的。”

倪名决不允许她拒绝，他今天的目的除了带她兜风，还有换掉她的背带裤。

“倪名决，你不能干涉我的穿衣自由。”傅明灼被他拽着走，一路发起强烈抗议，“我就喜欢穿背带裤，我自己穿，又没让你穿，你管不着。”

倪名决就近把她拉进一家店，转了一圈，让导购拿了一件黑色及膝羊绒大衣和一条白色针织连衣裙给她。

傅明灼对背带裤情有独钟，别的衣服看不上眼，不肯去试。

“你要是懒得动手，我可以代劳。”倪名决说。

傅明灼回想了一下车上的场景，倪名决都能在和他妈通话时耍流氓，试问还有什么是他干不出来的？她打定主意，她可以试，但她一定要把倪名决的审美贬得一文不值。

只是从试衣间出来，她在镜子前照来照去，莫名觉得这衣服好像不怎么丑，更见鬼的是还越看越好看了。奇怪，这一身普普通通，有什么出彩的？

傅明灼的尊严不许她直接说喜欢，她只能装作勉为其难的样子说：“倪名决，如果你坚持要给我买的话，那我也没有办法。”

倪名决忍俊不禁：“嗯，是我一定要给你买。”

这一天战果颇丰，傅明灼以“如果你坚持要给我买的话，我也没有办法”为正当理由，在倪名决的“胁迫”下收获颇丰，甚至在倪名决的“胁迫”下，最后那套直接就没脱下来。

扫荡完，两人又去电影院看了场电影，出来的时候夜很深了，晚上十一点多，外头的雨还没有消停的趋势，淅淅沥沥地下着。

傅明灼的睡眠时间已到，她在电影院就昏昏欲睡，后半场什么都没看进去，到了车上更是秒睡。

她睡得正香，被倪名决叫醒。

她以为是到家了，结果一睁眼，车还在前行，只是速度非常之慢。

“怎么了？”傅明灼好奇道。

倪名决示意她看窗外。非机动车道上，与他们的车差不多速度前行的是一道骑着共享单车的身影，因为下着雨，她不得不单手撑着伞前行，很是狼狈。

这人是任晓。

任晓的家境不算很好，每到周末和假期都会去外面打工赚生活费，现在这个点地铁已经停运，而家又距离学校太远，她舍不得打车回家，选择咬牙骑共享单车省钱。

倪名决探究地看着傅明灼。傅明灼多管闲事，心肠极软，是很容易“好了伤疤就忘了疼”的那类人，以他对她的了解，她会叫任晓上车。

傅明灼盯着车外的任晓看了一小会，其间，倪名决的车一直保持着低速与任晓并排前行。

任晓发现了不对劲，转头望过来。

与此同时，傅明灼漠然地扭回了头：“倪名决，我们回家吧。”

她穿着大人的衣服，脸上有大人的表情，也做了大人会做的选择。

第十二章

成人仪式

第二天傅明灼照例睡到快中午才醒，趿着拖鞋迷迷瞪瞪地去倪名决房间找他。

路过客卫，里面传来水声。

倪名决在洗澡，傅明灼兀自进了他的房间。她最近沉迷于玩蚂蚁森林，跟倪名决合种了一棵树，每天起床第一件事情就是偷能量，再登录倪名决的支付宝账号偷一遍，今天既然他就在这，那她也省得切号了，直接拿他手机就是了。

可惜倪名决的支付宝好友特别少，对合种树的贡献不及她的十分之一。

好友列表一共就三只小绿手，傅明灼用了不到十秒钟就偷完了，十分惆怅。

倪名决的人缘可真差。

她正要锁屏，微信弹出一条新消息来。

傅明灼非常顺手地点进去了，倪名决的手机向来随便她玩。

是陆沅的消息，陆沅问："匿名，最近一概有没有总是问你借钱？"

傅明灼感到很奇怪。

袁一概的零花钱两万块钱一个月，怎么会沦落到老是问朋友借钱呢？

傅明灼去翻了一下倪名决和袁一概的聊天记录。

两人最后的聊天内容也围绕着借钱的话题。

袁一概："匿名，手头宽裕不？借我一万五，下个月还你。"

倪名决："我三天前刚借了你一万，又花完了？"

倪名决："你在干什么违法乱纪的事情吗？"

袁一概否认："瑶瑶看上个包。"

倪名决："你不是才送她一条项链吗？"

袁一概发了个恳求的表情："最后一次，再追不到我就放弃了。"

倪名决："我也不多了，今天给傅明灼买了不少衣服。"

袁一概也不强求："行吧，那我再想想办法。"

倪名决："脑子清醒点。"

袁一概："知道了，知道了。"

倪名决没钱了？傅明灼被转移了注意力，她快速用自己的微信给倪名决转了一笔钱，再用倪名决的手机收了，然后把转账记录给删了。

她点删除的同时，房门开了，倪名决穿着居家服进来，傅明灼做贼心虚地把手机给扔远了。

倪名决奇怪地看她一眼："在干吗？"

傅明灼怕自己说实话会伤他自尊，眼珠子一转，转移了话题："陆沅哥哥问你，一概最近有没有经常问你借钱。"

“借了。”倪名决说起袁一概就头疼。

那个瑶瑶变着法子问袁一概要这要那，最开始是口红香水之类的小件，现在升级成首饰和包包了。袁一概的生活费哪里经得起这个折腾法，他不忍女神失望，想尽办法问父母要钱仍然填不满无底洞，只得跟兄弟开口。

虽然收了袁一概那么多的礼物，但瑶瑶说，他们只是朋友。

倪名决借了给袁一概三次钱，不想继续“助纣为虐”了，干脆以给傅明灼买衣服为借口拒绝了。

“那个瑶瑶明显不喜欢一概，她只是为了他的钱嘛！”傅明灼义愤填膺，“那你和陆沅哥哥应该要让一概知道她的真实面目，不能让一概继续被骗了。”

“提醒过他了，没用。”倪名决一直没告诉傅明灼这件事情，现在她知道了，他十分担心她会多管闲事，所以事先阻止她，“一概自己心里清楚得很，你别去插手别人的私事，知道吗？”

傅明灼应不下来，梗着脖子噘着嘴，过了老半天，她不服气地质问：“可是我们不是一概的朋友吗，怎么可以眼睁睁看他跳火坑？”

倪名决一时半会不知道怎么跟她解释某些人情世故的道理，她的世界太纯粹，对就是对，错就是错，没有中间地带。

傅明灼眨巴着眼睛，等他的回答。

他叹了口气，摸摸她的头：“你的出发点是好的，但是一概不需要。”

傅明灼还想说点什么，被倪名决提前截断，他换了个思路：“一概没有问你借钱，因为他觉得借钱，尤其是问女生借钱很丢脸，他不想你知道，所以别戳穿他，当作不知道就好。”

这个理由傅明灼勉强能接受，半晌，她无精打采地点点头。

“我和陆沅会尽量劝着他。”倪名决宽慰她。

“好吧。”傅明灼答应了。

“乖。”

得到了傅明灼的保证，倪名决去回复陆沅了，粗略一算，袁一概的债务已经很可观，两人达成共识，都不要再借钱给袁一概。

跟陆沅聊完天，倪名决看到傅明灼趴在床上滑着手机，神情专注。

“在干吗？”他亲昵地凑过去。

傅明灼在买吃的，将十几桶方便火锅丢进了购物车，除此之外，她购物车里还有大量食物和饮料：方便面、饼干、牛肉干……

“在干吗？”倪名决重复问道。

“我给一概买吃的，我怕他没钱吃饭。”傅明灼继续去搜罗吃食了，“既然借钱给他他会乱花，那买吃的给他他总不可能送人了吧。”

倪名决怔了一下，而后抬手捏捏她的脸。

长不大就长不大吧，反正她是个乖小孩。

尽管所有人都不看好袁一概这段感情，但是袁一概越挫越勇，待到大一下学期开学没几天，他在群里发布喜讯：“各位，我脱单了。”

瑶瑶点头了。

蹦擦擦剩余四个人没一个人喜欢那个瑶瑶的，不过袁一概苦苦追了这么久终于得偿所愿，大家还是纷纷恭喜他。

傅明灼早就好奇这个瑶瑶到底是何方神圣了，能把袁一概迷得七荤八素，她马上撺掇袁一概：“一概，以前你老说自己是我和倪名决的电灯泡，现在你不用当电灯泡啦，我们四个人可以一起玩，两对，刚刚好。”

“好啊，我们过两天一起吃个饭，我介绍瑶瑶给你们认识。”袁一概答应得很爽快。

但这个“过两天”迟迟没有兑现，袁一概每次和傅明灼、倪名决聚餐，仍是孤身一人，袁一概很会给女朋友找借口：“瑶瑶怕生。”

一个多月后，在一次深夜撸串中，喝了几瓶啤酒的袁一概终于开启酒后吐真言模式：“明灼，我问你个问题。”

傅明灼停下了咀嚼：“什么？”

“你为什么朋友圈不秀恩爱啊？”袁一概问道，“你一条有关匿名的朋友圈都没有发过。”

“我哥哥会不高兴的。”傅明灼说。

袁一概不解：“可是现在我们已经上大学了，恋爱自由。”

“其实我哥哥肯定知道我和倪名决在谈恋爱，他只是装作不知道。”傅明灼继续啃牛肉串，“所以我不发。”

什么跟什么啊这是，袁一概完全没懂傅明灼的因果关系，他直接问出心中疑问：“你不发，是不是因为还没有认定匿名，所以不想被别人知道？”

“什么嘛。”傅明灼才是没懂袁一概的逻辑了，她坚定地否决，“当然不是了！”

“原来你这么早就认定我了啊？”倪名决在一旁戏谑道。

傅明灼装聋作哑，拒绝回答。

袁一概跟傅明灼说不通，换目标找倪名决，“匿名，那你无所谓吗？”

倪名决哪里还能不明白袁一概为何这般反常：“瑶瑶不肯秀恩爱？”

酒精上头，袁一概的话匣子彻底打开了：“何止，每次明明是我们去约会，我们也拍了合照，可她只发自己的单人自拍照。我给她送礼物，她在朋友圈晒，从来不明说是男朋友送的。她不带我见她的朋友，也不肯跟我来见你们，每次都推托说进度太快了，见朋友而已，又不是见家长，我就搞不明白这跟进度有什么关系……”

袁一概絮絮叨叨说了好多。

傅明灼哪里还忍得住：“一概，她明显不喜欢你！”

“可是她不喜欢我为什么要跟我在一起？”袁一概较真地问道，接下去，他自问自答地就把答案说出来了，“她只是贪图我对她的好，她喜欢的是我的钱。”

傅明灼同仇敌忾，眼见就要跟着一起数落瑶瑶的不是，倪名决眼明手快，一把捂住她的嘴，对袁一概说道：“行了，一概，别喝了，再喝该醉了。”

两人合力把袁一概弄回寝室，回家路上，傅明灼不满地埋怨倪名决：“你为什么不让我说？一概好不容易自己想通了，我当然要劝他分手了，那个瑶瑶明显就不是真心跟一概谈恋爱嘛，她就是为了一概的钱。”

“你信不信他明天一醒来又继续当舔狗。”倪名决说，“等他醒来，你今天说的他女朋友的坏话他全给你记着，指不定怎么记恨你。”

傅明灼不相信袁一概会这么对她。

代驾司机在前方表示赞同：“小姑娘，小伙子说得没错咧，别人的感情千万不要插手，不然你好心好意结果里外不是人，只能等他自己想通。”

倪名决喝了酒，没开车。

虽然寒假已过，傅明灼也确实在寒假一开始就兴致勃勃地报名了学车，但是光打卡签到五次的任务就令她疯狂打响退堂鼓，考驾照的事情自然就这么不了了之了。

不光是袁一概的瑶瑶“神龙见首不见尾”，还有贝含之的男朋友，傅明灼也只听过种种事迹却始终没有机会一睹真容。

傅明灼好奇贝含之的爱情故事，贝含之最开始一笔带过：“我们两个没什么好说的，青梅竹马一起长大，后来就自然而然在一起了。”

不过架不住傅明灼死缠烂打，贝含之给她讲了许多自己和男友之间的故事。年少轻狂，张扬又肆意，在家长的激烈反对下越挫越勇。

没想到贝含之这种“学习机器”也有过这么叛逆的岁月，得是怎样有魅力的男人才能让她这么疯狂？

傅明灼好奇心越发爆棚。

“哎呀，有什么好看的，我不是给你看过照片吗？”贝含之埋汰起男友毫不留情，但是脸上有温柔笑意，“他长得又不帅，我是看惯了才不觉得丑了。”

六月末，暑假敲锣打鼓地走近了，但还有道期末考的难关等着闯。复习昏天暗地，自习室整夜灯火通明，半夜了还是人头攒动，辛苦程度不亚于高三。

这天，傅明灼照例约着贝含之一起去自习室学习，贝含之却拒绝了：“明灼，这几天我有些事情，就不跟你一起复习了。”

后天就考微积分了，难度最高的科目几乎没有之一的微积分啊！贝含之居然会在这种紧要关头抛下学习。

傅明灼怀疑的小眼神围着贝含之打转，她发起一记直击灵魂的拷问：“含之，你男朋友回国来找你啦？”

贝含之知道傅明灼精，但没想到她精成了这样。

“我也要看。”傅明灼来劲了，“你都看倪名决那么多次了，我却一次都没看过你的男朋友，这不公平。”

“那是一个概念吗？”贝含之哭笑不得，“我怕影响你复习，所以打算考完微积分再告诉你，到时候让他请你吃饭。”

“不影响，不影响。”傅明灼连日来复习的疲倦一扫而空，整个人精神奕奕，“今天就可以，我请你们吃也可以。”

到时间点，贝含之去机场接了男友。

晚饭时间，傅明灼与两人在约好的餐厅碰面。

“明灼你好，久仰大名。”贝含之的男友友好地冲她伸出了手，“谢谢你一直关照含之。”

贝含之的男友第一眼看起来确实普普通通，没什么出彩的地方，但是他人很健谈，幽默又风趣，是个很有内涵的男人。

贝含之陪傅明灼坐在桌子一侧，她男朋友坐在对面，但也许是在大庭广众之下的原因，也许是有第三人在场的原因，贝含之和她男朋友虽然举手抬足间很有默契，但并没有表现出太强烈的亲密感。

傅明灼很是佩服贝含之的冷静和克制，要是换了她和倪名决几个月不见，她一定会恨不得黏在他身上。

“含之，我想吃……”傅明灼未完的话随着贝含之不经意间撩头发的动作，有了一个小小的停顿，她很快若无其事地接了下去，“鱼丸，你可以给我夹吗？”

贝含之没有察觉出傅明灼小小的异常，给她夹了两个鱼丸。

傅明灼咬着热乎乎的鱼丸，头埋得低低的，心里的震惊一浪高过一浪。

贝含之撩头发的时候，脖子上有好几处旖旎吻痕乍现。

林朝去澳洲已经八个多月，依然每天都和傅明灼保持热络的联系。

虽然相隔万里，但是她们悉知对方身边的每一个人，也以文字、图片、视频的方式，事无巨细地参与着对方的生活。

所以，要搬去和陆沅同住的消息，林朝当然第一时间告知了傅明灼。

“哇。”傅明灼惊叹，好奇宝宝上线，“那你们睡一个房间吗？”

“当然了。”

“一张床吗？”傅明灼追问。

林朝惊了：“难不成我们还要弄个上下铺？”

傅明灼瞪大了眼睛，口无遮拦：“那你要和陆沅哥哥睡一起吗？”

傅明灼问的都是些什么？林朝真情实感地迷惑了：“不然呢？”

傅明灼把这三个字来回品了好多遍，被深深地震撼了。

林朝费解地蹙眉：“都是成年人了，很奇怪吗？”

“你没有告诉过我。”傅明灼说，“我当然不知道了，我以为你会告诉我的。”

平时林朝连在路上看到一棵歪脖子树、写作业写一半水笔没墨的小事都会分享给她的。

“我去……”林朝笑到拍桌，“所以你没告诉我，是因为你真的没有？不是吧，你们两个单独在帝城待了大半年，这么能沉住气？”

傅明灼除了觉得自己遭到了深深的欺骗，还觉得自己似乎遭到了无情的嘲笑。

暑假一晃而过，八月中旬，傅明灼和倪名决再度离开锦城，前往帝城，成了大二的学长学姐。

袁一概的学校还没开学，不过他早一个多星期就离开锦城了，带着女朋友一起去泰国玩了一趟。从泰国回来直接到的帝城，他终于带着瑶瑶见了倪名决和傅明灼一面。

总体来说，瑶瑶没有照片上那么好看，不过确实是很多男孩子会喜欢的长相，长了一张清秀的初恋脸。

瑶瑶并不像傅明灼以为的那般冷淡难搞，相反，跟袁一概极为黏糊，两人就跟连体婴似的，亲昵的小动作不断，一点看不出为钱妥协的勉强。

可能是日久生情了吧。

傅明灼为袁一概高兴的同时，还有点惆怅，因为她发现，她所有的朋友都已经在不为人知的时刻完成了某个神秘的成人仪式。

只有她和倪名决还没有。

算下来，她跟倪名决在一起也已经一年了呢。

等等……

在一起一年……

一年……

一年！！！！

“倪名决。”傅明灼抓住倪名决的小臂，小声跟他说悄悄话。

“嗯？”倪名决凑近。

“你知道明天是什么日子吗？”

倪名决毫不犹豫，张口即来：“傅明小灼灼当我女朋友一周年纪念日。”

傅明灼眼前一黑。完犊子，倪名决居然记得那么清楚，可她把周年纪念日忘了个一干二净啊！

“那你给我准备礼物了吗？”傅明灼继续问。

“当然。”倪名决合理怀疑她一下，“你不会忘记了吧？”

“哪能呢。”傅明灼干笑着，“我也给你准备了一份大礼。”

“那我就拭目以待了。”倪名决半信半疑地扯扯嘴角。

接下来，傅明灼完全没有心情吃饭了，陷入了对周年礼物的慎重考虑中，忧郁地看着瑶瑶剥虾喂袁一概。

“瑶瑶？”突然，有两个路过的女孩子停住了脚步，叫道。

瑶瑶笑容突然凝固，整个人像避瘟疫似的退离开袁一概。

“真的是你啊。”其中一个女孩子笑道，“你怎么也这么早就回学校了，看你朋友圈你在泰国旅游啊。”

“是啊，没事情就提前回来了。”瑶瑶眼神飘忽不定。

“你跟一概……哈？”另一个女孩子暧昧地笑起来，“之前还不肯承认嘞。”

先前发声的女孩子也追问道：“你就是跟他一起去的泰国啊？”

“不是。”瑶瑶矢口否认，“我们刚好碰到，就一起吃饭。”她不敢再看袁一概，只坚定地说道，“我们只是朋友。”

寒暄完，两个女孩子离去。

餐桌上的气氛不言而喻。

“一概……”瑶瑶鼓起勇气率先开口。

“朋友？”袁一概扔掉餐巾站了起来，冷笑道，“原来朋友是可以接吻可以睡一起的，我学到了。”

瑶瑶死死咬着下嘴唇，嘴唇都因此泛着白，许久，她脸上闪过一抹破罐破摔的狠意来：“袁一概，你知不知道自己有多胖，你知不知道跟一个胖子谈恋爱会遭受什么样的嘲笑？你不是想知道我为什么不秀恩爱，为什么不带你见朋友吗，好，我现在告诉你，因为我觉得丢脸，最开始我就告诉你我不喜欢胖子了，你为什么不能为了我减肥？”

袁一概微微颤抖着，说不出一个字，过了很久，他径直离开了，没有回头。

倪名决快速结了账，拉着傅明灼追上去。

走到半道，傅明灼气不过，停下脚步冲瑶瑶骂道：“你以为你是什么仙女吗，仙女也不能看不起一概！你配不上他一根小手指，垃圾！”

等再起步，她想起从前倪名决的忠告来，认错：“对不起，倪名决，你叫我别管闲事，可我实在忍不住了。”

倪名决摸摸她的脑袋：“没事，还骂轻了。”

袁一概的初恋以伤痕累累告终。

倪名决陪了他整整一夜，任由他酩酊大醉，痛哭流涕，发泄个痛快。

第二天傍晚再醒来，袁一概很冷静，无视瑶瑶刷屏式的认错短信，删掉了她所有的联系方式，然后把自己收拾干净，在两个好朋友的陪同下，一起去健身房报了班。

等倪名决和傅明灼安顿好袁一概，已经是晚上九点多。

他们的第一个周年纪念日，只剩下一个尾巴了。

“还好还来得及。”倪名决眨眨疲倦的眼睛，圈住傅明灼的脖子，微俯下身，侧脸蹭了蹭她的，“走，过纪念日去。”

傅明灼说：“倪名决，我们去一下超市。”

倪名决不明白，去超市而已，她为什么要像做了某种重大决定似的郑重其事。

超市十点就关门了，现在去必然会着急忙慌。

“你要买什么？”倪名决问。

傅明灼答得顺溜："零食。"

"家里不是还有很多吗？"

傅明灼看他一眼，坚持要去："我想要的家里没有。"

倪名决只好带她去了趟超市。

今日的傅明灼奇奇怪怪，说是要买零食，事实上她走在食品区兴致缺缺，不像从前看到零食柜两眼冒金光，就连走过她最爱的冰激凌冰柜，她也正眼都没瞧一下。

十点将至，超市广播开始催促顾客尽快结账。

"不是说要买零食？"倪名决推着空空如也的推车，也开始催了，"快点买啊。"

傅明灼顺手就从旁边抄了两包零食。

"好了。"她说。

倪名决觉得她根本不知道自己买了什么。

倪名决再三确认，傅明灼都说自己已经买好了零食，他才百思不得其解地跟着她一起去了收银台。

他们排队的那一列，前面有一个人正在结账，等候过程中，倪名决随意看着眼花缭乱的糖果口香糖货架。

突然，有什么东西被扔进自家推车，与零食包装碰撞，发出一声窸窣声响。

他以为傅明灼是又看中了什么零食："要加赶紧加……"

随着他看清推车里新加的东西是什么，他的话戛然而止。

而傅明灼，正目不斜视地看着正前方，目光悠长而深远，一副置身事外的表情，像极了她什么都不知情。

倪名决探身，从购物车底部把东西给拿了起来。

傅明灼终于有反应了，偷偷摸摸瞟了他一眼，一对上他的眼睛，她立刻就把视线移开了，继续做出一副"别问我，不关我事，我什么也不知道"的样子来。

要不是这一眼，倪名决差点相信超市天花板会闲来无事吐东西玩了。

他左手拿着小盒子，慢条斯理地在右手手背上轻拍。

持续的声响吸引了收银员和前头顾客的目光。

年轻的帅哥一边把玩着盒子，一边似笑非笑地看着一个漂亮的姑娘，英俊的脸庞上满是玩味的表情。

画面实在是很有冲击感。

傅明灼没有任何反应，显然打定主意要装死到底，现在就算地震了、海啸了，她也绝不会皱一下眉头。

前头的顾客埋完单，装袋离开。

收银员看看倪名决，又看看傅明灼，又看来又看去，鼓足勇气小心翼翼地打断：“你好，帅哥，有会员卡吗？”

“啪”一声。

东西被轻轻扔在收银台上，买下的意思。

“137……”倪名决报了傅明灼的手机号。

收银员输完手机号，将商品扫码。

与此同时，倪名决将购物车里剩余的两袋零食给拎了出来，递给收银员：“这两个不要了。”

收银员默默把零食塞进收银台下，尽量用最专业、最不含私人情感的声音问道：“请问需要袋子吗？”

“不用。”倪名决说。

收营业按下结算键：“好的，一共是四十九元九角。”

倪名决把手机递了过去。

支付成功，他把东西拿上，转身递给傅明灼。

傅明灼的面部表情依然维持得毫无变化，一丝端倪都看不出，对视两秒钟，她淡定地接过来。现在傅明灼很偶尔才图方便穿背带裤，今天刚好又穿了。她把东西塞进背带裤肚子前的口袋里，口袋明显鼓起一个小小的包。

她双手交叉，挡在肚子前，无视收银员打探的眼神，径直走了。

回家路上，车里十分安静，没有人说话。

倪名决把车停在傅明灼家楼下，傅明灼率先上楼去了。倪名决把车停好再上去，她已经在洗澡，浴室里亮着灯，花洒的水流声哗啦啦地响，从超市带回来的战利品就大大咧咧地摆在她床上。

确实是好大一份周年纪念礼物，隆重得完全超乎他的想象。倪名决在她床上躺下来，想知道她为此都做了哪些准备。

他解锁她的手机，点进手机自带浏览器，浏览器显示她有二百多个未关闭页面，包括但不限于以下搜索，

“交往一年为什么男朋友从来不想关系更进一步？”

没有不想。

“男生每次都和我分房睡，除了不爱还可能是什么？”

因为爱。

……

再往前——

“恋爱一周年纪念日送什么好？”

看来你已经想好了。

“男生喜欢女朋友送什么礼物给自己？”

同上。

“男生最喜欢礼物排行榜。”

再同上。

“恋爱纪念日一定要送礼物吗？”

是的。

“忘记一周年纪念日性质严重吗？”

很严重。

“男生介意女朋友忘记恋爱纪念日吗？”

非常介意。

……

可以说是万分精彩的浏览记录，毫不夸张地说，倪名决的心情复杂程度达到了二十年之最，云集了感动、心疼、好笑、无语、不满等众多大将。

看完数百条搜索记录，再往前是机票查询的页面了，倪名决把她手机原封不动地放回去。

过了一会，他实在忍不住，手臂遮住眼睛，笑了出来。

没多久，浴室里的水声停了。

“倪名决。”傅明灼扯着嗓子叫他。

“干吗？”

傅明灼说：“我没带浴巾。”

倪名决从她衣柜里给她拿了件浴袍，来到浴室门口叩了两下门，“给你挂门口了。”

浴室里有那么几秒钟的安静。

然后是一声巨响，类似脚踹在玻璃上发出的声响，然后傅明灼以一种冷静到无赖的口吻说：“我摔倒了，你给我送进来。”

她的目的很明确，表现更是已经明显到就差明说。她真的胆大包天。

女朋友都逼到这个份上了，再推托枉为男人，倪名决没有犹豫，打开了卫生间的门。

氤氲的湿气夹杂着玫瑰味沐浴乳的香气扑面而来。

傅明灼躲在淋浴房被热气模糊的玻璃后头，探了头和半边肩膀出来，湿漉漉的长发蜿蜒着贴在皮肤上，白花花的身子在玻璃后面露出隐隐约约的大致轮廓。

见他真的进来，傅明灼强行伪装了一个晚上的淡定终于出现裂缝，她眼珠子不自在地转了转，仍试图故作镇定：“我浴巾呢，你给我拿进来呀。”

“用不着。”倪名决直接走到她身边，在她的惊叫中把她拖了出来，“反正穿不住的。”

满手的滑腻腻，又香又软，刚被沐浴乳滋润过的皮肤触感只能用“神奇”来形容，“肤若凝脂”便是用来形容她的，令人爱不释手。

外头开着冷气，傅明灼皮肤上水分未干，一与空气接触，她顿时被冻出一身的鸡皮疙瘩。

倪名决脸上有难忍的戾气，额头青筋暴突。

傅明灼被摔在床上，床垫在重力作用下弹了几下。她死死闭上眼睛，心快跳出嗓子眼，感觉到床垫下陷，光亮被一道覆上来的阴影遮住，倪名决的手按在她手臂上，她忍不住一个哆嗦。

倪名决发出一声嗤笑，嘲讽她：“这就怕了？”

“我是被冻的。”傅明灼睁开眼睛，强行给自己“挽尊”，“空调太冷了。”

倪名决又笑了一声。

傅明灼没力气反驳了，她根本不敢面对他的眼睛，所以再次死死把眼睛给闭上了。

她是真的很紧张。

从记起一周年纪念日到现在不过二十四个小时左右，而且期间还要照料袁一概，时间太仓促，她根本没有做好准备，无论是理论知识储备还是思想准备。

她整个人绷得紧紧的，浑身每一块肌肉都在用力。

“没事的，不要害怕。”傅明灼握紧拳头，默默在心里给自己打气，“如果临阵退缩的话，一周年纪念日就没有礼物送倪名决了。”

倪名决看她睫毛像两把小扇子不住地上下颤抖着，他笑了一下，在她眼皮上落下轻轻一吻，身体压下去，把头埋在了她颈侧。

傅明灼等了好一会，迟迟没等到他有下一步的动作。

她知道他不会碰她了。

她松了一口气的同时又感到失落，不明白自己做到这个份上了，他为什么还是无动于衷："你不想吗？"

倪名决问："你不想长到一米七二了？"

傅明灼跟别的女孩子不一样，她一直到高二的尾巴才来初潮，现在也才不过有两年的光景，连经期都尚未固定下来，他担心影响她的成长，更担心她的器官尚未发育完全。

所以他怎敢轻举妄动。

要不是因为这样，她早就连骨头带渣都被吞了个干干净净。

傅明灼稍稍扭了扭身子。

倪名决难耐地斥责："别动。"

傅明灼不听话，又扭扭身子感受一下。她这回算是放心了，他既不是对她没兴趣，身体也很健康，而是出于对她的关心和爱护。

"嗞——"倪名决咬牙，"说了让你别动。"

"你很难受吗？"傅明灼关切道。

"废话。"倪名决没好气地说。

"哦。"傅明灼干巴巴地应了，过了一会，她又开口了，似乎很为难，"那……"

倪名决以为她在帮他想解决的办法。

结果她说："我送你礼物是你自己不要哦，这不能怪我，那你准备的周年礼物还是得给我。"

"换个礼物送我。"倪名决拉住她的手。

傅明灼刚刚安定下来的心，重新被提到九万英尺之上。

有一就有二，这天起，倪名决留宿傅明灼这里的次数大大增加。

彭英彦宛若操碎了心的老父亲，面对倪名决的夜不归宿十分欣慰，并自觉绝不让倪名决连续三晚住在寝室："兄弟，你听我的，青春短暂，趁年轻就是要尽兴！"

新世界的大门打开以后，傅明灼有时候被撩起火了，会产生"算了，一米七一就一米七一吧，四舍五入已经长到一米七二了"的不管不顾来，只是无论再过火，倪名决的意志力从不下线，坚决守住最后一道防线。

第十三章

嫁给我吧

临近阳历年末，Q大发通知将组织元旦文艺会演，呼吁学生们踊跃报名参与。

之前林朝、陆沅就说好会趁圣诞假来帝城找大家好好玩一段时间，所以傅明灼轻而易举说服了蹦擦擦再度出山上台表演。

她每天都掰着手指数林朝和陆沅回国的日子还有多少天，期待蹦擦擦久违的合体。

她要介绍林朝和贝含之认识。

还想给袁一概介绍个女朋友，他减肥四个多月，瘦了快四十斤，已经显出帅哥的雏形来，上台那么一表演，保管能虏获女孩子的芳心。

……

林朝、陆沅回国前夜，傅明灼亢奋难眠，待到后半夜还没睡着。

微信有新消息进来。

是林朝。

“小鬼，你能不能跟我说说匿名的妹妹。”

虽然傅明灼和倪名决在一起了，并且和倪震、林幼华的关系都非常亲近，但是其实她对林昭的了解并不很多，因为大家都很少提起林昭。

四年多过去了，林昭仍是家人心中一道无法触碰的伤口，她的离去对她的家庭而言是永永远远的遗憾。

傅明灼不知道林朝知道了多少有关林昭的事情，更不知道自己是否可以把自己知道的那些告诉林朝。

她怕自己坏事。

可林朝现在很需要她。

思来想去，她去倪名决房间找他。

夜已深，倪名决睡熟了。

傅明灼掀开他的被子躺进去，轻轻推他，小声叫道：“倪名决，倪名决。”

倪名决被她吵醒，以为她是想跟他一起睡觉，他睡眼惺忪地看她一眼就又重新闭上了，熟门熟路地搂过她的腰。

“倪名决，你看。”傅明灼把手机怼到倪名决面前。

倪名决眯起眼，好一会才适应了手机光，他看清屏幕上的字，陷入沉默。

“我怎么说呀。”傅明灼求助。

她许久没回，林朝又发来一句：“她跟我同名，对吗？”

倪名决在旁边看到，低咒了一声，说：“陆沅怎么还没说，我早就让他跟她说了算了。”

“林朝连昭昭的名字都不知道吗？”傅明灼有点蒙，“为什么不告诉她呢？难道陆沅哥哥是担心林朝以为自己是替身吗，可是她和昭昭是完全不一样的人呀，我也可以做证，林朝不会不讲道理的。”

“你以为陆沅告诉她了，陆沅也以为你跟她关系这么好肯定告诉她了，事实上你们谁也没有告诉她，林朝一直都不知道。”

林朝知道陆沅不可能轻易忘记过世的青梅竹马，理解是一回事，接受是另一回事，她不想自己给自己找不痛快，所以从不探听。恰巧她听倪名决提到过一个叫“倪霜霜”的妹妹，便下意识以为这便是倪名决的妹妹、陆沅的青梅竹马了，但事实上，倪霜霜只是倪名决的堂妹。

林朝发现陆沅身上有“LZ”的文身，以为是自己，感动得直掉眼泪。

陆沅这才知道，林朝根本不知道倪名决的妹妹叫“林昭”。那种情况下，陆沅不忍告知她真相，原想缓几天找个合适的机会再说。

但第二天，林朝找到他：“我给你个惊喜。”

她脱下衣服，身上同样的位置，赫然是一个新鲜出炉的“LY”文身，红肿尚未消退。

告诉林朝有关“林昭”的事情，就这么再次被搁置了下来。

倪名决给傅明灼建议：“他们的事情，你不要插手。”

傅明灼听他的话，没有过多透露什么，勉强稳住了林朝，等她放下手机，天已经快亮。她丝毫没有睡意，一旁的倪名决同样没有。

傅明灼钻进他怀里：“倪名决，你说陆沅哥哥放下昭昭了吗？”

“我不知道。”倪名决抱住她的脑袋，下巴搁到她发顶上，“我们很少聊昭昭，他和林朝在一起以后，更是几乎没有聊过了。”

林昭，是他们所有人的禁忌。

傅明灼很担心林朝：“林朝那么喜欢陆沅哥哥，如果陆沅哥哥心里始终有另一个人，她肯定会很难过的。”

倪名决沉默了好久，才说：“其实我不希望陆沅放下昭昭，我知道我这么说对林朝很不公平。可是昭昭这一辈子太短了，也不该是那样的结局，她在这个世界留下的痕迹越来越少，我希望她喜欢的男孩子可以一直记得她。”他苦笑一笑，“你和她甚至都来不及认识。”

傅明灼回想自己和林昭的唯一一次见面，林昭高高瘦瘦，长相不若倪名决那么出众，却是很耐看的类型，温柔又秀婉，让人如沐春风。那时候的她还把林昭当成是倪名决的女朋友，哪里想过自己有朝一日居然会成了人家的嫂子。

有关陆沅该不该放下林昭，傅明灼和倪名决的出发点不同，有不同的想法。

谁都没有错。她希望林朝获得纯粹的、毫无保留的幸福，但她也不会道德绑架倪名决。

倪名决和林昭的关系，就像哥哥和她一样呢，如果她走了，她不能想象哥哥会有多难过、多痛心。

她用力抱紧倪名决，尽力给他安慰："我见过昭昭，虽然只有一面，但我很喜欢她。她要是还在，我一定会对她很好，我会好好照顾她。"

苦涩之余，倪名决没忍住笑了一下。

傅明灼这个没有自知之明的，林昭是个很会照顾别人的人，她要是还活着，肯定是她惯着傅明灼、照顾傅明灼，傅明灼坐享其成就行。

前提是，抛开如果林昭还活着、他和傅明灼根本就不会认识的现实因素。

看命运打的这一手牌到底有多绝，安排傅明灼来到他身边，前提竟是要他失去孪生妹妹。

次日晚上，蹦擦擦帝城支队在机场接到了蹦擦擦澳洲支队。

澳洲支队一切如常，没有显出任何争吵过和不愉快的端倪，乍一见面，话题全围绕着瘦了一大圈的袁一概打转。

"不得了，再瘦下去要帅过匿名了。"林朝反手拍拍袁一概仍是鼓鼓囊囊的肚子，调笑道，"蹦擦擦颜值担当啊。"

袁一概到了减肥瓶颈期，正是有点灰心丧气，每天想自暴自弃、暴饮暴食的时候，让林朝这么一说，他笑逐颜开，重燃信心："你这么说，我今天晚上都不好意思放开肚子吃饭了。"

事实上菜一上来，他吃得比谁都多。

在外头闹腾腾地吃完饭，大家回了傅明灼的家，五个人加两条狗，屋子被挤得满满当当，欢声笑语不断。

傅明灼和林朝许久未见，成了连体婴不肯分开，晚上当然是要睡一起的，倪名决和陆沅一间，要打呼噜影响别人的袁一概孤零零地睡客厅的床。

睡前夜话时间，傅明灼打听情况："林朝，你和陆沅哥哥和好了吗？"

"我才不跟他吵。"林朝两手搁在后脑勺后，看着天花板，侧影轮廓透出她与生俱来的倔强，"我想通了，我才不自己找不痛快呢，我又不是不知道他有个过世了的白月光，他忘不掉就忘不掉，活人争不过死人，可死人也永远争不过活人，我费了那么多力气才追到的男人，为什么要为了早就知道的事情自寻烦恼。”停顿一秒，她骂一句脏话，“就是文这个文身痛死我了，陆沉这个浑蛋，文身文侧肋骨那么痛的地方……算我自作多情，我要再文个什么东西遮掉。”

傅明灼看她这么通透，稍稍放下心来，抱着她嘟囔：“林朝，你千万不要和陆沉哥哥分手哦，不然以后我们蹦擦擦聚会会不会很尴尬？”

“果然是友情比爱情持久啊。”林朝感慨着，话题扯到傅明灼身上来，“别光说我和陆沉啊，你和匿名也要好好的。”

“我和倪名决好得很呢。”傅明灼说。

“有多好？”林朝坏笑一声，八卦道，“您老的一周年礼物终于送出去了？”

傅明灼被噎住了。

林朝怎么会不懂她的沉默，意味深长地“哦”了一声，彻底服气了：“匿名绝对是能干大事的人，意志力太顽强了，他是忍者神龟变的吧？”

“不过我给你个忠告，”林朝话锋一转，“不管怎样你都得验个货才能嫁给他，帅不能当饭吃的。”

黑夜里，傅明灼老脸一红，倪名决身体好着呢。

傅明灼本以为，同名风波算是过去了。

没想到大半年后，林朝和陆沉的感情还是走到了尽头。

林朝退了群，蹦擦擦微信群名后面的“（5）”变成了“（4）”。

有关分开，林朝在电话里给傅明灼的解释只有三个字：“我累了。”

“可是你可以不退群吗？”傅明灼央求，“少了你的蹦擦擦就不是蹦擦擦了。”

“小鬼，希望你永远都没有机会懂得，真的喜欢过的人是没法分手后当朋友的。”再多的，林朝什么也不肯说了，“我想一个人静静。先挂了。”

这天正好是傅明灼二十岁的生日，原本每年的八月七日就不是什么愉快的日子，林朝还退群了，她心情更郁闷了。

此时已经是深夜，她蹑手蹑脚地起床，离家出走去了倪名决家里。

林朝和陆沉分手的消息搅得蹦擦擦全员不得安宁，倪名决也还没睡，他游戏打一半得到的消息，正坐在电脑前，在男生群里和袁一概聊天，陆沉则始终一言不发。

傅明灼走过去，从他手臂下钻进去，坐到他腿上，抓住他的衣服将脸埋进他胸前。

“这么晚了，过来不怕被你哥哥发现。”倪名决收紧手臂，抱住她。

傅明灼赌气地说：“发现就发现。”

倪名决听出她语气里的怨气，不由得啼笑皆非：“你跟我撒什么气？”

“啊……！”傅明灼也知道自己不该迁怒倪名决，可她实在烦得要命，苦兮兮地哀叹一声，“我不想林朝和陆沅哥哥分手，更不想‘蹦擦擦’散掉，难道以后我们五个人都没法一起玩了吗？”

“他们的感情外人没法干涉。”倪名决纵然也为此感到遗憾，却还是平静地接受了现实，“我们只能管好自己。”

“怎么管？”推人及己，傅明灼丧得很，化成悲观哲学家，“爱情一定是这个全世界上最不稳定的东西了。”

“傅明小灼灼，你今天都二十周岁了。”倪名决突然来了一句风马牛不相及的话。

傅明灼无精打采：“是啊，那又怎么了嘛。”

她已经不想继续长大了，大人的世界一点也不好玩。

倪名决凑近她的耳朵：“从今天开始，法律允许你成为别人的合法妻子了。”

傅明灼怔住，抬头看他。

“可惜，”倪名决低下头来，额头与她相抵，近距离看着她的眼睛，“可惜我还没满二十二周岁。”

一个月后他才满二十一岁，距《离婚姻法》规定的男性结婚年龄还有一年有余。

傅明灼看着他的眼睛，忘记了说话。他的意思明明很简单，但是因为太过震撼，她不得不一遍遍反复咀嚼他的话，以确认自己没有会错了意。

“如果爱情不稳定，那婚姻够稳定吗？”倪名决问道。

傅明灼的心跳失控地在胸腔里加速，她屏住呼吸，静待他的下文。

“我希望在我有限的人生里，能最长限度地成为你的合法丈夫。”

“傅明灼，”他在她唇上落下浅浅一吻，蛊惑道，“明年九月四号，嫁给我吧。”

傅明灼拽着倪名决上衣的前襟，半晌都不说话，偶尔才抬眼看他一眼，一跟他的视线相撞，她就马上重新垂眸。

这么几次之后，她才扭扭捏捏地开口了：“倪名决，你怎么突然求婚了嘛。”

“嗯。”倪名决拉住她的手不让她继续蹂躏他的衣服，“那你答应吗？”

傅明灼把脑袋靠到他肩上去，很小声地说：“答应的。”

虽然是意料之中且皆大欢喜的答案，但是倪名决忍不住要逗她了：“傅明灼，你是不是太好骗了一点？钻戒啊，单膝下跪啊，海誓山盟啊，什么都没有，就这样你也答应。”

傅明灼算是听出来了，倪名决在埋汰她不够矜持，确实，对比电影和电视剧里的求婚桥段，她的这个可以说是最简陋的了。可“说出去的话，泼出去的水”，她又不能收回来，只能厚着脸皮耍赖：“我就答应，你管不着。”

倪名决笑一声，将她抱紧。

静静相拥片刻，倪名决说：“都会补给你的。”

傅明灼：“好。”其实她不是很在意那些形式，不过倪名决要是为她准备，她当然会很开心。

倪名决说：“谢谢你答应我的求婚。”

傅明灼憋笑：“也谢谢你向我求婚。”

有婚约在身，傅明灼从倪名决家里走出来的时候，感觉自己肩上沉甸甸的，她半是甜蜜半是感慨地回了家，蹑手蹑脚地打开家门，上了楼。

突然，楼道灯光大亮。

傅行此就在房门口站着，手从电灯开关上落下来，抱臂倚墙而站。

傅明灼吓得像只奓了毛的猫，直接跳了起来，看清是傅行此，她强压住内心的惶恐，故作镇定地打招呼：“哥哥，你怎么也还没睡？”

傅行此上下打量傅明灼几眼，面上沉静如水：“你又下去喝水了？”

傅明灼的心肝猛地颤了两颤。

又？

又……

高三前的那个暑假，倪名决把她叫下楼去，她回来也是被哥哥抓了个现行。

啊啊啊，哥哥一定什么都知道了！不然他为什么要强调“又”？但在他直接挑明之前，她绝对不能不打自招。

飙演技的时候到了，傅明灼露出一丝讨好的笑来：“对啊。”

“明天我让阿姨给你房间里备一套烧水的工具。”傅行此仍是波澜不惊的样子，“省得你老是半夜三更跑下去喝水。”

傅明灼不敢想象自己脸上的笑有多勉强，她硬着头皮道谢：“谢谢哥哥。”

傅行此不理她，转身进了房间关上门。

这天晚上，傅明灼做梦梦到倪名决补给她一个非常盛大的求婚仪式，地点就在锦城最热闹的广场，无数孔明灯飘浮在空中，四面八方的电子屏上都滚动播放着他们的照片，背景音乐是《园游会》。

众目睽睽之下，倪名决单膝下跪，从口袋里掏出一个红色的首饰盒来，然后有人给她眼睛上绑了一条半透明的丝带。

傅明灼正在那纳闷呢，就见倪名决打开了首饰盒，他说："傅明小灼灼，嫁给我。"

傅明灼这才明白为什么别人要给她蒙眼，因为这个钻戒实在是太大了，是她这辈子见过最大、最夸张的，足足有一个鸡蛋那么大，璀璨光芒直冲云霄，照亮夜空。

然后千万人一起呐喊："嫁给他，嫁给他！"

就在傅明灼满脸幸福想说"好"的时候，突然有一道充满威严和愤怒的声音，远远地从天边而来："我不同意这门亲事！"

众人让开一条路，小路尽头，是愤怒的傅行此："傅明灼，我看你是吃了熊心豹子胆。"

傅明灼从睡梦中吓醒过来，抚着狂跳的胸口，一时不知该喜该忧。虽然盛大的求婚仪式还没好好感受就化为乌有，但好歹哥哥的愤怒也随之消失不见了。

不管怎么说，倪名决真的跟她求婚了呢。

这个不是梦。

傅明灼心里美出一朵又一朵五彩缤纷的小花来。

说曹操，曹操就到，倪名决的电话打过来了，傅明灼欣喜地接起来："喂，倪名决——"她拖长了尾音撒娇。

"喂，傅明小灼灼——"倪名决学她说话。

傅明灼咯咯直笑："你学我干什么嘛。"

倪名决说正事："去不去我家吃饭？"

他说的是"去不去"而不是"来不来"，所以傅明灼一下就听出来他指的是父母家。

"阿姨叫我们吃饭吗？"傅明灼问。

"嗯。"

"哦。"傅明灼想了想，又问，"那阿姨知道你跟我求婚了吗？"

"知道了。"倪名决说，"刚跟她说了。"

这天，倪名决头一回等傅明灼出门等那么久。傅明灼向来有一颗比钢铁直男还缺心眼的心，如果她要出门，除非她醒不过来在赖床，不然一般情况下她抓到哪件衣服就穿哪件衣服，除此之外更是鲜少化妆，素面朝天就出门了，所以到现在为止她的化妆技术还是一塌糊涂，最多擦个口红就了事。

今天的傅明灼穿了一条长度到膝盖的白色连衣裙，脚上踩了一双洋气的红色平底皮鞋，前所未有的淑女，淑女到她走起路来都怪不自在的，就跟那两条腿不是她的了似的。

傅明灼的个头已经达到她早些年口口声声说的一米七二，并且还超了四毫米，这个身高在普通女生里完全是出类拔萃了，所以她没有高跟鞋。

待她上车，倪名决更是发现她涂了口红擦了粉，戴了项链和手镯，还喷了香水。

他伸手，食指揩去傅明灼侧脸一点没抹匀的粉底。

傅明灼期待地看着他。

倪名决费解地回视。

傅明灼又等一会，不太高兴地开了口："难道你不夸我今天漂亮吗？"

倪名决的反应能力很强："傅明小灼灼的漂亮还需要夸吗？"

"哼。"傅明灼高兴了，"我穿这个衣服，你妈妈会喜欢吗？我挑了好久呢。"

"用不着这么麻烦。"倪名决启动汽车，非常真诚地回答，"你就算披个麻袋，她都喜欢你。"

傅明灼没安静两秒，问题又来了："我们不需要带礼物去吗？"

"突然这么见外干什么？"倪名决奇怪地侧头看她一眼。傅明灼这几年来是他家的常客，熟门熟路，丝毫不受拘束，就跟在她自己家里一样自在，向来没有送礼物这种礼数上的困扰。

接下去的一路，傅明灼显得有些沉默，一直在玩手机，跟她从前嘚啵嘚啵停不下嘴的风格大相径庭。

倪名决瞥了一眼，她在和贝含之聊天。

约莫二十分钟后，他们平安抵达。

倪名决解开安全带，打开车门。

车门刚开了一条缝，傅明灼如临大敌地拉住他："倪名决！"

倪名决看她一眼，重新关上车门："怎么了？"

傅明灼纠结一会，把心中的疑虑问出口："那我今天开始应该喊你妈妈阿姨还是妈妈嘛！"

倪名决愣了一下，反应过来以后，他靠在傅明灼肩上笑得上气不接下气：“傅明小灼灼，你这么心急啊？”

敢情她一路上就在纠结这个呢。

照理来说，当然是叫阿姨了。他和傅明灼既没有结婚，也没有订婚，甚至还没有取得双方家长的同意，放在古代，他们这种行为只能叫作“私订终身”，是不作数的。

但是他父母这边是完全不用担心的，二老早就好几年前就认定她了，巴不得她早点嫁进来。

再者，傅明灼应该想要一个妈妈很久很久了。

“都可以。”倪名决说。

“都可以是叫什么嘛！”傅明灼嘀咕着。

贝含之的微信来了：“小傻瓜，你和名决还没订婚，当然是叫叔叔阿姨了，你矜持一点，订婚了才能叫爸爸妈妈。”

好吧。傅明灼哪懂那些人情世故，这才知道自己过于急迫了。她收起手机，跟着倪名决下了车，进到屋里见到倪震和林幼华，她老老实实喊道：“叔叔，阿姨。”

“灼灼。”林幼华满面春风地迎上来拉住她，拉着她左右看了看，“这下真的快要给阿姨当儿媳妇了。”

傅明灼一路上多余的紧张立刻都不见了。

林幼华带着她往客厅沙发的方向走：“是不是又长高了？我都得抬头看你了。”

“是又长高了，”说到身高，傅明灼的话匣子打开了，“我一米七二多四毫米了呢，而且我还在长高，说不定我能长到一米八。”

“别长了，”林幼华笑着连连摇头，“现在这样就很高了，跟名决差个十几厘米，还可以穿穿高跟鞋。”

这是一顿一切如常的便饭，跟往常完全没有什么两样，只有倪震在百忙之中被林幼华勒令必须回家，不得缺席和准儿媳吃的第一顿饭。

直到傅明灼即将起身告别的时候，林幼华把她叫住了。倪震塞给她两个厚厚的红包，林幼华则拉住她的手给她套上一个做工精致考究的金手镯：“这是我嫁给名决爸爸的时候，他奶奶给我的，现在给你了。”她笑道，“你们年轻人应该不会喜欢这么老土的黄金手镯，你收藏着就好，我到时候给你买年轻人喜欢的东西。今天名决说得太突然了，害得我都没时间给你准备什么。”

傅明灼轻轻挥动手臂，手镯在她纤细的手腕上上下滑动着。知道林幼华喜欢她是一回事，真的收到代表认同的见面礼又是另一回事，她的高兴明明白白全摆在脸上，笑得见牙不见眼：“谢谢叔叔阿姨。”

林幼华故意板起脸：“还叫叔叔阿姨呢？”

傅明灼愣住了，过了一会，她下意识看向倪名决，征求他的意见。

倪名决也故意板起脸催促道：“还不快叫爸爸妈妈。”

傅明灼的喉咙一下子变得滚烫，似乎被烈火灼烧过，她张了好几次口，才轻轻喊出那两个字：“妈妈。”

“欸。”林幼华应。

傅明灼的眼前一下子模糊了，这是她平生第一次叫“妈妈”的时候有人回应她。往常，她都是对着空气，对着相片，或者对着冰冷的墓碑叫。

从来没有人可以回应她。

整整二十年来，谁也想象不到她多想有个妈妈。对别人而言，妈妈是像空气、水一样稀松平常的存在，可对她而言，妈妈只是一个抽象的概念。

今天，她终于有妈妈了。

虽然不是真正意义上给她生命、与她有着血浓于水的亲情的母亲，但是从今天开始，眼前的这个女人会以另一种妈妈的形式存在于她的生命中，给她母爱。

看傅明灼嘴角撇下来，林幼华的眼眶也顿时红了，心疼傅明灼有之，欣慰儿子的终身大事有着落有之，想念林昭亦有之。林幼华强忍着泪水，把傅明灼搂进怀里拍着她的背哄她：“好了，好了，灼灼乖，不哭噢。”

一哄，傅明灼哭得更厉害了。

傅明灼哭到一半，在林幼华怀里转了个脑袋，看到一旁的倪震，泪眼模糊中还不忘记要讲礼貌，乖巧地叫倪震一声：“爸爸。”

“欸，欸，不哭不哭。”倪震拍拍她的脑袋，铁骨铮铮的大男人又何尝不是跟妻子一样百感交集。

上一回有小姑娘叫他爸爸，已经是足足五年前的事了。

傅明灼好不容易才跟倪震、林幼华依依惜别，红肿着眼睛坐在返程的车上，抽泣一时半会停不下来，她翻来覆去地打量林幼华给她的金手镯。

看完手镯，她打开两个红包往里面瞧了一眼，不出意外全是红钞，她又原封不动收起来，找倪名决说话：“倪名决，看来每个地方的风俗不一样，含之说他们那里不订婚就不会叫男方的爸爸妈妈为爸爸妈妈的，男生也不能这样叫女生的爸爸妈妈。”

倪名决专注地看着前方：“我们这里也不叫。”

“可你妈妈让我叫。”傅明灼不解。

倪名决看她一眼：“可能是因为她特别喜欢你，等不及，想听你叫她妈妈了。”

傅明灼乐得跺脚。

倪名决淡笑。

其实当然不是了。

林幼华再喜欢傅明灼，也不至于不顾礼数连一声“妈妈”都等不及，她只是受了儿子的拜托，好成全傅明灼的心愿——早点有妈妈。

倪名决和傅明灼非常默契地达成共识，要去北郊山上一趟。

把对方介绍给自己逝去的家人。

“其实我每次去看我妈妈的时候也会看一下昭昭。”傅明灼捧着两束花坐在副驾驶上，芬芳的花香味扑鼻而来。

倪名决微笑着看她。

巧了，他也是。

梁赫之的墓地在下，两人先去了梁赫之那。

傅明灼把花束摆放在墓碑前，蹲下来叫道：“妈妈。”

她一边拿湿纸巾擦拭墓碑上的灰尘，一边絮絮叨叨地说着话：“我今天带了一个人来看你，他就是倪名决。昨天晚上倪名决跟我求婚了，等明年他满二十二岁了，我们就要结婚，就像当年你和爸爸一样。”

“妈妈，你放心吧，倪名决对我特别好。”

傅明灼展示手上的手镯：“这是他妈妈送我的手镯，除了你，我又多了个妈妈。”

接着，她又说：“妈妈，倪名决的妹妹昭昭也去到你们那个世界了，他们的妈妈现在也是我的妈妈了，所以我也分享你当他们的妈妈，麻烦你在那里要多多照顾昭昭哦。”

傅明灼之前要说的话，倪名决都可以预见，唯独最后这一段，完全在他意料之外，是他根本想象不到的。

他的小太阳实在是太温暖、太善良。

傅明灼啰啰嗦嗦地说了一番自己的近况，这才跟母亲告别：“妈妈再见。”

她看向倪名决。

虽然当着别人的面跟墓碑说话不是倪名决的风格，但是在傅明灼的殷切期盼下，他还是克服心理障碍，跟梁赫之道别："阿姨再见。"

傅明灼眼睛一鼓，不高兴了："我管你妈妈叫妈妈，你怎么还叫我妈妈阿姨嘛！"

倪名决马上改口："妈妈再见。"

纵使墓地氛围严肃且悲伤，可倪名决还是忍不住在心里埋汰傅明灼——她也就仗着她妈妈没法说话，她有本事就在她哥哥面前也跟他共享称呼。

连条秀恩爱的朋友圈都不敢发一个。

看完梁赫之，他们继续往上，来到林昭墓前。

傅明灼同样把花束放下，蹲下来看着林昭的照片，熟稔自在地拿出了长辈的架势和姿态来，说："昭昭，我是姐姐，我和哥哥来看你了。"

这下倪名决是彻底没忍住，笑了场。

他跟傅晨阳聊天的时候，傅晨阳跟他说过不少自己和傅明灼小时候的趣事，其中有一件就是有关傅明灼二十年不变的官瘾："小姑姑很喜欢摆架子，虽然我只比她小两岁，以前我一直比她长得高，但是从小到大她一定要我叫她小姑姑，如果我叫她的名字，她就会很生气，所以我小的时候老是故意叫她傅明灼挑衅她，屡试不爽。"

他今天算是彻底见识到了。

先别说他和林昭是孪生兄妹，出生时间就差了十分钟，大部分时候其实林昭也不会叫他哥哥而是直接喊他名字，何况林昭比傅明灼还大了差不多一岁。

"笑什么？"傅明灼知道他什么意思，拿大眼睛瞪他，"你是昭昭的哥哥，那我就是昭昭的姐姐，我说错了吗？你比陆沅哥哥大，你还不是让陆沅哥哥叫你哥哥？"

"没有。"倪名决认输，"昭昭确实要叫你一声姐姐。"

傅明灼"哼"了一声，从口袋里拿出震动的手机来。

等挂了电话，她说："我外婆叫我晚上去她家吃饭。"

"嗯。"倪名决没在意，随意应了一声。

傅明灼盯他一会："那你要不要一起去呀？"

把倪名决带去外婆家，傅明灼毫无心理负担。

外婆曾是个书香门第出身的小姐，知书达理，温和内敛，唯独碰到与傅明灼有关的事情，外婆的三观就下线了。她把对过世的女儿的爱悉数转移到了外孙女身上，不管傅明灼做什么，只要不会伤害到自己，她都会无条件支持。

还别说，当年傅行此要是把妹妹交给外公外婆抚养，傅明灼大概率真的会被养歪——小时候是那种新闻里人人喊打的熊孩子，长大了就是巨婴，严重点，说不定还会成为社会败类。

外婆是这个世界上最不分青红皂白地袒护傅明灼的人。

外婆已经八十六岁高龄了，但是耳聪目明，精神抖擞，是个十分健朗的老太太。

“宝贝你来啦？”见到傅明灼的第一眼，外婆就中气十足地冲外孙女喊道。

“外婆！”傅明灼冲到外婆面前，亲昵地抱了外婆一会，然后神神秘秘地拉着外婆往外面走，“外婆，我给你看个东西。”

“什么呀？”外婆乐呵呵地跟着她走。

走到车旁，傅明灼说：“外婆，你要向我保证，你一定要很喜欢他哦。”

“好的。”外婆信誓旦旦地答应了，外婆张望一下，因为有车玻璃的阻挡，看不清车里有什么，她记起傅明灼之前捡了一条独眼狗，因为没养在家里，所以她从来没见过。

外婆猜测，傅明灼可能是把狗带来了。

傅明灼一边叫着“灯灯灯等”一边把门打开了，期待地等着外婆的反应。

车里没有狗，只有一个非常漂亮的年轻男孩子。

外婆愣住了。

“外婆，他叫倪名决。”傅明灼介绍说，“他是我的男朋友，是我的高中同学，现在还是我的大学同学。”

外婆的嘴巴张成了大大的“o”形。

倪名决问候道：“外婆好。”

“欸欸欸，你好，你好。”外婆反应过来了，马上露出热情洋溢的笑容，“我就说灼灼哪来的车呢，名决是吧，名决快进来坐。”

初次见面，倪名决给两位老人家带来了非常丰厚的见面礼，装了满满一储物箱。

“怎么带这么多东西呢？”外婆说着客套话，事实上笑得合不拢嘴。

外公和家里阿姨也出来了，看看院子里忙前忙后的陌生男孩子，接着面面相觑。

“这是灼灼的男朋友。”外婆带着炫耀的口吻，“灼灼去外面读个书，还带个男朋友回来，学习恋爱两手抓，厉不厉害？”

傅明灼又给他们做了简单的介绍。

“外公好，阿姨好。”倪名决礼貌问候。

“你好。”外公比外婆理智多了，开始不动声色地打量初次见面的外孙女的男朋友，并做出客观的评价和分析。

长相？好看是好看，太招桃花。

人生在世，谁能逃得过“双标”呢，外公也“双标”得很，自豪自家外孙和外孙女长得俊是一回事，担心外孙女男朋友长得俊容易惹风流债给外孙女添堵是另一回事。

扣分。

家境？礼品都是高档货，看车更不用说，但是红色法拉利过分张扬了，还嫌自个不够打眼吗？

太高调，扣分。

性格？目前看来挺识礼数的，还婉拒了傅明灼想帮忙提东西的好意，就是不知道是不是演给大人看的。

暂时不做评价，保持中立。

……

总体来说，倪名决与傅明灼的外公外婆的初次见面还算顺利。他不是健谈的人，只在外公外婆问他问题的时候才恭敬地说上几句，其余时候，他只是静静听着傅明灼和外公外婆说话，并偶尔为傅明灼夹她喜欢吃的菜。

外公喜欢安静点的男孩子，看他顺眼不少。

一顿其乐融融的饭吃到临近末尾，傅明灼的手机在她口袋里欢快地震了起来。

是傅行此打来的电话：“灼灼，你们吃饭没有，我一会来接你回家。”

此情此景，傅行此来了就世界大乱了，傅明灼吓一大跳，连忙拒绝：“哥哥，我自己会回来的，你别麻烦了。”

傅行此说：“我已经在去接姐姐的路上了，我跟姐姐也很久没见外公外婆了，今天正好过来看看。”

这下，傅明灼还能说什么呢？她不顾自己饭才吃一半，拽着同样还在慢条斯理吃饭的倪名决：“倪名决，我们快跑！”

倪名决震惊脸。

外婆哪能放行："着什么急呀，饭都还没吃完！"

"哥哥就要来了！"傅明灼急得像热锅上的蚂蚁。

"哥哥来了就来了嘛，你怕什么？"外婆不解。

傅明灼一时半会跟外婆说不清，急匆匆拿上东西："哎！外婆我下次再带倪名决来看你，今天就先这样，你们先别告诉哥哥。外公外婆再见！阿姨再见！"

说着她就拽着倪名决跑了。

"欸欸欸！"等外婆走到门口，两人已经上了车，刚把车门关上，傅明灼把车窗摇下来，"外婆再见！"

"先别走啊，"外婆追到车旁，"外婆连红包都还没有给名决呢。"

"下次给。"

哥哥还在路上，还要一点时间才会到，傅明灼想了想，下了车，把外婆拉到一旁："外婆，你喜欢倪名决吗？"

"喜欢呀。"外婆毫不犹豫地说，"只要你喜欢的，外婆都喜欢。"

"外婆，你一定要帮我严格保密哦，"傅明灼央求道，"我不敢让哥哥知道，他好凶的。"

"哼，我们灼灼都已经上了大学，为什么还不能谈恋爱了？"外婆义愤填膺，"你放心吧，包在外婆身上。"

二十多分钟后，傅行此来到外婆家，却发现傅明灼已经先走了。

外婆帮傅明灼打掩护："灼灼的同学找她有事，她就先走了。"

傅行此看着客厅茶几上过分丰盛的瓜果盘，气定神闲地"嗯"了一声。

第十四章

假孕风波

大三开学了，傅明灼和倪名决的恋情顺利进入第三个年头。

不知不觉间，傅明灼已经彻底适应了远离家乡和家人的生活，她开始喜欢上帝城这座干燥的北方城市。

一切都走上了正轨。

班里、学校里，喜欢她的女生越来越多，大家都是和贝含之一样的评价——本以为她是装清纯，没想到她是真的单纯。任晓和杜若雨后来向她示好过，她搭理了，但与她们的关系止步于点头之交，再无进一步的可能。

她和贝含之的关系越来越亲密，成了贝家的常客，和贝含之的家人们打成一片，成功在贝家也当上了团宠。

傅明灼和林朝的联系依旧很频繁，并没有因为长时间的分别淡却，两人事无巨细地分享日常生活中的所闻所见。

蹦擦擦的微信群已经很少有人冒泡，逢年过节的时候才会有人在里面发祝福。

至于陆沅的近况，傅明灼知道得不太详细，毕竟是异性外加最好朋友的前男友，并不适合频繁联络，只偶尔从倪名决和袁一概那里得到一些他的消息，知道他一切都好——至少表面看起来是这样。

而袁一概已经瘦身成功，成为一个标准的高富帅，体会这个世界对瘦子的善意，他再也不想胖回去了。

不过这男人啊，不仅仅是有钱了容易变坏，帅了也容易变坏。袁一概已经不是当年那个为了追姑娘宁愿不吃不喝也要省钱送包的冤大头了，他牢牢遵循着“万花丛中过，片叶不沾身”的准则，在形形色色的女孩中间游刃有余。他和傅明灼、倪名决聚餐，几乎过不了三次就会换一个新的女孩带，说起花言巧语来一套又一套，但是从不秀恩爱，要秀也是鸡贼地“分组可见”。

傅明灼和倪名决脑子再聪明，也记不清三天两头换新的脸和名字，后来干脆不记了，只给一个统一的称呼：“概嫂。”

瑶瑶回来找过袁一概，袁一概叼着香烟，示意瑶瑶看不远处他车里的女孩子：“比你漂亮，身材比你辣，最重要的是比你识相，所以你哪来的自信觉得我还看得上你呢？”

这样的袁一概，有时候会让傅明灼觉得陌生，一概的所作所为不就是一个标准的渣男吗？她就算带着好朋友滤镜都没法忽视，私下跟倪名决吐槽：“我还是喜欢以前的一概多一些。”

倪名决摸摸她的脑袋，时光把大家都变得面目全非，还好，他的傅明小灼灼依然有着初见时的单纯和热烈，没有被这个世界磨平棱角。

倪名决在彭英彦的撺掇下，大二开始联合学校计算机系的三个男生在兼顾学业的同时尝试创业，注册了一个互联网金融解决方案公司。

公司渐渐走上正轨，有了盈利，大三开始，他不再伸手问家里要生活费。

待到大三结束之际，他选择了退出。一来，大四他会待在锦城自家公司实习，并且毕业后也一定会回到锦城发展；二来，最初那段最苦的日子过去了，可说好有福同享、有难同当的创业团队难免有了分歧。

彭英彦多次挽留，倪名决却去意已决："都说熟人最好不要合伙，我从前不信，现在却不得不信了，我不想因为利益跟你当不成兄弟。"

暑假来临，倪名决和傅明灼再度回到锦城。

大三暑假对大部分学生而言是一个转折点，实习大张旗鼓地开始了，这也意味着他们需要开始正式考虑未来的就业问题。

当然，倪名决和傅明灼没有这方面的烦恼。

倪名决进入家里公司学习。

傅明灼也在家里公司挂了个名，混了个实习报告，事实上生活乐逍遥。她目前唯一的烦恼，就是随着约定的婚期一天天临近，她却始终没想好要以什么形式告诉傅行此自己已经私订终身。

"你放心吧。"第N次跟傅行此坦白失败后，她跑去倪名决那里信誓旦旦地立下军令状，"反正我不会坏事，九月四号我会准时嫁给你的。"

倪名决从工作中抽空看她一眼，不咸不淡地奚落她："最好是这样。"

"什么叫'最好是这样'？"傅明灼不满，她看到倪名决书桌上摆放着的她当年送的小热气球，忍不住跑题了，"倪名决，我们可不可以去度蜜月吗？"

蜜月一般来说是婚礼过后去的，他们只是领证，不过既然都是在自家公司实习，时间当然是如风般自由，去度个蜜月完全不在话下。

倪名决也看了看小热气球："想去土耳其？"

傅明灼欢呼一声，从床上跨到他椅背上，再艰难地挪到他腿上，面对面坐下："你怎么知道？倪名决，我们真是心有灵犀一点通。"

她挡住了他的视线，倪名决嗤笑一声，把她的脑袋揽到肩上，继续看电脑上的工作报表。

"行不行嘛，倪名决。"傅明灼敲着他的肩，"我想去坐热气球，我上次去都没坐到呢。"

“行啊。”倪名决答应得很爽快，“那你做一下攻略。”

傅明灼去过土耳其，所以她信心十足地答应了，拿过倪名决的手机，趴在他肩上看机票和酒店。

“倪名决，我们九月四号当天就出发吗？”

“随你。”

“倪名决，我们先去卡帕多奇亚好吗？因为我最最最期待的就是热气球了。”

“随你。”

“倪名决，我们玩久一点好吗，最好去完土耳其再去别的国家，比如以色列。”

“随你。”

她事无巨细地询问倪名决的意见，倪名决被她搅得无法安心工作，无可奈何地制止她：“傅明小灼灼，你吵死了，别问我了，我都听你的，你安排就好。”

傅明灼安静不过三分钟，又开始了：“倪名决……”

倪名决报复性地耸耸她靠着的那边肩，把她的脸震得猛地一颠：“又干吗啊？我不是说了都随你吗？”

“既然随我，那我就定两间房间了？”傅明灼真诚求问。

倪名决放下鼠标，双手箍住了她的脸，看她嘟着嘴像条金鱼，他凑近去咬了一口，眼神不善：“那时候你都是我老婆了，你说几间？”

傅明灼试探着问：“那一间？”

其实她的身高近一年几乎没有什么变化了，止步于一米七二点六，大概是终于长完了。但倪名决依然没有动她，永远都能凭着超凡的意志力在最后关头紧急刹车。

不知道这一次睡一间房，倪名决是不是还打算忍着。

“嗯，乖。”想起她曾经偷偷摸摸百度过的问题，倪名决露出一抹痞笑来，嗓音低沉下去，用悄悄话的音量说，“那到时候你记得备点止痛药。”

倪名决倒是没怎么催过傅明灼，傅明灼自己开始慌了。

待到八月四号，眼看着距离婚期只剩一个月的时间，傅明灼再也坐不住了。

首先，她要寻求支援。傅明灼第一时间想到了外婆和外公。

外婆一听，二话不说就给予了支持：“结婚好啊，我们灼灼就是聪明，像名决那么优秀的男孩，就应该早早拿下，省得别人惦记，夜长梦多！”

外公理智多了：“灼灼，外公外婆老了，脑子糊涂了，不懂你们年轻人的世界了，但是婚姻大事你一定要跟哥哥好好商量才能做决定，切记不能冲动。”

首战告捷，傅明灼信心大增，接着，她去找了傅唯。她的父母当年就是一等到父亲满了适婚年龄便登记结婚的，所以爸爸一定是最能理解她的人，而且因着愧疚，这几年来爸爸几乎对她有求必应，宠爱程度不亚于外婆，只不过表现得比外婆稍微内敛一些。

打死傅明灼她都想不到，当她告诉傅唯自己准备跟倪名决结婚的消息，傅唯居然皱起眉头，平生第一次用严厉的口吻责备傅明灼道：“胡闹！”

傅明灼眨巴着眼睛，蒙了。

傅唯也意识到自己语气过重了，摸摸傅明灼的脑袋，放柔了语调：“灼灼，你还小，婚姻大事不是儿戏，要慎重考虑。”

“我没有闹着玩，我是认真的。”爸爸实在是太双标了，傅明灼不服，“而且你和妈妈也是一到年龄就结婚了，为什么我就不可以嘛！”

傅唯让女儿给将了一军，但他并不认为自己是在拿双重标准为难女儿：“我和你妈妈那时候都已经毕业了，可你们还是孩子，怎么承担得起婚姻的责任？”

傅唯和梁赫之读书的时候，满二十二周岁的时候已经妥妥是个大人了，结婚并不违和，哪像现在的孩子，即便二十七八岁了还被家里当成小孩爱护。

傅明灼在傅唯这边碰了壁，又把主意打到了宴随身上。

傅明灼并没有太大的信心，别看宴随平时对她百依百顺，但随着长大，她越来越明白一个道理，其实姐姐和哥哥根本就是同一个阵营的，只不过这夫妻俩一个唱白脸、一个唱红脸，配合得天衣无缝。

果然，傅明灼在宴随那边再度遭到阻挠，宴随心平气和，笑眯眯地对她进行动之以情、晓之以理的洗脑：“灼灼，你好不容易快读完书了，难道不想自由几年吗？你看，我嫁给哥哥了，但事实上我最怀念的就是当年和他谈恋爱的时候。”

傅明灼油盐不进。

她一点也不觉得姐姐十分怀念谈恋爱的自由时光，每天晚上姐姐下班回家，都要跟哥哥卿卿我我好一会舍不得分开，要是碰到出差十天半个月见不到面，更是望穿秋水。

姐姐明明就很乐在其中，休想骗她。

既然姐姐知道了，那么哥哥也一定马上知道。傅明灼一不做二不休，决定掌握主动权，鼓起勇气，平生第一次在朋友圈秀了恩爱。

她挑了九张自己和倪名决的照片发了条九宫格的朋友圈，从高一到现在大三的都有。前头几年，她还是稚嫩的孩童模样，和他没什么CP感，后面三年，他们成了男女朋友，合照的姿势变亲昵了，十分相配。

“向我全部的微信好友隆重介绍我的男朋友：倪名决”。

傅明灼本来就人缘好，平时随便发条朋友圈就能引来一大堆关注，一秀恩爱，更是彻底了炸锅。

林朝：“小鬼，你被盗号了？”

袁一概：“我哭了，我匿名终于不用做女人背后不能拥有姓名的男人了。”

傅晨阳：“小姑姑，小姑父，你们要幸福啊，我永远是你们的CP粉！”

陆沅：“没想到一晃就六年了，祝99。”

贝含之：“哈哈哈，这真的是你上高中的时候吗？好小只，像个小学生。”

徐忠亮：“老师等不及要喝喜酒了。”

林幼华：“妈妈爱你们。”

至于男主角倪名决，只轻飘飘给她点了个赞。

而傅明灼与家里的战役，轰轰烈烈地拉开了帷幕。

傅行此正在外地出差，给她的评论里留了两个问号。

傅明灼让这两个问号吓得一晚上没怎么睡好。

傅行此原本还要三天才会回来，但因为傅明灼的节外生枝，他第二天中午便赶回了家中。

“傅明灼，你怎么回事？”傅行此脸色很难看，一回来就把傅明灼提溜过来教训了，“你才几岁你就想着结婚？”

他不是不知道这些年来傅明灼和倪名决一直在谈地下恋情，只是有些事情知道是一回事，赤裸裸地摆上台面是另一回事。本来看到傅明灼秀恩爱他就够硌硬了，结果宴随还告诉他，傅明灼打算一个月后跟那小子扯证。

真是反了她了！

傅行此哪里还有心情管工作，交给手下，自己直接买了次日最早的航班回家。

傅明灼心虚得要命，眼睛也不敢看傅行此，攥着拳头给自己打气：“可是我去年就满法定结婚年龄了，国家规定我可以结婚了呀。”

还敢拿国家来压他！傅行此越发火冒三丈：“国家规定可以了就非得去做吗，那国家规定十八周岁可以执行死刑了，你是不是也要试一试？”

哥哥怎么可以这么不讲道理，结婚跟判死刑是同一个概念吗？傅明灼一时半会根本想不到话来反驳，但她必须要为了倪名决勇敢，所以她拿出了一贯的死皮赖脸来，拽着自己的衣摆，哼哼唧唧地声明自己的立场："我就要结，我就要结嘛！"

傅行此冷眼旁观，久久不语。

二十余年的时光转眼从指缝中漏走，小丫头从襁褓中嗷嗷待哺的婴儿长成如今亭亭玉立的大姑娘，往事一幕幕地闪过脑海，她还跟小时候一样喜欢对着他撒娇耍赖，可从什么时候起，她竟迫不及待地想变成别人家的人了。

傅明灼见这招不奏效，而且傅行此脸色实在不好看，她惴惴不安地停下来，埋着个头，一句话也不敢说了。

房间里安静一会，傅行此问："灼灼，你就这么想早点离开哥哥吗？"

"我没有。"傅明灼抬起头，矢口否认，她上前一步拽住傅行此的衣角，慌忙解释道，"哥哥，倪名决家很近，走路只要十分钟，而且我以后还是可以住在家里。"

傅行此仍是沉默不言。

低气压压迫下，傅明灼急得快哭了，强调道："哥哥，我舍不得离开你，我怎么可能着急想离开你呢。"

过了很久，傅行此终于开口了："这件事情先这样，不要再提，我不可能同意你这么早结婚。结婚不是小孩子过家家，我不觉得你们的心智已经成熟到可以构建一个家庭。"他和宴随果然是夫妻，连劝人的路子都一样，"谈恋爱也是一个很美好的过程，好好享受，不要操之过急，婚姻并没有你想象中的那么美好。"

傅明灼还想开口，却被傅行此以一句"再多陪哥哥几年"堵住了。

傅明灼彻底陷入两难的境地。眼见着九月四号越来越近，而家人的态度毫无商量的余地，傅明灼连口腔溃疡都急出来了，每天茶饭不思、坐立不安，还不敢让倪名决知道，生怕他觉得她不靠谱。

半个月下来，人瘦了一大圈。

林朝跟她视频聊天，还以为她开了瘦脸大眼的特效："微信视频什么时候还能美颜了？"林朝点来点去，"哪呢，我怎么找不到。"

"我没有开美颜。"傅明灼说。

"那我怎么一眼看过来全是你的铜铃大眼？"林朝乐了。

傅明灼没心情跟林朝开玩笑："林明，怎么办嘛，怎么办嘛！为什么我家人都不同意我跟倪名决结婚呢？我蜜月攻略都做好了，机票和酒店也都订了，现在要是放倪名决鸽子，他一定会很失望的。”

“那就再缓两年嘛。”林朝也理解不了这两个人为什么这么着急结婚，“至少等到毕业吧，难不成你们两个还真打算拿着结婚证去加学分啊？”

“倪名决说，他希望在他有限的生命里，可以最长限度地成为我的合法丈夫。”傅明灼把倪名决的求婚誓言转述给林朝。

“看不出来倪名决还挺浪漫啊！”林朝马上就叛变了，“那确实，得一到法定年纪就把证领了。”

“是吧？”傅明灼郁郁寡欢，“可是我家里完全不同意，连我爸爸和我姐姐都不同意，更别说我哥哥了，我都不敢再提，我总不能到时候偷了户口本跟倪名决去领证把，我哥哥会打死倪名决的。”

林朝忍不住说：“你哥哥也太霸道了吧，为什么专挑别人家的孩子打？”

“那不是重点。”傅明灼说，“重点是我要怎么才能在剩余的半个月内说服我家人呢？”

林朝沉吟半刻，出馊主意：“要不……你就说你怀孕了？”

傅明灼吓得脸色一变，直接跳起来了：“不行，不行！我哥哥真的会气死的，而且以后他都不会喜欢倪名决了，我希望我哥哥喜欢倪名决。”

距离九月四号仅剩七天，傅明灼依然没有找到任何突破口。

她觉得是时候让倪名决提前做一下准备了，总不能等到九月四号早上人家倪名决兴致勃勃地带着身份证和户口本等着娶她了，她才说实情吧。

她暗暗给自己打气，等吃完晚饭，她就去跟倪名决坦白，请求他的谅解。

今天傅行此和宴随都难得下班很早，一家人热热闹闹地一起吃晚饭。

精致可口的菜肴一道道被端上来。

傅明灼食欲全无，她最近大半个月胃口都很差，有些饿习惯了，所以当一碗加了芝士碎的意式浓汤刚好摆在她面前，奶腥味一阵阵地飘进她的鼻子时，她感觉到自己的胃开始翻腾。

阿姨热情地给每一个人都盛了汤：“汤趁热喝。”

傅明灼忍着恶心灌了两口，胃彻底受不住了，她“哇”的一声吐了出来。

与此同时，傅行此手中的汤匙滑落，“叮”一声，砸到了碗底，汤汁溅起来，在他白衬衣的袖口留下零星几点污渍。

几秒钟后，他暗藏着暴怒的声音在寂静无声的客厅里炸开：“傅明灼！”

傅家乱成了一团。

傅行此拿着车钥匙匆匆出门，傅明灼被宴随带到了她自个的房间里问话，傅唯则坐立不安地在楼梯口等待。

十几分钟后，傅行此拎着一只药店的塑料袋回来了，傅唯等的就是他："行此，事情已经发生了，骂她也没用，好好跟她说，别吓着她。"

"爸！"傅行此实在没法心平气和，"你怎么到这个时候了还惯着她？"

"她还小，不懂事，自己肯定也吓坏了。"傅唯说，"你再吓她，你是想逼死她吗？"

傅行此不想跟傅唯继续说了，再说他肯定忍不住要发脾气，他叩响门："宴随。"

宴随来开的门，脸色也很差："她一口咬定说自己没有……但是她这次的例假已经推迟二十天没有来了。"

傅行此扶住门框，老半天才"嗯"了一声，他把手里袋子递过去，里头是各式各样的验孕物品。

"你怎么买这么多？"宴随惊讶道。

傅行此无力地挥挥手："让她多测几遍吧，别弄错了。"

等候的时间像一个世纪般漫长，父子俩各点了根烟，站在廊道上吞云吐雾。

几分钟后，门"嗒"地开了。

宴随和傅明灼一起出现在房门口，傅明灼眼眶红红，还在不断抽泣着。

傅行此深吸一口气，做好听到噩耗的准备。

宴随冲他摇了摇头。

傅行此下意识以为宴随这是"结果不好"的意思，傅明灼小小年纪毫无征兆嚷着要结婚，恶心呕吐，例假不来，种种迹象都指向意外怀孕。

所以当宴随突然笑开，说"哥哥，灼灼没有！"的时候，傅行此的大脑嗡了有足足三秒钟。

傅明灼简直要气死了，全家人莫名其妙如临大敌，哥哥凶她，不听她的解释，认定她和倪名决闹出了"人命"，甚至还要她验孕。

她一个连安全套都没用过的人，居然率先用上了验孕棒，验一次还不够，要不是"大姨妈"紧急来救场，她指不定还得再验不知道多少遍。

这个世界上到底还有没有天理了？

好气啊！！！

她都给活生生气哭了！

气头上的人勇气爆棚，傅明灼对傅行此说："哥哥，我要和你谈谈！"

第十五章

倪太太

九月四号，天气晴朗，是个宜嫁娶的好日子。

傅明灼捏着一把小镜子对着自己照，耐性告罄地对着宴随撒娇："姐姐，好了没有嘛——"

"灼宝宝别动。"宴随正拿着小小的唇刷细细勾勒她的唇形，"歪了又得重画。"

傅明灼愁眉苦脸，姐姐已经给她化了一个多小时的妆，她实在是坐得腰酸背痛，苦不堪言。

"急什么，人家八点半才开门，你提前去有什么用？"宴随不慌不忙，继续涂涂改改。

傅明灼没辙了，嘟着嘴，"duangduangduang"地拿小镜子敲桌面。

好不容易等宴随完工，傅明灼松了一口气，拿起手机说了声"姐姐再见"就跑，又跑回来冲进宴随怀里："谢谢姐姐，姐姐我爱你。"

"也告诉哥哥一声。"宴随笑着摸摸她的头，"昨天晚上哥哥一夜没睡好。"

"好。"

傅明灼又到楼下拥抱了傅唯，然后把昨晚编辑了一晚上的微信发给了傅行此。

"哥哥，这二十一年来，真的谢谢你了，谢谢哥哥坚持亲自把我抚养长大，谢谢哥哥一直宠爱我，为我遮风挡雨，让我无忧无虑地生活在这个世界上。

今天，灼灼我真的要长大啦！

我希望从此以后，哥哥和姐姐可以开始放心地拥有自己的人生，放心去过二人世界，放心养你们自己的孩子，放心去实现那些从前因为我一直没法实现的梦想。

不要舍不得我，因为不管什么时候，你永远都是我最爱最爱最爱的人，我永远都不会离开你们，我们永远是一家人。

哥哥，再次说一声谢谢，辛苦你了！你是世界上最好的哥哥，我最幸运，可以当你的妹妹。"

门外，倪名决抱着臂，倚着车静静等待。

他今天难得穿了正装，深黑西服剪裁得体，挺括有型，把他的身材优势彰显得明明白白，西服上点缀着星星点点，在阳光下闪闪发光，里面是一件白衬衫，最上的一颗纽扣没有扣，露出整段洁白修长的脖子和小片形状漂亮的锁骨。

他身上有属于男人的成熟稳重，也有属于男孩的英姿飒爽。

"倪名决！"傅明灼叫他一声，欢快地冲上前去，跳到他的怀里。

倪名决被她的冲力撞得闷哼一声，倒退两步才站稳，他把人抱了个满怀，奚落道：“不可思议，哥宝傅明灼居然真的被放行了。”

“什么嘛。”傅明灼不满地拿户口本的角捶他的背，“你明明早好几天就知道了。”

话虽这么说着，事实上傅明灼的不真实感丝毫不亚于倪名决。一直等到那两本盖着戳记的红本子真的到了她手里，她翻来覆去地看了很久，看名字，看照片，看出生日期，看身份证号，都是她和倪名决的信息没错，可她还是沉浸在不可置信中无法自拔。

“倪名决！”她跳脚，在人来人往的民政局婚姻登记处抱着倪名决小声尖叫，“你真的变成我老公，我真的变成你老婆了吗？我们这下真的变成老公和老婆了吗？”

在这个喜庆的场合，所有的高兴都被理解，过路的人和工作人员纷纷向他们投来善意和恭喜的眼神。

“是了，以后你真的是我的倪太太了。”倪名决单手揽紧她抱了一会，拉着她的手一起往外走。

坐到车里，他没着急开车，一眨不眨地看着傅明灼。

今天的傅明灼前所未有的漂亮，不仅仅是因为她姐姐的化妆技术了得，还因为从今天开始，她有了一个独属于他的身份。

傅明灼咯咯笑个不停。

互相看了半天，倪名决的眼睛弯出两道漂亮的弧度来，启唇唤她：“老婆。”

这个在生活中稀松平常的字眼，不知道为什么，从倪名决嘴里喊出来，傅明灼会感觉这般眩晕。

她有些不好意思地把脑门抵到他锁骨上，把这两个字回味了一小会，忍不住说：“倪名决，你再叫我一遍，好不好嘛。”

倪名决笑一下，遂了她的意：“老婆。”

傅明灼傻乐。

“那你叫我什么？”倪名决捏捏她的脸。

傅明灼还是平生第一次叫别人“老公”呢，需要做一下心理建设才能叫，扭扭捏捏半天，她的声音细如蚊蝇，别扭地说：“老公。”

刚说完，自己先忍不住笑了，抬头在倪名决嘴角亲一下，一回生二回熟，她再开口就容易多了：“倪名决老公。”

倪名决揽住她的后脑勺，深深地吻下来。

幸福铺天盖地而来。

一周前，傅明灼已经打算将结婚计划延后了，没想到，“怀孕风波”却让一切峰回路转，柳暗花明。

她在委屈和愤怒之下把哥哥叫到房间里去进行了一场开诚布公的谈话，第一句话就是开门见山：“哥哥，我和倪名决交往三年，他一次都没有碰过我，所以我绝对不可能怀孕。”

傅行此显然是不大相信的，他们都是男人，男人是什么臭德行，他还能不知道？尤其是二十岁左右的男孩子。傅明灼在帝城天高皇帝远地住在学校外面，这件事傅行此根本不能细想，一细想就来气。

“因为倪名决说我发育比别人晚，身体发育还不成熟，还在长高。”傅明灼看出他不信，“如果你不相信，我可以去医院做检查证明。”

傅明灼都把话说到这个份上了，傅行此已经彻底相信了，他一手养大的小孩，他比谁都看得出她是不是在撒谎。

“哥哥，”傅明灼真诚地说，“倪名决真的对我特别特别好，从我们高中认识开始，他一直在保护我，迁就我，你知道吗，学校里的人甚至笑称我们俩是父女。我们已经认识六年了，我不傻，分得清他是不是真心，所以我们想在他二十二岁生日的时候，第一时间领证。”

傅明灼开始滔滔不绝地列举这六年来倪名决为她做过的事，好多回忆已经很久远，她又情绪激动，想到哪就说到哪，毫无章法。

“灼灼。”傅行此无可奈何地打断她，“可是你才二十一岁。”

“二十一岁不小啦。”傅明灼拉住他的手，眼神充满央求，“哥哥，你十四岁的时候已经开始又当爹又当妈养小孩了。”

这句话抽走了傅行此最后的坚持，他沉思片刻，说：“你把倪名决叫过来，我跟他谈谈。”

傅明灼有些担忧，不肯动：“哥哥，你不会要打他吧？”

“傅明灼你真的是狼心狗肺，胳膊肘往外拐……”傅行此愤愤不平地拧两把她的脸，“他既然想带走我妹妹，我跟他聊两句不过分吧？”

傅行此和倪名决关起门来聊了有大半个小时。

大半个小时以后，门开。

傅明灼不知道他们两人谈了什么，总之，当晚两家人就坐下来见了面。倪家早已做好了准备，诚意十足，聘礼像不要钱似的源源不断地送进傅家。

事情就这么神奇地拍板决定了。

倪名决和傅明灼是九月四日这天第一对登记注册的情侣。

在成为夫妻这件事情上，他们一分一秒都没有浪费。

从民政局出来，他们直接去了机场。

因着兴奋，傅明灼在去往土耳其的长途飞行途中神采奕奕，毫无睡意。

倪名决则在一旁睡得安安静静。

傅明灼把两份飞机餐里面自己喜欢吃的部分都吃掉，然后百无聊赖地在座位上动来动去，看杂志，看下载好的电影，最后实在没事情干，干脆端详起倪名决来，越看越喜欢，于是越凑越近。

他睡得很浅，她凑近没多久，灼热呼吸就弄醒了他。

倪名决睁开惺忪睡眼看了她一眼就闭上了，把她搂进怀里："睡一会。"

"我睡不着。"傅明灼食指在他身上戳来戳去地骚扰他，"倪名决，倪名决，你也别睡了，起来陪我。"

"陪你干吗？"倪名决懒洋洋地问。

傅明灼想了想："聊天。"

倪名决毫不犹豫地拒绝了他："不想聊天，睡觉。"

傅明灼耐着性子在他怀里一动不动地窝了两三分钟，根本待不住，扭来扭去："哎呀，倪名决——你别睡了嘛！"

倪名决刚刚睡着，又被她闹醒："我要睡，而且建议你也睡。"

"为什么？"傅明灼才不会那么容易被别人"牵着鼻子走"。

"保存体力，养精蓄锐。"

傅明灼愣了两秒。

倪名决微笑，不依不饶："到了那你要是说累说困，我是不会管你的。"

时隔六年，傅明灼再次来到土耳其。

六年前，她还是看着哥哥姐姐秀恩爱的小屁孩，基本不具备欣赏美景的耐心，对土耳其的期待仅仅是哥哥姐姐去哪她就去哪的跟屁虫心理，外加一个热气球吊着她让她心心念念。

六年后的今天，她是带着她的新婚丈夫一起来的。

这个国度依然色彩斑斓，浪漫热情，充满异域风情，每一帧都像是加了滤镜。

前往酒店的路上，正是夕阳西下的时候，整座城市被笼罩在夕阳橙红色的余晖中，美得热烈又壮阔。傅明灼趴在车窗边看着外头，她微微张着嘴，落日的光照得她脸上的细小绒毛都清晰可见，瞳孔亮晶晶的，成了浅浅的琥珀色。

她回头，一张脸上全是兴奋的表情：“倪名决，漂亮吧？”

看到倪名决的瞬间，她忽然就记起了当年自己在手工店买下那个小热气球时的样子，她满心都是终于找到合适的礼物送给他的高兴，并为此深深期待他收到礼物以后的反应。

她甚至还想，要是倪名决也在就好了，他就可以亲眼看看这个地方。

回忆到这里，傅明灼不由得兴奋起来，她那个时候为什么会这么想呢，难道是因为她从那么早开始就对倪名决有不一样的心思了，只是她自己一直没发觉吗？

“倪名决，我跟……”我跟你说，我可能从很早就开始喜欢你了哦。

话未完，倪名决靠近过来，眼神轻佻，说出的话更是轻浮：“傅明小灼灼，你看起来倒是一点都不紧张啊，还有心情看风景。”

傅明灼又要炸了，飞机上他就逗过她好几次了。

她怎么可能不紧张，她根本就是一路都在想这个事情，好不容易异国他乡的美景让她暂时忘却了紧张，他又“哪壶不开提哪壶”。

“我本来就不紧张。”傅明灼咽一咽口水，不敢看他，逞强说，“我为什么要紧张。”

前头司机透过后视镜看他们的动静，用半生不熟的中文跟他们搭话：“昵号（你好）。”

“你好。”倪名决圈过傅明灼的肩膀，淡笑着回应司机的问候。

司机又用非常蹩脚的中文说了两个字，两人听了半天才听懂，司机说“美女”。

倪名决亲昵地凑近傅明灼，说：“人家夸你是美女呢。”

傅明灼想笑又憋住，故作倨傲地说：“我本来就是美女。”

“Girlfriend？”司机没话找话。

“No.”倪名决否认。

“Oh…”司机不知道该接什么了。

“She's my wife.”倪名决爽朗地笑起来，“We just got married.”

来到酒店，两人办理好入住手续，在服务员的带领下去往房间。

傅明灼的注意力全在余光里的倪名决身上，等走到房门口，她的心已经快要跳出嗓子眼了。

进了房间，倪名决跟服务员颔首示意，然后就把门关上了。

随着“砰”的一声，傅明灼觉得自己浑身的血液都停止流动了。

倪名决很淡定，看她一眼，说：“你先去洗澡。”

一到就要开始了吗？

倪名决也太着急了吧？！

傅明灼的两只手在背后紧张兮兮地绞在一起，她垂着眸，脸不争气地开始烧，眼珠子转了两圈，从喉咙里挤出几个字：“你先去。”

倪名决也不跟她客气，真的就先去了。

不多时，哗啦啦的水声在卫生间里响起，傅明灼坐立难安，在最后关头又忍不住拿出手机百度了——虽然这些年来，尤其是这些天来，她已经查过无数遍。

从理论知识来说，她傅明灼也算得上是个身经百战了。

但是都只是纸上谈兵，一切没有实践基础支撑的理论知识都是纸老虎。

等里面的水声一停，傅明灼心里一哆嗦，做贼似的把手机扔远了，“咚”的一声摔在地面上。她如梦初醒地弯腰把手机捡起来，装作很认真在看攻略的样子。

“傅明灼，到你了。”倪名决只穿了一件酒店提供的白色浴袍，头发在滴水，脖子和浴袍的V领处露出来的皮肤都是湿漉漉的。

傅明灼“哦”了一声，视而不见，十分冷静地走进了浴室。

傅明灼在浴室一待就是大半个小时。

倪名决左等右等等不到傅明灼出来，倒是等到了林朝的微信：“天杀的，我这里都半夜三点了！小鬼还缠着我不让我睡。”

倪名决：“？”

隔着屏幕都能看出林朝的崩溃：“我快困死了，那个㞞货吓得不敢出来，你直接破门而入吧。”

倪名决走到浴室门口，叩响了浴室门：“傅明灼。”

水声停了，傅明灼听似淡定的声音响起：“啊？”

“再不出来，我进来了。”

“你别进来！我就好了。”傅明灼慌忙叫道，与此同时，是手忙脚乱抖开浴袍的声音。

三分钟过去，浴室门仍然没有任何动静。

“傅明灼。”倪名决再次催促。

“啊？”傅明灼的声音已经在浴室门口了。

“还没好？”

沉默片刻，傅明灼下定了决心："那你保证。"

"什么？"

傅明灼抠着门，絮絮叨叨地说："保证会轻一点，我，我真的很怕痛，你知道的呀，我连打针都很害怕，你要给我留下一个好的印象，不然我会有心理阴影的。"

"行了。"倪名决叹一口气，"我保证，你先出来。"

傅明灼一脸英勇就义的表情开了门，看到一个已经换好T恤和牛仔裤的倪名决，头发也已经干了，半分旖旎都不剩。

"你……"傅明灼错愕地瞪大了眼睛，他这个架势，哪里像要完成成人仪式，倒像是要出门。

"说真的，我没想马上对你怎么样，我饿了，准备先出门吃个晚饭来着。"

傅明灼没有注意到他渐渐晦涩不明的眼神，听到他说要先出门吃饭，立刻得过且过地松了一口气，哪料到下一秒，便听到他说："不过，既然你好不容易才准备好的，就不辜负你的勇气了。"

傅明灼一颗心重新被吊到万里高空。

只是倪名决再也不给她拒绝的余地，在踉踉跄跄被带往目的地的途中，她的两只拖鞋全掉了，翻转过来，可怜巴巴地躺在花纹繁复的地毯上，遭到无情的抛弃。

他的亲吻比以往的任何一次都要热烈，动作也前所未有的急迫。

浴袍松松垮垮，不堪一击。

带着水汽的皮肤一与外面空调的冷气接触，傅明灼本能地瑟缩，却又被他强硬地按压着舒展开来，覆以灼热的呼吸。

没有小说里那么夸张，但也确实是她这被保护得周全完备的人生里感受过的最强烈的痛感。

这个世界猛然之间变得很小很小，小到只有他手臂在她枕边撑起的方寸之地，这个世界光怪陆离，又混乱，又绮丽，有隐秘的疼痛，也有不可言喻的快感。

所有混杂着痛苦与快乐的狂澜，都是他一个人制造的。

其实时间真的没有很久，纵然她的倪先生天资聪颖，过目不忘、举一反三，即使荒废两年学业，但没日没夜地学上两个月后又是嘉蓝人人景仰的榜首，但是在这件事情上他未能免俗，毛头小子初尝情爱，又猴急又孟浪，满口答应的承诺作了废，力道的掌控能力早就不归他管。

只是对傅明灼来说，已经很长很长，长到足够她动一亿次要把他推开的念头，却又一亿零一次含着泪把他抱紧。

傅明灼哭得一把鼻涕一把眼泪，毫无美感。

倪名决抽了纸来，粗略清理过后，又给她擤了鼻涕擦了眼泪，把她牢牢抱住。

傅明灼缓过神来，哭得越发厉害了。

“好了，好了。”他哄着，去亲她红肿的眼睛，“没事了。”

他一哄，傅明灼从原先的抽泣变成号啕大哭，手背捂住眼睛不让他亲，背过身去：“你骗我！你答应我轻一点的，我好痛。”

“好了，我道歉。”倪名决自背后将她紧紧搂进怀中，“还痛吗，我揉揉。”

傅明灼觉得他没诚意，挥开他的手，愤怒地控诉：“你根本就是故意的！你说话不算话，骗我。”

傅明灼哄不住，但也没闹腾多久，长途飞行后本就疲劳，她很快体力不支睡了过去。

再醒来，还是在倪名决怀里，房内只开了一盏昏暗的床头灯，傅明灼抬眼，看到倪名决的脸上光影分明，他安静地垂眸看着她。

睡着之前肌肤相亲、抵死缠绵的回忆复苏。

在脸红之前，傅明灼马上把头埋下去了。

他倒是淡定，在她发顶落下一吻，隔着被子拍拍她的背：“饿吗？起来吃点东西。”

傅明灼摇头，过了一会，等脸不红了，她又点点头。

她怎么可能不饿，她就是给饿醒的，肚子都饿扁了，除了饿，还渴得嗓子冒烟。

掀开被子，傅明灼才发现自己身上已经穿好了睡衣，她稍稍感受一下，浑身上下的黏腻感似乎也没了。

看来她睡着的这段时间，倪名决做了不少事情。

站起来以后，傅明灼看着雪白床单，她盯着看了一小会。有些莫名的难过和不舍，但是看到倪名决，她又觉得没什么可难过的。

她是他的了。

他也是她的。

倪名决顺着她的视线看一眼：“喜欢就带回去当纪念品。”

“我才不要。”傅明灼瞪他一眼，去到了桌旁，虽走路稍感不适，但是在可忍受范围之内。

食物放久了，只剩微微的余热，是些当地的小吃，还有牛奶。傅明灼随便拿了样东西，外面是面皮，烤得微焦，里面不知道是什么肉，浸着浓郁的酱汁，夹着两片生菜。

她顾不上询问这是什么肉，风卷残云地吃完，又咕咚咚喝完了一大杯牛奶。

夜已深，窗外满天星辰。

洗漱过后，傅明灼窝在倪名决怀里，睡前她习惯让脑瓜子天马行空地想来想去。突然，她灵光一现，顿时睡意全无，推搡倪名决。

倪名决也还没睡着，声音很清明："干吗？"

"你说过要跟我求婚的。"傅明灼坐起来，"求婚呢？"

差点忘了这么重要的一茬。

倪名决的语气漫不经心："婚都结了，人也是我的了，这时候还求什么婚。"

"不行！"傅明灼急眼了，"倪名决，你怎么老是说话不算话？"

倪名决箍住她乱舞的手："先睡觉，明天一早起来坐热气球，你别起不来。"

"你给我求婚，求婚！"傅明灼不依不饶，"你答应过我的呀，你说过会向我求婚的，你说过的呀。"

"明天热气球坐不坐了？"

"你求婚，你给我求婚，我就要求婚。"

鸡同鸭讲。

几个回合后，倪名决怜香惜玉的心思全让她闹没了，他重新把她摁倒，覆身而上："傅明灼，我看你就是不够累才这么能折腾。"

第二天一早的乘坐热气球，自然是泡了汤。

土耳其的风光再美妙，于少年而言又哪里比得了心爱的姑娘这道珍馐的万分之一美味。

他迫不及待地探索新项目，领略新的风光，亲自创造一个又一个极乐巅峰。

初到土耳其的几天，除了就近觅食或散步，几乎都是在房间内厮混度过的。傅明灼事先做的旅游攻略毫无用处，计划全然打乱，一拖再拖。

待到第四天早晨，傅明灼才终于坐上了心心念念多年的热气球。

随着热气球缓缓升空，辽阔广袤的大地映入眼帘，城镇，峡谷，河流，山川，半边天空红色的晨曦……

美不胜收。

近百个五彩斑斓的热气球升到半空中，场景只能用“壮观”来形容。

傅明灼光顾着欣赏外头的美景。

“Wow！！！”同一个热气球上来自其他各国家的人们突然发出此起彼伏的尖叫和口哨，她茫然地转过身，一探究竟。

转过身的瞬间，她不可置信地睁大了眼睛。

倪名决单膝跪在她面前，他的左手拿着一个打开的首饰盒，里头做工精致的钻戒在朝阳照耀下反射着华丽璀璨的光芒。

钻石比不上她梦里那个鸡蛋大小的那么夸张，但足以用“大”来形容。

“倪名决……”她叫他的名字，说不出话来了。

这里像小王子的奇妙星球，而她十分确定自己坐上了那颗拥有玫瑰的。

“我既然答应过给你一个求婚，怎么可能不做到。虽然你已经嫁给我了，但是……”倪名决眼睛里映着朝霞，映着热气球组成的奇妙星球，还映着他有些不知所措的新婚妻子，他按照求婚的流程，说出那句话来，“嫁给我好吗，傅明灼。”

这枚戒指，几乎花完了他两年创业的所得和所有的积蓄。

假孕风波后傅行此与他谈话，事实上傅行此听完傅明灼那一番话后，只同意了他们的交往，仍是不同意他们结婚，非常明确地告诉他：“你还在读书，难道你要拿着你父母的劳动成果去给傅明灼一个家？我告诉你，你家底再厚都过不了我这关，这个世界上二世祖多的是，把傅明灼从我这里带走的男人必须要有担当，有自己的本事，而不是站在父母的肩膀上充当巨人。”

最终，正是这枚戒指让傅行此点的头。

娶心爱的女人，要倾尽所有，当然更不能假借他人之手。

“我愿意。”傅明灼用力点头，迫不及待地伸出手来。

“傅明小灼灼，为了给你买这个戒指，我又一次倾家荡产了。”他微微笑着，将戒指套在她的无名指上，低头，在钻石上留下他的吻，“所以接下来一段时间，我又要靠你养了。”

而且这一次，你得养一辈子了。

第十六章

别无所求

实习期结束，大四下学期开学，傅明灼和倪名决一起返校，两人都没有读研的打算，所以这是他们人生中最后一次开学了。

读了十几年书，这个“最后一次”可谓意义重大，但是两人之间的氛围很凝重。傅明灼气鼓鼓，始终背对着倪名决，坚决离他半米远，不让他碰，也不回应他说的话。

倪名决从前一晚上哄她到现在，已经足足有十二个小时了，效果甚微。

他也不恼，优哉游哉地跟着她，两人托运了行李，又过了安检，最后在候机室坐下来。

傅明灼不想跟倪名决坐在一起，要跟他隔一个位子坐，但他不顾她的拒绝，她往旁边挪一位，他就跟着挪一位，非要紧紧挨着她。

傅明灼已经坐到了最边上，没有空余供她继续挪，再挪她就要坐到扶手上去了。

她狠狠瞪倪名决一眼，“唰”地站了起来。

倪名决淡笑着搂过她的腰迫使她坐下来：“傅明小灼灼，都一天了还没消气呢？脾气怎么这么大，要跟我绝交吗？”

“倪名决，你放开、放开、放开！”傅明灼使劲挣了两下没挣开，她伸手去大衣口袋里摸了身份证出来，“啪”地扔在倪名决腿上，“喏！你不是喜欢拿我身份证吗？拿啊！”

结婚以后，傅明灼和倪名决偶尔住在他们两人自己的家过二人世界，其余大部分时间都住在傅家或者倪家，陪着家人一起。

三个家轮着住。

昨天晚上他们一起在自个家里睡的，傅明灼要用剪刀，翻了房间里几个抽屉找。

剪刀没找到，找到了她当时随便送他的小天才儿童手表，连她用来装手表的喜酒糖盒子还有从作业本上撕下来的写着祝福语的纸，都原封不动地留着。

傅明灼没感动多久，因为除此之外，她还找到了一张临时身份证。

正是高一暑假蹦擦擦一起去旅游那次，回程时她那张不翼而飞的临时身份证，最后她不得不重新补办了一次身份证，蹦擦擦大部队先行一步，她则跟倪名决乘坐后面的高铁一起回锦城。

她记得自己当时责备自己不靠谱，很是怀疑人生，想不通了好一阵子。

原来身份证压根就是倪名决偷的，她那时候又急又气，忍不住哭了半天，全是拜他所赐。

傅明灼气得要命，穿着睡衣就直接回了娘家，反锁房门不让他进。

傅明灼平时不是难哄的人，不过这次她很不给面子，因为她看出来了，倪名决虽然一直在哄她，但她听得出来，他根本就没有诚意，一点也不觉得抱歉。

就像此时此刻，她都火冒三丈地把身份证扔到他腿上了，他还是笑眯眯的，拿过她的身份证塞进自己大衣口袋里："安检都过了，有没有身份证有什么关系？"

听听，他说的是人话吗？傅明灼气到冒烟。

回了帝城，傅明灼也不让倪名决进屋，原本说来他该把行李直接放到她那了，他们是夫妻，当然应该一起住。

傅明灼双手撑在门框上，没好气地骂道："滚、滚、滚！这是我家，我才不让你住，你走！"

倪名决说风凉话："王中王、盖中盖都不在，你一个人敢住吗？"

大学三年半以来，盖中盖、王中王一直都在帝城陪着他们，放假了就带回锦城去，开学了又带回帝城来。但这一次他们没把它俩带来，因为两只狗年纪都不小了，尤其是王中王已经十岁了，换算成人类的年龄是个老人了，坐飞机货舱舟车劳顿的，怕它吃不消，就留给了林幼华看管。

没有王中王和盖中盖，也没有倪名决，那傅明灼就得一个人住了，她活这么大还没有一个人在哪住过，胆量确实经不起独居的考验。

但傅明灼人在气头上，哪里听得进去："不用你管！"

说完她就把门关上了，并且反锁。

倪名决去学校的路上给贝含之发消息求助："含之，你今天回学校吗？"

贝含之："巧了，明灼刚找过我，我本来打算明天回来的，她一个人不敢住，我只好今天晚上就过来陪她。"

倪名决轻嗤。

傅明灼这人倒是会做打算，第一时间寻找场外帮助，速度比他还快。

既然贝含之会来陪傅明灼，倪名决也就放心地回了寝室。

看到他带着拉杆箱进来，彭英彦热情地跟他打招呼："兄弟，好久不见，回来收拾行李啊？啧。"他打量着倪名决，"结了婚的男人果然不一样。"

"我住。"倪名决言简意赅。

彭英彦掏掏耳朵，怀疑自己听错了："啊？"

"我说我回来住。"倪名决来到自己的桌子前，面对自己已经被堆满了彭英彦东西的桌面和椅子，指挥道，"给你三分钟，给我收拾干净。"

"兄弟你逗我呢？"彭英彦匪夷所思地扯起了嘴角，"你也太养生了吧，结了婚还玩分居呢？我就不信你家明灼能同意。”

彭英彦两天前就回学校了，早早打起了倪名决柜子和桌子的主意，并获得了倪名决的同意。

倪名决之所以同意是因为他觉得自己不会再回寝室住了，但现在情况有变——傅明灼把他扫地出门了。

彭英彦还在滔滔不绝：“这么禁欲，你是想活到两百岁吗？兄弟，今朝有酒今朝醉……”

倪名决恨不得拿袜子把他嘴堵上：“闭嘴吧，你。”

第二天报到，倪名决再度见到了傅明灼，傅明灼还是瞪他。

贝含之昨晚上听傅明灼义愤填膺地把事情始末说了，这会忍不住大开眼界似的盯着他猛瞧：“厉害啊匿名，没想到你还有那么鸡贼的一面呢！”

倪名决脸不红心不跳地接受了夸奖：“过奖。”

傅明灼见他忙着谈笑风生，本来已经熄灭了的怒火再度噌噌噌往上冒。

他不但不哄她，也不跟她打招呼，甚至都不看她一眼。哼，婚姻果然是爱情的坟墓，这才领证半年呢，他就已经对她没有耐心了，往后还得了，果然应该听哥哥的劝告不要早早结婚的，这下好了，开弓没有回头箭。

正在腹诽，她的手被拉住了。

倪名决不知道什么时候过来的，他把她往自己怀里带了一下：“乖宝宝。”

周围的人都发出牙酸的起哄声，傅明灼愤愤地一抽手，没抽成，她眼睛不看他，但是没有再拒绝他的触碰了。

因为她气消了，原谅他了。

昨天晚上她和贝含之聊天说到这事，贝含之很羡慕地说：“你家匿名也太喜欢你了吧。”

傅明灼想起自己被他耍得团团转的样子就来气：“他喜欢我也不能耍我啊！我当时可难过了，都忍不住哭了。”

“人家还不是为了单独跟你坐一路吗？我觉得他好浪漫，一张身份证保存了那么多年。”贝含之帮倪名决说话。

傅明灼不说话了，她开始回想那趟旅行。

去程，倪名决全程让她坐着唯一的位子，自己站了大半程，还让她靠在他身上睡觉。

归程，他给她写作业，依然借肩膀让她睡觉，他们戴同一副耳机听歌，看到了难得一见的双道彩虹。

抛开两次弄丢身份证带来的懊丧，其实在他的陪伴下她真的玩得很开心，也被他照顾得很好。

倪名决怎么那么早就喜欢上她了，那时候她完全没有看出来，他都不告诉她一声。

也就是说倪名决暗恋了她好久呢。

现在回想所有从前的画面，桩桩件件都令人怀念不已，即便是初次见面抢小马的不愉快，包括后来抢出租车，军训一起被罚跑、罚站，全都变成了可以回味半天的乐趣。

他见证她的成长，看她从一米五的“小学生”长成一米七几的大高个，她陪着他走出痛失胞妹的阴影，从最开始的冷漠寡淡、悲观厌世，到后来重新接纳世界。

得到老婆的原谅以后，倪名决马不停蹄地搬离了寝室，彭英彦好不容易把东西收拾好就收到了他要走的消息，很怀疑自己是故意被耍了：“你走吧，你这次走了别想回来，我告诉你。”

“你求爸爸，爸爸都不回来。”开玩笑，既然可以坐拥温香软玉，谁还稀罕回来跟三个大老爷们一起住。

到了傅明灼那，他不自己开锁，偏要摁门铃。

傅明灼嘟嘟囔囔着来给他开了门：“不会自己开吗？真是的！”

话音刚落，倪名决将她抱上一旁鞋柜坐着，用力堵住了她的埋怨。两晚没抱着老婆一起睡觉，甚是想念。

在帝城剩余的近四个月时间，可以慢慢在这个房子里的每一个角落都“打上卡”。玄关鞋柜就是第一个打卡点。

不过，今天的傅明灼格外不配合，手脚并用地推搡他，模模糊糊地不知道在说些什么。

倪名决不想听，反正傅明灼总是这样，永远不念他的好。

“乖宝宝。”倪名决敷衍地哄她一句，握住她两个手腕叠到她背后单手抓住，另一只手已经很不老实、很不客气。

傅明灼简直是在用浑身的力气抗拒。

倪名决心下诧异，傅明灼从前最多是小打小闹、半推半就，像这次这么较真的还是头一次，就是她初夜那回也没见她闹成这样。

还在生气？

正在疑惑，身后传来一声很微弱的干咳声：“不好意思，打扰一下……”

倪名决动作一顿，松开傅明灼的手，把她揽进怀里，自己转头望去。

贝含之站在主卧门口，对于自己打扰到倪名决的好事，她感到十分尴尬，也十分抱歉。

但是尴尬和抱歉之余，她也算是长了见识，果然是“天下乌鸦一般黑”，平日里再正经、再冷淡的男人到了特殊时刻也是花样百出。

“我马上就走。”贝含之连忙说，“你们继续。”

大四下学期的光阴过得比飞还快，转眼就临近尾声。

忙完毕业论文，各种各样的聚餐接踵而至，大家自天南地北而来，毕业后都将各奔东西，再难相见。

贝含之三天两头跟傅明灼一块住，倪名决只能被赶去客房。

“辛苦了。”贝含之笑眯眯地对倪名决说，“体谅我们一下，毕竟你们以后还有一辈子呢，可我们只剩这大半个月了。”

帝城和锦城相隔千里，纵然现在交通发达，网络联络方式也方便，但总归是不可能频繁见面了。

彭英彦也很想好好珍惜和倪名决最后的相处时光：“兄弟，要不我也来找你一起住吧。”

遭到了倪名决无情的拒绝：“滚。”

彭英彦只好灰溜溜地滚了。

不过倪名决虽然拒绝跟彭英彦一起住，但是哥几个三天两头一块聚一聚，把酒言欢，组团打游戏，或者只是纯粹地聊聊天。

最后的日子每天都热热闹闹的。

拍毕业照那天，骄阳似火，大家穿着清一色的黑色学士服，戴着方方正正的学士帽，激动的情绪并没有受温度的影响。

一班先拍的，二班的学生在一旁等着，傅明灼站好队形，看着倪名决，她不太高兴地嘟起了嘴。

因为她和倪名决不是同一个班，所以没法一起拍毕业照，她已经因为这件事情念叨好几天了，倪名决安慰她：“还有学院毕业照，到时候我们站一起。”

要是傅明灼还是大学以前的性子，她肯定会毫无心理负担地叫倪名决一起过来拍。但自从被秋游事件摆了一道以后，她在不亲近的人面前说话做事都不再那般想当然。

所以她只是非常哀怨地拍完了照片，笑都不想笑。

一班毕业照拍完，轮到二班的学生，二班的学生乱哄哄地站上台阶，争高低、换位置。

傅明灼站在一边等倪名决，十分艳羡他们班的同学可以和他一起拍毕业照。

二班花了三五分钟整理队形，等队形确定下来，照相机就位，倪名决却对傅明灼招了招手。

傅明灼一愣，下意识地看向他们班别的同学的反应。

二班的同学完全没有表现出一丝惊讶，都像是早就知晓了，招呼声此起彼伏：

“明灼来，一起。”

“嫁给我们班的人了，就算是我们班的人了。”

“明灼一起拍吧！”

一班的学生们也都还在一边等着拍年级照，顿时懊丧不已：

“知道这样，刚才应该也把名决拉进来一起拍。”

二班半真半假地开玩笑：“明灼嫁给我们班的人就是我们班的人，借给你们拍毕业照已经很好了，还想借匿名，做梦！”

一班不甘示弱：“我们一班没有出嫁一说，只有入赘好吧？”

傅明灼在两个班吵吵闹闹的说笑声中快步上前，站到倪名决旁边，紧紧拉住了他的手。

“三，二，一，茄子！”

班级毕业照过后，学院还要拍一张大合照，傅明灼抱着倪名决的胳膊，原地兴奋地跳脚：“倪名决，倪名决——”

“高兴吗？”倪名决笑问，顺便拉着她往旁边走了走。

“高兴啊，跟你一起拍毕业照。”傅明灼连日来的郁闷一扫而空，“你提前和你们班同学打招呼了吗？”

“当然了。”一旁的彭英彦插嘴，“为了完成你的心愿，你家老公郑重其事地争取到了老师和全班同学的同意。”

傅明灼整张脸埋进倪名决胸前去：“倪名决你太好了，我太爱你了。”

几个朋友齐齐发出嫌弃的“啧——”声。

拍学院照，关系好的几个人当然要站一起。

“含之，站你旁边拍个照片行吧？”彭英彦厚颜无耻地站过去，“毕竟你是我大一、大二时的女神。”

贝含之大方应允，佯装不高兴：“大三、大四不是了？”

“你都有男朋友了，你不要吃着碗里的、瞅着锅里的，应该放我自由。”

过了会，彭英彦又酸溜溜地说，“不介意的话，到时候结婚了请我喝杯喜酒。”

贝含之的婚期已经定下了，年底就举办婚礼。

“那是必须的，彭总别抽不出身就行。”贝含之爽朗大笑。

彭英彦拍拍胸脯，坚定地说：“再忙也要来看你穿婚纱的样子啊！”

听着朋友们拌嘴，倪名决笑笑，不动声色地把与傅明灼的牵手方式改成了十指相扣。

白光闪过，镜头将少年人们分别在即的依依不舍和振翅待飞的雄心壮志一同定格。

毕业照一拍，离别的氛围便陡然凝重了，各种聚餐层出不穷，大家都在珍惜最后的相处时刻，可惜越想留住的时间越是握不住的沙，簌簌地从指缝中漏走。

毕业典礼如期举行。

虽然毕业典礼只是走个形式，但是傅明灼和倪名决的亲友团十分壮观，傅唯、傅行此、宴随和林幼华、倪震作为家属代表一同参与，傅明灼的外公外婆因为年事已高没来。

朋友代表的阵容也不容小觑，同在帝城的袁一概自是不必多说。

同时，有一架从大洋彼岸的澳洲悉尼出发的飞机，其上也有人正是为了参加二人的毕业典礼而来。

傅明灼好几次叫林朝不必麻烦，但林朝还是坚持要前来参与她的毕业典礼：“算下来我才陪你三年，贝含之陪了你四年……哦，不算实习的时间那也有三年半，我已经在时间上输给她了，这种时候我绝对不能输！”

傅明灼感动得不行，她当然知道林朝只是跟她开玩笑，林朝只不过不想把“我一定要来参与你人生中每一个重要时刻”的意思说得太煽情而已。

起飞时间临近，舱门即将关闭，有人脚步匆匆而来，落座林朝身边。

林朝在看报纸，懒得关心身边坐了个谁，余光看去是个男人。

看完一张报纸的时间，双方相安无事。

林朝看完报纸，把报纸一收，叠好塞进前方座椅后袋，正好空姐从旁经过，她打算找空姐要条毛毯，长途漫漫，什么都不如睡一觉舒服：“Excuse.”

一转头，她像被定位了似的，话说一半直接中断，整个人好半天都没动弹。

空姐被她叫住，却看到她一味盯着身旁的亚裔男子发愣，空姐耐心等了一会，询问道：“Madam, can I help you?”

林朝终于回神了，朝空姐笑笑：“No, thanks.”

“Call me if you need any help.”

空姐说完，走开了。

这架长途飞行的飞机很空，头等舱只有她和身边这个男人坐。

接下来是数秒钟令人窒息的沉默。

林朝是想等对方先开口的，但她是个急性子，实在没有耐心耗下去，要不然她怀疑他们能耗到天荒地老，反正她对这个男人主动过那么多次，也不差再多一次了。

这么想着，她就心安理得多了，把侧边的头发拢到耳后去，露出非常标准的笑容问候道："好久不见。"

"好久不见。"陆沅回应道。

其实也不算很久，他们分手快两年，其间只见过寥寥数面，印象最深的一次是在商场碰到的。当时他们分了才两个多月，林朝挽着一个男人的手，无名指上的钻戒十分抢眼。

那次也是林朝先打的招呼："嘿。"

陆沅的目光好不容易从她婚戒上移开，他看向她的眼睛，表情很是复杂，喉结动了好几下，才很艰涩地从喉咙口挤出一句"Hi"。

"我老公，周嘉。"林朝简单给两个男人做了个介绍，"我朋友，陆沅。"

简单几句寒暄过后，两人道别。

稍走远些，周嘉很淡定地问："这就是你那位 LY 啊？"

林朝不说是也不说不是，只是调侃："吃醋啊？"

"我觉得这个场合我应该要吃一吃吧。"周嘉摸摸下巴，"不然岂不是显得我这个老公很不称职？"

周嘉就是那个文身师，当时，林朝下定决心要洗掉文身却被疼哭，周嘉停下了动作："都跟你说了很疼。"

"疼也得洗。"林朝一边哭一边耍狠，"我还想找下一个男朋友呢。"

周嘉摇摇头，继续。

林朝痛得骂人。

周嘉又停下了，给她出馊主意："你找个不介意的男朋友不就得了？"

"说得容易，我上哪找去？"林朝反问。

"远在天边，近在眼前。"周嘉说。

林朝愣了一下，撑着手臂坐起来，搂住周嘉的脖子狠狠吻了上去。

两人便顺理成章地在一起了，林朝差点都要忘记正常的恋爱是什么样子了——不必疑神疑鬼、胡思乱想，只需要享受彼此还在探索阶段的刺激与新鲜就好，她不知道自己和周嘉之间有没有爱情，至少他们有炙热的激情。

不到一个月，周嘉随口向她求婚了，半开玩笑的口吻。

林朝也随口答应了，没经过什么深思熟虑、天人交战，就把自己给嫁了出去，没有婚礼，只是登记了一下，然后周嘉给她买枚个戒指。

林朝跟家人还有傅明灼说这个消息，林天财和傅明灼都苦口婆心地劝她不要冲动。林朝完全听不进去，她抱着随波逐流的心态，白头偕老也好，日后后悔不迭也好，她都能接受，反正在爱情的世界里，她已经尝过最痛的伤，有足够的信心相信自己百毒不侵。

至于陆沅，她偶尔很想他，偶尔又觉得事情已经彻底翻篇了。

她和陆沅同学校不同专业，她熟知他的课表，不大的校园里只要有心避开，其实真的可以做到两不相见。

他先她一年毕业以后，更是再也没见过。

这是第一次。

重逢的第一眼，林朝心里闪过一句话来：有的人啊，多看一眼还是想拥有。

矫情。她暗骂自己。

毕竟要一起坐一路，林朝主动搭话："你回国参加小鬼和匿名的毕业典礼吗？"

"嗯。"陆沅颔首。

"我也是。"林朝说。

"嗯。"

沉默两秒，陆沅主动找话题："一个人回去？"

"看来你消息不够灵通啊。"林朝好整以暇地向他展示了自己的手。

她和周嘉闪婚，没有深厚的感情基础，对彼此更是一知半解。待到婚后激情退去，生活的琐事很快让两人的关系到了势如水火的地步，这段婚姻仅仅持续了差不多一年，就匆匆以离婚告终。

离婚后，她和周嘉回归到好朋友的关系。

林朝在这段婚姻中学会的最重要的一课，就是接受人在人生旅程中遇到那么多人，终究会在某些人身上遗落自己的一部分，但无伤大雅，她可以继续大步向前走。

只是那些碎片，永远都收不回来。

陆沅看了一小会她的无名指上，空空如也，已经没有了婚戒的痕迹，他淡淡点了点头。

“不过有的时候还挺灵通的。”林朝好整以暇地说，“比如现在。”

说完，她转回了头。

但陆沅的视线还牢牢地盯在她脸上。

半晌，林朝再度扭过头去看他，嘴角扯开一抹戏谑的笑意来：“怎么了，难道我说错了？”她夸张地做出一个诧异的表情来，“哇，你刚好那么凑巧坐上了这趟航班，还那么凑巧地放着这么多空位不选，偏偏坐我旁边，厉害！”

陆沅跟倪名决之间的关系不像她和傅明灼，她对傅明灼始终带着一种宠孩子的心思。即便是傅明灼长大了也依然保留着这个习惯没有变，所以她坚决要回去参与傅明灼的毕业典礼，但倪名决和陆沅两个大老爷们，哪里需要在意什么仪式感，认识二十几年的人了，没必要这般大费周章。

要说陆沅登上这趟航班纯粹是为了回去参加倪名决的毕业典礼，打死林朝她都不会信的。

没有了心结的束缚，现在的她不再自卑，更不会患得患失，她可以十分客观、理智地看待与陆沅相关的所有事情，这个男人的眼中还有依恋，她有十足的自信。

蹦擦擦时隔两年重新聚首。

帝城支队全部到机场接的人，加上袁一概新交的女朋友，已经可以组成一支迷你的欢迎列队了。

“林朝！陆沅哥哥！”傅明灼大老远就开始跟两人打招呼了，等人一出来，她迫不及待地冲过去蹦到了林朝身上，“林朝，林朝！”

她个头比林朝大，林朝险些支撑不住她，趔趄着后退了两步，撞到陆沅身上才站稳。

陆沅虚扶了她俩一把，确认她俩站稳了，他才大步走过去和倪名决、袁一概碰了碰拳：“好久不见。”

“好久不见。”

“袁帅又帅了。”陆沅夸袁一概一句，看向袁一概身后的姑娘，“介绍一下？”

袁一概换女朋友的速度实在太快了，他玉根就分不清，不知道眼前站着的这个和袁一概前两天在微信分组可见发的朋友圈秀恩爱的姑娘是不是同一个。

袁一概笑着搂过女孩的肩，想开口的一瞬间却发现自己压根忘记了人家的名字。这种小翻车现场，袁一概根本不放在眼里，他不动声色：“这是陆沅，我从幼儿园开始就一块玩的哥们，你自我介绍一下。”

女孩面对陌生人稍有些局促，不过还是尽量大方地伸出了手：“你好，我是一概的女朋友，叫闻冰洁，叫我小洁就好。”

陆沉哪里会看不懂袁一概的小把戏，跟瑶瑶分手之后，袁一概就成了一匹脱了缰的野马，再也不愿付出真情，渣得心安理得，渣得炉火纯青。

陆沉回握：“你好。”

晚上，倪傅两家人外加蹦擦擦全员一起吃的晚饭，几个人一起在酒店吃了顿饭。

袁一概找了个借口把小洁打发走了。

傅明灼忙得要命，她跟在座每一个人的关系都很亲近，像个陀螺似的周旋在众人之间。不过她毕竟分身乏术，位子只能挨着两个人，经历一番天人交战，她选了傅行此和林朝。

傅行此很满意，面上一派愉悦。

妹妹虽然嫁给别人了，但心里还是记着他这个哥哥的。

小孩没白养。

见此情况，袁一概和陆沉不好直接在饭桌上说，于是暗暗在三人群里聊开了。

袁一概：“明灼这哥宝属性还能改吗？”

陆沉：“不能了吧，这么多年来完全没变过吧。”

袁一概：“匿名只有现在去缠着林女士才能扳回一城了！来一场妈宝与哥宝的巅峰对决。”

倪名决始终没看手机，没有正主的吐槽大会毫无意义，陆沉和袁一概默契地同时艾特他。

两人立刻被倪名决不知道什么时候改的微信昵称吸引了注意力：jlnsdnsdmf。

因为认识之初，傅明灼曾数次得意扬扬地解释过自己的微信名，所以他们没费多少周折就猜出了倪名决微信名的意思：嘉蓝女神的男神的妹夫。

袁一概：“起的什么奇奇怪怪的名字。”

陆沉：“跟明灼是情侣名吧。”

袁一概：“可能这就是娶鸡随鸡，娶狗随狗。”

倪名决打开手机看了一眼，不想搭理，又锁屏关上了。

前两天傅明灼心血来潮非要跟他起情侣名，最后就起了这个，现在，他们家庭群里的风格十分统一。

傅行此：“jlnsdns”

傅明灼：“jlnsdnsdmm”

倪名决：“jlnsdnsdmf”

就连傅唯，几年前加入群聊弄明白孩子们的微信名代表的意义后，十分迎合潮流地把自己的微信名改成了 “jlnscnshmmdbb”。

嘉蓝女神的男神和妹妹的爸爸。

唯有宴随拒绝给自己起“jlns”那么羞耻的微信昵称，她的昵称简简单单，叫“阿随”。

毕业典礼当天，下了一场很应景的雨，把离愁渲染得越发淋漓尽致。毕业典礼以各个学院为单位召开，倪名决作为优秀毕业生代表上台发言，上台前，他暂时脱下了学士服，穿了件简单的白衬衣上台演讲。

傅明灼在大学里的成绩不算非常突出，混个中上水平，这里的每个人都是来自全国各地的尖子生是一方面原因，想要脱颖而出不再是一件容易的事，更重要的是，她的人生自傅唯接纳她以后就变得十分圆满，导致她有些丧失斗志，唯一的目标就是开心。

虽然是倪名决上台而不是傅明灼，但是傅行此看起来仍然心情很好，甚至拍了张倪名决在台上演讲的照片。

宴随注意到，抱住他的胳膊，凑近小声跟他耳语：“哥哥，看到你的妹夫这么优秀，是不是油然而生一股自豪感？”

“没有。”傅行此冷笑，拒不承认。

有什么好自豪的，又不是傅明灼在上面，傅明灼要是全力以赴的话一定也有这个水平。

拍完他发现了一点不对劲。

他家妹夫白衬衣胸口的红色唇印是怎么回事？他原本没有多想，只当是衬衫的特殊设计，但他灵光一现，突然想起傅明灼在嘉蓝就读的那三年曾两次登台参与文艺会演，他看过照片，每次那小子胸口都有口红印。

没注意到也就忽视了这么多年，现在注意到了，但凡一深究，背后的原因一点也不难猜。

他悄悄向后面坐着的袁一概求证：“一概，名决胸口的口红印是什么意思？”

袁一概完全没当回事，倪名决和傅明灼都结婚了，从校服到婚纱不失为一桩美谈，遂如实相告：“口红印吗？在嘉蓝代表那种意思，你懂的。”

好啊！原来这俩人高一的时候就不对劲了，傅行此非常生气。傅明灼那个时候还那么小！倪名决干的还能算得上是人事吗？

真是岂有此理。

两人的对话，宴随听得一清二楚，在傅行此发作之前，她笑眯眯地把脸埋进他胸口，着力点在嘴唇上。

待她离开，傅行此白衬衫上的胸口处赫然是一枚鲜红唇印。

“哥哥。”宴随歪头，狡黠地冲他一笑，“我们也是嘉蓝人，要遵守嘉蓝的规矩。”

宴随是这个世界上最知道如何拿捏傅行此的人，果然，她轻描淡写的一个动作，傅行此的气全消了。

背后林朝、陆沅、袁一概三只单身狗或类似单身狗齐齐倒抽一口凉气：突然牙好酸，甜甜的爱情究竟什么时候才能轮到我。

倪名决的演讲文采斐然，都是些常规的东西——感谢学校和老师，回顾四年来的学习生活，展望未来。

听得最认真的就是傅明灼了。

她坐在第二排正中间，除了第一排的老师，她坐的是距离讲台最近的座位，提前一个小时就来占座位，就是为了最近距离欣赏倪名决的演讲现场。

全程托腮花痴脸。

倪名决演讲的十几分钟工夫，她也就只拍了约莫一千张照片，录了十几个视频而已。

展望未来的环节完毕，倪名决放下演讲稿，缓缓开口：

“以上，我所有对未来的规划和对明天的希望，都与我的太太密切相关。我想告诉你，”他看向傅明灼，“不管怎样，只要你在我身边，这就是我心满意足的未来。”

台下响起如雷般的尖叫、喝彩和掌声，以蹦擦擦吃瓜三人组最为热烈。

“我的发言就到这里，谢谢大家，毕业快乐！”倪名决向观众席鞠躬，然后在经久不息的掌声中走下舞台。

傅明灼眼泪汪汪地目送他下台，他的座位不在她旁边，所以他只能在路过她那排的时候逗小孩似的冲她皱皱鼻子。

傅明灼又是哭又是笑，抬手用手背抹眼睛，前头老师们也看着她笑。贝含之急忙拦下她的手，在主持人报幕的同时小声说："啊呀，不要用手！你化了妆的呀，妆要花了。"

"呜呜呜，"傅明灼连忙放下手，不敢再擦，"含之，我太幸福了，幸福得都不像是真的。"

"是真的，是真的。"贝含之拿出纸巾给她擦眼泪，"哎，我都羡慕死了。"

贝含之的男友因为有一场非常重要的会议，没法前来参加她的毕业典礼。贝含之虽然安慰男友说"不要紧"，但事实上很是遗憾，此情此景，她的心塞无可避免。

自从傅行此松口同意了傅明灼和倪名决的关系，傅明灼就不必把倪名决遮遮掩掩了，想秀恩爱的时候就大胆秀，骗一堆赞和评论，她懒得想文案，有个固定模板："这是我的倪名决哦！"

不过这两年她长大了，几乎没怎么发状态了。

今天情况特殊，她必须破例一回。

演讲环节还在继续，而她的任务就是从上千张照片中选出最满意的一张发朋友圈。

"这是我的倪名决哦！"

毕业典礼结束，大学时代就算是正式落下帷幕了。

礼堂里闹哄哄的，大家都在找同学、老师还有前来观礼的亲友团合照。

不少人抱头痛哭。

贝含之一直紧紧拉着傅明灼的手，为了掩饰想哭的情绪，她的话史无前例地多，絮絮叨叨的，成了一个话痨。

"傅明灼，你每天至少要联系我一次。

"每三个月要跟我见一次。

"不许忘了我。"

林朝说风凉话："这么看来还是我比较好。"

贝含之反击："你更远好不好？"

"我毕业就回来了。"林朝搂住傅明灼的脖子，"马上又可以跟这小鬼天天碰面，羡慕吗？"

傅明灼睁大了眼睛："啊？林朝，你要回来了？"

"当然了。"林朝尽量忽略余光里那道身影，"我没理由继续待那，我得回来争家产。再说了，你回锦城了，贝含之不在，我也不在，你岂不是连好朋友都没有？太可怜了吧。”

“不劳你费心。”倪名决插嘴，意有所指地开口，“傅明灼有一概，还有我，你顾自己就好。”

林朝：“听不懂。”

逗留许久，不知道拍了多少张照片留念，一行人才依依不舍地走出了礼堂。

外头的雨已经停了，惊叹声此起彼伏。

人群面向东边，那里，有一道浅浅的彩虹，五彩斑斓，高高地悬挂在半空中。

“倪名决，彩虹！”傅明灼下意识地喊道。

再定睛一看，她更是惊喜万分：“倪名决，有两条彩虹！又是双道彩虹！”

多年前，她和倪名决一起在动车上看到了难得一见的双道彩虹，她记得自己许了四个愿望——

希望哥哥姐姐，还有外公外婆平安健康。

她想快点长大。

她希望陆沅哥哥不要走，就算他走了，倪名决也不要走。

最后一个愿望，她许的是想要爸爸的喜欢。

如今，家人平安健在；她长大成人，比从小说了无数遍的“我能长到一米七二”还高；倪名决与她的距离比邻居近多了；她还成了爸爸溺爱的宝贝。

四个愿望，悉数实现，甚至比她所求所想的更丰盛。

今天又有双道彩虹，傅明灼当然又想许愿，既然跟彩虹许愿这么灵，她何不狮子大开口一把？

但是闭起眼睛的瞬间，她又改变了注意。

平安长大，学业有成。

把她当成掌上明珠宠爱的家人，真诚温暖的朋友，尽心负责的老师，活泼可爱的宠物……一路走来，幸她运地收获了这人间满满的善意。

她那么喜欢的男孩子，曾以、正以、将以同样的热爱喜欢她。

她睁开眼睛，入目是她最爱的人们和似曾相识的双道彩虹。

“傅明灼所拥有的一切，她已经心满意足，除了一颗知足喜乐的心，再也没有别的要求。”

番外一

童年篇

1

十二月的天已经彻底冷了下来，万物萧条，即便艳阳高照也透着一股森冷的寒气。

早上七点四十分，傅家一片兵荒马乱。

这个状态已经持续很长一段时间了，自从傅明灼上了幼儿园，每个工作日的早晨傅家都不得安生。

傅明灼坐在餐桌前，穿了一件大红色的新衣裳，喜庆而充满活力的颜色把她粉雕玉琢的脸蛋衬得越发白净，她扎了两只冲天炮的小辫子，圆溜溜的大眼睛转来转去，丰润的小嘴吮啊吮的。

看起来实在是可爱乖巧得不得了。

只是看起来而已。

保姆、管家围在饭桌前，皆是如临大敌、严阵以待，一刻也不敢松懈。

因为一个不留神，这个小丫头就会偷偷摸摸把嘴里的饭吐掉，或者把碗里的东西丢掉几勺。

她是“惯犯”了，阿姨总能在打扫卫生的时候从各种奇奇怪怪的地方发现已经硬掉甚至发霉的饭粒，都是她的“杰作”。

小孩子大多不爱吃饭，但是像傅明灼这么不爱吃饭的，世间少有。

阿姨手里的汤匙已经举在傅明灼嘴边足足有两分钟，汤匙盛着的粥都凉了，但还是没能把这口饭给喂出去。傅明灼只是不停地吮着饭，完全没有咀嚼和吞咽的动作。

眼见傅明灼连吮吸的动作都停了，阿姨等不及：“灼灼，粥粥不要含在嘴里不动，要咽下去。”

闻言，傅明灼的嘴重新开始动了，但仍是吮吸，半天不咽。

这么折腾了近半个小时，碗里的粥完全没有变少，反而因为被泡胀了又多了几分。

管家吓唬傅明灼：“灼灼，你再不吃饭，叔叔就只能打电话给哥哥咯，哥哥要骂你的。”

傅行此正在上高三，每天早出晚归，上下学的时间跟傅明灼完全对不上。

哥哥是傅明灼的死穴，傅明灼天不怕地不怕，到了哪里都横着走，唯独怕傅行此，她的小脸上出现一丝慌张的神色，一口把嘴里的粥给咽了下去：“不要打给哥哥。”

这招屡试不爽、，管家威胁说：“那你乖乖吃饭。”

其实他不可能打给傅行此，傅行此正处于最关键的高三时期，哪能拿这些小事去打扰人家。

傅明灼没吃两口饭，又开始不配合。

幼儿园的到校时间已经过去十几分钟，傅明灼今日份的早餐才算勉强完成任务，一顿饭喂得她痛苦万分，更喂得两个大人筋疲力尽，最后还剩了个碗底，她实在不肯再吃，阿姨也偷个懒随她去了。

然而吃完饭，还有更大的挑战。

“灼灼，你记得自己昨天怎么答应哥哥的吗？”管家慈祥地摸摸傅明灼的头。

傅明灼上学两个多月了，但依然每天要死要活地逃避去幼儿园，一到学校大门就扯住阿姨或者管家的衣角，嘴巴撇下来开哭，令家里人和学校老师都愁白了头发。

昨天夜里，傅行此破例让傅明灼吃了两个冰激凌，要求就是她今天去幼儿园不可以哭。

傅明灼是为了吃冰激凌才不顾后果签下“丧权辱国”的条约，现在她后悔了，眼珠子一转，捂住了肚子：“宝宝肚肚痛。”

她想尽一切办法给自己身上编造痛楚，有的时候是肚子痛，有的时候是头痛，一个月总有那么三四次，家里人会大发慈悲可怜可怜她，让她旷课一天不用去幼儿园受罪。

“肚肚不痛。”管家叔叔毫不留情地拆穿了她，“你这个星期第三次说肚肚痛了，如果真的肚肚痛，那今天不可以吃冰激凌了哦。”

眼见装病无效，傅明灼黔驴技穷地开始耍赖撒娇，眼泪挤不出来，只有干哭：“宝宝不想上学，不想去上学呀，呜呜呜，阿姨叔叔，宝宝明天再去嘛！”

“幼儿园有小朋友，还有那么多玩具，多好啊。”

“灼灼，明天就是星期六了哦，你再坚持一天就可以放假了。”

“不上学就不是乖孩子哦。”

“哥哥去上学了，灼灼也去呀，要向哥哥学习，将来考第一名。”

……

都是些老生常谈的说辞，傅明灼根本听不进去，直到管家叔叔拿出手机假装给傅行此打电话：“行此啊，灼灼又不肯去学校……什么？你要现在回来打她？别了，别了，小孩子不能老是打。”

傅明灼信以为真，吓得花容失色，连声直喊：“哥哥，我去上学！我去上学！”

相比之下，倪家要和平得多。

林昭因为在一次意外中摔伤了手臂，为了避免小孩子打闹二次受伤，父母一直没有让她去上幼儿园。

林昭每天看着倪名决背着小书包早上出门，晚上回家，不知道有多羡慕。她每次路过幼儿园，透过栅栏看到里面的滑滑梯、秋千，还有很多小朋友，都让她对幼儿园生活憧憬不已。

昨天去医院检查，医生宣布她的手臂彻底好了，林昭迫不及待地央求林幼华：“妈妈，我明天想去上幼儿园。”

林幼华好笑道：“你别去了幼儿园哭。”

林昭攥紧了小拳头，信誓旦旦地保证：“不会的，我很勇敢的！”

“妈妈不信，哥哥第一天去上幼儿园都哭了，你肯定也忍不住要哭。”

谁说哥哥哭了她就一定会哭，林昭有点不高兴，不过还不等她反驳，倪名决已经不满地质问母亲：“谁说我哭了？”

倪名决承认，第一天开学，看到林幼华的背影离开，在周围同学狼哭鬼嚎的氛围影响下，他确实忍不住红了眼眶，但想到自己是个小男子汉，他硬生生把眼泪憋回去了，绝对没有哭。

“阿沅说的。”林幼华回答说。

这个陆沅居然还告状，倪名决冷冷地说：“他撒谎。”

林幼华意外地挑了挑眉头，儿子的词汇量又一次超出了她的想象，他才四岁，却已经会用“撒谎”这样的“高级词汇”了。

今天一大早，林昭就兴奋地早早起了床，背上粉红色的小书包，高兴得恨不得立马闪现在幼儿园。

林幼华陪两个孩子吃完了早饭，交由阿姨把他们带去幼儿园，她叮嘱倪名决：“名决，你是哥哥，在幼儿园要好好照顾妹妹。”

“知道了。”又要去上学，倪名决烦得要命，他没好气地对林昭说，“上学一点也不好玩，你会后悔的。”

林昭哪里听得进去，她穿着一条洋气的碎花裙子，戴了个红色的发箍，拉着倪名决的手跟林幼华告别：“妈妈再见！”

去学校的路上，林昭越来越兴奋，扒拉着倪名决的手：“哥哥，待会我坐你旁边好吗？”

“不好。”倪名决一口拒绝。

林昭不解：“为什么？”

“因为我们不是同一个班的，不能坐在一起。”

林昭没上过学，完全没有班级的概念：“什么叫同一个班？”

倪名决脸上出现“你怎么这么笨”的嫌弃表情：“一个班就是分在一个教室，只有同一个班才能坐在一起上课。”

林昭懵懵懂懂，只听明白了一半，慌了：“那我在幼儿园看不到你吗？”

眼见妹妹被吓到，倪名决的小小恶作剧得逞了，又开始宽慰起她来：“那还是可以看到的，下课的时候，还有吃饭的时候也可以。”

这丝毫没有安慰到林昭，她明显紧张起来。

林昭到了幼儿园才真正意识到什么叫班级，原来学校里有那么多房间，她和哥哥不能待在同一个房间，中间还隔了两个教室。

每个班大约有十五个同学，林昭一个都不认识，她坐在陌生的教室里，倪名决坐在她旁边陪着她，她胆子大了不少，新奇地四处张望。

铃声一响，倪名决站起来，说：“我要回去了。”

林昭拉住他：“哥哥，你可以留在这里陪我吗？”

“可我不是你们班的。”倪名决从口袋里拿出几颗糖果放到她桌上，“别怕，我下课了就来找你。”

林幼华平时不允许兄妹俩吃零食，这几颗糖是倪名决从他的同班好朋友袁一概那里搜刮来的，看在糖果的面子上，林昭勉强同意放倪名决离开了。

林昭含着甜丝丝、酸溜溜的橙子味水果糖，一上课老师就向同学们介绍了她，全班在老师的带领下给予她热烈的掌声。

她虽然感到陌生和紧张，但还是努力让自己克服恐惧，尽量融入集体。

她跟妈妈保证过她不会哭，所以她一定要坚强勇敢。

盼星星盼月亮盼到了下课，林昭迫不及待地走出了教室，去找倪名决。

倪名决也过来找她了，两人在走廊上碰到，倪名决身边还跟了个胖胖的小男孩，倪名决给他们介绍："昭昭，这就是我跟你说过的我的新朋友一概，一概，这是我的妹妹昭昭。"

"昭昭你好啊。"小胖子满脸堆笑，从口袋里"唰"地又抓出一把糖来，"吃糖。"

"昭昭。"不远处有另一道小男孩的声音响起。

正是陆沅，陆沅比他们大一些，现在正在上中班。

"陆沅哥哥。"林昭欣喜地喊道。

三个男孩陪着林昭玩了一节课间，她有三个护花使者，所有女孩子都投来羡慕的目光。

林昭玩得很高兴，下一节课上课，她坐到教室里，上学的恐惧感几乎消失了，甚至可以尝试着参与到课堂中去。

然而，好景不长，第二节课开始没多久，教室门打开了，园长领着一个小姑娘出现，那小姑娘哭得上气不接下气，扒着门边不肯进教室，浑身都写满了抗拒，她哭号着："宝宝要哥哥、要外婆，呜呜呜，我不要上学！"

她一边哭着，一边在教室里看了一圈，看到林昭这个生面孔，哭号停了那么一秒钟，忍不住打量起林昭来。

大概是没发现什么亮点，一秒过后她又把那声中断的哭声连上了。

整个教室因此乱成一团，有两三个小孩也受她影响哭了起来。

毕竟已经开学两个多月了，孩子们已经适应了幼儿园生活，大部分没哭，但也纷纷表示自己不想上学。

最开始那几个星期才叫惨烈，每当傅明灼到学校，总能带动整个班哭成一片，整个幼儿园的职工几乎倾巢出动才能"镇压"下去，导致老师一看到傅明灼来上学都要忍不住抖三抖，恨不得她天天旷课。

傅明灼坐到了林昭旁边，伤心欲绝地趴到桌子上流眼泪："呜呜呜，宝宝不想上学。”

老师习以为常，哄了她几句没效果，也就随她去了，反正她越哄越来劲，最好的办法就是晾着她，等她自己累了才肯消停。

林昭看她实在可怜，递了一颗糖给她。

傅明灼看一眼，抽噎着问：“你的糖糖是橘子味的吗？”

“嗯。”林昭点头。

傅明灼提要求：“宝宝喜欢草莓味，还有巧克力。”

林昭其实不是很理解为什么这个人都上幼儿园了还要自称宝宝，她小的时候也自称宝宝，但她已经戒掉这个自称了，不过她还是找了一颗草莓味的糖递出去。

傅明灼好不容易才咬破包装袋，她啜着糖，仍然没有止住眼泪，还是那般伤心欲绝。

林昭小声问：“你叫什么名字？”

“傅明灼。”傅明灼含糊地说。

“我叫林昭。”林昭自报家门，“你为什么哭？”

“宝宝不想上学。”傅明灼说。

林昭好奇：“为什么？”

老师看两个小姑娘上课讲话，正常来说纪律是不允许的，不过念及这俩人一个是哭包，一个初来乍到，聊聊也好，可以互相慰藉，所以就没管她们。

殊不知，傅明灼正在煽风点火，跟林昭传播“反动言论”。

傅明灼最开始上幼儿园的时候哭，纯粹是因为害怕和排斥而哭，但她渐渐发现自己哭会带动别的小朋友一起哭，从而让老师们很头疼。某天阿姨来接她放学，老师真诚地建议：“她才刚满三周岁，确实还小，其实她八月份的生日，距离四岁上学就差没几天，如果实在不适应的话不如让她推迟一年上学。”

大人以为她听不懂，但事实上她成功从里面提取到了关键信息，从此走上带着目的的作妖之路。

傅明灼真诚地告诉林昭：“这里的饭饭不好吃，还要睡觉觉，宝宝最讨厌睡觉觉了。”

林昭也不怎么喜欢吃饭，而且也很讨厌睡午觉，让傅明灼这么一说，她对学校的排斥再度在心中隐隐作祟。

傅明灼乘胜追击，使出绝招：“到这里来，你爸爸妈妈不要你了。”

两个小姑娘在教室后面此起彼伏地号啕大哭起来，小（1）班彻底失控。

等到下课，林昭哭哭啼啼去找了倪名决：“哥哥，爸爸妈妈是不是不要我们了？”

倪名决矢口否认：“怎么可能，谁说的？”

“我们班的傅灼灼说的。”林昭记不清傅明灼叫什么了，她就自己给傅明灼起了一个类似的名字，“哥哥，晚上爸爸妈妈还会来接我们吗？他们不要我们了。”

倪名决平时嫌弃林昭胆小爱哭然后自己热衷于欺负妹妹是一回事，但林昭要是让别人欺负哭了，那就是另一回事，他第一个忍不了。

他决定去会会那个妖言惑众的傅灼灼，他带上了体型惊人的袁一概充门面，气势汹汹地杀进了小（1）班，问林昭：“谁是傅灼灼？”

林昭有些后悔了，她担心哥哥和袁一概联起手来欺负傅灼灼，便撒谎说：“傅灼灼不在。”

刚好旁边走过两个男生，热情地给倪名决指路：“喏——”其中一个男生手一指，指向教室最后头那个盯着桌面发呆，还在不停抽噎的傅明灼，“就是她。”

倪名决顺着那男生手指的方向望去。

哦，原来她就是林昭口中的傅灼灼啊。

虽然傅明灼几乎每天早上都迟到，隔三岔五旷课，而且她为了不上幼儿园，坚决不肯参加课后娱乐活动以免被同化，所以外班的人看见她的机会并不多，但倪名决对傅明灼还是印象颇深，没别的，男人从小开始就是视觉动物，全幼儿园最漂亮的小姑娘，他当然记得。

不过妹妹受了委屈，替妹妹出头才是第一要事，不能沉迷美色，所以他走过去板起脸，问道：“你叫傅灼灼吗？”

“不叫！”傅明灼从发呆的状况中抽离出来，狠狠瞪他一眼，他才叫傅灼灼呢，她明明叫傅明灼。

袁一概也对傅明灼印象深刻，趁机跟她搭讪：“那你叫什么？”

“宝宝叫傅明灼。”

这个年纪的小男生喜欢一个小女生的表现就是欺负她，以此引起她的注意，所以袁一概马上用食指把自己的下眼皮扯下去，做了个“羞羞脸”的表情，对她发起了无情的嘲笑：“哈哈哈，你好好笑啊，这么大了还自己叫自己宝宝。”

倪名决帮腔：“就是。”

这下傅明灼气疯了，她涨红了脸，指着他们两个：“关你们什么事？！”

她一直都是自称宝宝的，外公外婆都叫她宝宝，哥哥也偶尔叫她宝宝。

她本来就是宝宝嘛！

她越生气，两个男生越高兴。

袁一概上了头，彻底逗她逗嗨了，倪名决倒还惦记着正事，干咳一声，义正词严地说："反正你不要再欺负林昭，她是我妹妹。"

林昭马上强调："双胞胎妹妹。"

这个年纪的兄妹俩，都对自己双胞胎的身份十分自豪。

傅明灼看看林昭校徽上的名字，又看看倪名决校徽上的名字，她虽然还不识字，但是至少分得清他们两个的姓氏是不一样的，哥哥和妹妹怎么可能姓不一样？

他们以为她没有哥哥吗？

"骗人！"傅明灼义正词严地拆穿了谎言，"你才不是她哥哥，宝……"她想起他们对她的嘲笑，把到了嘴边的称呼一咕噜咽回去，"我才有哥哥。"

她怎么还平白无故冤枉人？他和昭昭是不是兄妹俩，难道她比他更清楚吗？

倪名决暂时无暇顾及自己本来的目的了，就兄妹问题跟这蛮不讲理的丫头片子杠了一节课间。

傅明灼和倪名决还有袁一概的梁子算是结下了，顺带着她看林昭也不顺眼，她渐渐也相信了，倪名决和林昭真的是兄妹俩，只是一个跟爸爸姓、一个跟妈妈姓。

林昭最开始还本着和平相处的原则与傅明灼搭话，不过两个兄控坐在一起，天天较着劲非要说自己的哥哥比对方的哥哥更厉害，矛盾日渐严重。

毕竟傅行此已经在上高三了，光年龄一项就吊打还在上幼儿园小班的倪名决，更别提傅明灼如数家珍的"宝宝哥哥考试第一名""宝宝哥哥戴眼镜""宝宝哥哥有那么高——"她夸张地抬手比着。

各种千奇百怪的"宝宝哥哥……"。

林昭哪有她伶牙俐齿，每每被她怼得哑口无言，一战败，就哭哭啼啼地去倪名决那边告状。

倪名决就会带着袁一概过来给妹妹撑场子。

傅明灼最开始的时候还会犯怵，生怕袁一概揍她，毕竟他那么大一个人，动起手来她实在没有胜算，但没过几天，傅明灼就摸清了套路，袁一概就是只纸老虎，不足为惧。

她放心大胆地火力全开，以一敌三。

傅明灼说话很早，语言天赋过人，七个月的时候就会模模糊糊喊傅行此"多多”了。不管是她的词汇量，逻辑链，还是咬字发音的清晰程度都完胜同龄人，普通话和锦城方言无缝连接，偶尔还要飙几句英文，即便在比她大几乎一周岁而且语言天赋也很强的倪名决面前，她都丝毫不落下风。

她“吃一堑，长一智”，在倪名决面前自动屏蔽“宝宝”的自称，改用非常成熟稳重的“我”。

小男生倪名决心中藏了一个谁都没有告诉的小秘密，那就是其实每当林昭来找他去跟傅明灼吵架，他都很高兴，恨不得妹妹一天和傅明灼吵上八百架。

幼儿园里，傅明灼把他当仇人，她拒绝跟他说话，每次看到他，她都气哼哼地撇过头去故意不看他。他唯一有机会和她交流就是吵架的时候。

她成了他每天去幼儿园最期待的理由，没有之一。

长着一双发现美的眼睛的人不止倪名决和袁一概两个，幼儿园里别的小男生也有。

幼儿园里，大班的孩子们有绝对的威慑力，以此类推，小班是最任人欺负的弱势群体。小班的孩子和大班的孩子，加上三岁入学和四岁入学的年龄差，最大的和最小的几乎要差整整三岁，幼童时期个子长得很快，三岁几乎是一个次元的差距了。

当某天午饭过后，傅明灼经过滑梯，被两个大班的男孩子揪住：“你是不是叫灼灼？”

傅明灼抿紧嘴唇，拒绝告知自己的信息，想把自己的衣服从对方手里抢回来。

“你跟我们一起玩滑滑梯吧，你怎么从来不出来玩？”

傅明灼心里开始打鼓，佯装镇定：“我不喜欢玩。”

“很好玩的。”

两个男生坚持想说服她一起玩耍，甚至试图亲她一口表达对她的喜欢。傅明灼毫无反手之力，人在关键时刻都会想到最信赖的人，傅明灼第一时间就搬出了傅行此，她乱踢乱蹬地叫着：“你们放开宝宝！不然我叫我哥哥打你们。”

大班的小孩思想已经成熟很多，才不会被区区一个恐吓吓到，而且她这么不配合，让他们产生一种“你敬酒不吃吃罚酒”的恼羞成怒来：“那你叫你哥哥出来啊！”

傅明灼急眼了，撒谎说：“我哥哥就在这里，只要我一叫他就来了。”

“那你叫啊！”

“我们只是想跟你一起玩。”

“就是，别人我还不想跟他一起玩呢。”

……

两个小男生一唱一和，就是不肯放手。

傅明灼挣了几下挣不开，快吓哭了：“你们放开宝宝！”

“都上学了还自称宝宝呢。”

“宝宝怎么不叫哥哥？你哥哥根本就不在幼儿园吧？”

“说不定她都没有哥哥。”

“小朋友不能撒谎哦。”

“哈哈哈……”

傅明灼试图寻找救兵，但是目光所及之处没有老师。

倒是有倪名决，他从洗手台洗完手，准备回教室。

傅明灼的身体被两个男生挡住，倪名决没有注意到她，她权衡利弊片刻，眼见他就要走过，识时务者为俊杰，她顾不上曾经结的仇了，大喊：“哥哥！”

听到她的声音，倪名决循声望来，视线成功锁定了她。

“哥哥！”傅明灼继续叫道，眼神恳切，“哥哥救我！”

她心里一点把握也没有，很是后悔，以前不应该总是和他吵架，倪名决现在可能根本就不会帮她了。

没想到倪名决神色一凛，快步走过来，挡在她面前，将她护在身后：“你们干什么？”

“你就是她哥哥？”其中一个大班男生上下打量着倪名决。

傅明灼好怕倪名决会拆穿她的谎言，如果让这两个大班的男生知道她撒谎，他们一定不会放过她的。

没想到他干脆地承认了：“对，我就是她的哥哥。”

傅明灼心中的大石头落地了，她紧紧抓住倪名决后背的衣服，像抓住了救命稻草。

倪名决面对比他高半个头的大班男生，没有表现出丝毫慌张：“你们找我妹妹有什么事吗？”

他太沉着冷静了，眼神也凌厉，两个大班男生竟忘了自己的个头比他高足足半个头而且是一对二，有点心虚地跟他解释道：“我们只是想找她玩玩。”

倪名决保持着沉着冷静：“她胆子很小，不喜欢跟别人玩。”

说完，他转身拉住傅明灼颤抖的小手：“妹妹，我们走。”

傅明灼平日里虽然蛮横不讲道理，但是起码的感恩之心还是有的。

倪名决居然对她以德报怨，不惜跟两个大班的大男孩唱反调，这让她又是感动，又是内疚。

他一直拉着她走到远离那两个大班男生的地方才停下来，但没有松开她的手，还是继续拉着。

傅明灼后怕不已，完全没觉得手拉手有什么不对劲，她真诚地道谢说："倪决决，谢谢你。"

"倪名决。"倪名决纠正。

傅明灼很固执："倪决决。"

为了表达对倪名决的感谢，傅明灼把自己口袋里仅剩的两粒糖果都翻了出来，递给倪名决。

倪名决只拿了其中一颗。

傅明灼更感动了，不过她犹豫一小下，说："宝宝喜欢巧克力。"

两颗糖一颗是草莓味的、一颗是巧克力味的，傅明灼都很喜欢，但是一定要选一个的话她选巧克力，而倪名决刚好拿了那颗巧克力味的。

不知不觉中，她连在他面前不自称"宝宝"的防备都放下了。

倪名决把糖还给了她。

傅明灼是真心想感谢他的，所以她马上把草莓味的递了出去。

倪名决摇头，不要。

正好，傅明灼本来就两颗都舍不得，既然他不要，那就休怪她不客气了。她生怕他反悔，马上把糖重新塞回了口袋里。

她一天只有五颗糖，上午精打细算吃了三颗，还有两颗留给下午，要是倪名决再拿走一颗，她就没得吃了。

既然糖没给出去，她总得拿出点实际行动表达感谢吧？

傅明灼思索片刻，说："昭昭是我的好朋友。"

意思是以后她不会再欺负昭昭了，昭昭嘴皮子没她利索，脑子也没她转得快，每天都在唇枪舌剑中被她暴虐。

从今天开始，她不欺负菜鸟了。

妹妹不用再受欺负，做哥哥的当然应该感到高兴，但是倪名决在高兴之余，也有另外的小九九——昭昭跟傅明灼水火不容的时候，几乎所有课间他都有机会借着吵架的名义跟傅明灼说上话；如果昭昭和傅明灼变成了好朋友，昭昭就不需要他这个哥哥撑场面了。

傅明灼看出来了，倪名决对她的处理结果不太满意。

她狠了狠心，重新把巧克力糖拿了出来："给你。"

"我不要糖。"倪名决说。

傅明灼就闹不明白了，那他想怎么样。

倪名决拉紧她的手："我们也做朋友。"

傅明灼愣了一下，没想到他的要求是这个，他都救她了，他们当然是好朋友了。她点头如捣蒜："好的。"

傅明灼和倪名决成功建交。回到教室，她履行承诺，开始冲林昭笑脸相迎，甚至鞍前马后，林昭要坐下来，她就马上给人家把小椅子拖出来，还要用手给人家掸一遍椅面："昭昭，坐。"

俗话说得好，黄鼠狼给鸡拜年——没安好心，林昭真的很不习惯她这样。

林昭警惕地坐下，傅明灼也马上在人家边上坐下，把椅子拖到不能再近："昭昭，我们是好朋友对吗？"

"不是。"林昭否认，她天天在幼儿园被这死丫头气得半死，她才不要这样的好朋友。

"是好朋友。"傅明灼坚定地说，"我以后帮你。"

刚好两个小朋友追逐打闹着跑过，其中一个的手不小心甩到了林昭身上，傅明灼找到机会了，拽住对方要给林昭主持公道："你说对不起！"

傅明灼奶凶奶凶的，又能说会道，在班里还是挺有威慑力的，所以对方扭捏一小会，真的跟林昭道了个歉。

傅明灼邀功地看着林昭，十分期待。

好吧，林昭勉强原谅了傅明灼从前的蛮不讲理。

傅明灼想搞事情的时候威力巨大，但是想献殷勤的时候同样让人招架不了，甜言蜜语、糖衣炮弹一套一套的，等到睡午觉的时间，两个小姑娘已经好到可以手拉手一起去午睡的房间了。

为了安抚林昭，每次睡午觉倪名决都会到小（1）班的卧房和林昭一起挤同一张小床，老师念在两人是双胞胎，任由他们去。

现在傅明灼是他们两个的好朋友了，当然要跟他们睡隔壁。她和兄妹俩嘻嘻哈哈地闹着，被老师制止了好几回才安静下来，她睡不着，偷眯着眼睛看来看去。

趁老师不注意，傅明灼翻了个身，越过两张小床之间矮小的阻隔，也睡到了林昭的床上去，钻进了小被子，林昭在中间，她和倪名决则一前一后。

三个人把小床挤得严严实实。

老师走过来，三个人都闭紧眼睛装死。

老师也看三个小孩好玩，就站在他们面前站了好久好久，确认三个孩子都睡着了，她才走开。

整个卧房都安静了，老师轻轻推门离开。

没料到，等老师一走开，傅明灼就睁大了眼睛，林昭已经被熬睡着，但倪名决也还双目炯炯有神。

傅明灼乐了，“咯咯”地笑起来。

声音不大，不过在静谧的午休时间略显突兀，倪名决生怕林昭被吵醒，食指在嘴唇前做“嘘”的手势，示意傅明灼安静。

傅明灼笑着捂紧嘴巴，大眼睛弯弯的，亮亮的。

第二天上学，兄妹俩都给傅明灼带了礼物，林昭带了一个芭比娃娃，倪名决则跟袁一概约好了用一个变形金刚换一盒巧克力。

然而傅明灼没有来学校。

这是正常操作，傅明灼总是不来上学。

但是第三天她依然没来。

第四天同样如此。

周末过后的周一，傅明灼仍然没有来上学。

林昭忍不住去问老师：“灼灼呢？”

“灼灼啊？”老师看起来挺高兴的，“灼灼不来上学了。”

林昭愣住了。

老师看她很失落，安慰她说：“可能灼灼明年会来，昭昭读中班，灼灼还读小班。”

傅明灼退学的原因无他，傅行此本来就被她每天寻死觅活弄得有些心软了，再一听她说她在幼儿园被大班的男孩子缠着不放，他马上就松了口，不让她上幼儿园了，以免再被骚扰。

傅明灼长达三个月的抗争获得圆满成功，她得以继续在家里当小祖宗，不必再回到幼儿园那座“监狱”里去，纵然她在学校交到了新朋友，但对自由的向往终究占了上风。

她不知道，明年对小孩子来说有多么漫长，有一个小男孩和一个小女孩问了老师、爸妈无数遍“明年”到底是什么时候，好不容易懵懵懂懂地听明白了，又开始日复一日地盼着明年她会重新背上书包来上学。

盼到芭比娃娃变旧变脏，盼到巧克力过期变质，盼到他们渐渐彻底遗忘了她，她也没有再出现在幼儿园。

她在家里被家人宠爱娇惯，同样渐渐忘记了他们。

她不知道，很多年前她就遇见了长大以后的好朋友们，而她的丈夫，在牙牙学语的时候就第一次喜欢上她了，因为她的离开，他失落了很久很久。

她也不知道，其实她和昭昭之间的交集并不是一片空白，她们当过一下午的好朋友，躲在同一个被窝里嬉笑打闹，手拉着手上厕所，如果她再多待几天，说不定还能骗得林昭叫她一声“姐姐”。

长大后的傅明灼爱屋及乌，为昭昭早早离世痛心难过，更遗憾自己没能早一点和昭昭遇见，没能和她说说话，给她关心和爱护。

所有的一切都被时光埋葬了，也许未来有一天会在不经意间重见光明，也许永不见天日，是永远的秘密。

只是对命运而言，一切都已经安排妥当。

逝者已逝，生者坚强。

2

“今天放学回家以后把试卷订正好，然后让家长在试卷上签上名字。”

随着数学老师说出这句话，林昭的脸白了白。

这次数学考试最后一道题目有点难，她没做出来，考了九十五分。其实班里很多同学都没有做出来，她考得不算好，也不算差。

但问题是哥哥考了满分。没什么好奇怪的，无论题目有多难，哥哥都能做出来，奇怪的是，她明明比哥哥用功很多，哥哥每天只花很少的时间学习，却轻而易举就能名列前茅。

两张试卷拿回家，妈妈一定会非常生气。用妈妈的话来说：“小学一年级的数学只有满分和考砸了两种结果。”

同班的倪名决很快发现了妹妹的不对劲，他停止跟同伴的玩闹，走到了林昭旁边，拍拍林昭的肩膀：“怎么了？”

林昭趴在桌子上不想动，摇摇头。

倪名决平时喜欢欺负妹妹，但是关键时候不含糊，看林昭心情不佳，他就非要打破砂锅——问到底：“谁欺负你了？你告诉我啊，我去找他算账。”

一节课间问不出来，他到了下节课间继续纠缠。

等到放学，林昭招架不住，实话实说。

“就为这事啊？放心吧，妈妈不会骂你的。”

等到了家，倪名决拿了一支水笔来到林昭的房间，翻出她的试卷，行云流水地签上了“林幼华”三个大字。

冒充家长签名的事情在一年级的小学生看来简直是天大的罪名，林昭被倪名决的胆大包天震撼了，她看看自己的试卷，又看看倪名决，久久无法言语。

倪名决盖上笔盖，对自己的杰作十分满意。

“名决，这样不太好吧。”林昭拉住他。

“可我签都签了，水笔又擦不掉。”倪名决说着又给自己的试卷也签了名，“我们都别告诉妈妈考试了不就行了吗？”

“可是……”林昭仍犹豫。

倪名决雷厉风行，不喜欢瞻前顾后，他帮林昭把试卷藏好了：“你不能告诉妈妈，不然我冒充她签名不就让她知道了？”

林昭不希望哥哥被骂，她彻底压下了告诉母亲真相的念头。

然而第二天，火眼金睛的数学老师还是一眼认出了她试卷上的签名有猫腻，至于倪名决，他是全班仅有的两个满分的人之一，有特权不交试卷，因此没有被发现。

林昭被叫去办公室，面对老师的质问，她哪里还敢隐瞒，招了，但却不说签名是倪名决给她写的，只说是自己签的。

“明天叫你家长来学校。”数学老师无情地说，“不是因为你做错了题目，而是因为你的不诚实。”

闯大祸了，这下闯大祸了。林昭魂不守舍地走出办公室，已经能够预见母亲的愤怒。

倪名决就在外面等她。

林昭看着他就有点想哭。

“别哭啊。”倪名决还是老神在在，“老师找你什么事啊？”

回到教室以后，倪名决满脑子只有一件事情：哥哥算不算家长？

他问了同学，暗戳戳问了老师，直到两个同班同学发生口角被叫家长，其中一个是姐姐来的学校，他终于确定了。既然姐姐算家长，那哥哥肯定也算啊！

“小姑姑，小姑姑。”某天下课，一年级的傅晨阳来到三（二）班门口找傅明灼，傅晨阳眼眶红红，含着热泪，十分可怜。

"晨阳，你怎么了？"傅明灼身为长辈的责任心立马爆棚，"谁欺负你了？你告诉我，小姑姑给你做主。"

"我数学考了七十五分，我们数学老师要我明天傍晚叫家长去她那里。"

天啊。傅明灼在心里默默惊叹，一年级的数学那么简单，她就算考九十九分都要懊丧很久，晨阳居然只考了七十五分，这个侄女实在太笨了。

当然，她不能明说出来，以免雪上加霜，伤害到侄女的自尊心。

"小姑姑，怎么办？我爸爸会打我的。"傅晨阳哭哭啼啼，上次考试她考了八十分，爸爸都凶她了，这次只考了七十五分，爸爸一定会非常生气。

傅明灼的眼珠子骨碌碌一转，就打起了鬼主意："那明天我去见你的老师好了。"

傅晨阳眨巴着眼睛，没有反应过来："什么意思，小姑姑，你去找我老师干什么？我们老师想见我爸爸妈妈呀。"

傅明灼恨铁不成钢："你怎么这么笨，我问你，你叫我什么？"

傅晨阳："小姑姑啊。"

"所以我是你的长辈，我就是你的家长呀！"傅明灼底气十足，架子端得老高，"谁说家长只能是爸爸妈妈？我的家长会都不是爸爸妈妈开的，我姑姑也给我开过家长会的。"

傅晨阳思索片刻，觉得傅明灼说得很有道理。

第二天放学，她把傅明灼带去了老师办公室。

傅晨阳的数学老师看着傅晨阳把一个个子比她还矮，唇红齿白、洋娃娃似的小姑娘拉到他办公桌前一站，介绍道："老，老师，这是我的……小姑姑。"

相比傅晨阳的忐忑，傅明灼十分淡定，她悄悄瞪了侄女一眼，示意傅晨阳有点底气，她回想以前哥哥见她老师的模样，"唰"地伸出手去，老气横秋地招呼道："李老师是吧？你好，我是晨阳的姑姑，请问你找我有什么事吗？"

李老师虽然教的一年级，但他认识傅明灼，全校都知道傅明灼，他看着自己面前那只小小的手，感到自己额角的青筋跳啊跳的，好半天都没回过神来。

两年前，他在另一所学校任教时碰到过类似的情况，当时那个扮作家长的小男孩，行径如出一辙，小小年纪端起家长的架子来一套一套的，临场表现极为冷静，一点都不犯怵。

老师忍不住有点想笑，问傅明灼："你认识倪名决吗？"

"不认识。"傅明灼好奇，"他是谁啊？"

“不认识就算了。”老师摇摇头，又忍不住笑起来，“想不到有生之年我能碰到两个这么搞笑的小孩。”

3

大四下学期几乎没课，傅明灼和倪名决既没有要考研深造的打算，也无须为找工作烦恼，最后的学生生涯，没有家人住在一起，甚至连王中王和盖中盖也不在，真正的二人世界开始了。

回学校之前，傅行此看着倪名决，只说了四个字：“让着她点。”

看得出来，他颇为不放心。

倪名决颔首。

俗话说得好，伸手不打笑脸人，傅行此看到妹夫这般任劳任怨，又回想二十多年来自家妹妹的种种德行，他多少也有点过意不去，最终他板着脸给自己找借口：“我知道傅明灼麻烦得很，但她是你自己求着娶的，没有人强迫你，娶了就得惯着。”

其实傅行此大可不必担心。倪名决比这个世界上任何一个人都知道要如何跟傅明灼相处，他可以把她当妻子疼爱，当妹妹迁就，也可以当女儿娇惯，必要的时候，他甚至可以把她当成一只小猫——他跟一只猫能计较什么，除了养着宠着，还能怎样？

倪名决只是颔首，并未反驳什么。他向来对傅行此逆来顺受，虽然他这个大舅哥对他从来没什么好脸色，几乎可以说是看哪哪不顺眼，但他完全能理解傅行此对他的不满，谁让他年纪轻轻就把人含辛茹苦养了二十年的妹妹拐回家了，这事确实办得相当不厚道。

搁谁谁不生气。

回到帝城的新婚生活悠闲而自在。

但对大部分人而言，大四绝对算不上轻松，准备继续深造的有学业压力，准备迈入社会的那批人更是压力山大，去哪发展，在什么领域发展，到哪家公司发展，都需要经过深思熟虑。

傅明灼对将来没有什么规划，并且对这个无所事事的状态十分心安理得。

“明灼，那你以后就准备待在家里当家庭主妇吗？”朋友小聚聊到将来，有朋友好奇道。

傅明灼想了想，如果她毕业以后不去家里的公司上班的话，那她好像确实是待在家里当家庭主妇了。

“不是。”一旁的倪名决圈过她的脖子，“傅明灼要是待在家里的话，是当我的掌上明珠。”

“要命了，要命了，掌上明珠——”朋友们纷纷起哄。

贝含之的订婚宴即将到来，倪名决陪傅明灼逛商场买赴宴穿的衣服。

傅明灼买衣服讲究狠、准、快，走进第一家店就大手一挥做了决定，倪名决示意她再看看别的：“多买几件，你很久没买衣服了。”

说很久其实也没多久，一两个月而已，傅明灼衣柜里还有很多没剪吊牌的衣服。

“不想买了。”傅明灼拒绝，“我累。”

倪名决知道她不爱逛街，没勉强她，自己随意在店内走了一圈，挑了几件他看着顺眼的，一并让导购结账了。

他结账的工夫，另一个导购羡慕地对傅明灼说：“你男朋友真好耶。”

傅明灼看着倪名决的背影，非常喜欢也非常自豪，她有点想炫耀自己已经和这个男人结婚了：“他不是我男朋友。”他是我老公。

“啊？”导购愣了愣，狐疑地打量两人数秒，又恍然大悟地说，“你们是兄妹吧？”

傅明灼和倪名决相处久了，生出几分夫妻相来，已经不止一个人说他们像了。

“不是。”傅明灼否认，示意导购继续猜。

“难道他是你叔叔？”导购往血缘关系方面猜。

“不是！”傅明灼直摇头，正好倪名决结完账过来了，她拉起倪名决的手，让导购看他们的对戒，“我们是夫妻。”

“夫妻？！”导购惊了，“你这么小就结婚啦？你看着还没成年呢！”

也不怪导购猜不出傅明灼已婚的身份，她今天图方便又穿了背带裤，脸上一点妆都没化，看起来非常稚嫩。两人从店里出来，路过丝芙兰门店，傅明灼突然放缓了脚步，看着琳琅满目的化妆品说：“倪名决，我决定了，我今年的目标有两个——学会化妆，还有考取驾照。说不定我也能当个美妆博主呢！”

傅明灼人在帝城，暂时不考驾照，所以她先忙活学习化妆的事情。她在网上找了不少化妆视频，当晚就带着必胜的决心开始了她的化妆之旅。

美妆博主们妙笔生花，手法娴熟，能把各种各样的化妆品发挥出神奇的功效，实现无痛“换头”整容术。

傅明灼心不在焉地看了两段，信心十足地说：“简单，看我的。”

不出五分钟，现实就狠狠打疼了她的脸。她不得不顶着一双熊猫眼，重新回顾视频，一边回顾一边费解地碎碎念：“奇怪了，她就是这么画的嘛，怎么我画出来就完全不一样呢？”

眼影就是没法做到分层晕染，小小一支眼线笔在手里压根不听使唤，睫毛膏糊得哪里都是，腮红涂少了看不出效果、多涂几层莫名其妙就变成猴子屁股了，一直拿纸巾擦拭皮肤，没过一会脸就疼了……

几个回合下来，傅明灼耐性告罄，开始发脾气，她“啪”地盖上 iPad，中断了视频，埋怨道：“都是骗人的！”还不解气，又把一盒眼影扔远些，力道没掌控好，眼影盘重重撞到玻璃收纳盒上，脆弱的眼影立刻碎裂。

傅明灼鼓着眼睛看了老半天，半晌才挫败地叹了一口气，非常惆怅。

倪名决靠在床头围观了她是如何从斗志昂扬变成一筹莫展的全过程，他没给她留情面，笑得乐不可支。

傅明灼更气了，她顶着一张惨不忍睹的脸走到倪名决面前，冲他怒目而视：“倪名决，你笑什么嘛！”

近距离观看，效果更直观，也更震撼，倪名决对着这么一张五彩斑斓的脸笑得停不下来，他伸手去挡：“离我远点，别沾我身上，我都洗过澡了。”

傅明灼是一个逆反心理很重的人，既然倪名决不想碰到她，那她就要变身一块牛皮糖，整个人朝他扑了过去，一通乱蹭。

两人笑闹着滚成一团。

傅明灼很快没了力气，躺在床上大喘着气，仰视着倪名决：“是不是不好看？”

倪名决一手撑在她枕边，一手去捏了她的下巴，左右端详片刻她的脸，嫌弃道：“丑死了。”

傅明灼知道自己妆没化好，但是他怎么可以用“丑”来形容她？！

“你才丑。”

倪名决捏着她的脸，导致她嘴合不拢，微微嘟着，活像条鱼，他凑近去亲一下，而后有些费解地打量她，说道：“真是见鬼了。”

“什么见鬼了？”傅明灼被吸引了注意力。

倪名决不回答，俯首重新吻下去。

真是见鬼了，她搞成这副人不人、鬼不鬼的样子，照样能轻而易举地引起他的兴趣。

他到底是有多喜欢她。

有关化妆，傅明灼间歇性斗志昂扬，持续性被现实打击得体无完肤的生涯断断续续持续了很久。其间，她经历过皮肤过敏、眼角发炎，还经历过剃坏半条眉毛等种种意外，可谓十分坎坷。

毕业回到锦城，傅明灼去驾校报了名学车。学车也是种磨炼，又是夏天，闷热非常，娇生惯养的傅明灼吃不起苦，学车过程三天打鱼、两天晒网，每天变着法子找借口逃避练车、但不知道是因为她天赋异禀，还是因为小时候开过很长一段时间迷你版法拉利，所以基本功很扎实，总之她很顺利地拿到了驾照。

倪名决的红色法拉利归她了，她开着到处转悠，可化妆技术依然只是菜鸟级别。

与傅明灼相反，傅晨阳的化妆技术已经堪称鬼斧神工，但科目二考了三回都没能通过，每次练车，都是她和教练的互相折磨、相看两厌。

“小姑姑，化妆有什么难的嘛！照着化不就好了吗？”傅晨阳不解。

傅明灼不服气，反唇相讥：“那开车有什么难的？不就是转转方向盘吗？”

姑侄俩谁也没能说服谁，彼此都觉得对方的智商好像不太正常的样子。

虽说“失败是成功之母”，但傅明灼也要不起无数个母亲。某天，她再度把自己的眉毛剃坏，她终于下定决心放弃学化妆了。

不是那块料，就不要强求。

她把主意打到了倪名决身上。倪名决会给她梳辫子，会给她挑穿搭，再为她学个化妆， 想必也不在话下吧？

她的倪名决可是万能的。

倪名决会了，就等于她会了。

因为倪名决从上到下，从里到外，每一个细胞都是属于她的。

番外二

幸亏是你

傅行此松口答应让傅明灼和倪名决领证以后，虽然只是领证不是举行婚礼，但两家人还是实实在在忙了好几天。

这种忙碌和傅明灼当然是没什么关系的，她肩头的压力彻底消失，心愿达成，她轻松又开心，每天翘首以待倪名决的生日快点到来，她好和倪名决领证，然后一起去土耳其玩。她也是刚刚才知道，原来高一暑假那年，他们去江城旅游归途上，倪名决说“等高考完，我们去土耳其”的那个“我们”，居然单指他们两个。

“你怎么就想和我去土耳其嘛！我以为还有陆沅哥哥、林朝还有一概。你那个时候就喜欢我吗？”傅明灼一边是觉得诧异，一边又觉得开心。

“叫他们干吗。”倪名决不正面回答她那个问题，他把玩着她的头发，出馊主意逗她，“你想他们一起，那你把他们叫上好了。”

傅明灼当了真，连连摇头：“不要，不要，我们是去度蜜月的。”蜜月才不要别人碍手碍脚。

没安静两秒，她又开始纠结刚才的问题：“那你说你是不是那个时候喜欢我嘛，不然你为什么只想跟我一起旅游。”

“是啊。”倪名决非常干脆地承认了，喜欢老婆有什么不能承认的，何况承认了还能哄得老婆那么开心，他伸手去摸那张笑盈盈的脸，“傅明小灼灼，那你什么时候喜欢上我的。”

傅明灼说不上来。

只是回想归途上，和倪名决达成去土耳其玩的约定的时候，虽然她没有明确想过要和他单独两人，但在那个瞬间，她确实完全没有想到蹦擦擦剩余的三个人。

倪名决生日的前一天，他们去山上看了梁赫之和林昭，告知了次日领证的好消息，然后去倪名决父母家里吃了中饭。

傅明灼陪林幼华说了会话才去到倪名决房间，一开门却没有看到他，她唤道："倪名决？"

"嗯。"倪名决的声音是从衣帽间的方向传来的。

傅明灼走过去，却发现他倚在身高树旁的柜子上，视线落在身高树上，眼神有些落寞。

傅明灼担心他是又想起了林昭心情不好，乖顺地倚过去："倪名决。"

倪名决抱过她的脑袋，半晌，他指指其中一张黑色贴纸，说："这下面用水笔写了一个女孩的名字。"

当年的傅明灼死皮赖脸，根本不把自己当外人，非要在双胞胎的身高树上留下她的印记。她用的黑色水笔一笔一画地写下了自己的名字，写完还多管闲事地替倪名决担心起未来他老婆看到他房间墙上写着别的女孩子的名字该怎么办。

"怎么办？"倪名决转头看她，眼睛里盛着淡淡笑意，"你介不介意？"

回想往事，傅明灼忍不住也笑起来，她抱住倪名决的肩膀把头埋下去，嘟囔着说："不介意呀。"

谁会介意自己啊，真是的。

"要是这里真的写着别人的名字怎么办？"倪名决逗她。

"那要是明天跟你结婚的人不是我怎么办？"

多年前，倪名决让傅明灼在这棵身高树上写下她的名字时，并没有太多的考虑，只是傅明灼太难缠，而他习惯了惯着她，细细想来，如果写名字的人和他要娶的不是同一个人，还真挺棘手的，双胞胎的身高树又不可能扔掉。

"不介意就好。"倪名决说。

幸亏都是她。

番外三

碟中谍

大四下学期，因着王中王和盖中盖都被留在锦城，傅明灼过上了没有宠物的生活，最初的清闲过后，她渐渐有些闲不住，又企图弄只宠物玩。

倪名决不同意："再抱回来你自己养，我不管了。"

傅明灼说："我们有王中王、盖中盖，缺一个碟中谍嘛！"

"不行。"倪名决不同意，"谁规定一定要凑齐三个？"

没人规定，但是傅明灼就想凑齐。

她撒娇耍赖缠了倪名决好几天，就连彭英彦的耳朵都起茧了，于是给她出馊主意："碟中谍你自己生嘛，看他养不养。"

"我才不要。"傅明灼打个针都要吓死了，哪来的胆子生孩子。

好说歹说，熬到毕业回了锦城，傅明灼又有宠物了，终于放下了再养一个碟中谍的念头。

一天倪名决下班回家，发现傅明灼眼神躲躲闪闪，更是数度欲言又止，显然，她又搞事情了。

"你干吗了？"倪名决问。

傅明灼眼珠子转了两转，干笑道："没有啊。"

"真没有？"

"真的没有。"傅明灼信誓旦旦，就差举手发誓了。

这可骗不过倪名决，他把她捉到自己腿上："老实交代，坦白从宽，抗拒从严。"

傅明灼挣了一会挣不开，偷偷抬眼打量他，确定他今天心情很不错，她别开眼睛看着远处，装作不经意地说：“我们有碟中谍了。”

倪名决“啧”了一声，责备道：“我们不是已经回来了，两条狗还不够你玩的？”

“不是狗。”傅明灼纠正。

倪名决想起彭英彦的玩笑话来，愣住了。

傅明灼见他半天不说话，再度偷偷看他。

倪名决终于回神，双手原本紧紧箍着傅明灼身体，他忙不迭地松开，神情染上几分紧张：怎么会……多久了？”他暂时没想过让傅明灼生孩子，所以安全措施向来很严格。

“就今天白天。”傅明灼说。

倪名决小心翼翼摸上她的小腹：“确定了吗？”

“确定啊。”傅明灼夸张地叹了一口气，用悲天悯人的口吻说，“不知道谁扔在草坪上的，很可怜的。”

倪名决的脑子艰难地转了个弯：“等等，草坪上？碟中谍到底是个什么东西？”

“猫啊。”傅明灼理所当然地说，“不是狗当然就是猫了，是橘色的哦，听说十个橘猫九个胖，还有一个特别胖，我就要把碟中谍喂得特别胖。”

说到兴头上，她拉倪名决：“走嘛，我带你去看碟中谍，你一定会喜欢它的……”

番外四

婚礼

傅明灼和倪名决的婚礼拖了近两年才被提上日程，因为倪名决坚持要用自己的钱办婚礼。

照例，倾尽全财。

算下来，这已经是他继演唱会门票和求婚钻戒以后第三次为傅明灼“倾家荡产”了。

对于要当新娘子一事，傅明灼是很积极并且很期待的，她提出了不少自己的想法：

“我想穿黑纱，因为黑纱代表至死不渝的爱情。

“我们可以让中王和中盖来给我们送戒指。”

……

在世俗眼光中，黑色婚纱不吉利，不过傅明灼不费吹灰之力就获得了双方家长的同意。林幼华和倪震虽然不是很能接受黑纱，但他们非常尊重孩子们的决定，傅明灼家里更不用多说，傅哇把她当掌上明珠宠着，她想干吗就干吗，哥嫂都是思想开放的人，其中宴随还给予了大力支持，宴随当年就想穿黑纱结婚，奈何她的父母坚决不同意，最后她只得无奈罢休，如今，看到自己曾经的梦想可以在傅明灼身上实现，宴随喜闻乐见：“灼宝宝，黑纱超酷！”

但是随之而来的，礼服定制、场地布置、流程确认等烦琐事宜很快消磨了傅明灼的耐心。

“不想结婚了，麻烦！”她哼哼唧唧地跟倪名决抱怨，“做个衣服怎么要去这么多次嘛！”

“确认？”倪名决揉捏着她的脸，“现在喊停还来得及。”

傅明灼不说话了。虽然前期的准备工作很麻烦，但是想到这是她和倪名决的婚礼，她怎么都舍不得放弃。

倪名决笑起来，哄她：“乖宝宝。”

第二天，傅明灼又任劳任怨地跟婚纱设计师会面去了。

婚礼流程沟通到新娘挽着父亲的手出现的部分，傅明灼犹豫了。她纠结了好几天，找倪名决商量：“倪名决，我很想让哥哥带着我出场。”

对傅明灼而言，傅行此不仅仅是哥哥而已，在成长过程中，他承担起了父亲的职责，为她挡风遮雨，将她养育成人。

“那爸爸呢？”倪名决问。

这正是傅明灼纠结的点：“我也想要爸爸带我。”

傅唯对傅明灼不理不睬的十八年，傅明灼不曾有一丝一毫的抱怨，她理解父亲的伤痛，并强烈地渴望着父爱，父亲最终愿意接纳她，她得偿所愿，始终心怀感恩，万分珍惜。

她很爱哥哥，也很爱爸爸。

“对了，我为什么非要二选一，我可以让他们一起呀！”傅明灼灵光一现，询问倪名决的意见，“我让哥哥和爸爸一起带我会很奇怪吗？”

“不奇怪。”倪名决毫不犹豫地说。

黑纱，挽两个“父亲”的手出场，只要她高兴，他什么都答应，哪怕她突发奇想要骑着王中王出场，他都会毫不犹豫地出卖狗儿子。

他要她是全世界最幸福的新娘子。

婚礼这天，晴空万里。

尽管傅明灼和倪名决已经领证数年，婚房也就在锦都壹号院，但婚车将傅明灼从家中接走的时候，傅唯、宴随都忍不住掉了眼泪，外婆坐在轮椅上，更是老泪纵横。

按照习俗，父亲把新娘抱到车里，傅行此放下傅明灼就退开了，抱臂远远看着。傅明灼向他望去的时候，他侧过脸，摁了一下眼角，再回过头来，他面上没有丝毫端倪，只冲她淡笑着挥了挥手，示意她放心地去。

傅明灼记忆中的哥哥，从来都是无所不能，强大而冷静的。

车缓缓开动，傅明灼撇着嘴，忍不住想哭。

娘家和婚房太近，直线距离不过一分钟的车程，车队要绕城区一周再回来，倪名决抱着她轻声细语地哄。

不哄还好，一哄傅明灼情绪更失控："呜呜呜，长大一点也不好，我不想离开家，我哥哥都哭了。"

"我倒觉得长大很好。"倪名决说。

长大了，就可以娶心爱的姑娘为妻，看她凤冠霞帔，盛装打扮，为自己蒙上神圣的头盖，美艳不可方物。傅明灼的出门装是传统中式礼服，通身喜庆的红，妆容也是古典妆。定做礼服的时候，他还担心过傅明灼或许驾驭不了那么端庄的风格，但事实上今天他通过了伴娘们设置的重重关卡，来到傅明灼面前挑起她的红盖头看到她的时候，他的呼吸和心跳都同时停滞了。

婚礼的伴郎是陆沅、袁一概和彭英彦，伴娘是林朝、傅晨阳和贝含之，按照锦城风俗，即便是自由恋爱，办婚礼的时候也需要一个挂名的介绍人，这件差事就落到了徐忠亮的头上。

徐忠亮的头发又稀疏不少，脸上多了岁月的痕迹，但是面对昔日的学生们，他依然疼爱关心他们，就像当年还是高一（七）班的班主任时一模一样。

按照习俗，介绍人会拿到红包，倪名决托母亲给徐忠亮包了一个很厚的红包，徐忠亮连连拒绝："使不得，使不得，孩子们是自由恋爱，没有我的功劳，受之有愧。"

这时，倪名决注意到，走了过来，弄清事情始末，他笑道："怎么没有功劳？你让我带傅明灼吃饭，还让我们当前后桌，这些都是功劳。"

"没有老师让你带她吃饭、让你们当前后桌，你们也还是会在一起的。"

倪名决坚持让徐忠亮收下了，又忙着去招呼别的客人。回想着徐忠亮的话，他忍不住想了想，如果当年没有徐忠亮在无意间推波助澜，他和傅明灼是否会有后来的故事。

他想，还是会有的吧。因为他根本没有办法想象自己对傅明灼无动于衷的样子，无论如何，她总会有办法住进他的心里的。

婚礼场地的色彩浓郁又热烈，主题是热气球，礼堂里飘动着数不胜数的小热气球，每一个上面都画了一深一浅两道彩虹。

傅明灼身披黑纱，左右手各挽着傅唯和傅行此的手缓缓朝倪名决走来。黑纱的巨大拖尾上点缀着无数碎钻，在灭了大部分灯的礼堂内熠熠生辉，华丽又庄严，效果非常惊艳震撼，现场的惊叹声此起彼伏。

半透明的黑色头纱遮不住红唇雪肤的张扬，她精致的脸庞若隐若现。

倪名决的心跳于今日第二次微微顿住，而后，剧烈地在胸腔狂跳，是独属于她的唯美节奏。他从岳父和大舅哥的手中牵过她柔软的手，低头在她手背落下一吻。

花团锦簇的台子上摆了数把椅子，还有种乐器——架子鼓，贝斯，吉他，钢琴。

傅明灼在架子鼓前坐下来，试了试手感，嫌眼前的黑纱碍眼，求助地望向倪名决。

倪名决放下贝斯走过去，对着话筒说："不好意思，新娘子的头盖我先掀开了。"

台下笑起来，不知道谁带的头："那新娘子也先亲了。"

他也笑，轻轻抬手掀开黑纱，捧着傅明灼没了遮挡的脸看了数秒，在满场的起哄声中俯身吻她。

时隔数年，蹦擦擦终于再度合体，傅明灼几乎已经忘了五个人一起徜徉在音乐海洋里的感觉，那些大家打打闹闹的日子仿佛遥远的像是上个世纪发生过的事。

婚礼上有蹦擦擦的合奏是她的心愿，但她深知林朝在和陆沅的感情中经历过怎样的煎熬，林朝研究生毕业后，回了锦城，离开了她不分日夜努力学习就要去的澳洲。

林朝此般决绝，傅明灼没敢跟她提，只跟倪名决提了一嘴。

没想到，倪名决告诉了陆沅。

而陆沅微信找了林朝，问她愿不愿意暂时放下对他的成见重新和蹦擦擦合体，满足傅明灼的愿望。

林朝反问："小鬼怎么不自己找我？"

陆沅："可能怕你拒绝吧。"

林朝："那你就不怕被我拒绝？"

怕。

怎么不怕。

只是，像这样名正言顺找她聊天的机会少之又少，他怎舍得放过。

为了傅明灼和倪名决的婚礼，林朝没纠结什么，很利落地答应了下来。

本以为大家分开那么久，乍一合体会手忙脚乱，陆沅还特意提前几天回国，想着多点时间排练。没想到大家一凑到一起，就像一块块破裂的磁石找到了散落天涯的同伴，被不知名的引力紧紧吸到一起，他们的默契一如从前，不需要额外的语言，只需要简简单单的对视，就能够明白彼此。

第一遍排练，比所有人以为的成功千倍万倍。

一曲完毕，琴房里有很久的安静。

这些日子好像从来没有离开过，爱情和友情像碧绿的爬山虎，密密麻麻覆盖他们的世界，他们依然是那群心怀热忱的少年，蹦擦擦依然是那支齐心的队伍，有最好的朋友，还有最爱的男孩女孩。

婚礼上，五个人依然穿着是系列服装，款式更是蹦擦擦一贯以来简约又利落的风格，两位新人一身黑，剩余三人都是一身白色。

钢琴前奏悠扬地响起。

《园游会》。

“琥珀色像糖在很美的远方，

你的脸没有化妆我却疯狂爱上，

……”

一切都是最好的模样。

后记

写完出版番外，我坐在电脑前，忍不住回想这个故事的始末。从灵感诞生，决定把它变成一个完整的故事开始，到敲完番外的最后一个字，和这本书共度的四个多月的时光历历在目。想到从今以后，这个故事就会在我脑海中慢慢淡去，这个虚构的世界会慢慢脱离我的脑海，然后变成一段陌生而遥远的回忆，我感到万分不舍。

这是我的第四本小说，早在写灼灼哥哥那本的时候，这一本的灵感就已经源源不断地涌现，按照最初的计划，写完灼灼哥哥的故事以后并不是马上写灼灼的故事，中间还要再隔一本，但是这本的感觉到位了，于是我改了计划。

他们提前诞生了。

从前我笔下的女主角都是有点脾气的“狠角色”，灼灼是第一个例外，她赤诚，温暖，始终保留着孩童般的单纯。我在网络上看到小女孩的视频总忍不住多看几遍，想灼灼小的时候会是什么样子。她很可爱，但她也有点特殊，一般的人驾驭不了，而匿名刚好是那个完美契合她的人。他帅帅的，很安静，失去胞妹的他心思比同龄男孩子成熟，也更懂得如何迁就和宠爱女生，在他身边，傅明灼不必长大，她可以永远天真。

整个过程中，倪名决和傅明灼的情节很流畅，但林朝和陆沅却坎坷许多，列大纲时最初的设定是分手的结局，写到后来，我无数次陷入两难的境地，我希望他们成为彼此的唯一，有情人终成眷属，可短暂出现过几次的昭昭又该怎么办呢，我希望她一直被深刻铭记。这种纠结导致我好几次重写婚礼番外篇的新人和伴郎伴娘互动的接亲环节，虽然已经跟读者说过出版番外的林朝和陆沅结局只为傅明灼和倪名决剧情服务，但我仍然没有办法置身事外，两难之下，我最终割舍了接亲环节，仍然让他们以开放式结局结尾。

平行时空中，你们自己看着办吧。（对不住，作者君要当甩手掌柜了。）

再见了，谢谢你们给我的温暖，祝你们所有人，平安喜乐，幸福一生。

我永远爱你们。

桑琅

2020.02.02